사랑의 길

김 원 일
소 설
전 7 집

김원일 장편소설

사랑의 길

강

일러두기

1. 이 소설전집의 맞춤법 및 외래어 표기는 현행 맞춤법통일안에 따랐다.
2. 수록된 모든 작품은 최종적인 개고와 수정을 거쳤다.
3. 권별 장편소설 배열과 중단편소설집 배열은 발표 순서에 따르는 것을 원칙으로 하였으나, 여러 권짜리 소설 『늘푸른 소나무』와 『불의 제전』은 장편소설 끝자리에 배치하였고, 연작소설은 별도로 묶었다.

김원일 소설전집 7

차례

백발이 되어서도 돌아올 줄 모르는
구름 아래 도망친 옛 남녀를
주야로 따른다
산길 물길 멀고 기막힌
노래의 편도(便道)
내 따르며 아득히 그들이 널어둔
호화로운 그림자에 젖느니
궤짝 속에 깨어진 노래의
한(恨)의 부스러기를
허공처럼 넣어 등에 지고

—윤상규의 「아가(雅歌)」

1장

어둠이 조금씩 묽어졌으나 아직 먼동이 트기에는 일렀다. 밤내 불던 바람이 꺾여 사위가 고즈넉했고, 바람을 타던 후원의 감나무와 대추나무 빈 가지의 후들거림도 숙지막해졌다. 너른 집 안은 인기척이 없어 휘휘로운데 아래채 섬돌 밑에서 어미 잃은 강아지가 앓는 소리를 흘렸다. 내정돌입(內庭突入)한 도솔아비가 김참봉 집 후원 조릿대밭 뒤, 담장 아래 사닥다리를 받쳐놓고 앉아 별당 쪽을 갈마보고 있었다. 그렇게 기다리기 한참, 이윽고 별당 덧문이 살며시 젖혀졌다. 일이 뜻대로 풀린다 싶어 도솔아비가 안도의 숨을 쉬었다. 보퉁이를 끼고 나온 사리댁이 문지방을 넘곤 덧문을 닫았다. 마당으로 내려선 여인이 후원 쪽을 두리번거렸다. 엉거주춤 일어선 도솔아비가 소리 낮추어, 이쪽이오 이쪽 하고 여인을 불렀다. 사리댁은 그 소리를 듣지 못하고 발소리를 죽여 후원으로 들어서더니, 매화나무 뒤 조릿대밭에 엉거주춤 선 사내의 흰옷을 보고 발소리 죽여 다가왔다.

"정말 이렇게, 이렇게 떠나면 되는 겁니까? 어른님이 어디서 기다리고 계셔요?" 사리댁은 제정신이 아니었고, 펄떡이는 가슴이 미어졌다.

"저만 따라옵쇼." 도솔아비가 어서 담을 넘으라며 사리댁의 보퉁이를 받고 사닥다리를 잡았다.

여인은 허둥거리며 사닥다리를 타고 올랐다. 여인이 담장 기와에 올라앉자, 도솔아비가 뒤따라 사닥다리를 탔다. 그는 담장 기와에서 사닥다리를 끌어 올려 바깥쪽 골목길에 걸쳤다. 도솔아비가 골목길에 먼저 내려서서 사닥다리를 흔들리지 않게 잡자, 여인이 조심스럽게 내려왔다.

"윤서방네 물방앗간 뒵니다."

도솔아비가 사리댁 보퉁이를 받아 들고 앞서 날래게 걸음을 놓았다. 두 사람이 김참봉네 긴 담장을 떠나자 옆집 개가 담 아래 개수구에 주둥이를 내밀고 짖었다. 도솔아비는 지난 읍내 장날 새끼줄에 소 뼈다귀를 달아 김참봉 집 누렁이를 유인해 척살해버린 게 천만다행이라 여겼다. 두 사람은 개 짖는 소리에 쫓기듯 마을 뒷길로 빠졌다. 봄을 먼저 안 땅의 훈김으로 허리를 곧추세운 보리밭 언덕을 두 사람은 한달음에 올랐다.

물 떨어지는 소리가 요란한 외딴 물방앗간 뒤, 잿간 옆에 허우대 멀쑥한 소년이 조랑말 고삐를 쥐고 쪼그려 앉았다가 밭둑길을 오르는 두 사람의 희끄무레한 자태를 보고 일어섰다. 왜 이렇게 늦었냐고 소년이 아버지께 물었다. 도솔아비가 막내아들 말은 들은 척 않고 방앗간 옆 잿간 안으로 머리를 들이밀었다. 추위와 긴장으로 이가 마주치게 턱을 떨며 서성이던 서한중이 내려 쓴 방갓을 들쳤다.

"왔구나. 부인, 오셨냐?" 금 간 주발이듯 탁하게 갈라진 목소리로 서한중이 물었다. 그의 입에서 역한 소주 내음이 풍겼다.

"모셔왔습니다. 곧 날이 밝을 텐데, 어서 떠나셔야 합니다."

"알았네."

서한중은 뒷짐 지고 만지작거리던 십자고상(十字苦像)을 잿더미에 버렸다. 십자고상은 재 속에 묻혔다. 십자가 형틀에 매달린 그리스도를 주목으로 정교하게 조각한, 손 안에 들어오는 작은 고상이었다. 고상이 땀 밴 손에서 떠나자 그는 무거운 짐을 벗어버린 듯 홀가분했다. 어머님의 유언으로 허리띠에 늘 차고 다닌 묵주는 짐 속 어디엔가 숨겨져 있겠지만, 고상 또한 아버님의 소중한 유품이었다. 성세성사를 받은 그가 고상을 버림은 배교(背教)의 문턱을 막 넘어서는 순간이기도 했다. 자신의 이런 짓거리를 보았다면 크게 놀랄 읍내리 공소 교도들 모습이 눈앞에 스쳤으나 그는 개의치 않았다. 공소 문턱이나 밟았지 내가 언제 믿음 신실한 교인이었냐며 피식 냉소를 흘렸다. 어차피 이러기로 했으니 이젠 갈 데까지 가는 거다. 그 길이 가시밭 덤불이라 예상한 터인즉, 그렇더라도 거침없이 나아가야 한다고 용기를 부추겼다. 밤내 찔끔찔끔 마신 독주로 흐리마리하던 머릿속의 술기가 사리댁을 보자 얼마만큼 가셨다. 그는 너무 반가워 사리댁을 불끈 안아주고 싶은 마음이었다.

"오셨구려. 고맙소."

서한중의 말에 사리댁은 대답이 없었다. 여인은 마을 쪽을 돌아보고 서서 떨기만 했다. 물레방아의 나무통 물이 쏟아질 때마다 내리꽂히는 방아채에 온몸이 으스러지는 듯했다. 도솔아비가 조랑말 길마에 걸쳐둔 전모를 여인에게 건넸다.

"이걸 쓰십시오."

사리댁이 전모를 받아 쓰자 테두리가 얼굴을 가렸다.

"방서방, 나 그럼 떠나겠네." 서한중이 말했다.

"마음이 안 놓여서……"

"걱정 말게. 모든 게 잘 풀리겠지."

"서방님, 그럼 편케 가십시오. 이쪽 정황을 살펴가며, 소란이 가라앉을 즈음 제가 한차례 들르겠습니다."

"아버지, 그럼 저는 언제쯤 집에 올 수 있지요?" 석우가 저어하며 물었다.

"투미한 녀석 하고선. 그렇게 일렀건만 무슨 딴소리냐! 갈 길이 바쁜데 어서 서방님 모시고 나서거라."

"석우야. 내, 내가 널 거, 거둘 테니 걱정 말거라." 말을 더듬던 서한중이 헛구역질을 했다. "넌 이제 나와 아주머니랑 함께 살게 될 게다. 이 녀석아, 내가 어디 너 배곯게 하겠느냐, 허허." 서한중이 선웃음 끝에 소년의 어깨를 쳤다.

서방님 말에 풀이 죽은 석우는 머리를 꼬나박고 작대기로 받쳐둔, 짐을 잔뜩 쟁인 지게를 지고 일어섰다. 그는 조랑말 고삐를 잡아챘다. 짐의 무게에 짓눌린 복마(卜馬)가 힝힝 콧숨을 뿜으며 걸음을 떼었다. 서한중이 소년과 사리댁을 뒤에 달고 앞장을 섰다. 세 사람은 층층의 밭두렁길을 거쳐 배점리를 우회하여 눈앞을 가리고 버티어 선 지레봉 아랫녘 허리를 돌아 나갔다. 서한중은 허우대가 좋았으나 마흔 중반을 넘긴 뒤부터 어깨가 꾸부정해졌다. 뒤돌아보지 않고 큰 걸음을 떼는 그의 걸음새가 술기로 온전치 못했다. 꼬리에 선 여인은 누가 뒤쫓아올까보아 전모를 들치고 자주 뒤돌아보며 걸음을 서둘렀다.

동면하던 개구리가 잠에서 깨어 나온다는 경칩을 넘겼고 춘분을 앞뒀건만 새벽녘 한기가 옷 속을 파고들었다. 조랑말 요령 소리가 단조롭게 울렸고, 석천폭포 오르는 길목에 있는 덕월리를 에두른 대나무숲에서 참새와 굴뚝새들이 기척에 놀라 퍼덕거리며 날았다.

셋이 산이 첩첩한 북으로 길을 잡아 내죽리며 배점리를 멀리 벗어났을, 첫닭 울 때에야 동녘 하늘이 주황빛으로 밝게 트였다. 새털구름 위로 둥근 해가 솟았다. 갈가마귀 떼 한 무리가 새벽놀을 좇아 허옇게 마른 억새밭이 질펀한 읍내리 쪽 개활지로 날아갔다.

해가 중천으로 올랐다. 이제 난달과 층층의 따비밭은 끝나고, 셋은 인가 드문 산골짜기 자드락길을 탔다. 서한중은 괴나리봇짐을 메고 방갓을 썼다. 푸르스름한 창옷에 노끈으로 허리띠를 삼고 짚신 들메끈을 매어 누가 보더라도 상중(喪中)에 길 나선 차림이었다. 사리댁 역시 누른 석새베 상복에 전모를 썼기에 서방을 따라나선 내행(內行)이었다. 잡동사니를 지겟짐 지고 조랑말 고삐를 잡은 석우는 위채 주인 내외 행차의 길라잡이 동자아치였다. 노상에서는 설령 아는 이라도 상주에게 말을 걸지 않는 법인데다 방갓으로 얼굴을 가려, 서한중은 걸음 멈출 일 없이 묵묵히 길 이수를 줄이며 앞섰다. 술이 깬 그는 곰방대로 줄담배를 피웠고 갈증 심한 텁텁한 목구멍에 괴는 가래를 길섶에 뱉어냈다. 담배 연기를 내뿜을 때마다 이건 성모마리아다, 이건 그리스도다, 이건 안사람이고, 이건 자식이다, 이건 형님이고, 이건 공소 교우다, 이건 빚쟁이고…… 하며 떠오르는 얼굴을 하나하나 지워냈다.

서한중은 지금쯤 배점리와 내죽리가 발칵 뒤집어졌으리라 싶었다. 읍내리 공소에도 소문이 퍼졌을 터였다. 김참봉이 사통한 남녀를 잡아들이라고 사방으로 추적꾼을 풀어놓았다면, 북으로 길을 잡은 패는 내죽리에서 시오 리 상거인 덕현리까지는 추적의 고삐를 늦추지 않았을 것이다. 추적꾼이 길 나선 사람들을 잡고 허겁지겁 도망질 가는 중년짜리 연놈을 못 보았느냐고 다그칠 게 뻔했다. 네놈들이 어디 우릴 따라잡겠다고. 그는 코웃음을 쳤다. 자신은 방갓으로, 여인은 전모로 얼굴을 숨긴데다 차림이 상중 행차이기에 아무도 말을 걸어오는 자가 없었다. 천주교 박해가 한창 심했던 흥선대원군 집정기에 이양인(異洋人) 신부들이 방갓을 쓰고 창옷 차림으로 외양을 가려서 전교 다니던 시절이 떠올랐다. 벌써 사십 년 저쪽 세월이었다. 포졸에 잡히거나 밀고를 당하면 순교할 각오까지 했던 그들이었다. 그러나 그렇게 상주로 꾸며 방갓을 쓰고 다니면 이양인의 외모가 드러나지 않았고, 길

가던 사람이 말을 걸지 않았기에 그들이 비록 조선어에 능통하지 못했어도 신분을 숨겨 이동할 수 있었다. 성세성사를 받은 조선인 천주교도 또한 천주학쟁이로 탄로날까봐 숨죽여 믿음의 불씨를 간직한 채 잠행하던 시절이었다.

서한중은 천주를 버렸음을 거듭 다짐했다. 내가 언제 인간다운 행실로 체통을 세웠던가. 집안과 이웃으로부터 파락호라 눈총받던 지난 시절을 떠올리며 그는 스스로를 비웃었지만, 술 뒤끝의 허갈증에 불이라도 지르듯 마음은 잉걸불처럼 탔다. 추적꾼들에게 붙잡히기라도 한다면 자신과 사리댁은 읍내리 순검주재소로 끌려가 인륜을 저버린 패행으로 난장질당하다 물고령(物故令)이 떨어지면 목숨을 잃을 터였다. 패륜을 범한 남녀가 순검에게 붙잡혀가기 전 김참봉이 풀어놓은 추적패 왈패들 몰매에 장폐(杖斃) 당할는지 몰랐다. 그러다보니 더 빨리 더 멀리 순흥 땅을 벗어나고 싶은 안달에 걸음이 도두 떼어질 수밖에 없었다.

"포졸이 따라올까 겁나옵니다." 뺨이 홍시가 된 사리댁이 숨을 쌔근거리며 서한중에게 말했다.

"개다리참봉 주제에 자기 낯짝에 똥칠부터 할 텐데 설마하니 새벽부터 순검주재소에 찔러바쳤을라고. 부인, 도적이나 죄인을 잡고 문초하는 관리를 순검이라고 부른다오."

죄인을 다루는 관청을 사람들은 아직도 포청이라 부르고 거기에서 일하는 관리를 포졸이라 일컫지만, 1894년 갑오경장 관제개혁 때 포도청은 경무청으로 포졸은 순검으로 개칭되었고, 부청(府廳) 소재지인 순흥 읍내리에도 포청이 아닌 순검주재소가 상주했다.

추적꾼을 따돌렸다 싶을 만큼, 세 사람은 순홍 땅을 멀찍이 벗어났다. 그들은 풍악 소리가 재갈재갈 들리는 재인말〔才人村〕을 지나 쏟아붓는 물소리가 귓전을 치는 석천 상류를 넘어, 하늘을 찌를 듯 솟은 국망봉 발치로 들어섰다. 서한중은 바자위는 마음이 어느 정도 가라앉자 이제 걸음 또한 쫓기듯 서둘지 않았다.

"부인, 힘들지 않소?" 종종걸음 치는 여인이 안쓰러워 서한중이 돌아보았다. 그는 사리댁 얼굴을 핏발 선 눈에 넣을 듯 바라보며 구레나룻 거뭇한 입꼬리에 미소를 머금었다. 눈에 넣어도 아프지 않을 것 같은 사랑스러운 여인이었고, 허랑한 자신을 믿고 따라나서준 게 그저 고마웠다.

사리댁은 미투리 코끝만 내려다보고 힘들게 쫓아올 뿐 대답이 없었다. 여인은 천주님과 성부, 성자, 성신만 외었고 입속말로 기도를 드렸다. "천주님, 이제야말로 이 여식은 한마리아란 세례명이 부끄럽사옵니다. 계명을 저버린 죄를 용서하시옵소서. 지은 죄가 너무 커 지옥불에 떨어져야 마땅하오나, 부디 죄인까지 건지시는 너그러우신 자비로 굽어살피셔서 용서해주옵소서. 성부, 성자, 성신님이시여, 입이 열이라도 거룩한 이름 입술에 올리기 부끄럽사옵니다. 구원의 성모님, 긍휼한 사랑으로 이녁의 죄를……" 어젯밤을 뜬눈으로 새며 읊어온 여인의 기원이기도 했다.

"이제야말로 개떡 같게 살아온 내 인생이 새 출발을 하오. 이승에서 살던 나는 죽고 저승에서 다시 태어난 청춘이구려. 천주께서 이승에서의 내 망나니 노릇을 두고 매질을 내렸는데, 이제 그 분을 떠난 대신 환생의 은전을 입고 부인까지 얻었구려. 푸른 창공만큼 마음이 날아갈 듯 쾌하오. 호접지몽(胡蝶之夢)이라, 장자가 꿈에 본 나비를 나는 생시에서 이렇게 보고 있구려, 허허." 서현중이 여인을 눈에 넣을 듯 탐하며 선웃음을 웃었다. 그는 등에 진 괴나리봇짐을 벗어 그 속에서 호리병을 꺼내더니 두어 모금을 나발 불듯 마셨다. 소줏고리에서 내린 메밀소주였다.

사리댁은 남정네의 텁텁한 웃음소리에 오소소 몸을 떨었다. 여인은 남정네의 엉너리 치는 웃음을 싫어했다. 그 허풍쟁이 웃음소리를 들으면 마음을 죄어 감듯 꼼짝달싹을 못하게 하는 귀기가 느껴졌다. "부인, 잠통(潛通) 사실이 조만간 읍내에 퍼지면 우리는 줄행랑 놓는 길밖에 없소. 공소며 이웃들의 눈총과 험담을 어찌 견디겠소. 물고당해 죽으면 차라리 낫지, 그 봉욕을 견뎌내기 힘들 거요. 부인, 내 말이 어디 틀린 소리요?" 하며 그 두려운 말을 아무렇지도 않게 지껄일 때도 남정네는 선웃음을 터뜨렸다. 이미 엎지른 물이요, 남정네의 말에 거역 못하고 따라나선 길이지만, 여인은 그 앞길이 깜깜한 그믐밤 쐐기풀밭을 헤쳐 가기임을 모를 바 아니었다. 여인의 가쁜 숨길에 절로 한숨이 배어나왔다.

"그분께서 우리 이 행실을 다 보시고 계실 텐데…… 천주님이 진정 두렵사옵니다." 입속에 궁글어지는 사리댁의 들릴 듯 말 듯한 말이었다.

"부인, 걱정 마시구려. 이제는 천주며 성모며 그리스도를 찾지 맙시다. 일백이십 년 전만 하더라도 우리 선조들이 이양인이 믿는 천주교며 야소교를 어찌 알았겠소? 야소교야말로 지금 조선 천지에 예배당은 물론 신식 학당과 양의원을 짓고, 이양인 목사들이 마구 들어와 천주교보다 더 전교에 열을 올리고 있지 않소. 일찍이 그런 이양의 교를 몰랐어도 우리나라엔 예로부터 정교(正教, 유교)가 있었고, 백성은 불교를 신봉했고, 천지산신(天地山神)에게 비손하며 살아오지 않았소. 이제부터 우리는 그 이양의 교는 믿은 바 없다고 생각하면 그만이오. 앞으로는 우리 두 사람만의 창창한 앞날만 믿읍시다. 지금 이 마음이 변치 않는다면 반드시 복락이 넘치는 그런 날이 올 것이오. 내가 손가락에 장을 지지더라도 장담하오. 지금의 일편단심, 이 마음 파뿌리 될 그날까지 우리 변치 말고 삽시다." 서한중이 큰소리쳤다.

사리댁은 대답이 없었다.

"이제야말로 부인이 참말로 내 안사람이라 여기니 세상의 미움과 괴로움과 분기가 다 사라졌소." 서한중이 흘낏 여인을 돌아보며 은근짜로 목소리를 낮추었다. "신부나 공소회장이 입 뻥긋하면 읊어대는 소리가, 남을 내 몸같이 애지중지하라는 사랑 타령 아니오. 그런데 천주를 팽개친 자리에 웅덩이에 물 고이듯 오히려 님을 향한 사랑이 넘치니, 이 마음의 조화는 과연 어느 누구 뜻인지 알 수가 없구려, 허허."

서한중이 선웃음을 웃었다. 그러나 말을 뱉고 나니 자신의 혀놀림이 뱀의 농간으로 여겨져 정신이 번쩍 들었고 뒤를 닦지 않고 괴춤을 올린 듯 께름칙했다. 지난 세월 동안 그는 술상머리에 앉은 뭇 논다니와 놀아보았지만 성세성사를 받은 교도로서의 죄책감은 늘 한순간으로 그치고 쉬 잊어버렸다. 그런데 사리댁을 꿰차고 줄행랑을 놓는 지금, 천주를 비웃고 욕질하니 뒤가 켕겼다. 그리스도는 음행의 죄를 범하면 그 죄는 마음속에 성냄과 미움과 괴로움을 잉태하고, 죽어 지옥에서 불과 유황으로 몸이 타는 고통을 받는다고 했다. 이승에서의 그 말씀이 맞다면 지금의 마음은 마귀의 농간이라 말할 수밖에 없다. 마귀라도, 사탄의 농간이라도 좋다. 나는 지금 마음이 터질 만큼 행복으로 가득 차 있으니깐. 그는 여린 햇살에 회색 띠를 두른 겹겹의 산마루, 행룡(行龍)을 올려다보았다. 부인을 얻기 위해 내 스스로 마귀의 안내를 받아 이 길로 나섰구려. 그는 차마 그 말을 뱉을 수 없었다. 마귀의 유혹에 빠져 본정신을 잃고 미쳐버렸다 해도, 인두겁을 쓴 패륜아라고 해도 좋다. 그 세월이 얼마가 될는지 모르나, 이제부터 우리는 사람 사는 세상을 등져야 한다. 이제 와서 후회한들 소용이 없고, 그런 찜찜한 그늘을 마음에 두어서도 아니 된다. 부인과 세상 모두를 바꾸어도 하나 아까울 게 없다고, 그는 자주 사리댁의 모습을 눈에 담으며 새삼 다짐했다. 찜찜한 그런 생각을 털어버리기라도 하듯 들고 있던 호리병 주둥이에 입을 대어 독주를 다시 찔끔찔금 마셔댔다. 화끈하게 찌르는 느낌이 목구멍을 타고 내려갈 때마다 눈앞의 소나무가 기우뚱하다 바로 설 정도로 어지러웠다. 그는 휘청거리던 다리에 힘을 주어 걸음의 뿌리를 땅에 힘껏 박았다.

조강지처를 둔 마흔일곱 살로, 쉰 나이를 목전에 둔 서한중이 서방이 있는 한 여자를 온전하게 차지하게 되었다. 김참봉 후실 여인을 마음에 품은 지 햇수로 어언 다섯 해에 이르렀다. 다섯 해 전이었다. 천주교 공소는 부청이 있는 읍내리에 있었다. 하늘나라 천주님 품에 계신 부모님을 봐서라도 계속 그렇게 등을 돌릴 텐가, 하는 형님의 성화에 못 이겨 한 달에 한 번쯤 주일에 얼굴이나 삐죽 내미는 읍내리 공소였다. 미사 참례하며 나앉아 있긴 했어도 미사성제가 지루할 수밖에 없었고, 특히 고해성사 의식이 가장 싫었다. 고해성사에는 숫제 빠지거나 사제에게 사적(私的) 고백을 해도 진실을 고해하지 않았다. 남 따라 두엄 지고 장에 가듯 그렇게 심심풀이 삼아 다니던 공소에서 그는 사리댁을 처음 보았다.

내죽리 김참봉 솟을대문을 무상출입하던 방물장수가 있었는데, 장사일은 방편이요, 실은 교리학습소 소속의 전교 부인이었다. 그네가 국문 교리책을 놓고 천주님의 존재, 원죄, 강생, 계명, 천당과 지옥을 사리댁에게 차근차근 설명했다. 사리댁은 교리에 어섯눈을 뜨자, 세상에 이런 훌륭한 교가 있구나 싶게 눈이 번쩍 뜨였다. 이양의 사교를 믿은 죄로 순교당한 많은 조선인 사도의 거룩한 죽음에 감명 받았고, 박루치아, 강골롬바, 조바르바라를 비롯한 아녀자들의 순교 일화는 눈물 없이 들을 수 없는 기막힌 사연이었다. 그중에서도 양반집 부인이었던 이누갈다가 친정어머니와 두 언니에게 보낸 서찰 필본을 방물장수 전교 부인이 읽어줄 때는 눈이 붓도록 울었다. 사리댁은 『성교요리문답(聖教要理問答)』을 직접 읽으려 한글을 깨쳤다. 여인의 마음에 믿음이 튼튼한 뿌리를 내리자, 제 발로 공소를 찾아 나가기로 결심을 굳혔다. 여인은 늙은 서방과 시댁 식구의 거센 반대를 다섯 달에 걸쳐 묵비권으로 맞섰고, 보름을 물 이외 금식으로 버텼다. 이 용단이야말로 내 결단이 아니고 천주님께서 나를 주관하셔 일으키는 기적이다. 여인이 기도문을 외며 이렇게 다짐하니 죽음조차 두렵지 않았다. 오랜 주림으로 영육이 극도로 쇠해 여인의 생사가 경각에 이르자, 김참봉도 하는 수 없이 계집종을 딸려 보내는 조건으로 사리댁의 천주교 주일미사 참례를 허락했다.

공소에서 사리댁과 처음 눈이 마주친 어느 여름날 낮을 서한중은 잊을 수 없었다. 장옷을 반쯤 벗은 그 여인의 월태화용(月態花容)한 용자를 보는 순간 그는 너무 어리쳐, 자신의 심장 뛰는 소리를 홀연히 들었다. 시원한 물가 옆 정자에 누워 물소리를 죽침 떨림으로 들으며 아쉽고 황홀한 낮꿈을 꾸고 난 듯한, 신비로운 마음 두근거림이었다. 화류 여자를 보았을 때와는 그 느낌이 전혀 달랐다. 이 나이에 내가 무슨 이팔청춘이라고. 내 나이 이미 마흔을 넘겼는데 그럴 리야 없지. 지성소(至聖所)에서 만난 지아비 둔 아녀자 교우에게 음탕한 이심을 품다니…… 그는 읍내리 술집을 찾아 술에 취해 논다니를 품에 안거나 투전판을 기웃거리며, 그 여인을 마음에서 지워내려 애썼다. 그러나 주일만 되면 도담스러운 여인의 용자가 보고 싶어 참을 수가 없었다. 그는 주일미사 참례에 빠지지 않게 되었다. "너가 이제 제 길로 들어섰구나. 천당에 계신 아버님이 죽은 줄 알았던 아들이 이제야 살아 돌아왔구나, 하며 양을 잡고 잔치를 베푸시겠다" 하며 형님이 기뻐했다. 형님네 가족만이 아니라 속마음을 모르는 자식들도 아버지의 주일미사 참례를 반겼다. 아버지가 주일미사에 빠지지 않는다는 말을 자식으로부터 들은 홍부인은, 믿음의 자식은 엇길로 빠지더라도 천주님이 언젠가는 그 자식을 건지신다며 자리보전한 채 흡족해했다.

서한중에게는 그런 칭송이 귀에 제대로 들어올 리 없었다. 그는 주일미사에 참례해도 성제에는 관심이 없었고, 엿보기 알맞은 위치에서 여자 자리 쪽의 너울 쓴 사리댁 용자만 훔쳐보았다. 그러나 말을 건넬 수 없었기에 답답한 괴로움 속에 몇 달이 흘렀다. 여인의 자태를 볼 때마다 논다니나 여느 사삿집 여자로 비치지 않았고, 그의 마음에서 늘 떠나지 않았다. 흰옷에 묻은 감물은 빨아 양잿물에 삶아도 마른 피색 흔적이 지워지지 않는다. 그 이치처럼, 여인을 마음에서 지워낼수록 물밑 돌의 이끼를 닦아내면 돌무늬가 보이듯, 여인의 자태는 더욱 소롯이 살아났다. 그는 별나고 희한한 곡절도 있구나 하다, 그 여인과 전생에 무슨 인연이 있어 현생에서 만난 게 아닐까 하고 생각을 고쳐먹기에 이르렀다. 평소에도 술을 즐겼고 집에 들면 뺏성 내며 주사를 부리는 그였지만, 개망나니 짓이 더욱 잦아질 수밖에 없었다. 마음에 검은 점으로 찍혀 그 애타함이 먹물처럼 번지는, 한 여자에 대한 정념을 그도 어찌할 수 없는 괴로움 탓이었다. "아버님, 도대체 무슨 억하심정으로 이러시는 겁니까?" 집 안의 집기까지 부수며 패악을 부릴 때 아들 기벽이 아버지 옷소매를 잡고 하소연했다. 술에 취했어도 그는, 내가 한 여자에게 미쳤다는 말은 차마 뱉지 못했다. 아들 멱살을 쥐고 핏발 선 눈으로 헉헉댈 때, 그 여인의 용자만 망막을 가릴 뿐 아들 얼굴조차 보이지 않았다. 결국 아들에게 손찌검을 하곤 집에서 뛰쳐나와 읍내리로 들어 숫막을 찾았다.

김찬봉이 뒷실에 있는 자기 전답을 소작하는 한첨지에게 한 재물 떼어주고 그의 딸을 후실로 들였을 만큼 여인은 처녀 적부터 미색이었다. 여인은 자그마한 키에 자태가 아담했다. 얼굴이며 몸매가 어디 각진 데 없이 둥글다보니 육덕 좋다는 말대로 통통하고 귀염성스러웠다. 동그란 이마에 속눈썹 짙은 상큼한 눈, 오똑한 콧날에 도도록한 뺨이 복스러웠다. 한마디로 여인은 잘 구운 항아리같이 그늘이 있듯 없듯, 그 살색이 달무리처럼 은은하게 빛이 났다. 소담한 백자 그릇이었다.

"잊어야지. 잊지 않곤 어쩌겠다는 거냐. 그 눈곱참봉 영감쟁이가 죽기 전엔 이룰 수 없는 꿈이로다." 서한중은 취한 머리를 술상에 박고 헛소리를 중얼거리곤 했다. 그러나 여인은 밀어낼수록 차오르는 밀물이었다. 신열이 덮쳐왔다. 자나 깨나 여인의 얼굴이 떠오른 즈음부터 그의 가슴앓이가 깊어졌다. 여인은 그가 사는 배점리에서 읍내리로 들어가는 길목 한 마장 거리인 내죽리에 살았다. 내죽리는 읍내리와 지척간이었다. 멍하니 앉았거나 술에 취해 있거나 잠자리에 들어서도 떠오르는 게 여인의 용태와 옷 속에 감추어진 몸이었다. 그가 그런 상사병을 앓기는 안사람이 병줄에서 놓여날 가망이 없었기에 잠자리를 함께하지 못함으로써 쌓인 정념이 동기일 수 있었다. 그러나 그렇지가 않았다. 그렇다면 논다니가 아닌 다른 사삿집 여자 역시 눈에 띄어야 하는데, 그는 그런 데 한눈판 적이 없었다. 이미 여인에게 기울어질 대로 기울어진 감정을 그가 척애독락(隻愛獨樂)으로 삭이기엔 마음이 너무 뜨거웠다. 그 정념을 눌러 뭉개거나 비워내려고 했다간 넋 빠진 바보가 되지 않으면 미쳐버릴 것만 같았다. 집칸과 전답이 너른 행세깨나 하는 양반이야 소실을 거느림이 흉으로 잡히지 않건만, 그는 근동 천주 교우들로부터 흠모 받는 순교자 자식이요, 대세(代洗)를 거쳐 보례(補禮)까지 받은 교도였다. 사리댁 역시 성세성사를 받았고 지아비 둔 어엿한 정실부인이었다. 간음죄에는 익숙한 그였지만, 이러는 게 천주님의 계명을 저버린 중죄인 줄 그가 모를 리 없었다.

내죽리로 돌아가는 호젓한 한 마장 길에서 그는 자기 쪽과 여자 쪽 동행을 떼어놓고 여인에게 어렵사리 말문을 텄다. 남녀 법도로 따질 때 내외를 가려야 마땅하지만 꽃 본 나비가 어찌 불을 헤아리랴. 그러지 않고는 더 참을 수가 없었다. 첫마디는 공소 이야기를 곁들인 하찮은 요리문답이었다. 네번째까지 여인은 그의 생청에 대꾸를 않았다. 귀먹보가 아닌 다음에야 자기 말을 들었을 텐데 여인은 한사코 내외했고, 외간 남녀 사이에는 그런 법도가 당연하기도 했다. 그러나 덮쳐오는 밀물에서 그는 헤어날 길이 없었다. 난바다로 밀려나는 썰물에 허우적거리다 저만큼 혼자 가는 여인을 한사코 좇는 자신을 뒤늦게 발견하기가 여러 차례였다. 다섯 차례 만에 여인이 처음 입을 떼어 조그맣게 대답했다.

"……그러합니다. 그리스도께서는 우리의 죄를 대신하여 돌아가시고, 미천한 계집까지 높이어 무궁한 사랑으로 품으십니다."

여인은 그와 열세 살 나이 차이가 졌다. 서로가 겨자씨만큼 마음의 문을 열자, 길붙기 삼아 말을 나누게 되었다.

"성세성사를 받은 분인 줄로 아는데, 이러심 죄가 됩니다. 부디 저를 멀리해주소서." 그의 말이 길어지면 여인 쪽이 이렇게 말하곤 서두는 걸음으로 몸을 피했다.

"부인, 남녀 유별함을 알지만 왜 말도 못 나누오. 나라는 사람이 술주정뱅이긴 해도 문벌 있는 집안이오. 아버님이 일찍이 천주학을 믿다 포청에 잡혀갔으나 끝까지 배교하지 않으시다가 한양 서소문 밖에서 순교하셨소." 서한중은 두름성 있게 집안과 아버지까지 팔았다. '칠극(七克)' 풀이에서 시작된 대화는 자연스럽게 집안 이야기며 신상 문제로 옮아갔다. 그의 검질긴 접근에 여인은 차츰 마음의 문을 열기 시작했다. 이제 그 문으로 서한중의 출입이 가능해졌다. 그때부터 막무가내 덮쳐오는 남정네의 횡포에 여인은 끌탕으로 숨도 크게 쉬지 못한 채 꼼짝달싹할 수 없게 갇혀버렸다. 사내의 무례한 말의 폭력도 사랑의 한 방법이라면, 그 불길 같은 호소가 부드러운 봄바람으로 변용되어 차츰 여인의 마음을 휘저었다.

그즈음부터 공소를 중심으로 은밀한 소문이 나돌았다. 서베드로와 한마리아가 공소에서 눈을 맞춘다는 몇몇 교우들의 귀엣말이었다. 남녀가 저녁 귀가길에 나란히 걸으며 말을 나누는 장면을 본 적도 있다고 했다. 그러나 서한중은 정실부인을 둔 가장이요, 사리댁 역시 후실이긴 했으나 정실부인이었기에 그 소문이 왜자될 경우에 미칠 큰 파장과 후유증이 두려워 쉬쉬하는 귀엣말이 고작이었다. 등잔 밑이 어둡다는 말대로 두 사람의 측근은 오히려 그 은밀한 소문을 귀동냥하지 못하고 있었다. 소문을 들은 어떤 교우는, 서베드로 님은 고해성사에는 참여하지 않고 늘 슬

그머니 빠졌지만, 한마리아 님은 고해성사에 참여했기에 그런 고백을 했다면 신부님만은 그 비밀을 알 거라고 속달거렸다.

어쨌든 먹구름이 마주쳐 뇌성이 으르렁거리듯 남녀의 마음이 달아올랐으나 서로는 죄의식의 덫에 걸려 번개로 작열하지 못했다. 머뭇거리며, 주춤거리며, 당겼다 밀쳤다, 밀쳤다 당기는 실랑이가 두 해를 끌었다. 밀물과 썰물이 그렇게 교차하다 드디어 밀어닥친 밀물이 두 몸을 함께 덮쳤다. 이태 전 여름밤, 소수서원 옆 후미진 솔밭에서 "안 됩니다. 정말 안 돼요. 이러심 천주님께 죄를 짓는 거예요!" 하고 외치는 사리댁 몸을 끝내 서한중이 열었다. 한차례 그렇게 몸을 열고 나니 봇물이 터지듯 여인은 쉽게 무너져버렸다. 누워 잠들었던 여인의 몸이 정욕에 눈을 떴다. 가랑잎불이 장작불로 옮겨 붙듯, 그 열락이 봉화가 되어 타올랐다. 남의 눈과 입을 기이며 화간(和姦)에 애간장 태우다 못해 서한중이 여인과 살 붙여 한 지붕 아래 살기로 마음을 굳히기가 한 해 전이었다. 그는 술망나니로 부실한 가장이었지만 몇 해째 허리병으로 뒷간 출입도 못한 채 앓아누운 조강지처에 자식 셋을 두었고, 맏딸과 외동아들은 출가시켜 외손녀까지 본 처지였다. 그는 그 피붙이들과 이승에서는 살 만큼 살았다는 결론을 내렸다. 막내딸만 아직 혼례를 못 치러주었을 뿐, 자신이 그들을 위해 더 보태어줄 살림도, 그들에게 늘그막을 의탁할 마음도 없었다. "냉정도 하다. 어떻게 제 피붙이로부터 그토록 매정하게 연을 끊을 수 있을꼬. 짐승도 그 짓을 차마 못하는데." 주위로부터 그런 저주를 받더라도, 짐승이 아닌 인간이기에 그럴 수 있다는 주장을 세웠다. 미치면 무슨 짓을 못해. 자신을 그렇게 한 여자에 미쳐버린 사내로 치부했다.

비록 전처 자식이 다섯이나 딸린 집안에 후실로 들어가 슬하에 자기 자식을 두지 못했지만, 사리댁은 잠자리 정분만 빼고 아직 칠순을 바라보는 건장한 서방이 있었다. 남자의 바람기는 대체로 묵인되며, 정실부인이 슬하에 아들을 못 보면 소실을 둠 또한 예사지만, 남존여비의 오랜 관습 아래 여자의 정절은 목숨과 다를 바 없었다. 여인이 이를 모르는 바 아니었다. 그러나 추문이 만천하에 알려져 회술레당하다 못해 자결을 강요받는 수치만큼이나, 둘이 한솥밥 먹으며 살자는 남정네의 강요를 여인은 거역할 힘이 없었다. 궁합 맞는 잡놈 잡년이란 삿대질도 이제 와서는 어쩔 수 없다고 여인은 체념했다. "일색소박(一色疏薄)이란 말도 있소. 그렇게 억울하게 평생을 꼼짝달싹 못한 채 높은 담장 안에 갇혀 사느니 날개를 달아 훨훨 날며 나를 따르시오." 남정네가 결단을 강요하자 여인은 힘없이 무너졌다.

사통한 남녀가 살 붙여 사는 길은 둘 다 집과 가속, 누대로 살아온 향리와 선산을 떠나야 함이기에, 서한중이 인륜의 탈을 스스로 벗겠다는 옥마음으로 탈향(脫鄕)의 뜻을 세우기는 지난 동지 무렵이었다. 비록 부친이 천주학을 신봉한 죄로 참수형을 받고 적몰되었지만 서한중 집안은 누대로 양반 집안이었고, 여인은 김참봉집 작인 딸로서 지주의 후실로 들어간 상민이었다. 그러나 그런 신분 차별이 맺어진 사랑에는 아무런 문제가 되지 않았다. 종교란 천주교뿐 아니라 불교도 사람의 신분에 차별을 두지 않는다. 아니, 둘의 관계는 오히려 종교가 그 빌미를 제공한 셈이었고, 남녀의 사랑을 출신 성분으로 셈한다 함은 한가로운 겉치레였다.

열강 제국주의와 일본의 침탈이 가속화되고 삼남을 휩쓴 동학 민란으로 국운이 급속도로 기울어졌다. 권세가와 줄 잇대기를 못하거나 재물 없는 양반은 급격히 몰락하는 세태를 맞았고, 서씨 집안도 몰락의 길로 들어섰다. 종갓집 큰댁 가세가 어려워져 종답(宗畓)을 내죽리 김참봉에게 저당 잡히자, 종조부 봉분을 파헤쳐 뼛조각마저 이장케 한 김참봉의 능멸조차 서한중은 눈 번히 뜨고 견디어야 했다.

지난 한가윗날 이후였다. 그는 각골통한(刻骨痛恨)을 참다못해 참봉 영감을 척살하고 그의 후실 여인과 함께 인적 끊긴 심처를 찾아 나서기로 작심했으나, 인두겁 쓰고 차마 살인만은 저지를 용기가 없었다. 칠순을 서너 해 앞둔 나이이기에 참봉 영감이 노환으로 죽기만 기다렸으나 병풍에 그린 닭이 홰치기를 기다리듯 영감은 노령의 햇수와 무관하게 기운이 넘쳐, 그 바람마저 난망이었다. 그러다 더 참지 못한 그가 자기 뜻을 사리댁에게 비쳤고, 대답 없음을 승낙으로 간주하여 이제에서야 탈향 도주를 실행으로 옮기게 된 셈이었다. 아니, 그토록 가슴 뜯으며 별러온 마음은 그 시작에 불과했다. 앞으로의 삶은 여태껏 생활과 생판 다르겠지만, 이제부터 여인을 옆에 두게 되었으니 미구에 닥칠 고난쯤 달게 받을 각오가 되어 있었다.

헌종, 철종 대를 거치며 안동 김씨 세도정권에 삼정(三政)의 문란으로 매관매직이 극에 달하고 탐관오리와 지방 토호의 가혹한 탐학이 백성의 주리를 틀자, 흉년까지 든 지방에서는 자식을 팔다 못해 살식(殺食)까지 한다는 소문이 파다했다. 어린 고종이 즉위하고 홍선대원군이 섭정을 맡더니 쇄국정책으로 한동안 문호를 닫았으나 밀려드는 열강 제국주의 세력을 더 막을 수 없었다. 홍선대원군이 권좌에서 물러나고 민씨 정권이 들어서자 이미 국운이 기운 조정은 불평등조약으로 문호를 개방한 끝에, 외국의 상업자본이 마구잡이로 들어왔다. 경제 침탈에 발판이 될 철도 부설권과 통신, 광산과 산림 채굴권이 열강 수중으로 잇따라 넘어갔다. 그 와중에 뇌물을 먹고 이권을 팔아넘기기에는 왕실과 중앙 관서가 따로 없었다. 그중 조선 공략에 청국과 서방 열국을 제치고 일본이 가장 잇속을 챙겼다. 그들은 철도 용지와 군 용지란 명목으로 조선 땅을 마음대로 조차하고, 고래잡이를 비롯한 연안 어업권을 독점했다. 수입 직물을 풀어놓고선 조선 쌀에 입맛을 들여 삼남의 쌀을 헐값으로 마구 앗아갔다. 그러자 그나마 어렵던 농촌 경제가 파탄을 맞았다. 터무니없는 명목의 공과금과 고리채에 찢기며 흉년까지 겹치니 초근목피로 목숨을 잇는 농민 참상은 말이 아니었다. 갑신정변이 사흘 만에 실패로 끝나고, 나라를 바로 세우려 분기충천하던 동학농민군의 세력도 쓰러졌다. 을미사변에 겹쳐 1895년에 단발령이 시행되자, 팔도에 의병과 민란이 일어나 민심이 더욱 흉흉했다.

1900년대로 들어서자 조선이 독립국으로서 황제가 있으나 이는 문약한 허수아비요, 열강의 주권 침탈은 더욱 가속화되었다. 일본은 조선 땅에 상주시킨 병력을 계속 늘려 그 무력을 앞세워

시시콜콜 본격적인 내정 간섭을 자행했다. 나라 기강이 무너지고 세월이 어수선하니 지방 관아와 세도가의 착취를 견디다 못해 삼남에는 굶어 죽는 자가 속출했고, 어디에도 기댈 데 없는 백성의 마음은 정처를 잃었다. 민중은 바람에 날리는 홀씨같이 흩어져, 각처에 살던 집을 버리고 걸식에 나선 유리민(遊離民)이 늘어났다.

바람 앞에 등불이듯 그런 나라 사정과 유리민과는 다른 경우였지만, 서한중은 가까스로 지탱하던 지아비로서의 체통은 물론 권솔마저 팽개치고 남의 정실부인을 후려낸 패륜아의 행로로 자청하여 나선 참이었다. 공소에는 마지못해 문지방만 넘나들었으나 소싯적 이미 이양인 사제를 통해 견진성사를 받은 몸인데, 나는 이제 천주교도가 아니오 하고 결연히 선언한 뒤, 계명을 범하여 지옥불에 떨어지기를 마다하지 않았으니 그의 입장이야말로 집 버리고 유리걸식에 나선 궁민의 처지와 다를 바 없었다.

1905년(고종 42년), 춘분을 앞둔 절기였다.

경상도 땅 북쪽 끝 소백산이 병풍을 친 아래, 『정감록』에 기록된 바대로 나라 안 제일의 피세처(避世處)인 풍기 안쪽 순흥 땅이었다. 소백산 국망봉으로 오르는 길은 첩첩의 준령 장산(長山)이 앞을 막는데, 오솔길은 산속으로 가없이 이어졌다.

석우는 서방님이 어디를 터 잡아놓고 내죽리 참봉 어른 별당마님을 거느리고 산길을 타는지 알 수 없었다. 이러다간 하늘 닿은 산마루까지 오를 것 같았다. 성깔이 매섭고 입이 무거운 대신 걸핏하면 화를 잘 내고 술을 걸쳤다 하면 성정이 죽 끓듯 변덕이 심한 어른이라 서방님 앞에만 서면 무슨 날벼락이 떨어질까 소마소마하곤 했기에, 서방님께 어디로 가시는 길이냐고 그는 물을 수가 없었다. 산등성이를 허기지게 올랐을 한나절쯤, 고갯길 재빼기에 나그네 땀 식혀 쉬게 하는 움집 숫막이 있었다. 그는 거기에서 헛헛증이라도 면할 줄 알았으나 서방님은, 숫막에 가서 소주나 아랑주가 있으면 서너 되 사오라며 조랑말 등의 이불깃에 찔러 넣은 귀때동이와 십 전 은화를 내놓았다. 서방님은 숫막에 들기는커녕 저만큼 떨어져 방갓을 더 내리고 외면했다. 석우는 돈을 주고 숫막에 있는 보리소주를 있는 대로 바닥까지 긁어 퍼담아 왔다. 서한중은 귀때동이를 괴나리봇짐에 세워 넣곤 다시 길을 서둘렀다. 고갯마루에서 석우가 왔던 길을 돌아보니 이제 내죽리를 떠난 이수가 가없이 멀어져버렸다.

서한중은 고갯길을 허위넘어서야 냇가를 찾아 괴나리봇짐을 끌렀다. 봉지의 미숫가루를 물에 풀어 셋은 얼요기를 하고, 서한중은 찔끔찔끔 호리병의 소주를 마셨다. 남자의 그 꼴을 보는 사리댁 얼굴에 먹구름이 잔뜩 실릴 수밖에 없었고, 그러잖아도 암담해 뵈는 앞날이 광풍에 쫓기는 겨울새이듯 불안했다. 배점리 한양마님 둘째서방님이 모주꾼이란 말은 들었지만 시도 때도 없이 독주를 마셔대는 모주망태는 처음 보는 터라, 자신이 살 섞은 남자를 여태껏 몰라도 한참 몰랐다고 때늦은 후회가 따랐다. 내 마음이 이렇듯 쫓기니 남자인들 어디 태평하랴. 여인은 술에 취하는 남자의 심사를 너그럽게 헤아려 스산한 마음을 삭였다. 석우는 길마에 짐을 잔뜩 진 조랑말에게도 가져온 여물을 먹였다. 그려고 다시 이십 리를 좋이 걸었으나 서방님의 길 나선 목적지가 어디인지 석우는 짐작조차 되지 않았다. 서방님과 내죽리 별당마님의 차림이 상복이지만 그가 알기로 근간 주인댁과 내죽리 참봉 어르신 댁은 상을 당한 적이 없었다. 주인댁 선산은 마을에서 바라보이는 둔덕에 있었다. 철저한 함구령 아래 아버지께 들은 말이 있는지라 둘째서방님이 먼 길 나서는 줄은 미리 알았고 한동안 집 떠나 서방님을 수발해야 하리라 짐작했지만, 내죽리 참봉어른 별당마님까지 따라나설 줄은 그도 미처 몰랐던 것이다. 머리칼을 치렁하게 땋은 열다섯 살 나이지만 석우는 무슨 사단으로 두 사람이 죽어라고 걸음에 날개를 붙이는지 그 사연쯤은 어렴풋이 깨닫고 있었다.

석우는 더 참을 수 없어 조심스럽게, 서방님이 가시는 데가 어디쯤 되냐고 물었다. 암, 가보면 알지 하며 서한중은 휘적휘적 발길만 옮겼다. 또 십 리가웃 걸어 국망봉을 비껴 돌아 비탈을 타고 숲을 헤치며 동북으로 나아갔다. 이제 길마저 희미해져 호랑이나 표범, 승냥이, 곰이라도 만날까 두려울 만큼 깊은 산속으로 접어들어서였다. 별당마님조차 내내 말없이 좇아오건만 석우는 어렵사리 서방님께, 이 길로 가면 어디 정해둔 곳이 계시냐고 다시 물었다. 내죽리 물방앗간 앞에서 헤어질 때, 언젠가 그곳에 들르겠다는 아버지의 말로 보아 두 사람이 은밀하게 따로 보아둔 거처가 있음직했다.

"부인이 힘들어하니 산천경개 좋은 여기서 잠시 쉬었다 가자꾸나." 서한중이 걸쩍하게 한마디 했다.

벼룻길을 걷던 서방님의 엉뚱한 말에 석우는 걸음을 멈추었다. 뒤처져 다리를 절며 따라오는 별당마님의 시르죽은 모습을 석우도 보았던 것이다. 서한중이 길섶 휘어진 소나무 아래 주저앉았다. 산이 깊어 해는 이미 서녘 산 너머로 져버렸는데, 산 아래 치마주름처럼 펼쳐진 골짜기와 산등성이가 저녁 이내로 자욱했고, 실배암처럼 하얗게 보이는 내가 골짜기에서 물길을 틀고 있었다. 사리댁은 얼마쯤 간격을 두고 외돌아앉아 미투리와 길목버선을 벗었다. 여인은 난생처음 먼 길 걸음에 나서서 허기지게 산을 타고 오른 참이라 발바닥이 부르터 물집이 생겼다. 터진 물집에서 진물이 흘렀다. 석우는 지게를 벗어 작대기를 받쳐 세우고는 길 윗녘에 기운차게 흐르는 물소리를 듣고 한달음에 달려갔다. 남녘 비탈 냇가에는 봄을 먼저 안 버들개지가 꽃망울을 달았다. 양지녘에는 할미꽃도 피었고 쑥 잎도 파릇하게 돋아나 바람결에 잔망스레 떨었다. 석우가 물에 손을 넣으니 얼음장같이 찼다. 응달의 묵은 눈이 풀려 흘러내리는 참이었다. 그는 두 손으로 거푸 물을 떠 양껏 배를 채웠다.

"아직도 당도할 처소가 멀었습니까?" 돌아앉은 사리댁이 땀을 닦으며 조그만 소리로 물었다.

날이 밝기가 무섭게 내소박 자청하여 배부도주(背夫逃走)한 자기를 잡으려 뒤쫓아올 장성한 이복자식들, 김가 문중 장정들, 그들 머슴패들에 대한 두려움은 이제 웬만큼 떨쳤건만, 여인은 더 걷기가 힘에 부쳤다. 힘에 부치기는 다리의 근력만이 아니라 줄곧 방아를 찧던 심장과 흐리마리하던 머릿속이 이제 자진해져 정신을 아주 놓아버릴 것만 같았다. 부득부득 우기던 남정네를 따라 나선 게 줄곧 후회가 되었으나 팔자에 씐 운명이라면 이를 인력으로 어찌 비켜 가리오 하고 체념했고, 남정네의 불타는 눈길에 꼼짝달싹할 수 없게 갇혔을 때부터 양순한 집짐승이 되어버렸다.

"내가 이정(里程)을 따지고 있으니 부인은 염려를 마시오. 보아둔 동굴이 있소."

서한중은 술이 얼마 남았나 호리병을 흔들며 사리댁을 바라보았다. 밤내 잠을 못 잔 탓인지 그러잖아도 붉은 그의 방울눈에 핏발이 섰다.

"어둡기 전에 어디든 잠자리부터 잡아야겠군요." 남정네의 눈길에 섬뜩해하며 사리댁이 얼른 시선을 피했다. 동굴에서 첫 밤을 잔다 하니 그 불편한 잠자리가 오죽하랴만 여인은 지금 그걸 따질 입장이 아니었다.

"저 능선만 휘어 돌면 반 마장 거리라 이제 다 온 참이오. 거기서 저녁참 준비를 서둘도록 합시다." 넋을 놓은 사리댁 보기가 민망해 서한중이 호리병에 마지막 남은 소주를 목구멍에 털어넣곤 허술한 한마디를 보태었다. "부인, 이 고생을 시켜 미안하오. 따지고 보면 생사 결단을 하고 나선 참이니 닥친 역경이야 참을 수밖에 없긴 한데…… 허허."

남녀는 석우가 표주박에 떠온 냇물을 마셨다. 서한중은 들메끈을 고쳐 매고 다시 출발을 서둘렀다. 한결 힘을 얻은 그들은 가풀막을 올라 장산 능선길을 탔다. 억새풀과 솔수펑 사이로 나무꾼이나 다님직한 실배암길이 산등성이를 따라 이어졌다. 이젠 그들이 거쳐온 남녘 땅 아래쪽조차 첩첩의 산이 주름을 잡아 가로막았다. 거뭇한 바윗돌이 여기저기 우뚝 선 모양새가 앉거나 선 큰 짐승을 닮은데다 이따금 무슨 짐승인가 마른풀을 차며 길 앞 숲을 건너뛰어, 절름거리며 걷던 사리댁이 질겁하며 걸음을 멈추곤 했다. 얼마 정도의 높드리까지 올라왔는지 짐작할 수 없었지만 기온이 뚝 떨어져 땀은커녕 한기가 핫옷을 파고들었다. 길마의 짐이 무거운 탓에 조랑말도 된김을 뿜으며 힝힝거렸다. 도착할 지점을 아는지라 서한중이 앞장서서 지팡이 내두르며 부지런히 길을 열었다. 주위는 온통 억새숲과 우람한 바위로 들이찼다.

어둠이 재처럼 자욱이 내리고 사방이 어두컴컴해졌다. 실배암길을 버리고 사태진 위쪽으로 잠시 오르자 삿갓꼴의 바위 둔덕이 앞을 막고 입구가 컴컴한 굴이 나섰다. 서한중이 뒤따르는 조랑말 길마의 이불 뭉치 사이에 숨겨둔 화승총을 뽑아들었다. 몇 해 전, 충북 제천 전투에 참가했다 관군과 일본군 연합 부대에 패퇴한 동학농민군으로부터 구입하여 보관해온 총이었다. 사리댁은 담장 너머로 말을 탄 일본 병정의 등에 붙은 장총을 본 뒤, 가까이에서 총을 보기는 처음이었다. 남정네가 총을 가졌음을 처음 알자 서늘한 기운이 가슴을 훑어내렸다.

"틀림없이 짐승이 보금자리를 틀었을 게야."

서한중은 철환이 장전된 총구를 굴 아가리로 돌려 대고 조준을 했다. 노리쇠를 당기자 총소리가 쩌렁 산채를 울렸다. 한 마리는 멧돼지만하고 한 마리는 토끼만한 짐승이 굴에서 튀어나와 재빨리 숲으로 몸을 감추었다. 사리댁이 어진혼이 나간 듯 비명을 질렀다. 산이 깊어 굽이굽이 메아리치는 총소리가 한동안 이어졌다.
"석우야, 더 어두워지기 전에 나무부터 해오고 냇가를 찾아 물을 길어와. 좁쌀이 있으니 부인은 저녁밥을 짓구려."
서한중이 총을 들고 컴컴한 굴 안으로 들어섰다. 굴은 깊지 않아도 천장이 높아 몇 사람이 잠자리를 마련하기에 충분했다.
서한중은 조랑말 길마에 바리바리 실린 짐을 내렸다. 썩은 나뭇가지가 주위에 지천으로 널려 석우는 금세 나뭇단을 한 아름 안고 왔다. 서한중은 지니고 온 당황을 켜 굴 입구에 불을 지폈다. 불길이 살아나자 밝음이 주위의 어스레함을 밀쳐내었다. 그는 베개만한 돌 세 개를 놓고 그 위에 작은 무쇠솥을 얹었다. 사리댁이 마대자루의 좁쌀을 찾아내어 씻어서 솥에 부었다. 석우는 조랑말에게 물과 여물을 먹인 뒤 굴 입구 소나무 등걸에 고삐를 매어 쉬게 했다.
솥 안의 끓던 물이 잦아들자 사리댁은 등걸불을 집어내어 아궁이의 불땀을 죽였다. 여인은 세 그릇 밥과, 보시기와 바리에 담아온 묵은 김치와 짠지 따위를 찬으로 모판에 밥상을 차렸다. 남정네 밥 두 그릇은 고봉으로, 자기 밥그릇은 귀가 차지 않게 담았다.
"어른님부터 드사와요." 사리댁이 화톳불에서 반쯤 몸을 틀어 앉으며 말했다.
"서방님이 어서 드셔야 마님께서 드실 게 아닙니까."
밥상을 앞에 두자 석우는 배가 너무 고파 얼른 숟가락부터 들고 싶었으나 여태껏 상전과 한 상에서 밥을 먹어본 적이 없었고 법도에도 그럴 수 없음을 알고 있었다. 아버지가 아닌 할아버지라도 들밥조차 상하를 가리는데 자기부터 수저를 덥석 들 수야 없었다.

"부인 잘 들으시오. 나는 이제 서베드로가 아니고 부인도 한마리아가 아니오. 우리는 비록 신부로부터 성세성사를 받았으나 천주의 계명을 저버린 죄인이 되었소. 나 같은 파락호야 일찍부터 남자의 그런 행실을 죄라 따져온 적 없이 살아왔지만, 부인이야말로 사도란 너울을 쓰고 남의 눈 기이고 미사 참례하며 애간장 타는 몇 해를 보내왔지 않소. 그 괴로움을 난들 왜 모르겠소. 암, 가뭄에 벼 포기 마르듯 바싹바싹 타는 마음 졸임을 알고도 남지. 그러나 이제야말로 우리는 천주로부터 해방이 됐구려. 천당에 있다는 그리스도 그 이양인이 우리를 모른 체 잊어주셨으면 싶소. 우리 역시 그 품으로부터 등 돌리고 살아가야 하는 배교의 길로 들어섰소. 천주를 섬기는 그 이양의 교……"

"그만, 그만하사와요." 서한중의 말에 사리댁이 손으로 얼굴을 가렸다. 비녀로 쪽진 머리채가 떨리고 움츠린 동그만 어깨가 들먹였다.

"그러나 그리스도 그이가 말하기를, 하늘 아래 만백성은 높은 자가 없고 낮은 자가 없으며 남녀 또한 유별해서는 안 된다고 하지 않았소. 인적을 피한 심처에서 이제 우리 세 사람만이 살아갈 터인즉, 한 상에서 밥을 먹어도 어느 양반상투가 그 허물을 따지겠소. 내 이미 그런 격식을 버리기로 맹세한 터인즉, 격식 따지는 도덕군자 어디 나서보라 하시오." 서한중이 흰소리를 하곤 사리댁으로부터 눈길을 거두어 석우를 쏘아보았다. 모닥불꽃이 그의 얼굴에서 너울거렸다. "석우 네놈, 내 너한테 이른다. 앞으로 별당마님에게는 마님이라 존대치 말고 그냥 아주머니라고 불러라. 내 허락이니 그래도 좋다. 이제 우리는 한식구이니라."

"서방님, 제가 어떻게 감히 서방님과 한 상에서 밥을 먹을 수 있겠습니까. 서방님 먼저 드셔야지요. 서방님이 드셔야 마님도 잡수시고, 마지막이 제 차례 아닙니까. 마님 또한 이웃집 아주머님이 아니고 어디까지나 내죽리 별당마님이신데……" 석우가 해죽해죽 미소를 띠며 뒤통수를 긁적거렸다.

"에끼, 이놈! 이제부터 내가 하는 말에 토를 달지 말고 시키는 대로 따르기만 해! 그렇게 하지 않는다면 네놈 종아리에 피가 터지도록 매를 내릴 것이다, 알겠느냐?" 서한중이 석우에게 껵쉰 목소리로 대지름을 놓곤 사리댁을 보았다. 꿈틀거리는 범눈썹 아래 큰 눈이 화톳불빛에 타올랐다. 그가 수저를 들지 않고 기다리자, 한참 뒤에야 흐느낌을 거둔 사리댁과 석우가 모판 앞으로 다가앉았다. 그러나 차마 밥그릇을 모판 위에 그냥 두지 못하고 둘은 돌멩이에 놓고 밥을 먹었다. 새벽닭 울기 전부터 제대로 쉴 짬이 없이 들을 질러 야산을 넘고 높드리 산길을 오를 동안 뱃속에 들어간 거라곤 미숫가루 한 그릇이라, 세 사람 모두 허갈이 심해 식사가 쉬 끝났다. 서한중은 석우가 산등성이 숫막에서 사온 귀때동이 소주를 호리병에 따라 반주를 마다하지 않았다.

"불을 피워두면 아무리 큰 짐승이라도 근접을 꺼리는 법이오. 뭇 짐승이 천둥소리를 무서워하듯, 방포질에 놀라 오줌을 찔끔 갈겼을 거요. 여기서 우레가 터져 오늘 밤엔 어느 짐승도 이 골로는 근접을 안할 것이니 안심을 하오. 아침 일찍 길을 서둘러야 하니 두 사람 먼저 잠을 자도록 하시오." 서한중은 부지깽이로 화톳불을 괄게 살리며 허리춤에서 곰방대를 뽑고 담배쌈지를 풀었다.

"서방님은 안 주무시게요?" 석우가 물었다.

"삼경에 들 때까지 내가 지키고, 그 이후 너를 깨우마."

"불을 피워두면 큰 짐승도 겁을 낸다 하잖습니까?"

"하나는 알고 둘은 짐작 못하는 녀석 하고선. 오늘 밤은 누구든 잠을 자지 않고 지켜야 돼."

서한중은 추적할 무리가 홰를 밝혀 들고 여기까지 쫓아온다면 잠결에 속수무책으로 당하느니 한 사람이 자지 않고 지키다가 자는 자를 깨워 몸이나마 얼른 피할 요량이었다. 그러자면 한 사람이 뜬눈으로 밤을 나야 했다.

"갈 길이 아직 멀었습니까?" 사리댁이 물었다.

"내일 낮참쯤 당도할 거요. 형제봉 아래요. 읍내리에서 형제봉까지가 팔십 리는 될 테고, 험한 산길이니 장정이라도 하루 걸음하면 산에서 밤을 나야 할 거요. 지난 늦가을 도솔아범과 함께 올라와 이 일대를 샅샅이 헤맨 끝에 장만해둔 화전붙이 집이 있소. 화전밭은 물론이고 채전도 달린 외딴집이오."

"화전살이를 하시게요?"

사리댁은 남정네의 말이 믿기지 않았다. 공소는 겉돌고 한량으로 한세월을 보냈음을 들어 아는지라 남정네가 화전살이를 한다니, 팥으로 메주를 쑨다는 격이었다. 귀엣말 소문이 웬만큼 퍼져 방물장수 전교 부인까지 배점리 한양마님 둘째서방님과의 내통 진위를 캐려 물어왔을 때, 때맞춰 남정네가 도망을 가는 길밖에 없다고 제의했던 것이다. 자진(自盡)하지 않으면 그 길밖에 다른 방책이 없었다. 어디로 가실 거냐고 차마 물을 수는 없었지만 여인은 대처를 떠올렸다. 대처에 집을 얻고 둘이 소매 걷어붙이고 나서면 어찌 입살이는 하겠거니 여겼다. 그런데 나선 길이 산속이라 태산준령을 넘으면 들녘과 사삿집들로 들어찬 다른 세상 대처가 나서겠거니 여겼던 것이다.

"왜, 화전살이가 싫소?"

"그런 건 아니지만……"

"그렇담 화전붙이 식구와 함께 살게 되나요?" 석우가 물었다.

"그들은 이미 북지로 떠났다. 내일 당도하면 알게 될 게다. 쓰잘 데 없는 걱정 말고 잠자리나 펴거라. 일찍 일어나야 하니."

석우가 늘어지게 하품을 하더니 굴 안의 굵은 돌멩이를 주워내어 바닥을 판판하게 골랐다. 타다 남은 솔가리와 꺼멓게 그을린 돌멩이가 흩어져 있는 것으로 보아 심산(深山)으로 들어온 심마니나 포수가 하룻밤을 자고 간 듯싶었다. 그럴 때 아니고는 짐승이 굴을 보금자리로 삼은 탓인지 노린내와 지린내가 났다. 입구에 불을 피운 훈기로 굴 안이 춥지 않았다. 사리댁은 이불보를 끌러 잠자리를 마련했다. 여인은 요와 이불로 가운데에 남정네 잠자리를, 자신이 들 잠자리는 조금 떨어져 벽 쪽에 깔았다. 이 남정네를 위해 이부자리를 펴기가 처음이었다. 그런 잠자리를 마련하자니 여인의 손길이 떨리고 가라앉았던 가슴이 다시 두근거렸다. 그 떨림과 가슴 두근거림은, 낮 내내 추적꾼에게 뒷덜미라도 잡힐 듯 쫓기던 마음과, 몸으로 닿는 사랑 빼곤 아직도 신뢰할 수 없는 남정네에 대한 애증과는 달랐다. 이랑 사이로 물길을 트듯 마른 흙을 뭉개고 촉촉이 젖어오는 두려운 설렘이었다.

햇수로 열여섯 해 전, 열여덟 살 섣달에 여인은 시집을 갔다. 대례를 마치고 화촉동방(華燭洞房)한 신방에 한쪽 무릎 세워 오도카니 앉아, 늦도록 가무패까지 불러 동패들과 주연을 벌이던 늙은 신랑을 기다렸다. 문구멍 뚫어 엿보기 하는 친정 마을 아낙네들의 킬킬대는 웃음소리를 귓전으로 들으며 한켠에 펴진 원앙금침을 보자 온몸이 사시나무 떨듯 줄곧 떨렸다. 친정에서의 첫날밤은 물론, 시행 온 시댁에서 사흘 밤이 지나도록 늙은 서방은 술내 풍기며 손과 입으로 몸을 탐했으나 그 짓은 하지 못했다. 애젊은 후처를 들인 쾌재한 기분을 만끽하며 날마다 동패와 기생을 조치해 풍악 울리며 주연을 벌였으므로, 취중에 아무리 용을 써도 연장은 곯아버린 고추였다.

굴속에서 호청 빠닥빠닥한 햇솜이불을 펴자 여인은 왜 그날 밤이 문득 떠오르는지 알 수 없었다. 너른 집 안이라 발 닿지 않은 구석도 많은 데서 몸 졸아드는 시집살이를 시작한 지 열흘 만이었다. "새어머니는 앞으로 십 년 동안 대문 밖 출입을 일절 금하오. 한 해에 한두 번 정도 친정 부모님이 오시는 건 말리지 않겠지만, 새어머니 바깥 출타만은 안 되오. 문벌 집안 정실부인의 법도는 마땅히 그리해야 되는 줄 아시겠지요? 더욱이 아버님이 연로하신지라……" 나이가 여덟 살이나 위인 전처 소생 큰아들의 말이었다. 친정이래도 용마루에만 오르면 눈에 잡힐 논두렁 밭두령 건너 한 마장 거리인 뒷실인데, 그곳을 십 년 동안 담 치고 지내라니 기가 막혔다. 그러나 여인은 마땅히 그래야만 되는 줄 알았고 고개조차 들지 못한 채 잡도리한 상대의 그 말에 고개 숙여 입속말로 예, 했다. 그로부터 귀머거리 삼 년, 벙어리 삼 년을 세 배나 넘겨 십수 년 동안 친정아버님 별세 전갈을 받고 배행꾼 찬모와 함께 가마 타고 들밥 나를 거리인 친정집에 다녀온 게 고작이었을 뿐, 여인은 집 담장 밖을 나서본 적이 없었다. 늙은 서방으로부터 금족령이 풀려 한 달에 한 번꼴로 찬모와 행랑아이를 거느리고 장옷으로 얼굴을 가려 읍내리 장날 장 구경에 나서기가 나이 서른 무렵이었다. 여인은 그제야 장에 나온 친정엄마와 동기간, 뒷실의 예전 이웃 사람들을 만나 눈물 글썽이며 쌓인 회포를 풀 수 있었다.

석우도 지고 와 벗어둔 등짐을 풀어 구석자리에 아우와 함께 썼던 꾀죄죄한 요와 이불을 폈다. 주인집에 종처럼 매인 몸이라 제 뜻으로 뭐든 결정할 수 없었지만 서방님이 화전살이를 한다니 앞으로 자신이 해야 할 일이 난망했다. 집에서도 서방님은 마당비 한번 잡아본 적 없이 뒷짐 지고 빈둥거리며 소일했기에 화전 일굴 모든 노역은 자신의 몫이 아닐 수 없었다. 천둥벌거숭이로 앞내 석천과 뒷산을 안마당 삼아 한창 싸지를 나이인지라, 무엇보다 사람이 그리워 견뎌낼 수 없을 것 같았다.

둘이 옷을 입은 채 잠자리에 드는 것을 보고서야 서한중은 화승총을 굴 입구에 옮겨 돌 벽에 기대어 세워놓고 곰방대에 쌈지담배를 재어 화톳불에 붙여 물었다. 가까이, 멀리에서 여러 짐승의 울음소리가 들렸다. 여우와 승냥이가 목청을 길게 빼는 울음도 들려왔다. 소백산맥 일대에는 호랑이도 적잖아 배곯은 밤이면 외진 마을은 물론 읍내리 변두리까지 무람없이 나타나기에 화톳불을 피워두었어도 경계를 게을리해서는 안 되었다. 그는 어둠이 짙게 내린 아래쪽 산야를 굽어보았다. 달빛이 없어 겹겹의 능선은 눈에 잡히지 않았고, 거기에는 첩첩의 어둠뿐 아무것도 보이지 않았다. 눈을 하늘로 돌리니 별무리가 쏟아져내릴 듯 가깝게 보였다. 하늘의 별밭에는 조화로운 평안이 가득 넘쳤고, 그곳이야말로 말 그대로 별천지였다. 천주가 있다는 천당이란 처소가 정말이렷다? 내세에 천당이 있는지 없는지 모르지만 그가 희떱게 중얼거리고 보니, 별천지에는 사제가 늘 읊조렸듯 평화와 안식이 가득 차 보였다. 그는 담배 연기를 깊이 빨아 내뿜었다. 이제 이승 저잣거리와 담을 쌓는다면 우리는 이승과 저승 중간쯤에서 살게 될까? 술기운으로 얼떨떨한 그는 화전살이할 그곳이 속세간에선 너무 높아 하늘과 가까운 데서 살게 될 테지라고 자신없이 머리를 주억거렸다.

불빛에 실려 어둠 속으로 사라지는 연기처럼, 속세간의 지나온 굽이굽이 세월이 눈앞을 스쳤다. 아무리 낯바대기 두껍기로서니 다시 만나기에는 면목이 없는, 어쩌면 이승에 살아 있을 동안 만날 수 없을 권속, 집안, 이웃, 교우들 모습이었다. 이제 잊어버려야 할 얼굴들이었고, 냉담하게 돌아서버린 탓인지 그들과 맺어진 그 많은 기억에는 도무지 정감이 실리지 않았다. 남의 일상사 같게 먼지에 휩쓸려 자취 없이 어둠 속으로 사라졌다. 부인을 처음 보았을 때부터, 그 여인을 마음에 품었을 때부터의 기억만이 새롭게 소롯이 움을 틔웠다. 주야장천 취해 있었지만 속이 썩어 내려앉는 번뇌와 가슴 졸이던 기쁨이 교직되는 나날이었다. 성소 교우들 봄소풍 때 야외 미사를 드린 죽계구곡의 옥녀봉 기슭, 비봉산성 아랫길, 여의바위터를 돌아오던 길, 부청 마당 솔밭에서 벌어졌던 그네 타기, 단오 축제 때 장옷 쓰고 구경 나온 여인 모습이 하도 삼삼하게 떠올라, 그는 그 부인이 이 여인이 틀림없지 하듯 자주 굴 안쪽 여인이 누운 자리를 돌아보곤 했다. 분명 부인이 자기 가까이 잠자리에 들어 있었다. 마음 같아서는 당장 품에 안을 수 있는 위치였다. 둘만의 호젓한 자리만 있으면 그는 여인의 뜻과 상관없이 수캐처럼 달려들어 거칠게 몸을 탐하곤 했던 것이다. 쫓기는 몸이요 노독까지 겹친 터라 서한중도 염치를 차려 오늘은 솟구치는 정념을 눌러 달랬다. 그는 담배를 피우며 다시 하늘을 보았다. 자신과 사리댁이 두 개의 왕별이 되어 하늘에 박혔다. 졸음과 취기로 흐릿한 눈에 두 별이 가까이 다가갔다. 한 쌍의 나비나 벌이 서로가 서로를 탐하여 희롱하듯 두 별이 장난질을 치자, 그의 입에 미소가 번지고 절로 흥이 나서 하무뭇했다.

어와 호시절 삼월 춘풍이로다
지화자 좋구나, 벗님네들 꽃놀이 가자
탁주 한 독 지고 화전 부쳐 꽃놀이 가자……

주발 터지는 탁음에 타령이 흥을 실었다. '서한량 소리가락 못 듣고 죽으면 저승에서도 섭섭하지'라는 말대로, 서한중은 타고난 목청이라 근동에 성동양진(聲動梁塵)으로 호가 난 소리꾼이었다. 우렁차고 유장하고 구성졌다. 폭포가 되어 떨어지다, 노랑목에선 탁류로 굽이져 흐르다, 바다 닿는 장강(長江)에선 한을 싣고 낮게 굽이지며 잦아졌다. 그래서 화류계에선 그의 소리에 혼을 빼앗긴 논다니들이 많았고 서로 수청을 들겠다며 저들끼리 투기하는 촌극을 벌이곤 했다.

잠자리에 들었으나 잠을 이루지 못하는 사리댁은, 내가 저 소리에 넋이 홀렸는지 모른다고 나직이 한숨을 쉬었다. 여인이 남정네의 소리를 처음 듣기는 이태 전이었다. 가을 추수 절기라 어스름 내리는 들에는 고개 숙인 벼가 황금물결로 너울거렸다. "내 소리 한차례 들어볼 테요?" 주일미사 참례에서 돌아오던 호젓한 길에 남정네가 말했다. 불러라 마라는 말도 없는데, 남정네는 주발 터지는 챙챙한 탁음으로 육자배기 한가락을 유장하게 뽑았다. 그 소리를 듣는 순간 여인은 가슴이 철렁 내려앉았다. 참으로 융숭한 가락이었고 소리가 낮아져 물굽이를 이룰 때면 가슴 미어지는 정한(情恨)이 실려 있었다. 마을 어른 환갑잔치나 혼례잔치에서, 부청 마당의 몇 아름 되는 느티나무 아래 놀이마당에서 들어본 아잇적 말고 처음 듣는 소리였다. 내가 무슨 소리를 안다고 그때 그렇게 마음을 태웠는지. 여인은 다시 할랑거리는 가슴을 두 손 모두어 눌러 쓸어내렸다.

……어와자 절시구, 호시절이로다

임 보러 가는 발길 가볍구나
동남풍에 나비 날듯 논물에 개구리 뛰듯……

서한중은 흥을 내던 소리를 뚝 끊었다. 홀연히 별밭을 가리며 얼굴 하나가 눈앞에 뚜렷하게 떠올랐다. 서로를 희롱하던 왕별 두 개가 부끄러워라 하며 얼른 자취를 감추어버렸다. 떠오른 얼굴은 서한중 나이 여덟 살 때 죽임을 당한 아버지 모습이었다. 상투가 풀리고 살갗이 찢어져 피딱지가 앉은 아버지 얼굴이 어둠 속 화톳불길의 일렁임 뒤켠에서 슬픔을 띠고 자기를 내려다보았다. 아주 흉한 피폐한 얼굴인데도 천상에 계신 탓인지 그 모습이 별인 양 광채를 뿜었다. 그는 그 황홀한 모습이 눈부셔 차마 그 얼굴을 마주 볼 수 없었다. 사실 아버지 모습이 떠오를 때마다 잊으려 지워왔고, 꿈에 보여도 한사코 꿈을 깨려 발버둥쳐왔다. "네 나이 몇 살이냐, 이 철없는 녀석아." 아버지가 탄식하며 말했다. 자신을 팔러 가는 빌라도에게, 이제 네가 할 일을 하라고 그리스도가 말하듯, 영원히 지옥불에 던져질 죄인이라며 아버지는 쓸쓸한 표정으로 머리를 설레설레 흔들었다. "나는 일찍이 아버지 존경하기를 포기했소. 천주교도들이야 성인 반열로 우러러보겠지만, 나는 한마디로 당신이 지긋지긋하오. 제발 그런 모습으로 나타나지 말고, 내 앞에서 썩 사라지시오! 나는 이제 천주교도가 아니오. 어떤 신이나 무속도 섬기지 않기로 나섰으니 제발 나를 잊어주시오. 자식이 아니라고 아주 포기해버리시오. 나 역시 처자식을 버린 개망나니가 되었으니깐요. 이제 둘째아들 한중이가 어떤 놈인지 확실하게 알지 않았소!" 서한중이 냅다 소리치곤 굴 안을 둘러보며 호리병을 찾았다. 아버지만 떠오르면 그로서는 그저 작취미성으로 취해버리는 게 상책이었다.

잠자리에 들었으나 잠을 이루지 못하고 있던 사리댁이 남정네의 갑작스런 소리 지름에, 그게 무슨 말이옵니까 하고 묻고 싶었지만 입이 떼이지 않았다. 남정네를 앞에 두면 묻고 싶은 걸 묻지 않고 삭이기가, 막상 묻는 말에 열 곱은 되었다.

호조(戶曹) 종7품 직장(直長)으로 남인(南人) 시파(時派)에 속했던 서한중의 부친 서제익은 왕족 자녀의 훈육을 담당하던 승지(承旨) 남요한 종삼으로부터 천주교 교리를 익히더니, 몇 년 뒤 신실한 교도가 되었다. 그 뒤 서제익이 조선 교구장 베르뇌 주교에게 성세성사를 받아 프란시스코로 교명을 가지니, 처와 자식도 그를 따라 천주교도가 되었다.

천주교가 조선 땅에 전파되기는 1784년 이승훈이 천주교인 이벽을 만나 천주학에 심취하던 중, 겨울 사절 서장관(書狀官)인 부친을 따라 중국 북경으로 들어가 천주교당 북당(北堂)에서 조선인으로서는 처음으로 성세성사를 받고 교리서적과 십자고상을 가지고 귀국하니, 햇수로 벌써 일백이십 년 전 일이었다. 그해 겨울, 역관 김범우 집 대청에서 주일미사 성제를 지내고 최초로 조선교회를 창설하니, 이같이 타국 성직자의 전교를 받지 않고 자생적 천주교 조직체를 갖추기는 천주교 세계 전교 사상 그 유례가 없었다. 그 뒤 조정의 갖은 박해 속에 천주교를 믿는 자는 서학배(西學輩), 사학죄인(邪學罪人), 천주학쟁이란 저주를 당해가며, 이를 신봉하는 자는 감옥에 가두어 엄혹한 고문으로 살과 뼈를 찢었다. 불사이군(不事二君)이라 하여 임금에게 불충하고, 신주를 불사르며 지성으로 모셔야 할 제사까지 배격하는 불효한 천주학쟁이는 선참후계(先斬後啓)로 다스렸다. 조선교회가 창설된 뒤 크게 일어난 1801년(신유년), 1839년(을해년), 1846년(병오년)의 천주교 박해가 다 그러했다. 그러나 오랫동안 사제를 모시지 못하는 중에도 지하로 물이 흐르듯 교세는 꾸준히 확장되었다. 천주교가 조선에 전교된 지 팔십 년, 홍선대원군의 서슬 푸른 섭정 시절에 이르러 마침내 참혹한 큰 교난(教難)을 다시 맞게 되었다. 1866년(병인년) 2월부터 시작된 천주교도의 박해는 1871년까지 여섯 해 동안 이어졌고, 그 기간 동안만도 팔도에 걸쳐 배교의 강요에 굴복하지 않음으로써 혹독한 고문을 거쳐 육신이 찢어지고 동강나는 육시형(戮屍刑)이나 참수로 순교한 교도 수가 일만여 명에 이르렀다.

1866년 3월 7일 남종삼과 홍봉주를 서소문 밖 네거리에서 참수하고, 이튿날 서양인 베르뇌 주교, 브리트니에르, 보뤼, 도리 신부를 한강변 새남터에서 참수하니, 조대왕대비(趙大王大妃)의 명에 따라 군졸과 관리들은 전국 방방곡곡 양인(洋人)과 천주학쟁이들을 잡기에 혈안이 되었다. 다섯 가구가 한 조를 이루어 숨은 천주학쟁이를 관아에 신고하는 체제인 오가작통법(五家作統法)을 써서, 천주학쟁이를 고발한 자에게는 상을 내리고 이들을 숨겨준 자들은 잡아 죽였다. 잡힌 천주학쟁이가 배교에 순복하면 목숨은 붙여 방면해주었으나 배교를 끝까지 고집하면 가차없이 목을 베었다.

서제익의 네 식구가 배교자의 밀고로 잡혀 의금부 남문에 갇히기는 프랑스 군함의 '남양만 내침'(8월), '강화도 공략'(9월)으로 배불척사(排佛斥邪)가 소용돌이치던 그해 10월이었다. 자식 둘은 나이가 어린데다 형틀 고문이 두려워 천주학쟁이가 아니라는 발뺌에 쉬 방면되었으나 서제익 부부는 포도청 구류간에서 갖은 형벌로 고초를 겪으며 배교를 강요당했다. 임자는 살아 나가야 두 자식을 거둘 테니 거짓으로 배교하라는 지아비의 말에 따라 허에스더 부인은 거짓 배교를 서약하여 초주검 상태로 겨우 방면의 허락을 받았다. 이미 재산과 아래채 식구는 적몰당한 뒤였다. 서제익은 사지와 몸통을 찢고 인두질로 태우는 모진 고문에도 굴하지 않고, 나는 죽어 차라리 천주님의 영화를 입겠다며 배교를 끝까지 거부해, 서소문 밖 네거리에서 참수형으로 다른 천주교도 셋과 함께 순교하기가 그해 입동 절기였다.

서한중은 그 형장에 가지 말았어야 했다. 뭇 구경꾼에 섞여 아버지의 참수형을 훔쳐보았던 게 평생을 따라다니는 악몽으로 남게 되었으니 그는 그날의 광경을 기억하고 있었다. 맑은 날씨에 바람이 몹시 불어 거리에 흙먼지가 자욱이 일던 날이었다. 의금부 앞에서 출발한 우차 두 대에 모반부도죄인(謀反不道罪人) 넷이 타고 있었다. 형리들은 수레 위에 나무로 만든 십자가를 세우고 그 꼭대기에 죄명을 적은 명패를 내달았다. 그 아래에는 나무토막을 놓아 그 위에 죄인을 세우고 십자가 모양의 나무에 손발을 묶어 매었다. 수레가 서소문 밖을 나서자 형리가 죄인의 발에 괸 나무토막을 빼고 돌바닥 비탈길을 채찍질하여 수레를 내달리게 했다. 포도청에서 손발에 고랑쇠가 채워진 채 온갖 악형을 당해 초주검이 된 죄인들이 십자가에 매달려 흔들리게 되니 얼마를 못 가 모두 정신을 잃고 말았다. 거짓 배교한 덕분에 권솔에게 업혀 풀려난 허부인은 장독을 다스리느라 집 안에 누워 있었고, 맏이 서한흠은 참수당하는 아버지를 차마 볼 수 없다 하여 나서지 않았다. 그러나 소년 서한중은 집 안이 온통 곡성으로 어수선할 때 식구 몰래 집을 빠져나와 아버지의 마지막 순간을 배웅하려 형장으로 가는 수레 뒤를 눈물을 흘리며 쫓았다. 네거리 형장에는 의자에 앉은 어영대장 주위로 군사들이 도열했고, 흰 깃발을 높이 단 장주가 세워져 있었다. 천주학쟁이의 참수 광경을 구경 나온 많은 사람들이 네거리 사방에 진을 치고 있었다. 죄인 넷은 형리들에 의해 십자가에서 내려져 모두 옷이 벗겨지니 속바지만 남게 되었다. 먼저 서제익이 불려 나갔다. 형리는 죄인의 두 팔은 등 뒤로 돌려 묶고 양쪽 귀에는 화살을 아래위로 내리꿰었다. 망나니 둘이 입 안에 머금은 물을 서제익의 얼굴에 뿜고 회를 뿌린 뒤 겨드랑이에 막대를 가로질러 양쪽 끝을 둘러메었다. 망나니는 죄인을 둘러메고 구경꾼들 앞 네거리 마당을 여덟 차례 돌다 말뚝이 박힌 네거리 가운데로 들어섰다. 서한중은 구경꾼들 사이에 숨어 얼굴이 하얗게 질린 채 숨을 할딱이며 그 광경을 지켜보고 있었다. 떨리는 다리에 힘이 풀려 쓰러질 것만 같았다. 망나니 하나가 서제익을 꿇어앉히고 머리를 눌러 숙이게 한 뒤, 군사 하나가 그의 머리털을 쥐고 있던 노끈으로 잡아매었다. 이어 망나니

넷이 고개 숙인 죄인 주위를 돌며 미친 듯 칼춤을 추었다. 망나니들은 기성을 내지르며 날뛰다 칼을 쳐들었고, 그중 하나가 서제익의 목을 내리쳤다. 서제익의 목은 다른 망나니가 세번째로 찍은 칼날을 받고 땅에 떨어졌다. 서한중은 아버지의 목이 떨어지는 그 순간을 차마 볼 수 없어 눈을 감고 말았다. 더운 눈물이 얼굴을 온통 적셨다. 그의 귀에 군사와 형리들의, 하나가 끝났다고 외치는 소리가 들렸다. 서한중은 눈물을 뿌리며 구경꾼들 사이에서 빠져나왔다. 그는 땅에 떨어지던 아버지의 머리통을 떠올리며 소리쳐 울었다. 공포에 질려 뒤를 돌아보지 않고 집을 향해 서소문 쪽으로 달렸다. 그런데 무엇인가 자기 발목을 챌 듯 열심히 따라왔다. 땅에 떨어졌던 아버지의 머리통이었다. 한중아, 거기 섰거라, 이 아비 머리를 안고 가거라 하고 울부짖으며 아버지의 머리통이 똥장군 마개처럼 땅에 구르며 따라왔다. 그날 밤부터 서한중은 앓기 시작했다. 온몸에 열이 끓어 헛소리를 내질렀다. 아버지의 혀 빼문 피칠갑된 머리통이 눈앞에서 떠나지 않았다. 그는 고열과 환상에 시달리며 보름을 그렇게 앓았다. 약첩으로 다스려 겨우 열이 내렸을 때는 마른 북어 꼴이었고 눈동자는 사시가 되어 사물이 겹쳐 보였다. 내성적이라 부끄럼 잘 타고 말이 없던 소년이었지만 그 뒤로 그는 아주 입을 다물고 멍청이로 지내 허부인의 수심을 보태었다.

순교한 네 천주교도의 머리는 사오 척 되는 말뚝에 자신의 머리털로 매달렸다. 말뚝에는 사형선고문 나무판이 달려 있었다. 목이 없는 시신은 망나니들에 의해 치워졌다. 서소문 밖 네거리를 오가는 장안 사람들에게 천주학쟁이의 처참한 말로를 실컷 구경시킨 사흘 뒤, 말뚝에 매달린 머리도 형리들이 보자기에 싸서 가져갔다. 그 시신과 머리가 지난 춘분 절기 순교한 베르뇌 주교와 양인 신부들이 묻힌 한강변 새남터 언덕에 가매장되었음을 알았지만, 그 가족과 숨은 교인들은 남의 이목이 겁나는지라 차마 그 시신을 옮겨 장사 지낼 엄두를 낼 수 없었다. "포도청에 갇혔을 때 너희 아버지가 내게 이르시기를, 내 천국의 그리스도 품에 돌아간 후엔 솔가하여 낙향하라 이르셨느니라." 허부인의 말에 따라 삭풍이 매몰차던 한겨울에 가장을 잃은 일가는 당장 요긴한 물건만 꾸려 경상도 순흥 땅으로 내려갔다. 서한중은 열병으로 호되게 앓고 난 뒤끝이라 경기도 땅 여주 고을을 넘고부터 걷기조차 힘에 부쳐 노새 길마 신세를 져야 했다. 소백산맥 아래 포근히 들어앉은 순흥 고읍(古邑)은 서제익이 향시(鄕試)를 거쳐 1856년(철종 7년) 문과에 급제하여 초사(初仕)로 호조 종8품 봉사(奉事) 관직에 올라 한양으로 솔가하기 전까지 그가 학문에 힘써온 소수서원과 선영이 있는, 병자호란 이후 이백칠십 년을 세거해온 본향이었다.

가장을 잃고 나머지 가족이 순흥 땅으로 내려오니, 향리에 남겨두었던 서제익의 집과 전답은 중앙 관청의 영에 따라 부청 직권으로 적몰당한 뒤였다. 그러나 장년 연세에 타계한 서제익의 선친이 봉화군수를 지낸 토호라, 선향을 지키며 향리에 은거하던 그의 백부 댁은 장토가 수월찮았다. 빈 몸으로 낙향한 세 식구가 종택 아래채살이를 했을망정 읍내리에 사는 백부가 철 따라 양식을 대어주었기에 먹는 걱정 없이 지낼 수 있었다.

새남터 언덕에 묻힌 서제익의 유골은 이듬해 모내기철을 맞아서야 숨어 살던 장안의 천주교인들의 도움으로 밤중에 몰래 거두어 왜고개 언덕에 옮겨 가매장해둘 수 있었다. 그 소식이 경상도 순흥 땅 배점리 본가에 전해지기는 그해 하지가 가까울 무렵이었다. 서제익의 형이 한양으로 사람을 보내어 아우의 유골 상자를 향리로 옮겨와 선영에 이장했다. 남의 눈과 소문이 두려웠으므로 한밤중 매장에는 직계 가족만 참례했다. "심약한 너는 참례하지 말아라. 집에 남아 있어." 허부인이 한중에게 말했다. 서한중은 아버지의 유골이 내려온다는 말만 듣고도 경기를 일으켰으므로 허부인이 둘째아들을 집에 남아 있게 했던 것이다. 배점리 뒷동산 선산에 서제익의 뼈를 묻는 날 밤은 더위가 얼마나 졌는지 눈물조차 땀에 희석되었다. 허부인은 한양 집에서 숨겨온 지아비가 간직했던 손때 묻은 『성교요리문답』과 상본(像本, 성화)을 유골 상자와 함께 묻었다. "천당에서도 이제야 네 아버지가 편한 마음으로 쉬실 게다." 장례를 마치고 집으로 돌아온 허부인은 한여름 밤인데도 학질에 걸린 듯 떨고 있는 둘째아들의 어깨를 다독거리며 말했다. "어머니, 무서워요. 아버님이 돌아가시던 장면이 너무 무서워요" 하며 서한중은 망나니의 칼날이 아버지의 목을 치던 장면을 떠올리며 줄곧 떨었다. 왠지 그 연상의 무서움으로 눈물조차 나오지 않았다. "아니다. 아버지는 지금 천주님 품에 안겨 천당에 계신다. 그곳은 밤이 없고 더위와 추위조차 없는, 꽃으로 덮인 밝은 동산이란다." 허부인이 말했다.

흥선대원군이 섭정으로 세도를 부리던 시절, 천주학쟁이들은 철저히 지하로 숨어버렸다. 겉으로는 조선 땅에서 천주교인이 사라졌고, 어느 누구도 이양인이 퍼뜨린 그 교를 입에 담지 않았다. 사제로부터 세례성사를 받았으나 이를 숨긴 교인, 천주학쟁이로 탄로나 관아로 끌려갔으나 배교하여 살아남은 자들 역시 마음에만 천주를 품었을 뿐 이를 입 밖에 내지 못했다. 낙향한 서제익 가족 또한 마찬가지였다.

권력을 전횡하던 흥선대원군은 각 고을마다 있는 서원이 지방 세족과 양반이 차지하고 앉아 전횡을 일삼는 기관임을 알자, 1871년 서원 철폐령을 내렸다. 그로부터 일곱 해에 걸쳐 육백오십여 개의 서원 중 마흔일곱 개만 남기고 모든 서원을 문 닫게 했다. 그러나 1542년 풍기군수 주세붕이 세운 우리나라 최초의 서원으로 유서 깊은 소수서원은 문을 닫지 않았다. 소수서원은 풍기군수로 부임해온 퇴계 이황이 조정에 상주(上奏)하여 사액(賜額)을 받은 최초의 사액서원이요, 공인된 사학(私學)이었다. 내죽리에 있는 소수서원은 배점리에서 오 리 남짓했다. 서한중 형제는 소수서원을 다니며 다른 학동들과 함께 훈장으로부터 훈학을 익혔다. 다섯 해를 다닐 동안 서한중은 공부 중에 잡념이 많고 익혀 깨치려는 성의가 모자라 훈장으로부터 종아리도 숱하게 맞았다. 화서(畫書)에는 그 필력이 좋아 칭찬을 받았으나 학문으로 벼슬길에 나서기에는 싹수가 없는 학동으로 취급받았다. 그는 공부에 별 흥미를 못 느낀 소심한 골생원 소년이었기에, 집 안에는 탕약 달이는 내음이 그칠 날이 없었다.

서한중은 선병질적인 체질이기도 했지만 아버지가 참수당하는 현장을 본 뒤부터 그 충격으로 겁보가 되었고 악몽을 자주 꾸었다. 서당에서도 또래 동무와 싸우기는커녕 다퉈본 적이 없었고, 읍내리 장시(場市)에서 어른들이 멱살잡이하며 싸우는 장면을 보아도 다른 아이들처럼 구경하는 법 없이 제 갈 길만 갔다. 잠들기 전에 무서운 꿈을 꾸지 않게 해달라고 천주님께 빌어도 이틀걸이로 잠자리에선 악몽에 시달렸다. 물에 빠져 허우적거리다 죽어가거나, 불길로부터 도망가도 불길이 한사코 따라와 살에 닿는 뜨거움, 호랑이를 만나 도망치다 벼랑에서 떨어지는 아찔함, 형틀에 묶여 형리로부터 알볼기에 곤장을 맞는 아픔, 망나니에게 잡혀 그들의 칼에 목이 잘리려는 순간, 피칠갑된 머리통이 똥장군 마개처럼 구르며 따라오는 따위가 실제같이 재현되었다. 그러다 고함을 지르며 악몽에서 깨어나면 온몸은 식은땀으로 흥건히 젖어 있곤 했다. "한중아, 기도문을 외거나 천주님과 성모 마리아님께 기원을 드리거라. 그러면 나쁜 꿈을 꾸지 않게 돼. 성부, 성자, 성신님이 튼튼한 군병을 보내 지켜주시는데 감히 천주님의 자식인 너를 어디 해코지하겠느냐." 머리맡에서 몰래 읽던 『성경 직해(直解)』를 요 아래 숨기며 허부인이 아들 얼굴의 땀을 수건으로 닦아주었다. "잠자기 전 아무리 간절히 기원을 드려도 소용이 없는걸요." 죽기 직전에서 겨우 살아난 조금 전까지의 아슬아슬함이 꿈이었음을 알고 그는 안도의 숨을 쉬었다. 악몽을 꿀 때는 꿈속에서의 그 고통스런 조마조마함을 참지 못해 자주 오줌을 쌌다. 허부인은 그런 주접 든 둘째아들을 허약한 체질 탓이라 여겨 읍내리 도

수장에 행랑아범을 보내어 싱싱한 생간이며 지라를 구해왔고, 용한 의원을 청해 보약을 달여 먹였다.

서한중이 악몽의 두려움에서 놓여나기는 목소리가 변하기 시작한 열예닐곱 살 무렵부터였다. 악몽은커녕 자고 나면 잊어버리는 개꿈조차 자주 꾸지 않게 되었다. 오래 복용한 보약 덕분인지 키가 버드나무처럼 자랐다. 그즈음부터 그의 목소리가 주발 금 간 쇳소리로 변해갔다. 변성기에 목청을 잘못 쓰지도 않았는데 목소리가 탁음으로 풀리자 주위로부터 애늙은이 소리를 들었다. 첫째애는 그렇지 않은데 둘째애만 목청이 그러니 복용한 약재에 목청을 버리는 무슨 독소가 있었던 모양이라고, 허부인은 그렇게 짐작할 수밖에 없었다. 마른 버드나무같이 훌쭉하기만 하던 서한중은 나이 스물에 이르자 살이 붙어 체격이 헌걸찬 장정 꼴을 갖추었다. 읍내리 장거리에서 왈패들과 어울려 술을 배우기 시작하고부터, 술에 취하면 신소리도 하고 주사를 부렸다. 소년기의 내성적이던 성격이 정반대로 치달아 그를 두고, 사람 한평생에 걸쳐 몇 번은 변한다더니 그 말이 맞다고 배점리 이웃들이 쑤군거렸다. 군눈을 뜬 그는 술집을 찾아 영주읍, 풍기읍으로 나돌았고, 풍기 역참거리 숫막에서 소리 잘하던 관기 출신 퇴기(退妓)를 만나 소리를 배우느라 밤을 새우고 이튿날 낮참이 되어서야 배점리로 돌아오기가 그즈음부터였다.

서한중의 입에서 기도와 미사를 찬미하는 소리가 사라졌다. 허부인의 간절한 기도도 효험이 없어 둘째아들은 빗나가기만 했다. 둘째아들의 행실이 그런지라 허부인은 서둘러 장가를 보내기로 했다. 비록 부친이 천주학쟁이로 참수당했지만 문벌 있는 집안 덕에 서한중은 스물두 살 나던 해 영주 읍내리에 사는 천주교인 중농 집안 규수를 맞아 장가를 갔고, 백부로부터 얼마간 전답을 분배받아 살림을 났다. 범절 바른 집안에서 내훈을 닦은 홍부인은 정숙한 여인으로 아들 하나에 딸 둘, 세 자식을 낳았다. 그러나 축일기도니 고난주간이니 하며 잠자리를 냉정하게 뿌리치는 적이 잦은 처의 결백한 신앙적 자세에 그는 넌더리를 내었다. 그러던 중 처는 막내딸을 낳은 뒤 후더침을 심하게 겪었고 그 뒤부터 몸이 부실하여 잔병치레가 잦았다. 서한중은 도솔아비 식구를 행랑채에 두어 집안 전답을 부치게 하고 영달이나 명예 쪽은 쳐다보지도 않고 유유자적한 나날을 보냈다. 소낙비에 도포 자락 젖어도 결코 잔망스레 뛰어선 안 된다며 도덕군자연하는 출세 쪽은 아예 관심이 없었다. 양반이네 선비네 하는 그런 안간힘을 오히려 허장성세라 비웃으며, 난세에 은거한 먹물짜리도 아니면서 흥선대원군의 파락호 시절을 본받은 듯 나태한 삶을 살았다.

서제익이 서소문 밖에서 순교한 지 스무 해 만인 1886년, 간어제초(間於齊楚)를 겪던 조선은 열강에 문호를 개방하지 않을 수 없었고, 한불조약(韓佛條約)이 체결되었다. 그 조약에 따라 비로소 천주교는 전교의 자유를 허락받고 지하에서 지상으로 나왔다. 병인년 천주교 박해 전 전국적으로 일백서른다섯 개에 이르렀던 공소와 성소가 스무 해 동안 자취를 감추었다 우후죽순으로 다시 생겨났다. 이듬해, 순흥부에도 천주교 공소가 설치되었다. 전국적으로 교인 수가 계속 불어났으나 성세성사를 주고 교리를 가르칠 사제가 턱없이 모자라, 경상도 북부 지방은 평신도 중 신심이 좋은 공소회장을 두어 공소 예절을 행했고, 순회신부가 각 지방 공소를 돌며 집전을 맡았다. 서제익 집안도 그제야 그동안 마음 깊이 숨겨온 천주교를 내놓고 믿게 되었다. 큰집은 물론 배점리 서씨 문중과 그 집안 땅을 부치던 권솔 일부도 천주교도가 되었다.

서한중만은 집안 등쌀에 마지못해 공소 걸음을 했으나 그 믿음이 부실했다. 서제익의 죽음이 그러했던지라 허부인은 지성으로 교리 공부와 기도를 그치지 않았고, 십자고상과 묵주를 품은 채 선종함으로써 염원대로 지아비를 따라 천상의 그리스도 품에 안겼다. 허부인이 임종했을 때 가장 서러워하기는 둘째며느리 홍부인이었다. 홍부인은 시어머니 못지않게 신앙심이 깊었던 것이다. 홍부인은 신앙의 의지기둥을 잃자 평소에도 적은 말수가 더욱 줄어들었다. 서방이 한량으로 바깥으로만 나돌자 읍내리 공소로 나가 천주님께 혼신을 다해 매달렸다. 안사람이 경건 일변도로 천주님만 붙잡고 살자 서한중은 자연 내실 출입을 기피했다. 백년가약이란 허울만 남은 부부였다. 그나마 몇 해 전부터는 홍부인이 허리 병으로 자리보전하여 다리를 아주 못 쓰게 되어 읍내리 공소 출입마저 못하게 되었다. 교우들이 심방할 때 하던 장본인의 말처럼, 천주님이 데려갈 소천할 날만 기다리는 가여운 처지에 놓이고 말았다.

소주 몇 모금을 마시고 담배 한 대 태우고 난 서한중은 불길이 잦아지는 화톳불에 삭정이 몇 개를 얹었다. 아버지의 피칠갑한 머리통은 사라졌으나 그의 마음은 여전히 찜찜했다. 기침 끝에 올라오는 가래를 뱉어내고 굴 안쪽에 눈을 주었다. 하루 종일 길을 걸어 각다분해진 몸이라 석우는 코를 불어가며 단잠에 빠졌고, 벽 쪽으로 돌아누운 사리댁은 기척이 없었다.

"부인, 잠들었소?"

"너무 고단해 꼼짝을 할 수 없는데도 잠이 오지 않습니다. 이렇게 누웠으니 몸은 땅으로 잦아들고 마음은 하늘로 떠다녀, 아직도 꿈인지 생시인지 정신이 흐릿하기만 합니다."

"내가 이렇게 옆에 있지 않소. 지금은 꿈이 아니오."

"조금 전까지만도 우리를 쫓는 무리가 떠올랐어요. 산 밑 발치까지 홰를 들고 쫓아왔어요."

사리댁이 두려움에 떨며 몸을 일으키려 했다. 남정네를 믿고 따라나섰으니 그 품에 안겨야 잠이 들 것만 같았다. 몸이 졸아들어 병아리만큼 작아져 그이의 품속에 깊이 숨고 싶었다.

"그냥 누워 있으시오."

서한중이 곰방대를 놓고 몸을 일으켰다. 그가 무릎걸음으로 사리댁 머리맡으로 다가갔다. 그는 억지로 일어나 앉으려는 여인의 허리를 안아 자리에 다시 뉘었다. 그의 입술이 여인의 뺨에 닿았다. 분내와 함께 눈물에 젖은 찝찔한 뺨이 입술에 느껴졌다. 그는 이불을 들치고 이제 온전히 자기 사람이 된 여인 옆에 나란히 누웠다. 그의 마음이 편안했다.

"부인, 내 지금 하는 말을 믿을는지 모르나, 나 이제부터 오로지 부인만 보고 열심으로 살겠소."

대답 없는 여인의 짧게 쉬는 낮은 숨결이 느껴졌다. 서한중이 사리댁 가슴에 손을 얹었다. 자릿저고리가 아닌 핫저고리를 통해 파닥이는 심장의 진동이 손끝에 전해오는 듯했다. 그는 여인의 허리를 품었다. 사리댁의 몸이 보금자리를 찾듯 그의 품으로 숨어들었다. 앞으로 목숨 붙여 살아 있을 그날까지 그 어떤 고난이 닥치더라도, 그 고난이 아버지의 참형만큼 참혹하더라도 지금 순간 서한중은 후회하지 않았다.

"피곤하실 텐데, 오늘은……" 사리댁이 머리를 외로 꼬며 호비작거리는 남정네의 손을 물렸다. 그이로 하여 몸의 열락을 알게 되었고, 불안을 이기는 방편으로 남정네를 받고 싶기도 한데, 여인의 마음이 아직 거기에까지 문을 열지 않았다. 석우가 잠들었지만 오늘은 접살을 피하고 싶었고, 그 품에 안겨 그냥 잠들었으면 싶은 마음뿐이었다.

"이제 절대 부인을 놓지 않으리다. 이 말은 모주꾼의 허튼소리가 아니오."

"어르신이 제 곁에 계시다면……" 사리댁은 더 말을 잇지 못했다. 여인의 살풋 감은 눈썹에 눈물이 맺혔다. 여인은 나직이 입에 밴 천주님을 읊조렸다. 신실하지 못한 교인, 주색잡기에 밝은 순흥 땅에서 내로라하는 한량, 성질 급하고 광포한 성정…… 여인은 그동안 남정네에 대해 평판 나쁜 소문을 곁귀로 들었다. 그러나 자기 하나를 얻기 위해 현세의 모든 낙을 버린 남자라 생각하자, 그네는 이제야말로 죽는 그날까지 이 남자와 떨어져선 안 되며 영원히 동행할 그림자가 되어야 한다고 입술을 깨물었다. 남정네가 조금 전 한 말이 실언이 될지라도 그럴 수밖에 없는 운명이라고 체념하니, 여인은 가슴 저리게 슬퍼졌다. 남정네가 가여웠다. 가슴 팔딱이던 두려움이 사라지자 여인의 팔이 남정네 어깨를 다소곳이 감싸안았다.

2장

날이 희뿌옇게 밝아오자, 셋은 서둘러 아침밥을 먹고 노새 등에 다시 짐을 꾸렸다. 밤내 자고 났기에 그들은 한결 힘을 얻었다. 산이 높고 골이 깊어 해가 동산 마루에 떠오르기 전에 길을 나섰다. 깊은 산골이라 아침 공기가 한랭했다. 그들은 이제 동북쪽으로 방향을 틀어잡아 산의 칠부 능선 남녘 벼룻길을 탔다. 오솔길마저 있듯 없듯 이어져 있고 허옇게 시든 억새밭과 잡목숲을 헤치며 나아가야 했다. 조랑말을 앞세워 앞장을 선 서한중이 주변의 산세와 골짜기의 위치를 가늠해가며 지팡이를 내둘러 풀섶을 헤쳐 길을 열었다. 발바닥이 부르터 걸음걸이가 시원치 못한 사리댁은 전모마저 벗어버리고 작대기로 땅을 찧어가며 허덕허덕 뒤처져 따랐다.

그들이 목적지에 닿기는 해가 정수리에 이른 정오 무렵이었다. 하늘을 찌를 듯이 솟은 국망봉 남쪽 허리를 질러 백두대간을 동북으로 거슬러 오르기 시오 리, 하늘에 구멍을 내며 구름 위로 솟은 형제봉 아래 완만한 비탈을 이룬 남녘 더기였다. 주위로 소나무, 전나무, 회양목, 구상나무, 상수리나무 따위의 큰키나무가 키자랑을 하듯 빽빽했고, 그런 큰키나무의 밑동을 베어내고 경작지를 만든 삼백 평가웃 한 비탈진 공터가 나섰다. 화전을 부치다 버려둔 밭은 마른 억새와 잡초가 허옇게 시든 채 바람에 떨고 있었다. 서한중의 말대로 울짱도 없는 너와집 한 채와 잿간이 염병 돌아비운 흉가이듯 남루한 몰골로 그들을 맞았다. 부엌 문설주는 삐뚜름히 젖혀졌고 방문 창호지는 간살만 남았을 뿐 죄 찢어져 너덜거렸다. 뒷간과 겸용의 잿간은 쓰러질 듯 기우뚱한 채 지붕이 반쯤 날아가버렸다.

큰키나무를 베어낸 묵정밭과 을씨년스러운 집 주위로 맑은 햇살이 쏟아지고 있었다. 그들은 빈터 어귀에서 걸음을 멈추고 주위를 둘러보았다. 하늘에서 신선이 내려와 살겠다 싶을 만큼 태고의 침묵으로 들어차, 그 고요함에 질려 한동안 아무도 입을 열지 못했다.

"서방님, 앞으로 여기서 내처 사실 작정이십니까?" 석우가 지게를 벗어 내리며 울가망한 목소리로 물었다.

"이 녀석아, 뭐가 어때서 그래. 작년 가을까지만도 여섯 식구가 살던 집인데. 이 집도 그냥 얻은 게 아니라 보리 두 가마에 좁쌀 두 말을 얹어주었다. 마침 다른 화전붙이와 개마고원 쪽으로 옮겨 가려 했기에 망정이지."

"그 사람 횡재수가 터졌네요. 곧 허물어질 이런 집을 양식까지 얹어 받고 넘기시다니." 어제 낮참을 넘기면서부터 행선지가 산중이란 짐작은 했지만, 석우의 땀에 전 얼굴이 질렸다. 몇십 리를 가야 인가가 있을는지 알 수 없었고 몇 달을 살아도 사람 구경은 커녕 강아지새끼조차 만날 수 없을 것 같은 오지여서 귀양살이가 따로 없겠구나 여겨졌다. 석우의 그런 마음을 읽기라도 한 듯 조랑말이 한차례 힝힝거리며 울었다.

"정말 첩첩도 한 산중이네요." 사리댁이 혼잣말로 쫑알거리며 목에 걸친 수건으로 이마의 땀을 훔쳤다. 눈만 말똥거리는 여인 역시 앞으로 살아갈 일이 난망하다는 표정이었다. 그네는 너와집 댓돌에 주저앉아 사방을 두리번거렸다. 산이 깊어 그런지 꿩이나 산까치, 산비둘기 한 마리 날지 않았고 서늘한 기운과 더불어 괴이적적함이 숨통을 옥죄어 고르지 못한 숨길을 더욱 가쁘게 했다. 앞으로 의지해야 할 남정네나 기우뚱한 집칸이 피장파장이어서 여인의 심사가 더욱 스산했다.

"허허, 얼마나 좋소. 망해가는 나라 꼴 보지 않아 좋고, 가뭄날 개골창에 악머구리 끓듯 나 살겠다고 서로 쥐어뜯는 인간 종자들 꼴 보지 않아 오죽 좋소. 그런 세상 잡사를 잊고 우리만 사는 별천지이니, 앞으로 두고 보시오. 앞으로 신선놀음이 따로 없을 것이니. 나 이제부터 매처학자(梅妻鶴子)로나 자처할까, 허허." 시르죽은 사리댁 기분을 치살리려 서한중이 과장되이 큰 소리로 떠들며 선웃음을 날렸다.

사리댁의 받는 말이 없었다. 여인은 언죽번죽 넉살 좋게 지분대는 남정네의 말이 오늘따라 더 공허하게 들렸다. 집 담장 안에 갇혀 지낸 침묵의 긴 세월, 눈물과 한숨으로 길고 긴 시간을 맷돌에 콩 갈듯 잘디잘게 갈며 그 담장 밖 바깥세상을 얼마나 그리워했던가. 아녀자 권솔이나 드난살이꾼, 방물장수 전교 부인이 물어다 나르는 바깥세상 이야기를 들을 때, 그 희로애락 속에 함께 섞이지 못함을 얼마나 애운해했던가. 그 시절에 비긴다면 산중일망정 담장 없는 데 살게 되었으니 작은 한을 풀었다 싶었다.

"네놈까지 뭘 넋 놓고 섰느냐. 어서 짐을 부리지 않고." 석우에게 애꿎은 태방을 놓곤 서한중이 방갓과 창옷을 벗더니 저고리 소매를 걷어붙였다. 메고 난 상두꾼이 따로 없다는 듯 숨 돌릴 겨를도 없이 일을 해붙일 기세인데, 석우로서는 집에 있을 때도 더러 보았던 서방님의 작태였다. 아랫사람이 게으름을 피우면 그깟 걸 일이라고 늑장을 부려, 하며 섰 김에 서방님이 소매 걷어붙이고 나섰다. 막상 나서긴 했지만 품도 해본 사람이 팔지, 눈에는 익고 손엔 설다보니 일을 그르치기 십상이요 금방 제풀에 지쳐 손을 털며 물러나곤 했다.

"사람이 제대로 거처하자면 한참 손을 봐야겠습니다." 석우가 보기에 거미줄투성이에 먼지 켜켜이 쌓인 집이 밤이면 귀신은 몰라도 박쥐는 나다니겠거니 싶었다.

"집이란 거처를 않다보면 금방 폐가가 되지. 앞으로 너와 내가 손 맞춰 잘해보자꾸나. 나도 이젠 예전 내가 아니다. 단단히 결심하고 나섰으니 앞으로 두고 보라고. 한 달쯤 지나면 그런대로 사람 사는 꼴을 갖출 테니." 서한중은 석우보다 사리댁을 겨냥하여 찐덥떨었다.

"우물이나 샘은 어디 있습니까? 우선 물이 있어야 조랑말도 먹이고 쓸고 닦을 게 아닙니까?"

"깊은 산은 가뭄을 모르는 법이다. 우묵한 곳엔 작대기만 꽂아도 물이 고여. 더욱 사람 살던 곳인데 어디 물 귀하겠느냐. 투덜대지 말고 집 주위를 둘러봐."

석우가 조랑말 등짐을 부리다 말고 북녘 뒤곁으로 돌아들었다. 모양새 좋은 노송이 허리 기웃이 숙인 얕은 둔덕이 집을 에두르고 있었다. 부엌 뒷문 쪽은 소채를 심을 텃밭과 깨진 독 까팡이가 어수선했는데, 쓰다 두고 떠난 듯 항아리 몇 개가 낙엽 더미에 묻혀 있었다. 그 뒤쪽, 둔덕 응달의 돌멩이 사이로 물 흐르는 소리가 났다. 쌓인 낙엽을 걷어내자 찬물이 손끝에 닿았다. 그는 집 앞으로 돌아나왔다.

"우물은 아니지만 물은 찾았어요."

"아주머니는 쉬게 하고 우린 일을 해야지."

서한중이 손을 털고 나섰다. 서방님이 일을 하시게요, 하려다 석우는 또 태방을 맞을까보아 입을 다물었다.

서한중과 석우는 조랑말 등에 싣고 온 짐을 부렸다. 어젯밤 동굴에서 짐을 풀 때는 어두워 몰랐는데, 갖추어 온 갖가지 물목을 보고 석우와 사리댁이 놀랐다. 당분간 먹을 양식과 버들고리에 담은 옷가지는 물론이려니와 농사일에 필요한 여러 종류의 연장, 갖가지 살림살이 도구, 파종할 씨앗 봉지, 여러 켤레의 짚신, 소금, 고춧가루, 간장, 된장, 참기름 따위의 자질구레한 먹을거리에, 신주단지 모시듯 놋요강까지 갖춰왔으니 쪽박세간치곤 놀랄 만도 했다.

"부인 보시오. 부인이 단것을 좋아할 것 같아 호랑이도 무서워 한다는 곶감까지 이렇게 넣어 오지 않았소." 서한중이 곶감축을 들어 보였다.

석우가 짐작키로 모주꾼인 서방님이 그렇게 자상할 리 만무했고 아버지도 부엌 용기까지 꼼꼼하게 챙길 분이 아니고 보면, 자리보전한 안방마님은 아닐 테고 엄마가 나섰는지도 몰랐다. 사리댁 역시 입이 벌어졌다. 조랑말 등짐을 보고 무슨 짐을 저리도 꾸려 왔나 했지만 막상 헐고 보니 알뜰하게 챙겨 온 살림살이였다. 저 허랑한 남정네한테도 그런 침착한 구석이 있구나 싶어 여인은 적이 놀랐다. 새로운 발견이었고, 이른 봄 부드러운 흙을 뚫고 새싹 하나가 여인의 가슴에서 싹을 틔웠다.

"서방님이 어찌 부엌세간까지 골고루 잘 갖춰 오셨습니까? 더욱 놋요강까지요?" 석우가 물었다.

"잡책에 요긴한 품목을 적어가며 몇 달을 준비했느니라. 나 말이야, 하기 싫어 그렇지 한번 했다 하면 똑떨어지게 하지 않던. 요강 말이냐? 이런 산채야말로 밤에 짐승 무서워 어디 뒷간 출입인들 하겠느냐? 요강이야 무엇보다 중요로운 알짬이지." 서한중이 짐승 잡는 덫을 꺼내놓더니 한지에 싼 것을 풀었다. "석우야, 이걸 보거라. 이 요령들을 어디 쓰려는지 아느냐?" 서한중이 빙시레 미소 띠며 작은 놋쇠 요령 네 개를 흔들었다. 종소리가 투명했다.

"그걸 어디다 쓰시게요?"

"줄로 연결하여 집 멀찍이 사방에다 달아두련다. 누구 발길이든 무심코 줄을 건드리면 요령 소리가 울리고, 그러면 우린 단박 누군가가 나타났다고 미리 낌새 잡을 수 있잖느냐." 요령 잡은 손을 들어 요령불알을 쳐다보는 서한중의 얼굴에 호기심 많은 소년처럼 천진함이 떠올랐다.

"짐승이 건드리고 지나갈 수도 있잖아요?"

"물론 그럴 수도 있지."

"덫은 잘 챙겨 오셨습니다. 노루도 잡겠는걸요." 석우가 덫 세 개를 들고 보며 말했다.

"그래야 이 산중에서도 고기 맛을 볼 수 있지. 남녀 공히 육질을 먹어야 힘이 솟고 양기와 음기가 몸에 고이지." 선웃음 끝에 서한중이 댓돌에 오도카니 앉은 사리댁을 넌지시 건너다보았다. 그의 말에 여인의 뺨이 상기되었으나 눈을 맞추지는 않았다. "이제 우리가 살 집에 당도했으니 허드레옷으로 갈아입고 일을 시작해야지요."

"방과 부엌이나 대충 치우고 오늘 하루는 쉬시지요." 사리댁이 말했다.

"부인은 고단할 테니 그릇이나 챙기고 쉬구려. 남자는 일을 해야지요. 여기선 늘쩡거리며 얼치기로 살 수 없다는 걸 나도 아오. 내 결심한 바 있다 하지 않았소."

서한중의 계속되는 자기다짐에 사리댁도 청처짐한 몸을 일으켰다. 남정네가 쉬라고는 말했지만 여인 역시 손 재어놓고 있을 처지가 아니었다.

셋은 첫날부터 허리 펴고 쉴 짬이 없게 일에 나섰다. 서한중이 맞지 않는 문짝마다 고쳐 달고 너덜거리는 창호지를 찢어내곤 가지고 온 새 창호지와 벽지로 방문과 벽을 말끔히 도배했다. 일이 재바르지 못하고 서툴렀으나 그는 흥얼흥얼 잡가까지 불러가며 쉬지 않았다. 에끼, 못해먹을 노릇이군 하며 쉬 물러나 술병이나 차지하고 앉을 줄 알았던 석우로서는 서방님의 인내에 우선 놀랐다. 서방님이 그렇게 쉴 줄 모르고 품을 파니 그도 앞마당과 묵정밭의 허리를 채우는 억새와 잡초를 불 질러 태우고 집 앞뒤를 말끔히 치우며 부지런을 떨었다. 사리댁도 있듯 없듯 사부작거리며 아녀자가 할 일을 챙겨, 부엌세간을 정리한 뒤 방과 마루를 쓸고 닦았다. 생쥐가 바소쿠리의 알밤을 나르듯 발소리조차 내지 않고 바지런하게 집 안팎을 도다녔다.

봄이 오는 절기였으나 해가 빨리 지는 산속이라 세 사람이 휘뚜루마뚜루 일을 하는 사이 어느덧 화전살이 첫날이 어둑해졌다. 저녁 바람이 찼다. 낮 동안 졸던 나무들이 깨어나 바람을 타며 울었다. 기운이 뚝 떨어져 산채에는 아직 겨울이 머물러 있었다.

안방에서 저녁 밥상을 받았을 땐 호롱불을 켜야 했다. 땔감이 널려 군불을 넉넉히 지피니 방 안이 후끈하게 더웠다. 일할 동안 한 모금도 술을 마시지 않았던 서한중은 저녁상을 받고서야 호리병을 밥상에 올렸다.

"하루 종일 허리 펼 짬 없게 품 판 뒤끝에 마시는 술맛이 어떤지, 나이 쉰을 앞둬서야 알겠구려." 소주를 종지 한 잔 기세 좋게 넘긴 서한중이 구레나룻을 쓸며 입맛을 다셨다.

사리댁은 그런 남정네가 대견하다는 듯 보일락 말락 미소만 띠었고, 석우는 그 말씀이 며칠이나 가랴 싶어 속으로 쓴웃음을 웃었다. 어느 것 하나 안 귀한 게 없겠지만 여기선 술 구하기가 힘들 거야, 하며 서한중은 석 잔을 마시곤 병마개를 닫았다.

인적 끊긴 산채에 세 사람만이 사는 단조로운 나날이었지만 하루가 어떻게 가는지 모를 만큼 날수가 바쁘게 지나갔다. 청명 절기에 들어 이틀 동안 봄비가 푸근하게 내려 대지가 생기를 얻자, 푸나무들이 새 세상을 맞듯 푸르게 살아났다. 깊은 산속에서도 봄은 어김없이 찾아와 양지바른 들 귀퉁이에는 봄을 알리는 꽃다지가 노란 꽃을 피웠다. 이를 먼저 본 사리댁이, 예쁘기도 해라 하고 감탄하며 나물로 무치려 어린 순을 꺾었다. 멧새, 지빠귀, 솔새, 할미새, 노랑딱새도 집 주위로 날아와 제가끔 목소리로 청아하게 울어 산속의 적요를 깨뜨렸고, 그들의 일손을 잠시 쉬게 하며 벗이 되어주었다.

나이 마흔일곱에 이르도록 손에 호미 한번 변변히 잡아본 적 없던 서한중이 상머슴처럼 바짓가랑이와 소매를 걷어붙이고 나섰다. 그는 이레째 되는 날 아침까지 그런대로 소리까지 흥얼거리며 즐거이 일품을 팔고 나섰으나 오후에 들고부터 된 숨을 내쉬며 머리를 내둘렀다. 나이 탓을 둘러대며 꾀를 부리더니, 평생 안하던 농사일이라 힘에 부친다며 능놀다 뒷손 없이 등 기댈 자리만 찾았다. 석우의 짐작대로 서한중의 농사일은 작심 이레였다. 그날 밤, 저녁 밥상부터 시작된 서한중의 술판이 밤이 이슥토록 이어졌다. 부인을 사랑한다, 미안하다, 죄송할 뿐이다란 말을 골백번도 더 주절거려댔다. 석우한테는 머슴살이를 청산했으니 얼마나 좋으냐, 내가 네놈 장가갈 때까지 거두겠다는 둥 횡설수설해댔다. 내가 언제 농사꾼이었나, 팔다리가 저리고 오금에 가래톳이 서서 도저히 농사일을 못해먹겠다는 푸념도 늘어놓았다.

"부인, 자, 내 술 한잔 받아요." 서한중이 혀가 잘 놀지 않는 소리로 사리댁에게 종지잔을 권했다.

"술은 안 먹어봤습니다."

"그러니 술을 배워보라는 거 아뇨."

"배우기 싫습니다."

사리댁은 늙은 서방의 주사에 진절머리가 난 터라 술을 입에 대고 싶지 않았다. 남정네가 처음 권하는 술이었고, 첫 주사부터 매정하게 끊어야만 앞으로 다시는 술을 권하지 않을 터였다.

"술? 정신을 몽혼하게 만드는 이 먹을거리는 처음 누가 만들었을꼬. 그 사람 업어주고 싶구먼. 술은 참말 좋은 먹을거리요. 술 담배 참았더니 호랑이가 물어갔다고, 술이란 있을 때 먹어치우고 볼 일이오. 옛말에 한 고을 원님 살림은 술에서 보고, 한 집안 살림은 양념 맛에서 본다 했소. 암, 산자수명(山紫水明)한 영주 땅 술맛이야 일찍이 호가 났지. 내가 권주가나 한소리 읊어볼까……" 서한중의 주정이 끝없이 이어졌다.

석우는 피곤도 하려니와 서방님의 가납사니 같은 소리를 더 견디다 못해 건넌방으로 건너오고 말았다. 서한중은 이 소리 저 소리 뒤죽박죽 섞어가며 육자배기를 한동안 왜자기더니 혀가 제대로 돌지 않자 모잡이로 곯아떨어졌다. 그동안 구석자리에 무릎 세워 앉아 아무 말도 않고 남정네의 주정을 지켜보던 사리댁이 그제야 몸을 움직여 이부자리를 펴고 남자 겉옷을 벗겨 눕혔다.

사리댁은 남정네의 술주정을 처음 목격하는 셈이었다. 나잇살 덜 먹은 이나 늙은이나 남자들의 술주정은 똑같음을 알았고, 줄곧 떠나온 내죽리를 생각했다. 지금쯤 없어진 자신을 찾으며 영감님도 술에 취해 주사깨나 부리고 있을 터였다. 그년을 천주학쟁이 집회에 내보내지 말았어야 했는데 그길로 바람이 들었어. 내 양물이 제구실을 못하니 발정 난 암캐처럼 기어코 춘정이 발동한 게야. 사통한 년은…… 영감마님이 주절거릴 온갖 쌍소리가 귓전에 재갈재갈했다. 어쨌든 자신은 읍내리 공소에 나가는 걸 결사반대하던 시집 식구의 벽을 허물었듯, 월장하여 한 남정네를 따라나섰다. 스무 날 단식 끝에 겨우 몸을 추스른 뒤 행랑아이 점분이를 데리고 공소로 처음 걸음했을 때, 나한테도 이런 옹골찬 결기가 있었구나 하고 놀랐듯, 이 남정네를 따라 시가를 나서기로 결심했을 때도 그랬다. 공소로 나가 미사 참례를 하고 신부님께 고해성사를 하기로 마음먹었을 때는, 이 마음이야말로 내 뜻이 아니라 천주님이 내 마음속에 임립하셔 점지하신다고 확신했기에 그런 용기가 생겼지만, 이 남정네를 따라나선 용기는 자신도 그 근원을 짚어낼 수 없었다. 슬하에 제 자식 하나 두지 못한 긴긴 독수공방살이, 밤의 외로움을 틈타 이불 속으로 꿈결이듯 숨어드는 완강한 사내의 품, 담장 바깥세상을 활개 젓고 다니고 싶은 간절함, 둘러대면 그런 꿍꿍이셈이 마음 바닥 질펀한 웅덩이에 이무기처럼 꿈틀대고 있었는지 몰랐다.

사리댁은 문뱃내와 담뱃진내로 악취를 풍기고 코를 불어대며 곯아떨어진 남정네를 내려다보았다. 곧은 콧날, 찢어진 눈, 더부룩한 수염 자리, 메기 같은 입, 견고한 턱선이 눈물 괸 눈에 어룽졌다. 이 주정뱅이 남자를 왜 따라나섰던고 하는 후회는 이제 하나마나 한 신세타령이었다. 나쁜 점은 보지 말고 좋은 점만 보자. 이 남정네만큼 나를 사랑으로 보듬어준 남자가 또 있었던가. 밤이면 밤마다 이 남정네 품을 얼마나 그리워했던가. 자식 하나 두지 못하고 머리 큰 전실 자식들 눈총 아래 포청의 감방이 아닌 감옥살이로 한숨지은 긴 세월에서 나를 건져준 이가 이 남정네이고, 어떤 역경이라도 이 남자와 함께하려 따라나선 길이 아니었던가. 천주님을 섬기는 과정이야말로 고신극기(苦身克己)라던 신부님 말씀을 곱씹으며, 이 남정네와의 삶이 그래야 한다고 여인은 다짐했다.

"성모님, 이 여식의 죄를 용서해주옵소서. 쏟은 물을 다시 담지 못하듯, 이미 저질러진 죄업을 혜량해주옵소서. 속세에 현혹되고 음욕의 마귀에 사로잡혀 철없이 이 남정네를 따라 시정(市井)으로 나섰다면, 진정으로 이 남정네를 사랑할 힘을 주옵소서. 다시 이심을 품지 않게 해주옵소서……" 흐르는 눈물을 닦으며 사리댁은 기원을 중단했다. 말을 늘어놓고 보니 남정네의 술기가 옮았는지, 천주님이 들어주실 것 같지도 않은 이기심을 횡설수설 주절거리고 있었던 것이다. 사리댁은 오열을 참으며 밤이 이슥토록 잠을 이루지 못했다.

이튿날, 서한중은 동창에 햇발이 기울도록 께느른하게 늘어져 일어나지 못했다. 미음 한 그릇으로 겨우 속을 다독거렸으나 오후 내내 마당으로 나서기는 뒷간 출입이 고작이었다.

이튿날부터 서한중은 오전에 잠시 일을 하는 체 마는 체 주니내다 놀고 쉬고, 잠시 일한 뒤 쉬고 놀았다. 그가 그렇게 어정잡이 노릇을 하자, 석우는 밤이 이슥토록 더욱 농사일에 부지런을 떨 수밖에 없었다. 아버지와 형님들 일품에 두남두며 눈썰미 있게 익혀둔 딩딩한 중머슴답게 조랑말에 쟁기를 달아 화전밭을 재경하고, 씨앗 봉지 가져온 대로 죄 풀어선 콩, 메밀, 옥수수, 녹두에 담배까지 파종했다. 구슬땀을 흘리며 열심히 일하는 그의 모습은 산중으로 들어오기 전의 천둥벌거숭이 소년이 아니었다. 쟁기질이나 괭이질에 나설 수는 없었으나 물꼬 내고 흙 북돋우는 일 따위의 호미질은 서방님보다 오히려 아주머니가 더 그를 두남두었다.

"산채로 들어올 때 결심 한번 장했건만 내가 이렇게 늘어져 앉았으니 석우 네놈 볼 면목이 없구나. 농사꾼은 굶어 죽어도 종자 베고 죽는다더니, 네놈이야말로 근본 실한 농사꾼이다." 서한중이 석우 보기 민망스럽다는 듯 말을 흘렸다.

가을에 떨어진 풀씨는 뽑고 뽑아도 다시 돋아났다. 서한중은 늘쩡거리며 밭고랑 사이에 돋아난 풀 뽑기 품이 고작이었다. 산중으로 들어온 뒤 그는 그동안 고였던 웅덩이 물을 퍼내듯, 어미소 새끼 핥아주듯, 이틀이 멀다 하고 부인과 사랑놀음에 탐닉해늘 맥이 빠졌고 허리가 시원찮았다. 아니 평생을 놀고먹는 데 익숙했던지라 근력 쓰며 땀 흘리는 일품 자체가 힘에 버거웠다. 그의 얼굴은 검누레지고 부은 눈두덩 사이 방울눈은 늘 핏발이 그치지 않았다. 대신, 나이도 한창이려니와 늙은이가 아닌 중년의 남자를 상대하여 처음으로 남녀 음양의 열락에 눈뜬 사리댁은 산속 정기와 남자의 양기를 품어서인지 오히려 얼굴이 피어났다. 깜조록히 타기 시작하는 얼굴과 살갗에 윤기가 흘렀고 눈동자가 더욱 초롱해졌다.

"일하는 데 힘 나라고 내 소리채 안 받고 소리나 한 곡 불러주마." 청명 한식 절기를 앞둬 분홍 꽃망울 촘촘히 단 산벚나무 밑에 앉아 곰방대를 문 서한중이 일하는 석우를 부러워하며 이런 말을 하기도 했다. 그가 행랑채 식구에게 농조의 말을 걸기는 전에 없던 일이었다.

"서방님이 술 안 잡수시고 소리할 때도 있으십니까? 제가 호강하네요." 조랑말에 쟁기 달아 물꼬를 깊이 내던 석우가 목에 걸친 수건으로 땀을 닦으며 홍감해했다.

서한중이 무릎장단을 쳐가며 「농가월령가(農家月令歌)」를 홍 올려 읊었다.

> 삼월은 모춘(暮春)이라 청명 곡우 절기로다
> 춘일이 재양하여 만물이 화창하니
> 백화는 난망하고 새소리 각색이라
> 당전(堂前)의 쌍제비는 옛집을 찾아오고
> 화간(花間)의 범나비는 분분히 날고 기니……

쪽마루에 앉아 나물을 다듬거나 반짇고리를 차고 앉았던 사리댁은 화전 쪽에서 들려오는 남자의 소리가락을 들으면 묘한 느낌에 사로잡히곤 했다. 게으른 일꾼 밭고랑만 센다고, 농사일엔 젬병인 저 남정네를 어이 믿고 앞으로 어느 세월까지 화전살이를 이어내야 할까 하는 근심이 마음을 눌렀고, 음습한 골짜기로 들어가듯 더듬거리며 남정네의 소리가락을 따라가다보면 애달프게 닿아오는 정감이 따뜻한 물처럼 마음을 적셨다. 그러면 허망한 생각은 사라지고 남정네를 향한 가여운 애틋함이 마음을 쓸쓸하게 했다. 가져온 양식으로 당분간 먹을거리 걱정은 없지만, 만약 석우가 혼자 하는 농사일에 넌덜머리를 내다 못해 배점리로 줄행랑이라도 놓는다면, 남정네가 경작일에 팔 걷어붙이고 나서지 못할 게 뻔했다. 그러면 그 모든 일을 자신이 감당하지 않으면 안 되었다. 그래서 여인은 석우를 아랫사람 대하듯 하지 않고 동기간처럼 정을 주었고, 그네 역시 손 재어놓고 있을 짬이 없어 부엌일과 농사일에 나섰다. 산채로 들어오기 전에는 행랑채 아녀자들이 부엌일과 서답일을 맡아 했기에, 움파 같던 여인의 손은 차츰 석새베로 변해갔다. 여인은 시집가서 안방마님으로 들어앉은 뒤 농사일에는 손을 놓았지만 처녀 적에는 소작농 딸로서 삼대 고르는 품까지 팔았기에 농사일에 쉬 적응해나갔다. 여인은 성미 또한 찬찬하고 곰바지런했다.

노류장화(路柳墻花)와 어울려 어성꾼으로 한시절을 보내다보니 여자 다루는 솜씨에는 이골이 난 서한중인지라 그는 자신의 게으름을 두고 사리댁에게 말로써 천냥 빚을 갚았다. 여인을 후릴 때가 그랬다. 잠자리에 들면 그는 몇 잔 걸친 술로 낮과 달리 밤에만 활동하는 짐승이듯 활기가 넘쳤고, 여인을 고양이 쥐 다루듯 어르며 언죽번죽 잘도 지껄였다.

"부인에게 늘 미안하오. 부인을 이런 적막강산에 갇혀 살게 했으니 내 죄가 무겁소이다. 더욱 부인에게 험한 농사일까지 시키니 사내대장부로서 면목이 안 서는구려. 그러나 부인을 가까이 두고 조석으로 보는 것만으로도 나는 너무 행복하오. 장중보옥(掌中寶玉)이 따로 없소. 부인이 바로 손 안에 든 보석이오. 아침에 동창이 밝아오고, 옆에 있는 부인을 확인하면 오늘 죽어도 원이 없다는 생각부터 먼저 드오."

서한중이 사리댁에게 자주 뱉는 말이 미안하다와 죄송하다였다. 모든 게 내 탓이란 말도 즐겨 썼다. 사실 그의 말은 쭉정이가 아닌 진심에서 우러나온 말이었다. 내가 왜 이 여인을 천생배필로서 첫 여자로 만나지 못했던가 하는 아쉬움이 늘 새록새록 살아나는 나날이었다.

고기는 씹어야 맛이고 말은 해야 맛이란 이치대로, 사리댁은 남자의 감주 같은 그런 말에 쉬 감복했다. 사실 서한중의 말은 세치 혀로 농간하는 감언이설이 아니었기에, 여인 역시 그 말을 순진하게 믿었다. 그런 말을 들을 때 사리댁은 눈물을 짓곤 했다. 자기 한 몸을 얻으려 서씨 문중의 망신은 물론 처자식을 팽개치고 향리를 떠난 남자였다. 그 어떤 허물도 남자의 그 용단을 넘어설 수는 없으리라 생각했다.

어떤 날은 서한중이 안방 선반에서 화승총을 내려 아주까리 기름으로 총신을 닦으며 이런 말을 하기도 했다.

"석우야, 오늘 아침참에 너 농사일 많이 했어. 점심 먹고 나랑 사냥이나 가자. 놓은 덫도 살피고. 오늘은 그놈의 토끼나 오소리가 아니라 덩실한 노루라도 한 마리 걸렸으면 좋겠다. 녹용이며 노루 피는 남자한테 좋거든."

"남자 어디에 좋은데요?" 석우가 좋아라 하며 물었다.

"네놈이 뭘 알고 묻는 소리냐?" 서한중이 털북숭이 입가에 음충한 미소를 물고 물었다.

"아뇨. 그냥 물어본걸요."

"아주머니와 난 나이 차이가 많지 않니. 그러니 내가 오래 살고 봐야 비슷하게 죽게 되겠지. 그러자면 불로장생하는 사슴뿔이며 웅담이며 이런 걸로 몸보신을 해야지."

서한중은 석우를 데리고 주변의 산을 뒤져 사냥질로 너구리며 덫에 걸린 산토끼를 잡기도 했다. 껍질은 말렸고 고기와 뼈는 구워 먹고 끓여 먹었다. 사리댁은 육류를 좋아하지 않아 국물 몇 숟가락이 고작이었다. 대신에 여인이 즐기는 갖가지 나물찬이 상에 올랐다.

"이건 호랑이 발자국이 틀림없어. 이건 호랑이 똥이고. 여길 봐. 이 졸참나무 껍질이 온통 벗겨지지 않았니. 이건 곰이 털갈이를 하느라 제 몸을 비빈 흔적이야. 제 구역 표시이기도 하고. 짐승은 똥이나 오줌을 싸서 제 구역에 다른 놈이 못 들어오게 표시를 해 두는 버릇이 있거든. 여긴 내 땅이다 어느 놈도 근접 못한다, 하고 선포하는 건 인간이나 짐승이나 똑같지. 자고로 땅이란 곧 재물의 으뜸 아닌가." 서한중은 석우에게 이런 말을 들려주기도 했다. 그는 석우에게 격발 장치며 방아쇠 당기는 법 따위의 화승총 쏘는 법을 가르쳐주었다. "절대 멀리 나돌아다니지 마. 호랑이를 만나면 그 순간이 저승길이야. 이렇게 총을 가졌으면 어떻게 목숨을 구할 수가 있겠지." 서한중은 석우에게 이런 주의를 주기도 했다. 녀석이 단조로운 산채 생활에 진력을 내다 못해 인가를 찾아 내려갈까보아 이르는 말이었다. 그러다 홀연히 혼자 있는 부인이 걱정된다며 황황히 집으로 걸음을 돌렸다. 정말 호랑이가 마당으로 들어설 수 있었고, 운 나쁘게 집을 비운 사이 추적꾼이 덮칠 수도 있었다.

어느 날 밤, 잠자리에 들어 서한중은 부인을 산채에 외롭게 가둬두어 미안하오, 죄송할 뿐이오 하는 말끝에 이런 말을 했다.

"부인, 산중은 도처에 위험이 도사리고 있으니 집 밖으로 멀리 벗어나지 마시오. 만약 큰 짐승을 만나면 겁내어 도망가선 안 되오. 그러면 짐승이 대적할 상대가 아님을 알고 반드시 쫓아와 덮치는 법이라오. 내 몸집이 더 크게 보이도록 팔을 한껏 벌리고 우뚝 서서 짐승을 쏘아보아야 하오."

"말씀은 그러하오나 무서워 어찌 도망치지 않고 마주 보고 섰을 수 있사옵니까. 무서우면 비명부터 절로 터지듯, 명심한 말씀에 앞서 급한 김에 도망치기부터 하겠지요." 사리댁이 남정네의 겉옷을 시침질하며 빰우물 지었다.

"임자 말이 맞소. 어쨌든 집 밖 멀리로는 나가지 마시오." 서한중은 이렇게 말하며 사리댁의 동그란 어깨를 품어주었다.

작심 칠 일 끝에 옛 한량 시절로 돌아가긴 했으나 산채로 들어온 뒤 서방님의 변한 모습에 석우는 적이 놀랐다. 집 안에 기거할 때는 늘 샛날진 날씨처럼 찌무룩하던 표정이 말짱 걷힌 점이었다. 서방님은 술이 들어가지 않으면 과묵한 분이라 꼭 해야 할 말 이외에는 말이 없었고 농을 몰랐다. 그런데 산채로 들어온 뒤로는 우스갯소리도 곧잘 했고 말수가 부쩍 늘어 예전과 달리 그 목소리가 은은조였고 활기에 넘쳤다. 집에서는 자리보전한 마님 거처인 내실을 이틀걸이로 문만 빠끔히 열고, 아직 살았군 하듯 들여다보곤 했는데, 내죽리 참봉 어른 댁 별당마님, 아니 이제 아주머니로 부르는 여인에게 말을 붙일 때는 살갑게 대했다. 서방님은 아주머니를 맞아 산채에서나마 깨가 쏟아지는 신접살림을 차린 셈이었다.

밤바람 타는 휘휘로운 검은 숲 위 말갛게 떠 있는 달을 보며 떠나온 배점리 마을과 집을 그리기는 누구보다 석우가 더했다. 읍내리장, 성내(풍기)장, 옥내장, 부석장…… 이렇게 닷새마다 돌아오는 장날을 따져 날수를 셈하던 마을에서의 관습 대신, 그는 밤하늘에 걸린 달의 크기를 보며 문득, 초승달 때 산으로 들어왔으니 세 장(場)이 다 되었구나 하며 산중 생활 날짜를 헤아렸다. 좁쌀밥을 세끼 거르지 않고 먹는 나날이지만 마을이 좁다 하고 한창 싸돌 나이에 사람 구경 못하는 산중 생활이 그에게는 우리에 갇힌 짐승 신세와 다를 바 없었다. 일에 묻힌 낮 동안은 그런대로 잊고 지내다, 일손 던 밤이 되면 부모 형제와 마을 동무들 모습이 암암하게 눈에 밟혔고, 이웃과 인사하며 나다니던 고샅길이 훤히 내다보였다. 건넌방 쪽마루에 멍청히 앉아 초저녁달을 쳐다볼 적이면 자신의 처지가 한심하기도 했다. 말 상대가 없어 입 꿰매고 앉은 자신과는 달리 안방에서는 소곤소곤 정담이 흘러나왔다.

"그깟 농사일 누군 못하랴 했는데 막상 덤벼보니 너무 힘이 드는구려. 아직 쉰 나이도 안 되었는데, 내 몸이 이렇게 부실한 줄 처음 알았다오."

"농사일은 이력이 난 농군이나 할 수 있지 어른님은 옥골선비 아니오이까. 그런 줄 석우도 알고 있으니 무리하지 마세요. 병이라도 나면 이 산중으로 어떻게 의원을 부르겠습니까."

"죄송하오. 내 비록 일에는 느려터졌지만 부인 굶기는 일은 없을 것이오, 허허."

석우는 안방에서 아주머니가 서방님 몸을 주물러주는지 앙살부리는 소리를 들을 적도 있었다.

"부인 손이 약손이구려. 어, 시원하다. 이젠 되었소. 부인도 하루하루가 얼마나 고단하오. 내가 이제 부인을 주물러줄 차례요. 편안히 그렇게 누워 계시오. 허허, 부부는 일심동체요 촌수가 없지 않소. 그런 부부 사이에 낯가리며 부끄러워할 게 뭐가 있소. 자, 그렇게 반듯이 누워 계시오."

그런 쏘삭거리는 소리를 곁귀로 들으면, 두 어른네야 눈 맞아 산중 생활을 택하지 않을 수 없었겠지만 자신의 처지야말로 부모와 동기간을 잃고 외돌토리가 된 새끼 강아지였다. 마을 쪽 사정이 여의치 않은지 소란이 가라앉으면 한차례 들르겠다던 아버지

마저 감감소식이었다. 부근 어디엔가 다른 화전붙이가 살겠거니 여겨져 덫을 놓는다는 핑계로 며칠 동안 동서남북 한 마장 거리를 헤매어도 사람 냄새조차 맡을 수 없었다. 사람이 그리워 그렇게 헤매고 다닐 적마다 너와집을 잃고 산중에서 오도 가도 못하는 신세가 되지 않을까, 밤중에 포효하는 울음을 더러 들은지라 호랑이라도 만날까 걱정이 되었다. 남쪽으로 방향을 잡아 배점리를 찾아 그냥 달아나버릴까 하는 생각마저 든 적도 있었다.

세 사람이 산채에 들어앉아 화전붙이 생활을 시작한 지도 한 달이 지났다. 하늘자리가 좁게 보일 만큼 깊은 산중이긴 하지만 4월 중순을 넘기니 낮이면 양지쪽은 봄볕이 다사로웠다. 해를 보면 낮 시간이 많이 길어졌음을 알 수 있었다. 산채의 떨기나무도 잎순이 나고 파종한 씨앗들도 파릇한 싹을 틔웠다. 땅에는 온갖 풀이 돋아나 계절이 아주 바뀌어진 봄소식을 전했다. 쑥, 고들빼기, 두릅, 고사리, 도라지에서부터 더덕까지, 봄나물 먹을거리가 지천으로 널렸다. 자연에 묻혀 살면 자연의 아름다움이 눈에 잘 들어오지 않지만 마당귀에 피어난 떡쑥, 씀바귀, 괭이밥, 쇠비름 따위의 작은 풀꽃이 귀엽고, 그런 풀꽃을 눈여겨보기는 아무래도 남자보다 여자 쪽이었다. 햇살 다사로운 한낮, 사리댁이 일을 하다 쉴 짬에 그런 풀꽃을 들여다볼 적이면, 서한중은 산중 생활이 적적해 사람 그리움을 타나보다고 부인의 심사를 측은하게 여기곤 했다. 그러나 지금으로선 그로서도 달리 대책이 없었다. 이틀이나 사흘쯤 재 너머 북쪽 충청도 땅에 혼자 바람이나 쐬러 가고 싶었으나 집 떠나면 당장 부인이 그리울 테니 옆에 두고 보는 것만 못했다. 그만큼 그는 여인을 사랑했고 그 외곬 몰입에 자신도 놀라, 늦깎이로 사랑에 완전히 빠져버렸음을 실감했다. 늘 쓰는 물건이 엔간히 동나면 날 잡아 옷갓하여 부인과 함께 마당치 너머 충청도 땅으로 나들이를 가야지 하고 그날을 별렀다.

남녀는 한 쌍의 원앙이듯 궁합이 맞아 행복한 나날이었다. 남녀 간의 궁합이란 잘못을 덮어두고 좋은 점만 가려볼 때 상대가 예뻐 보이듯, 두 사람의 신접 살림살이가 그러했다. 그래서 누구인가 그 애락을 시기하여 어느 한순간 벼랑에 떨어지듯 나락으로 곤두박질칠까보아 조마조마할 때도 있었다. 호사다마(好事多魔)란 말이 있듯 마귀는 시샘이 많은 법이다. 아니, 그보다 그들은 배교했고, 둘만의 애락을 담보로 뭇사람 눈에 눈물을 흘리게 함으로써 그리스도의 계명을 범했기에, 이 세상을 심판하러 온 그리스도의 징계를 받을 수도 있었다.

열어놓은 동창으로 푸나무의 싱그러운 내음에 묻혀 꽃향기가 은은한 어느 날 밤, 사리댁이 서한중의 품에서 그런 말을 했다.

"잊었다가도 홀연히 그리스도 그분 모습이 떠오르면 어디든 숨고 싶을 만큼 마음이 괴롭고 부끄러워요."

사리댁은 남정네를 따라 비록 그리스도로부터 등을 돌리지 않을 수 없었지만, 우주 공간 삼라만상에 보이지 않는 실체로 존재하며 지켜보고 있을 그분의 큰 영향력에서 완전히 자유로울 수는 없었다. 홀연히 엄습하는 불안에 몸을 떨 때, 그리스도가 성전에서 매매하는 장사꾼의 목판을 뒤엎었듯 성난 모습으로 변용되어 순간적으로 여인의 얼을 빼놓곤 했다.

"우리는 이제 천주교인이 아니니 애써 그 율법에 구애받을 의무가 없소. 그분이 우리를 올무의 사슬에서 놓아주었으니 이렇게 깨가 쏟아지듯 사는 게 아니겠소. 석가모니나 공자 말씀 또한 남보란 듯 차리고 나선 의관처럼 허울 좋은 격식일 뿐이오. 도덕군자연하며 그럴싸한 이치로 사람을 꼼짝달싹 못하게 하는 그 거추장스러운 모든 올무로부터 나는 일찍이 떠났소. 정신만 떠난 게 아니라 몸까지 세상 규범으로부터 아주 떠나겠다고 우리가 산채로 들어오지 않았소. 우리 두 사람의 애락을 간섭하거나 훼방 놓을 권리 가진 자는 땅에도 하늘에도, 그 어디에도 없소."

"억지 말씀이십니다. 죄를 지었으면 자복(自服)하여 용서를 구함이 도리겠지요."

"그렇다면 부인은 이녁과 허교한 후 이를 사제에게 고해성사했더랬소?"

사리댁은 대답을 못했다. 처음은 아무리 용기를 내도 참회의 진실이 입에서 떨어지지 않아, 죄 많은 여자라며 입속말로 얼버무렸다. 그러나 천주님의 대리자 사제를 속인 데 대한 괴로움과 비례로, 날수가 지날수록 죄업은 쌓여만 갔다. 천주님의 자매여, 왜 진작 고해하지 않았습니까 하고 사제가 묻는다면 대답할 말이 없었다. 여섯 달, 한 해를 그렇게 넘기자 부피가 커진 죄의 실타래, 그 처음을 잡아내기에는 괴로움을 넘어 고통이 따랐다.

"부인, 그 보시오. 고해성사에서 그 말을 못했다면 지성소 문지방만 하릴없이 넘고 다닌 것이오. 그러니 이제는 천주 쪽은 돌아보지도 마시오." 서한중이 양양하게 말했다.

"그런 말씀을 하셔도 저는 하루하루가 불안합니다."

"그렇다면 우리를 잡는 데 혈안이 되었을 추적꾼 때문이오?"

사리댁은 그 점도 불안의 한 가락이라 말했음 싶었지만 그 말 역시 재앙을 불러올까보아 입에 담지 못했다. 여인은 사방에 매달아놓은 방울이 짤랑거리거나 숲속에서 부스럭거리는 소리만 들려도 추적꾼이 아닐까 혼겁 먹고 일손을 멈추어 몸을 도사렸다. 깜짝 놀라 숨죽이고 주위를 훔쳐보면, 산채가 아우성을 지르듯 하루 다르게 푸르름을 더하자 활동이 활발해진 짐승들의 나댐이었다. 내죽리와 배점리가 발칵 뒤집어진 뒤, 배부도주한 년을 잡아들이라는 예전 서방의 불호령에 추적꾼이 근동을 이 잡듯 들쑤시리라 생각하면 때대로 잠자리조차 바늘요때기였다.

김참봉의 본명은 김청직으로, 그의 부친은 자기 전답 가진 중농이었다. 김참봉은 자기 대에 와서 순흥 근동의 땅을 많이 사들이고 서른세 칸 골기와집을 새로 지어 덩실한 지주가 되었다. 김청직이 읍내리 장꾼과 근동 소작농을 상대로 변리와 장리를 놓아 돈을 착실히 늘리면서 가운이 펴졌다. 대출 조건이 까다롭기로 소문이 났고 원전과 이식을 챙기는 데는 하루 날짜를 어기면 안 되게 가린스러웠다. 그는 또한 쥘 줄만 알았지 펼 줄 모르는 구두쇠라 영세 자작농에게 급전을 돌려주곤 대신 농토를 압류하는 방법도 써가며 착실하게 장토를 늘려갔다. 출타할 때도 치부책과 주판은 서기에게 맡기지 않고 스스로 챙겨 끼고 다녔다. 그는 과거에 급제한 적 없었지만 삼정이 문란하여 지방 관리가 이제 목적으로 벼슬까지 마구잡이로 팔자, 장년에 이르러 향시(鄕試)에 응시하는 시늉만 내곤 참봉이 되었으나, 능참봉 자리나마 벼슬길이 트이지 않았다. 그래서 뒷공론 즐기는 사람들은 벼슬을 돈으로 샀다 하여 개다리참봉이니, 자린고비 빰친다 하여 눈곱참봉이니 하며 돌아서서 흉을 잡았다. 잠자리에서만 벗을까, 늘 쓰고 다니는 큼지막한 정자관 아래 저승꽃이 물 튄 창호지처럼 번진 깡마른 얼굴에는 서릿발이 섰고 성깔이 활촉같이 매서웠다. 그런 참봉 영감이다보니 사리댁이 두려움에 늘 어리칠 만도 했다.

"여태껏 아무 일도 없었고, 부인 옆에는 내가 늘 있지 않소. 내 비록 허랑한 남자지만 부인만은 백만 군병이듯 지킬 테오. 근심 걱정도 묵혀두면 병이 되니 지나치게 염려를 마시구려."

서한중이 느긋한 체 그렇게 허풍을 떨었지만 그 역시 그런 불안이 없지 않았다. 자신에게 닥칠 위험보다 만약 부인에게 무슨 일이 생기면, 그로써 자신은 끝장이라는 불안이었다. 밤중에 바깥에서 부스럭거리는 소리만 나도 요 밑에 숨겨둔 비수부터 쥐고 선 어둠 속 선반에 얹어둔 화승총을 눈으로 더듬었다. 신새벽에 마을을 떠나자니 뜬금없이 짖어댈까 염려되어 집에서 기르는 두 마리 개 중에 영특한 삽사리를 데리고 오지 않은 게 후회되었다.

사리댁이야말로 잠자리에 들어도 노루잠 자듯 수잠에 들었다. 바깥에 기척이라도 나면 화들짝 놀라 깨어 머리맡에 풀어둔 허리띠 달린 꽃주머니부터 찾았다. 꽃주머니 속에는 날 선 은장도가 들어 있었다. 내죽리로 끌려 내려가 뭇사람들로부터 부정한 여인이라 말뭇매 맞고 치죄당하느니 차라리 자문(自刎)하겠다는 결심이었다. 여인은 낮에도 늘 꽃주머니를 찼는데, 남정네나 자신의 목숨이 경각에 달려 만사가 끝이라 여겨질 순간에 이르러 스스로 목숨 끊음 또한 천주교 계명을 어기는 죄임을 알았지만, 어차피 죄지은 몸이니 자결로 죄를 거푸 쓰는 길밖에 없었던 것이다.

"읍내리 후문이 궁금하옵니다."

"들으나마나 뻔한 소리들이지. 각다귀들의 허튼소리도 이젠 가라앉았을 것이오. 허리 펼 힘 없는 춘궁기가 닥치는데 잇속 없는 공말로 왜 나날을 보내겠소. 공소 교리소에서 배우지 않았소. 오늘 즐거움은 오늘 하루에 족하다고. 꽃이며 새며 뭇짐승도 천주가 거두는데, 하물며 그 어느 생명보다 귀히 여기는 사람을 거두지 않겠느냐는 말도 있잖소. 그러니 우리는 어제 일은 잊어버리고 오늘 일만 생각합시다. 그래야만 편히 잘 수 있소."

서한중이 비에 젖은 새새끼마냥 떠는 부인을 다습게 품으면, 그 말이 자장가이듯 품속에서 달싹이던 사리댁 숨결이 편안해지곤 했다.

"임자 얼굴을 조석으로 보며 날마다 한 이불 아래서 잠들 수 있다는 것만으로도 나는 그지없이 행복하오. 나는 이제 그 꿈을 이루었으니 이 세상에 아무것도 바랄 게 없고, 그 어떤 희생도 능히 감내할 수 있소."

남자의 텁텁한 울림이 진심이었기에 사리댁은 그 말에 감복하면서도, 추적꾼이 언제 여기로 덮칠지 모른다며, 조만간 근동 마을로 내려가 내죽리 쪽 동태를 탐문이라도 했으면 좋겠다고 울가망하게 말했다.

사리댁의 여린 마음을 아는지라 서한중이 일간 그러마고 약속했다. 도솔아비가 소식을 가져올 때도 되었다 싶은데, 애써 잊으려 해도 집안의 저간 사정이 궁금할 수밖에 없었다. 사리댁에게 말은 않았지만 누구보다 혼기 찬 막내딸이 자주 눈에 밟혔다. 귀때항아리의 소주가 바닥나버려 마을로 내려가 술이 아니면 누룩이라도 구해 와야 할 처지였다.

며칠이 지난 뒤였다. 아침밥을 먹고 나자 서한중이 길 나설 채비를 했다. 갓 쓰고 도포 입은 선비 차림이 아닌 포수 차림이었다. 누비저고리에 털조끼를 입고 귀때항아리 든 걸망을 메었다. 버선목에 행전을 치곤 그 안에 비수를 감추었다. 화승총을 메고 나서니, 산으로 들어온 뒤 구레나룻이 자라 수염이 코밑과 턱주가리를 덮어 그 털수한 얼굴에 훤칠한 허우대가 산속을 종횡으로 누비는 사냥꾼다웠다.

"여기서 곧장 남녘으로 내려가면 좌석이란 산간 고을이 나서오. 거기까지 내려가 우선 읍내리 동정을 염탐해보고 오리다."

서한중은 석우를 대동할까 하다 불안에 떨며 기다릴 부인이 염려되어 혼자 나서기로 했다.

"선걸음에 쉬 돌아오세요. 무사히 오신 걸 뵐 때까지 저는 아무 일도 할 수 없습니다."

"그런 일이야 없겠지만 만약 무슨 변고가 생기면 거기로 얼른 숨구려. 그곳은 절대 안전하오. 아무리 눈썰미 있는 자라도 그곳을 찾아내지는 못할 거요."

서한중은 잿간 뒤 두 사람이 들어앉을 만한 구덩이를 파고 그 위에 흙 붙인 나무뚜껑을 덮은 뒤 마른풀 더미를 씌워두었다. 밟고 다녀도 마루청을 밟듯 울림이 없었다. 산채로 들어온 심마니나 포수가 집으로 들이닥치면 사리댁이 그 구덩이에 숨기로 약속되어 있었다. 그 구덩이에 됫박만한 돈궤도 숨겨두었다.

멀리 나가지 말고 아주머니를 잘 모시라는 말을 석우에게 남기고 서한중은 집을 나섰다. 좌석골까지는 낮참 전에 도착할 수 있는 이수였다. 넉넉잡아 그 마을에 어정거리기 한 시간쯤, 해 떨어지기 전에 돌아오기로 했다. 어두우면 홰를 밝혀 든다 해도 길을 잃기 십상이었다. 어두워진 뒤 산속에 갇히면 동서남북을 구별할 수 없어 산 타기에 이력이 난 자라도 밤새 산허리 하나를 오락가락 싸돌다 새벽을 맞는 경우도 있음을 익히 들은 터였다. 총을 지녔다 해도 어느 쪽에서 닥칠지 모르는 큰 짐승 또한 적이었다.

서한중이 연화폭포를 끼고 그 아래 있는 암자 어름에 도착하기는 해가 정수리로 오르기 전이었다. 봄날의 정적 속에 묻힌 절간은 목탁 치는 소리만 시름겹게 울렸다. 절간 앞에 산벚나무가 흰 꽃을 지워 앞마당이 눈처럼 꽃으로 덮였다. 나 이외 다른 어떤 신도 두지 말라던 그리스도로부터 등은 돌렸으되 절을 찾을 이유가 없었고 그럴 마음도 아니었다. 홍선대원군 섭정기 천주교가 지하로 잠적한 시절, 집안이 배교했음을 관아에 알린 뒤에도 식구들은 절을 찾은 적이 없었다. 집안에 굿판을 벌인 적 없었고, 제례(祭禮) 때 위패를 향해 절을 하지 않았다. 심지어 정월 초하룻날 집집마다 으레 보는 토정비결에 한 해 신수를 의탁하지도 않았다.

좌석골은 스무여 호의 산촌이었다. 산을 타고 앉아 들이 없다 보니 흐름이 급한 개울 변에 천수답을 부쳤으나, 태반이 다랑이 밭 농사에 의지했다. 그 대신 목재가 풍부하여 산비탈에 숯가마를 놓은 집이 몇 있었다.

서한중은 마을이 훤히 내려다보이는 상수리나무숲에 멈춰 서서, 누구를 잡고 내죽리와 배점리 소식을 염탐할까 궁리했다. 숫막이 있다면 잔술로 목축임도 할 겸 주모를 잡고 말을 떠보련만 들어앉은 막다른 고을이라 행인을 받는 그런 집이 있을 것 같지 않았다. 그는 숯구이집을 찾기로 했다. 숯동을 내다 팔려면 장날에 읍내리 걸음을 할 테고, 누구보다 외지 소식에 밝을 터였다. 그는 숯가마터로 내리 걷다 숯포를 지고 오는, 머리칼을 치렁하게 땋은 총각을 만났다.

"안녕한가?" 서한중이 걸쩍하게 말을 건넸다. 상대가 눈인사만 보내고 지나치자, 그가 총각을 불러 세웠다. "총각, 말 좀 묻겠네."

"무슨 말씀인데요?"

"근간에 혹시 이 마을에 들어왔거나 마을을 거쳐 간 중년치 사내와 계집년을 보지 못했는가? 조랑말 끌고 종 녀석을 달고 도망쳤다는데."

"포수 어른께선 아직 선잠에서 덜 깨신 모양이구려. 백 리 안쪽 사방에 연놈을 잡으려는 방까지 나붙었는데, 그런 연놈을 보았다면 우린들 손 재어놓고 있었겠습니까." 총각이 신둥부러진 소리부터 했다.

"나는 저 봉화 땅에서 순흥 일대에 그런 방이 붙었다는 소문을 늦게 듣고 이 고을로 찾아왔다오."

"아직 그 연놈 주리를 틀었다는 소문은 듣지 못했습니다."

"땅으로 스몄는지, 하늘로 솟았는지……" 서한중이 수염을 쓸며 깊은 숨을 들이켰다. "이제 영주, 봉화 땅에 난다 하는 포수를 동원해 소백산 일대를 이 잡듯 뒤진다는 말이야 들었지."

"김참봉 어르신이 풀어놓은 장정들과 읍내리 순검들이 여기 산촌에도 세 차례나 들렀습죠."

"나도 알고 있네. 내 손으로 그 연놈들을 꼭 잡고 말겠어." 서한중은 가슴이 뜨끔했으나 그렇게 둘러댔다.

"참봉 어르신이 사통한 두 연놈 행처를 알려주는 자에겐 벼 열 섬, 직접 오라로 묶어 오는 자에겐 송아지 한 마리까지 덤으로 얹어준다는 방을 근동 마을에다 붙였잖습니까? 그러니 꿀 쏟은 땅에 개미가 꾀지요." 지겟짐 진 숯 두 포가 무거운지 총각이 걸음을 돌리더니 시큰둥 한마디를 보태었다. "포수님께서 두 연놈을 산 채로 잡으면 횡재하겠습니다그려."

서한중은 총각에게 더 붙일 말이 없었다. 자신과 사리댁을 잡으려는 눈곱참봉의 분기를 알 만했고, 추적꾼들이 얼마나 혈안이 되어 근동 산야를 설치고 다닐는지 숯구이 총각 말로 짐작이 갔다. 지금 있는 곳은 결코 안전지대가 아니었다. 어쩜 지금 이 순간, 추적꾼이 너와집을 덮쳤을 수도 있었다. 그는 마을로 내려가 술이든 누룩이든 사고 새봄에 태어났을 병아리를 들여놓아볼까 하던 마음에 앞서 부인 얼굴부터 떠올랐다. 추적꾼에게 오라에 묶여 부인이 읍내리로 끌려가면 자기 신세 역시 막장이었다. 순간적으로 가슴에서 피가 끓었다. 그러나 언제 다시 할는지 모르는 걸음, 술과 집지킴이 개 한 마리는 구하고 볼 일이었다.

"여보게, 뭘 좀 묻겠네."

서한중은 마을 고샅길로 내려가는 숯구이 총각의 뒷모습을 보고 섰기 잠시, 그를 쫓아 내려갔다. 그는 총각에게 산속에 동패가 있다며 술과 개를 어디서 살 수 있냐고 물었다. 총각 말인즉, 고을에 숫막은 없고 집집이 담가 먹는 가양주(家釀酒)는 팔지 않을 테니 누룩을 사려면 뉘 집에 가보시라, 개는 보름 전 뉘 집에서 새끼 네 마리를 낳았으니 강아지라도 거두려면 그 집으로 가보시라고 일러주었다.

서한중은 누룩과 강아지를 어렵잖게 구할 수 있었다. 들어앉은 고을이라 인심이 넉넉해 누룩 산 집에서는 청주 두어 되까지 덤으로 얻었다. 강아지는 토종견 누렁이 수놈이었다. 집지킴이는 물론 부인에게 좋은 동무가 될 터였다.

서한중은 어미 떨어졌다고 깽깽거리며 뻗대는 강아지를 새끼줄에 목을 매어 끌고 황황히 산채로 걸음을 옮겼다. 산채에 어떤 위급함이 닥쳤을지도 몰랐다. 문득 조금 전 만난 숯구이 총각이 떠오르자, 천주교가 갓 전래되었던 일백여 년 저쪽 시절, 조정이 이양의 사교라 하여 그 믿음을 박해하자, 교도들이 대중의 눈을 피해 산속 깊이 숨어 옹기를 굽거나 숯구이를 생활 방편으로 삼고 숨어 살았음이 되짚어졌다. 그는 이곳을 미련 없이 떠나 소백산맥을 따라 더 북상하여 산속에서 숯이나 옹기 굽는 기술을 익혀 호구를 도모하면 어떨까 하는 생각이 들었다.

서한중이 좌석골 숯구이 총각을 만나고 돌아온 나흘 뒤, 새벽부터 비가 내렸다. 봄비는 종일 시름시름 내리더니 저녁 무렵에야 빗발이 가늘어졌다. 시름겹게 내리던 비가 안개비로 풀어져 대기에 소요하자, 수목이 미세한 수분에 가려 자우룩하게 잠겼다. 산채가 온통 비에 젖어 그 무게에 눌려 처져 있었다. 울 힘도 지친 어미 떨어진 강아지만 쪽마루 밑에서 종일토록 앓았다. 서한중이 강아지를 구해 오자 사리댁이 누구보다 반겨 강아지 이름을 복실이라 짓고 귀여워했다.

서한중은 쪽마루에 나앉아 곰방대로 담배를 피우며 처마 끝에 듣는 낙숫물 건너 안개비 내리는 어두운 하늘을 망연히 바라보았다. 사방은 적요했고, 복실이 앓는 소리와 저녁밥 짓느라 아궁이에 불티 튀는 소리만 났다. 그는 바깥일을 못한 대신 방 안에 들어앉아 심심풀이 삼아 굴참나무 아랫동으로 목기 절구통을 만든답시고 자귀질을 하다 그만 손을 다쳤다. 자귀질이 서툴기도 했지만 다른 생각에 골몰하느라 자귀날에 손가락을 베었다. 그는 일을 하면서 어떡할까, 어떻게 하면 좋을까를 줄곧 되뇌던 참이었다. 눈곱참봉이 보상금까지 걸었다니 읍내리에서 백 리 안쪽인 이곳은 안전지대가 아니었고 언젠가는 추적꾼의 발길이 들이닥칠 터였다. 좌석골을 다녀온 그가 숯구이 총각의 말을 사리댁에게 전하자, 여인은 더 불안한 나날을 보내고 있었다.

서한중은 거처를 순흥 땅 멀리 다른 지역으로 옮겨야 할지 어떨지 아직 결정을 내리지 못하고 있었다. 마음 같아서는 농사짓기도 글렀고, 적막강산에 살다보니 갑갑하여 이참에 여기를 떠날까 하는 마음도 없지 않았다. 그러나 화전에 파종한 밭작물과 뒤란 텃밭의 각종 푸성귀가 벌써 서너 뼘만큼 도담도담 자랐는데 그동안 들인 공을 봐서라도 그 여린 생명을 그냥 두고 다시 짐을 싸기도, 살아가는 데 큰 불편이 없을 만큼 개수한 집을 버리고 떠나기도 마음에 걸렸다. 게다가 이곳에 눌러살면 배점리와 하루 반나절 거리이므로 도솔아비를 통해 필요한 물건을 조달하기에 편한 이점도 있었다. 그래서 그는 아무래도 가을 소출이나 보고 겨울이 오기 전에 이곳을 떠나기로 예정했는데, 의외로 일이 심각해진 것이다.

"서방님, 아무도 찾기 힘든 가까운 곳 어디에 움집을 엮고 숨어 지내며, 여기 농사를 계속 지으심이 어떨는지요?" 더 먼 곳으로 떠나면 가족을 아주 못 보게 될까 걱정이 된 석우가 의견을 내었다.

"이 집에 기거하지 않는다 해도 여기만 찾아내면 화전을 부치고 있음을 알 테고, 그러면 이 일대를 이 잡듯 샅샅이 뒤질 게 뻔하잖느냐."

서한중은 처음부터 이 지방 정착을 목표로 하지 않았고, 더 멀리 옮겨 앉거나 차라리 도붓장삿길로 나서서 떠돌아다님만 못하다고 후회했지만 이제 소용없는 뉘우침이었다. 농사짓기는 심은 대로 거둔다지만, 물건을 공짜로 나누어주라면 몰라도 이문 얹어 파는 장사는 영 자신이 없었다. 성미가 급해 걸핏하면 불뚝골을 내었고 대인관계가 살갑지 못한 자신의 성질을 알고 있었다. 무슨 일이든 계획을 세우거나 심사숙고하는 성격이 아니었고 섰 김에 일을 처리했다. 그러니 실수가 많을 수밖에 없었고, 그러다보니 사람들은 그를 주대반낭(酒袋飯囊)이나 일삼는 신의 없는 모주꾼으로 여겼다. 그러나 사리댁을 품고 도주하는 일생일대의 결단이기에 나름대로 준비와 계획을 세워 실행에 옮겼지만, 결과적으로 구멍이 난 큰 실수를 저지른 셈이었다. 성질이 냄비 끓듯 한 눈곱참봉일지라도 읍내리 주변을 수소문하다 눈이 맞은 남녀가 딴살림 차리려 멀리 도망갔겠거니 하고 쉬 단념할 줄 알았지, 보상금 내건 방까지 붙이고 끈질기게 추적할 줄은 예측하지 못했던 것이다.

"아녀자의 좁은 소견일는지 모르지만 이곳에서 오 년이고 십 년이고 살지 않을 바에는 하루라도 마음 편하게 살 수 있는 데로 옮기심이 어떨는지요?" 화전일은 석우에게 아주 맡기고 낮부터 술이나 퍼지르며 속앓이하는 남정네를 보다 못해 사리댁이 의견을 내었다. 여인은 이곳이 안전하지 못할 바에야 떠나려면 강원도나 함경도쯤, 더 멀리 가면 어떻겠냐고 말했다.

"글쎄, 여기가 안전만 하다면야 추수 절기까지 어찌 견뎌보려 했는데…… 만약에 놈들이 들이닥친다면, 내가 급전을 당겨 빚까지 내었으니 그 돈까지 게워내야 할 판이오."

서한중이 입맛을 다시며 어느 쪽으로도 쉬 결정을 내리지 못하고 망설이기가 이틀째였다.

어느덧 천천히 땅거미가 내려 비에 젖은 먼 수풀이 흐릿해졌다. 산속은 어둠이 빨리 찾아들게 마련이고 해를 볼 수 없는 구름 낀 날은 더욱 그랬다. 호롱불 켜기 전에 늘 저녁밥 먹는 줄 알 텐데도 석우는 돌아오지 않았다. 밤중에 배점리 집으로 찾아들어 그 쪽 소문을 염탐하고 오겠다는 석우를 주질러앉히자, 숨을 만한 후미진 은신처를 찾아보겠다며 점심밥을 먹고 나자 도롱이 둘러쓰고 나간 참이었다.

땅거미와 비안개로 어두컴컴한 화전밭 뒤쪽에 무언가가 움직이는 게 서한중의 눈에 설핏 띄었다. 그쪽 오솔길에 줄을 쳐두었는데 비에 젖어 줄이 늘어진 탓인지 요령 소리가 들리지 않았다. 그는 석우가 돌아오나보다 하다, 무엇인가 짚이는 예감이 있었다. 뭘 잘못 보지 않았나 싶기도 했지만 벌떡 일어나 열린 방문 위 선반에 손부터 올렸다. 화승총을 내려 들고 화전 쪽을 빠끔히 살폈다. 짐작대로 분명 사람의 모습이 숲 사이에서 어른거렸다. 한 사람이 아니었다.

"부인, 객이오. 누가 오는구려." 서한중이 부엌에서 들으라고 큰 소리로 말했다.

"여기까지 누가 오다니, 이 일을 어쩌나!"

사리댁이 겁먹고 황망 중에 부엌 뒷문으로 빠져나갔다. 여인은 도솔아비를 연상했다기보다 자기네를 잡으러 온 추적꾼을 먼저 떠올렸다.

서한중은 방으로 들어와 방문을 닫았다. 그는 문 틈새로 화전 쪽을 갈마보았다. 집을 향해 오는 사람은 장정 둘이었다. 하나는 갈모를 썼고 하나는 도롱이를 쓰고 있었다. 부슬빗발을 가르고 다가오는 둘의 느슨한 걸음새가 추적꾼 같지 않았다. 이곳에 사람이 나타나기는 셋이 입산한 뒤 처음이었다.

마당으로 들어선 둘은 도솔아비와 서한중의 맏아들 서요한 기벽이었다. 아들을 본 서한중의 얼굴이 뻣뻣해졌다. 도솔아비는 그렇다 치고, 아들을 확인하는 순간 왠지 부아부터 끓었으나 마음을 다잡아맸다. 아들이 어떤 말을 하든 내쳐야 한다고 별렀다. 막내딸이면 모를까, 장가를 들여서인지 아들은 피붙이로서의 정이 좁쌀만큼도 남아 있지 않았다. 아니, 내가 왜 이렇게 변했냐는 마음의 돌아섬조차 깨우치지 못했다.

"서방님, 계십니까?" 지팡이를 짚은 도솔아비가 안방 댓돌 앞에서 서한중을 찾았다.

서한중은 대답 없이 문틈으로 채전 쪽을 보았다. 혹시 둘을 뒤따라오는 자가 있나 해서였다. 도솔아비가, 신발은 있는데 아무도 없나 하고 쭝덜거리더니, 석우야 하고 아들을 불렀다. 더 숨어 있을 이유가 없어 서한중이 화승총을 선반에 올려놓고 헛기침하며 방문을 열었다.

"서방님, 그새 기체 평강하오신지요?"

"아버지, 소자 문안인사 드립니다." 도롱이를 쓴 도솔아비와 갈모를 벗어든 서기벽이 절을 했다.

서한중은 찌무룩한 표정으로, 왔으니 들어오게 하며 둘을 방 안으로 불러들였다. 도솔아비가 도롱이를 벗었다. 그는 도롱이 안에 듬직한 등짐을 지고 있었다. 방 안에 들자 둘이 무릎 꿇어 서한중에게 큰절을 올렸다. 서기벽은 외양이 반듯한 젊은이로 작년에 장가를 갔기에 의관을 정제해 상투를 틀고 갓을 썼다. 한양을 비롯한 대처에는 젊은이들의 삭발과 서양식 머리깎기가 유행이라지만 들어앉은 한촌은 아직까지 옛 격식을 보존하고 있었다. 더욱 경상도 북부 지방은 거유(巨儒) 퇴계 선생을 낳았듯, 공맹의 도를 숭상하고 유교적 질서와 전통을 애써 지키는 추로지향(鄒魯之鄕)의 고장이라 그런 격식을 더욱 존숭해왔다. 도솔아비는 무명 조끼에 머리에는 탕건만 썼다.

다른 식구는 어디 갔냐고 도솔아비가 묻자, 서한중은 멀리 가지 않았으니 곧 올 거라고 짐짓 대답했다. 사리댁이 뒤란이나 잿간 뒤에서 도솔아비 모습을 보았더라도 그가 혼자걸음이 아님을 알곤 감히 나서지 못할 터였다. 누가 뭐래도 첩살이 신세로 나섰으니 새서방의 머리 큰 아들을 대함이 부끄럽고 계면쩍기도 할 터였다. 습기로 눅눅하고 어둑신한 방 안이 침묵으로 무거웠다. 한동안 침묵 끝에 도솔아비가 서한중에게 저간의 집안 형편과 바깥소식을 주섬주섬 섬겼다.

"이틀째 되는 날까지 서방님 길 떠나신 것과 내죽리 별당마님이 없어진 걸 따로따로 일로 여겼습니다. 사흘째 되는 날, 읍내리 장날부터 그게 그렇게 된 사단이구나 하며 양쪽 고을 사람들 입에 오르내리게 되었습지요. 내죽리 참봉 어른이 그 진부를 따지러 자식과 머슴패를 데리고 기세등등하게 집으로 들이닥친 게 그로부터 이틀 후였습니다. 난리가……"

"알았어. 그쯤 해두게, 더 듣고 싶지 않으니깐." 서한중이 도솔아비의 말을 잘랐다.

"꼬리를 문 소문이 해괴망측하게 번져 한 달이 넘은 아직까지 읍내리가 시끌벅적한 형편입니다. 읍내리 공소 쪽은……"

"그만하라니깐!" 서한중이 역정을 냈다. 그는 좌석골에서 소문을 들었기에 도솔아비로부터 더 들을 말이 없었다.

도포 차림의 서기벽은 무릎을 꿇은 채 고개를 빠뜨리고 있을 뿐 말이 없었다. 그는 수염 더부룩한 아버지의 거칫한 얼굴도 그러려니와 충혈된 눈을 차마 마주 볼 수 없었고, 할 말은 많은데 입이 잘 떨어지지 않았다. 한편, 서한중은 이미 마음으로 문을 닫은 자식이기에 그 역시 아들 쪽을 보지 않았다.

"어머님이 곡기를 거의 놓다시피 하신 지 두 장이 지났습니다. 의원이 오셔도 진맥을 거절하시며 약첩도 사양하십니다. 이제 천주님 품으로 돌아갈 때가 되셨다며 눈물만 지으십니다." 서기벽이 얼굴을 들더니 진중하게 말했다.

서한중의 대답이 없자 도솔아비가 나섰다.

"그러하옵니다. 마님이 저러시다간 곧 무슨 변고를 당하실는지 모르겠습니다."

"내가 여기 앉아서 뭘 어쩌란 말이냐. 인명재천이라고, 명은 하늘에 달렸다지 않은가."

"아버님이 어떻게 그런 말씀을……" 이마를 삿자리 바닥에 겨누던 서기벽이 붉끈 얼굴을 들었다.

"왜, 내가 못할 말을 했느냐?" 서한중의 주발 터진 목소리가 한 음 높았다.

"아버지, 너무 무정하십니다."

"나는 내 신변을 정리했고, 집을 떠날 때 문중과도 의절하기로 작심했다. 어차피 아비는 개망나니이니 자식까지도 혈육이기를 포기했어. 내가 무슨 면목으로 널 대하겠느냐. 그렇지 않느냐?"

"아버지, 지금 제정신으로 하시는 말씀입니까?" 떼거리 써대는 아버지를 보다 못한 서기벽의 목소리가 울먹였다. 양산박이 따로 없게 외모가 변해버린 아버지지만, 그 말투야말로 너무 박정했다. 그는 잠시 침묵 끝에 말을 바꾸었다. "아버지, 집안이 일찍이 견진성사를 받았고 천주님의 몸 된 종으로 그 은총을 입어왔는데, 아버지가 졸지에 이런 사단을 벌이셨으니……"

"뭐라고? 천주를 책잡아 네놈이 나를 충고하겠다는 거냐?"

"아닙니다. 그런 뜻으로 드린 말씀은 아니옵고……" 서기벽이 얼굴을 붉혔다. "집안은 물론 공소에서까지 너무 뜻밖의 사단이라 아직도 모두 놀라하기에……"

서기벽은 소수서원에서 서당 공부를 마치자 한양으로 올라가 신학문을 배우겠다는 의견을 내었다. 그 말에 서한중이 집안의 독자요 어머니가 편찮으니 가계를 지키라며 아들을 주질러앉히고, 외지 바람을 막겠다고 장가를 들였다. 서기벽은 자기주장만 세우는 고집통이 아니며, 부모를 공대하고 심성이 착했다.

"짐작 못한 바 아니다. 빚쟁이까지 들이닥쳤을 테지."

"집을 버리고 산속에 들어오셔서 화전이나 일구며 사시겠다니, 아버지가 이런 생활을 언제까지나 계속하실 수도 없으실 텐데, 앞으로 어떡하실 작정이십니까?"

"무람없는 녀석 하고선. 네가 주제넘게 왜 그런 걱정까지 해? 나는 사는 날까지 그냥 이렇게 살겠다. 내 말하건대, 나는 이미 천주를 버렸고, 스스로 나를 이 세상 땅에서 아주 매장했다. 그러니 네가 집안의 기둥이 아니냐. 앞으로 아비를 찾지 마라." 서한중은 누어지려는 마음의 고삐를 다시 죄어 챘다. "다시는 집으로 돌아올 기약 없는 아비로 여기고 장손 몫 하며 살아. 아님 아비가 객사해버렸다고 아주 단념해도 좋고."

"아버지가 그런 말씀을 하시다니 도무지 믿어지지 않습니다. 어찌 그리 무책임한 말씀을 함부로 하십니까?" 서기벽이 손을 짚고 허리 숙여 머리를 떨구더니 어깨를 들먹였다. "아버지, 도대체 왜 이러시는 겁니까? 공소에 나가시고, 손주까지 보신 연만한 연세에…… 순교하신 할아버님의 거룩하신 뜻을 유념하시더라도 이렇게까지는……"

"네놈이 그 말 하겠다고 여기까지 찾아왔냐?" 서한중이 결기를 돋웠다. 내친김에, 나는 조상도 모르는 개자식이다 할까 하다 차마 그 말은 입에 담지 않았다. "내가 어디 그 생각까지 못하고 집을 나선 줄 아느냐?"

"서방님, 고정하십시오." 도솔아비가 나섰다. "제가 도련님에게 당분간 서로 잊고 지냄이 좋을 거라고 수차 말씀드렸건만 한 차례만이라도 서방님을 뵙겠다고 졸라서…… 지금 형편으로는 집안 사정이 여의치 못합니다. 아뢰옵기 차마 외람되오나, 황진사댁에서 에스겔 아씨 혼담 문제를 없던 일로 하자고 통고해 오고부터 안방마님 기력이 더욱 떨어지시고……"

서에스겔은 서한중의 막내딸로 설 넘기고 방년 열아홉의 꽃다운 나이였다. 풍기에서 인삼밭 하는 천주교 집안과 혼담이 무르익어가던 참이었다.

결국 그렇게 되고 말았구나, 하며 서한중은 막내딸의 서러워하는 모습을 떠올렸다. 자주 눈에 밟히던 막내딸의 모습까지 이제부터 지우지 않으면 안 되었다. 그런대로 살림 포실한 집에 시집 잘 가서 덩실한 아들부터 낳은 큰딸애는 타고난 제 복이 그렇다면, 막내딸은 아비의 행실을 핑계 댈 게 아니라 황진사댁 총각과는 애초에 배필 운이 없다고 치부해버렸다. 그는 눈을 감고 말았다.

"내죽리 참봉 어른이 큰댁에 장리 놓은 빚을 당장 갚으라고 읍내리 장거리 왈패꾼을 끌고 와 성화를 부리다 못해 관아에 재산 일체를 차압하겠다고 소장까지 내었으니……" 도솔아비가 말없는 서한중의 눈치를 살피다 이를 반성의 뜻으로 받아들여, 어차피 쏟은 말을 마저 하자는 듯 주섬주섬 부언을 달았다.

서한중은 한 여자를 취하는 데 집안의 희생이 너무 컸음을 깨달았으나 자신의 능력으로는 어쩔 수 없는 일이었다. 집으로 기어들 처지가 아닌 이상 막무가내 모르쇠로 버티거나 될 대로 되라고 내팽개쳐두는 길밖에 없었다.

"문중이 얼굴 들고 대명천지에 나다닐 수 없는 지경이 됐습니다. 우리 식구가 무슨 면목으로 공소에 걸음하겠으며, 앞으로 무슨 말로 후손을 양육하겠습니까?" 앙퉁하다는 듯 말을 맺곤 서기벽이 울먹이던 울음을 기어이 터뜨렸다.

"듣기 싫다. 당장 배점리로 내려가! 네놈이 여기를 안 이상 나는 이제 다시 봇짐을 싸겠다. 아주 찾을 수 없는 데로 멀리 떠날테니 그리 알아. 나를 예전 아비로 생각지 말아라! 나야말로 인간이기를 포기한 개자식이요, 사람의 탈을 쓴 짐승이다. 이렇게 말하면 네놈 속이 시원하냐!"

서한중이 어깃장을 부리며 자리 차고 일어섰다. 그가 방문을 박차고 나오자, 짙어오는 어둠 속 뜨락에 언제부터 방 안에 귀 기울이고 서 있었는지 사리댁이 저고리 고름 앞에 두 손을 모아 쥔 채 떨고 있었다. 부스스한 머리카락, 눈물과 비에 젖은 얼굴이 넋 빠진 귀신 형용이었다.

"제가, 제가 몹쓸 여잡니다. 모든 것이 이녁의 죄업이옵니다. 제가 천주님 계명을 저버린 천벌 받을 부정한 여자이옵니다. 어르신의 탓도, 어느 누구의 탓도 아니옵니다……" 사리댁이 쪽마루에 엎어지듯 서한중의 맨발을 잡더니 오열을 쏟았다. 여인의 말이 남정네에게 하는 하소인지 방에 든 본실 자식 들으라고 하는 속죄인지 종잡을 수 없었다.

"무슨 말을 그렇게 하고 있소. 모두 내 탓이지 부인이 무슨 죄를 지었으며, 저 녀석이 대체 무엇이기에 감히 부인을 정죄하겠소. 내 마음은 변함이 없으니 제발 진정하시오." 서한중이 허리 숙여 사리댁 어깨를 일으켰다. 비를 맞으면 몸에 해로우니 방으로 들자며 여인을 부축했다.

사리댁이 남정네의 부축을 뿌리치며 안방 툇마루 앞에 당당히 섰다. 여인은 바깥에서 아들을 꾸짖는 남정네의 말을 듣자 그만 감격에 복받쳐 자신도 모르는 사이에 눈물을 흘렸다. 그이가 자기 한 몸 얻기 위해 그동안 누렸던 모든 걸 헌신짝처럼 팽개쳤음은 알고 있었지만, 자식에게 한 말을 듣고 벅벅이 확인했던 것이다. 주정뱅이에 팔난봉꾼으로 소문이 자자한 남자였지만 어른님이 나를 진정으로 사랑하고 있구나 하는 마음 뿌듯함은, 남정네를 위해 무슨 희생인들 못하랴는 용기를 새삼 부추겼다.

"보십시오. 저를 못된 년이라 꾸짖어주십시오. 매질을 해도, 침을 뱉어도 달게 받겠습니다. 어른님은 아무런 잘못이 없습니다. 제 말이 진정이니 믿어주세요!" 사리댁이 눈물 괸 눈으로 서기벽을 보며 하소했다.

서기벽은 된 숨만 내쉴 뿐 아무 말도 못하고 싸늘한 눈으로 사리댁을 바라볼 뿐이었다. 그에게 여인은 읍내리 공소에서 안면익은 천주님의 자매였다. 눈물이 타는 듯한 여인의 눈길을 받자 그는 부정한 무엇이라도 옮겨 올까보아 얼른 시선을 피하고 말았다. 눈앞에 있는 여인이야말로 음욕에 주린 암컷, 천주님의 계율을 어기고 아담을 유혹하여 먹어선 안 될 과일을 먹게 한 이브로 보일 뿐이었다. 저런 마귀 같은 음란한 여자가 어찌 천주님을 믿겠다는 공소에 나와 미사 참례를 했는지, 신부님께 고해성사까지 했는지 그로서는 이해가 되지 않았다.

"부인!" 건넌방으로 옮겨 간 서한중이 사리댁을 불렀다. "술상이나 봐 오구려."

"떠나시면 아니 됩니다! 비까지 뿌리는데 밤길을 나서시다니. 제가 얼른 저녁상을 봐서 올리겠습니다." 남정네의 말을 귀 밖으로 들으며 사리댁이 안방의 두 남자에게 말했다.

사리댁을 앞에 두자 도솔아비는 엉거주춤 일어났으나 서기벽은 꼿꼿하게 외돌아앉은 채 얼굴을 동창에 두고 있었다. 그는 아버지가 석우를 데리고 집을 떠날 때까지 두 사람의 관계를 눈치

채지 못했다. 봄바람이 불자 또 역마살이 끼어 며칠 바람이나 쐬러 풍기나 영주, 멀리 안동쯤 나들이를 갔겠거니 짐작했다. 그런데 사흘이 지나고서였다. 이틀만 돌려쓰고 갚는다 했는데 사람이 코빼기도 보이지 않는다며 읍내리 장거리에서 일수 놓는 빚쟁이부터 집으로 들이닥쳤다. 이튿날은 내죽리 김참봉이 패거리를 몰고 쳐들어왔다. 그제야 집안 모두가 저간의 사연을 알게 되었다. 소문은 은밀히 돌아 눈치는 대충 챘지만 확인되지 않은 풍문이라 차마 말을 꺼내지 못했다는 이웃도 그제야 나서서 남녀의 사통을 입방아 찧어댔다. 도솔아비가 조랑말을 빌려 갔고 석우가 바깥주인을 따라나섰기에, 이를 빌미로 집안 어른들이 나서서 도솔아비를 족쳤다. 도솔아비는 둘러댈 말이 더 없었기에 저간 사정을 설명하곤, 자기도 떠난 이들의 행방을 모른다 했다. 소란이 대충 가라앉자 도솔아비가 도주한 셋이 머무는 산채를 알고 있음을 서기벽에게 실토했다. 내실 마님의 식음 전폐가 예사롭지 않음을 알고 더 미루며 숨길 일이 아니라 판단했던 것이다. 서기벽은 도솔아비를 달고 집을 나설 때, 사리댁을 만나는 즉시 따귀부터 올려붙이겠다고 별렀다. 모친이 몸져눕기 전에도 색주가를 제집처럼 들랑거린 행실로 보아 아버지가 먼저 여자에게 추파를 던졌겠지만, 사삿집 촌부라도 마땅히 이를 뿌리쳐야 했거늘 색을 밝히는 여자 쪽이 좋아라 눈웃음치며 방둥이 흔들었을 게 분명하다고 판단했다. 집안 어른들의 의견도 대충 그렇게 모아졌다.

서기벽은 막상 스스로의 잘못을 자복하고 우는 여인을 보자 숨길만 가쁠 뿐 마음이 눅어들었다. 그러나 여인에게, 당장 아버지와의 관계를 끊고 눈에 띄지 않는 먼 곳으로 떠나라고 따끔한 충고는 해주고 싶었다. 늙은 서방과 살다보니 음욕에 주렸을 테고 그 욕망을 채워줄 사내는 아버지 말고도 길바닥에 널렸을 터였다. 그는 장거리 색줏집에 눈자위 발그스레한 음기가 듣는 논다니와 놀아본 적은 없었지만, 색줏집 앞을 지나다 트레머리한 그런 여자를 보았고, 색줏집 술방에서 벌어지는 작태쯤 그도 장가를 갔기에 능히 짐작할 수 있었다. "순흥 땅에 다시는 발 들여놓지 못할 망신을 스스로 자초했으니 이 돈으로 멀리 떠나 혼자 살길을 도모해보시오" 하며, 준비해 온 당백전 꿰미를 여인 앞에 던져주고 싶었다. 그러나 그는 아무 말이나 행동도 실행에 옮기지 못하고 구들목장군으로 된 숨만 내쉬고 있었다. 결단력이 모자란다기보다 때 묻지 않은 마음 여린 순진성 탓이었다. 그는 손위 여인을 방으로 불러들일 수도 없었고 대로한 아버지 앞에서 자신이 불쑥 밖으로 나서기도 무엇했다. 날이 저물어 하산할 수도 없을 터이니, 하룻밤을 묵고 가게 되면 여인과 말을 나눌 짬이 생기려니 여겼다.

"우리 먹는 양식도 아껴야 할 형편인데 밥상을 보아주다니 말이나 되는 소리요. 부인, 내 술상부터 봐달라지 않았소. 그자들은 상대하지 마시오. 굶기 싫음 밤길에라도 마을 찾아 내려갈 테지."

"아버지, 어떻게 이렇게 내칠 수가 있사옵니까?"

"기벽이 듣거라. 다시 말한다만 부인에게는 아무런 잘못이 없다. 다 내가 저지른 사단이고 모든 책임은 내게 있으니 그리 알아. 네놈이 부인의 허물을 따져선 안 돼. 네놈은 그럴 자격이 없어." 건넌방에 들어앉은 서한중이 안방에 대고 냉갈령으로 쏘아붙였다.

"손바닥도 마주쳐야 소리가 난다는 말이 있잖습니까. 그쪽을 너무 편역들지 마십시오." 자신의 속마음을 눈치챈 듯한 아버지 말에 찔끔해하며 서기벽도 더 참지 못하고 되받았다.

"저놈이 말대거리는! 당장 내 눈앞에서 썩 꺼지지 못해!" 서한중이 쪽마루로 나섰다.

"어차피 하산하긴 글렀습니다. 오늘 밤은 부엌에서 말뚝잠을 자더라도 묵어가야겠어요. 우리 먹을 양식은 지고 왔으니 양식 폐는 끼치지 않겠습니다." 서기벽이 어깃장을 부렸다.

"서방님이 이 방으로 건너오십시오. 오늘 하룻밤만이라도 우리가 건넌방을 쓰겠습니다." 도솔아비가 쪽마루로 나서며 말했다.

서한중은 더 말상대를 않겠다는 듯 대답 없이 곰방대에 담배를 쟁였다. 그는 축담의 짚신을 신고 마당으로 내려섰다. 담뱃불을 붙이려 부엌으로 들어가니 사리댁이 부뚜막에서 손 둘의 밥상을 보려 좁쌀을 씻고 있었다.

"어른님, 오늘만은 제발 술을 참으세요. 부탁이옵니다." 사리댁이 흐느끼며 말했다.

서한중은 물끄러미 사리댁을 내려다보다 말없이 아궁이 앞에 쪼그려 앉았다. 담뱃대 꽁지로 아궁이 알불을 헤집어 담뱃불을 붙였다. 부엌을 나서며 심란한 마음을 담배 연기로 날렸다. 어둠이 재처럼 내리는 화전 쪽에서 석우가 고인 물을 절벅거리며 걸어오고 있었다. 도롱이를 쓴 석우가 마당으로 들어섰다. 그는 모처럼 마음먹고 잿길 마당치 너머 충청도 땅으로 들어갔다가 산채로 들어와 처음으로 화전붙이 집을 발견하고는 그 집에서 한동안 머물며 주인장과 이야기를 나누다 돌아온 참이었다. 그 외딴 너와집 아래쪽으로 양다리란 열댓 가구의 화전촌이 있고, 거기에서 이십 리를 내려가면 구인사란 큰 절이 있음도 듣고 온 참이었다.

"석우구나." 쪽마루에 나앉았던 도솔아비가 아들을 불렀다.

"아버지!" 난생처음 집을 떠나 외로움에 찌들어 살던 석우는 덩치만 컸지 아직 소년이라 제 아비를 보자 울음부터 터뜨렸다.

이튿날, 날씨가 활짝 개었다. 모든 푸나무들이 한층 싱그럽게 살아났다. 서기벽과 석우 부자는 건넌방에서 아침밥을 먹었다. 밥상을 물리자 서기벽과 도솔아비는 산채를 떠날 채비로 옷갓하여 안방으로 건너왔다. 사리댁은 부엌으로 나가고 없었다. 둘이 가부좌하고 앉은 서한중에게 작별의 큰절을 올렸다.

"참봉 영감이 아직도 눈에 불을 켜고 설치니, 소란이 가라앉고 조용해지면 다시 한번 들르겠습니다." 서기벽이 말했다.

"이렇게 묻혀 사시자면 불편이 어디 한둘이겠습니까. 필요한 물품이 있으면 저한테 일러주십시오. 보름쯤 뒤 제가 다시 올라오겠습니다." 도솔아비가 말했다.

"두번 다시 걸음할 일 없고, 필요한 물건도 없다. 여기서 더 살지 않고 며칠 겨를을 잡아 떠날 테니깐. 어젯밤 궁리 끝에 그렇게 하기로 부인과 결정을 보았다. 석우가 따라나서겠다면 데리고 가고, 집으로 가겠다면 돌려보내겠다." 서한중의 말이 냉담했다.

"어디로 가시게요?" 서기벽이 물었다.

"네가 알 필요 없어." 서한중이 처연한 표정으로 아들을 물끄러미 건너다보았다. "아비가 없으니 네가 집안의 기둥 아니냐. 이런 말 할 염치도 없지만, 어머니 잘 모시고 집안 건사 잘하거라. 특히 순옥이를 잘 다독거려. 혼처 자리야 또 생길 테지. 자격 없는 아비지만 네 어미 문젠데…… 네가 보았다시피 살아생전 네 할머님만은 그런대로 모셨다. 아침마다 문안인사 드리려 큰댁에 다녀오지 않더냐."

서방님 효성이야 배점리가 다 알아주었습죠, 하고 도솔아비가 서한중의 비위를 맞추었으나 서기벽은 고개를 빠뜨린 채 대답이 없었다. 할머니 속을 그렇게 썩여놓고 엎친 데 덮친 격으로 어머니가 상심하여 죽음의 목전에 이르렀는데 웬 변구요, 하고 서기벽은 쏘아주고 싶었지만 눌러 참았다. 아버지가 왜 돌연 지아비 있는 정실부인에게 빠져버렸는지, 그 외도(外道) 정도가 어머니의 와병에 따른 심심풀이 소일인지 여러 점이 궁금하여 그는 도솔아비를 앞세워 나선 참이었다. 그런데 막상 아버지를 만나보니 사련(邪戀)이 의외로 깊었고, 그 의지가 확고부동함을 알았다. 그래서 아버지가 본정신이 아니라고, 한 여자에게 빠진 정도가 아니라 아주 미쳐버렸다는 결론을 내렸다. 요녀로 둔갑한 꼬리 감춘 여우에 흠뻑 빠져 있기에 지금으로선 누가 나서더라도 둘 사이를 갈라서게 할 수 없음을 알았다. 시간에 맡겨 어느 때인가 아버지가 본정신을 되찾기 바라며, 가족은 그런 시간이 빨리 오기를 기다리는 길밖에 없었다. 그렇게 되자, 하룻밤 이웃 모르게 살짝 집에 들러 식음을 전폐하고 계신 어머니를 위무해드리라는 말은 꺼낼 수조차 없음을 깨달았던 것이다. 계집질 좋아하는 자의 말로란 동서고금 오직 한길, 스스로 패망의 구덩이를 파는 결과밖에 낳지 않음을 그는 장가를 들어서야 깊이 깨닫기도 했다. 누가 아버지의 행실을 귀띔했는지, 처조부 별세로 처가에 갔을 때 장인 어른도 그리스도의 십계명을 들먹이며 남자가 무슨 실수든 그 허물을 회개하면 용서가 되나 도둑질과 계집질만은 뉘우쳐 해결될 성질이 아님을 특별히 당부하였다. "그년이 기어코 나를 버리고 젊은 놈팽이를 꿰차고 줄행랑을 놓았어. 그동안 내가 미쳐도 보통 미치지 않았어. 이 지경에 당도하고 보니 내가 이제야 제정신을 차렸구나. 얘들아, 한때의 아비 실수를 용서해다오. 이렇게 내가 너희들에게 손발이 닳도록 빌지 않느냐……" 『성경 직해』의 돌아온 탕자의 비유처럼, 언젠가 아버지가 거지 꼬락서니로 귀가하여 무릎 꿇고 통한의 눈물을 흘릴 그런 날을 기다릴 수밖에 없었다. 서기벽은 그런 상상을 하자 통쾌했고, 억지 체통을 세우려 호기를 부리는 아버지의 허장성세가 오히려 측은하고 가련했다.

"행랑아범이 여기로 다시 들를 때까진 아무 데로도 떠나지 마십시오." 서기벽이 말했다.

"여기 거처가 알려진 마당에 더 머물 이유가 없다."

"도솔봉 아랫녘은 어떨는지요. 떠난 지 오래지만 그쪽에 집안이 있으니 제가 알아보겠습니다." 도솔아비가 의견을 내놓았다.

도솔봉은 죽령 아래 그중 높은 산이었다. 배점리에서 따지면 이쪽과 거리는 비슷하지만 도솔봉은 풍기 건너 서쪽이었기에 순흥 땅과는 아주 다른 지역이었다.

"일없네."

"지난 한식 성묘는 큰집과 함께 선산을 찾아 예배를 드렸습니다. 엿새 후가 할머님 기일인 줄은 아시죠? 아버지가 참례하시기 힘들 테니 어머니 모시고 저희들끼리 추모 예배를 드리겠습니다."
서기벽이 말했다.

서한중은 할 말이 없었다. 그도 어머니 기일을 생각하지 않은 바 아니었다. 어제 오전에도 잠시 그 생각을 했고 불효를 두고 마음이 저렸다. 삼대봉사(三代奉祀) 추모 예배는 집안 모두가 참여했기에 술자리에 앉았다가도 그 시간만은 집으로 돌아갔던 그였다. 유교적 제례(祭禮)에 따라 제사를 모시며 위패에 절을 올리지는 않았으나 직계 가족이 다 모인 가운데 천주님께 기원, 고해성사, 성경 봉송, 집전자의 강론과 본기원, 영광송으로 고인의 음덕을 추모했다. 서한중은 집에 발을 들여놓을 수 없는 입장이었으므로 어머니 기일 저녁을 산채에서 세 식구가 간소하게나마 제사상을 차리기로 작정하고 있었다. 그는 그리스도의 식구 되기를 포기했으므로 천주교 식이 아닌, 조상 전례의 유교 의식을 따르기로 마음먹고 있었다. 그러나 자식 앞에서 그런 말을 꺼내지는 않았다. 구차스런 변명일 수밖에 없었다.

"아버지, 요긴할 때 쓰십시오."

서기벽은 허리에 차고 있던 엽전 꿰미를 풀었다. 백동화 십오 원 이십 전이었다. 그 돈을 준비할 때는, 아버지와 헤어져 제 살길을 찾아 떠나라고 여인에게 건네줄 생각이었다. 그러나 막상 산채로 들어와서 보니 그럴 상황이 아님을 알고 돈을 아버지께 내어놓고 말았다. 서한중은 삿자리 바닥에 놓은 돈에 곁눈을 줄 뿐 챙기지 않았다.

“소자 이만 물러가겠습니다.” 무릎 꿇은 서기벽이 아버지께 큰 절을 올렸다. “옥체 균안하옵소서.”

옆에 앉았던 도솔아비도 함께 절을 올렸다. 마당에 서서 방문 열린 방 안을 지켜보던 석우는 서방님이 이곳을 떠날 때 자신을 집으로 돌려보내겠다 했는데 아버지와 함께 하산해도 좋다는 말은 끝내 떨어지지 않아 서운했다.

서기벽과 도솔아비가 축담으로 내려서자, 건넌방에서 반짇고리를 차고 앉아 서방의 버선을 깁던 사리댁이 얼른 축담으로 내려섰다.

“이렇게 훌훌 떠나시면 서운해서 어떡합니까.”

사리댁 말에 서기벽은 여인을 외면했다. 어젯밤 이후 그는 여인을 철저히 무시하는 태도를 취하고 있었다.

“마님, 서방님 보필 잘하시고 우리 석우도 잘 거두어주십시오. 일간 제가 다시 한번 들르겠습니다.”

양식을 풀어놓아 홀쭉해진 괴나리봇짐을 진 도솔아비가 사리댁에게 절을 했다. 사리댁은 둘을 화전밭이 끝나는 데까지 배웅하곤 걸음을 멈추었다. 여인은 배다른 자식이 자신을 능멸함이 당연하다 여겼고 부끄러워 아무런 할 말이 없었다. 여인은 옛 서방과 살 때에도 전실 자식들로부터 부모 대접은커녕 냉대와 수모를 받았다. 나이 든 서방의 첫째아들은 사리댁이 시집갔을 때 이미 자식 셋을 두고 있었다.

“아버지, 저는 어찌 되는 겁니까?” 아버지 옆을 따르던 석우가 물었다.

"너는 여기 남아 서방님을 따르도록 하거라. 서방님을 계속 모셔야지." 도솔아비는 말을 닫더니 걸음을 빨리했다. 새서방님을 얼마간 떨쳐놓자 아들에게 낮은 소리로 말했다. "집에 와봐야 좋을 거 하나 없다. 너도 짐작하겠지만 주인댁이야말로 이제 콩가루 집안 아니냐. 큰댁은 내죽리 참봉 어른한테 진 장리빚 독촉이 성화같고, 우리 집은 서방님이 배점리를 떠나며 빚을 내었으니 전답이 다 날아갈 판이다. 너들 형제간도 입살이하러 뿔뿔이 떠날 날이 조만간 올는지 몰라. 일본놈들이 철마가 달릴 철길을 부산포서 한양까지 놓아 조선 땅을 천지개벽시킨다는 소문이 자자한데, 거기에 사람이 많이 꾀는 모양이라. 대원위 나으리가 왕실 경복궁을 증축한답시고 삼남 장정을 끌어 모을 때에 비해 몇천 배가 넘는 대공사래."

"어쨌든 저는 집으로 가고 싶어요. 어디로 팔려 가더라도 말입니다. 여기가 어디 사람 살 만한 데야요?"

"아비가 조만간 다시 한번 들르마."

도솔아비와 서기벽은 왔던 길을 되돌아 떠났다. 석우는 남녘 아랫길을 탈 때까지 아버지와 새서방님을 배웅했으나, 서한중은 안방에서 곰방대에 담배만 쟁일 뿐이었다.

아버지와 새서방님을 고개티까지 배웅하고 온 석우가 무료히 앉아 있는 서한중에게 말을 건넸다.

"서방님, 어제 제가 화전붙이 집을 찾아냈어요. 재를 넘어가니 오솔길이 나오고, 잠시 내려가자 들어앉은 너와집 한 채가 있더군요."

"그래? 몇 식구가 살던?"

"노친네 내외분까지 있으니 식구가 예닐곱은 됩디다. 그런데 식구 절반이 언청이라요. 언청이 주인장과 여러 얘기도 나눴고요. 말투가 우리와는 생판 다릅디다. 거기에서 이십 리 길을 하산하면 구인사란 절이 있고 큰 강이 나온대요."

"저 재를 넘어가면 남한강이 나온다. 거긴 충청도 땅이야."

서한중은 어젯밤 사리댁과 의논 끝에 조만간 이곳을 떠나 마당치를 넘어 충청도 땅으로 들어가기로 작정했다. 그는 그쪽 지방 지리를 책에서 보고 익히 알고 있었다. 신경준이 지은 목판본 『산경표(山經表)』란 책을 장거리에서 구입해 집 떠날 때 챙겨 왔던 것이다.

3장

"우리는 집 정리하는 대로 글피쯤 떠나겠다. 그러니 너는 네가 알아서 갈 길을 결정해. 우리와 함께 살겠다면 따르고, 집으로 돌아가고 싶다면 헤어져야겠지." 서한중이 나무 재떨이에 곰방대 꼭지를 떨며 석우에게 말했다.

"서방님과 아주머니는 어디로 가시게요?"

"네가 우리를 좇아오면 자연 알게 될 테고, 배점리로 내려가겠다면 우리가 가는 데를 알 필요가 없다. 바람같이 어디로든 흘러가겠지." 서한중이 꿇어앉은 석우를 서늘한 눈빛으로 건너다보았다. 머리를 꼬나박은 석우는 대답이 없었다. "네 생각은 어떠냐?"

"말씀드리기가 거북하구먼요. 서방님을 끝까지 보필해야 도리라고, 아버님도 그렇게 말씀하셨습니다. 그런데……" 석우가 얼굴을 붉히며 머뭇거렸다.

"집으로 가겠다는 말이구나?"

"아뇨, 그건 아닙니다."

석우는 주인 집안에 망조가 들었다는 아버지 말을 떠올렸다. 장정들이 철길 공사, 도로 공사, 다리 놓는 공사 따위에 품꾼으로 팔려 타지로 떠난다지만 나이 어린 자기까지 거기에 껴묻혀들 것 같지는 않았다.

"그럼 나를 따르도록 해. 고생이야 되겠지만 어디 네놈 굶겨가며 데리고 다니겠느냐."

아퀴를 지었다는 듯 서한중이 일어섰다. 그는 마당치 너머 석우가 들렀다는 화전붙이 집을 다녀올 심산이었다. 재 너머 충청도 땅 남한강 주변 사정을 알아보기 위해서였다.

"그런데요……" 석우가 뒷머리를 긁적거리며 토를 달았다.

"그런데 뭐냐?"

"사실인즉 서방님을 모시고 싶은데요, 더러 집에도 다녀왔으면 하고요."

"아직 나이가 어리니 부모님과 동기간이 그립기도 하겠지. 네 마음을 알 만하다." 반짇고리를 차지하고 앉아 석우 등거리를 깁던 사리댁이 말했다.

"우리를 따른다면 집으로 가긴 힘들어." 서한중이 잘라 말한 만큼, 앞으로 농사를 짓지 않게 된다면 구태여 석우를 달고 다닐 필요가 없었다. 당분간 동가식서가숙할 처지이고 보면 입만 하나 보탤 뿐이었다.

석우는 서방님 말에 대꾸 못하고 고개를 빠뜨렸다. 아버지 말씀대로면 서방님을 계속 모셔야겠으나 늘 삼삼하게 떠오르는 형제, 마을 동무들, 배점리 산천이 그리웠다. 아버지와 새서방님이 자기를 남겨두고 하산한 어제는 종일 마음이 허전하고 일손이 잡히지 않았다.

"그렇다면 너는 배점리로 돌아가도록 해."

"네? 배점리로 돌아가라고요? 그렇다면 서방님이 어디에서 혼자 농사를 지으시게요?"

"여기를 떠나면 어디 농사를 다시 짓겠느냐. 네놈 보다시피 난 농사일에는 젬병이 아니더냐. 농사꾼이 되려면 어릴 적부터 손에 익혀야지, 나는 그놈의 잡초 뽑는 데도 진력이 났어." 서한중이 잠시 뜸을 들였다 석우에게 다짐을 놓았다. "내려가면 누가 묻더라도 여기서 있었던 일을 일절 말해선 안 돼. 이곳을 말하지 말고, 부인과 내가 여기서 떠났다는 말도 입에 담지 마. 그런 말이 눈곱 참봉 귀에 들어가면 네놈도 순검한테 끌려가 주리를 틀리고 볼기짝도 적잖이 맞게 될 테니깐. 내 말 알겠느냐?"

"명심하겠습니다."

"어른님 먼 길 가는 데 배웅해드리고 왔다고만 말하거라. 그래야 네 신상에도 탈이 없을 게다." 사리댁이 말했다.

"그럼, 물러가거라."

서한중은 세상과 인연을 끊고 화전이나 일구며 몇 년 견뎌보려던 예정이 틀어진 이상 농사짓기는 아예 작파하기로 길을 바꾸었다. 사리댁과 함께 이곳을 떠날 계획을 다시 세울 때부터 지참금이 제법 되었기에 팔도 사람이 모여들어 복작대는 한양으로 올라가 거기에서 터를 잡기로 했다. 밤에도 보름달빛 수십 배는 되게 그 밝기가 대낮 같다는 전깃불이 있는 대처, 전기 힘으로 종로통에 철차(鐵車)가 달린다는 그곳이라면 무슨 일이든 입살이할 일감을 잡을 수 있을 터였다. 서한중이 그런 의견을 내자 사리댁은, 어른님이 마음 정하신 대로 따르겠다고 선선히 동의했다.

안방에서 물러 나온 석우는 기쁨으로 가슴이 할랑거리고 어깨에 날개를 단 듯 몸이 가벼웠다. 그는 화전으로 달려가 콩밭과 담배밭 김매기를 계속했다. 집으로 내려가게 된다니 일하는 손놀림에 신바람이 났다. 서방님이 글피라 했으니 사흘 뒤면 다시 집으로 내려가게 되는 셈이었다. 서한중은 사리댁에게 점심 전에 다녀오겠다며 그길로 화승총을 메고 마당치를 넘었다.

쌀에 차조와 검정콩을 섞어 먹던 잡곡밥 대신 점심으로 삶은 고구마가 나와 석우는 아주머니가 길 떠나려 양식을 느루먹으려는 모양이라고 짐작했다. 그는 점심밥을 먹고 나자 서방님의 허락을 받고 덫을 쳐놓은 화전 앞 사태진 언덕으로 올라갔다. 등성이 하나 넘어 쳐놓은 덫에는 물찌똥 내갈긴 산토끼 한 마리가 걸려 있었다. 토끼는 이미 기진해져 눈뜰 힘도 없었다. 그는 토끼 귀를 잡아 들고 기분 좋게 너와집으로 향했다. 큰키나무가 자리를 내어준 관목대에는 진달래꽃이 지고 있었다. 진달래꽃이 지면 입하 절기를 전후해 영산홍이며 철쭉 따위의 온갖 꽃들이 다투어 피어났다. 산채는 바야흐로 농밀한 봄을 맞아 갖가지 꽃들의 향기가 진동하여 벌과 나비가 꽃술 사이로 난무했다.

무심코 뒤돌아보던 석우가 희끗한 그림자를 보기는 집까지 자그마한 등성이를 둔 지점에서였다. 그는 얼른 잡목 아래 쪼그려 앉아 몸을 숨겼다. 두런거리는 소리로 보아 짐승이 아니라 사람이었다. 만약 먼발치에서라도 사람을 보았을 때 일단 들키지 않는 위치면 빨리 집으로 와서 알리고, 들킬 만큼 거리가 가까우면 몸 숨겨 피신하라는 서방님의 분부가 있었다. 석우가 먼발치에서 보니 세 사람이었다. 둘은 두툼한 솜옷에 털조끼를 입은 포수였다. 그중 하나는 개털모자를 썼고 하나는 아녀자들이 겨울 외출 때 덮어쓰는 가장자리에 털을 붙인 남바위를 쓰고 있었다. 둘은 서방님이 지닌 화승총을 메고 있었다. 다른 하나는 누비 바지저고리를 입은 상투 튼 장정이었는데 지겟짐 지고 뒤처져 따랐다. 포수 둘이 무슨 말인가 쑥덕거렸으나 석우 귀에는 들리지 않았다. 걷는 향방이 정확하게 너와집 쪽이었다. 집과 거리가 반 마장도 안 되었다. 어물거릴 처지가 아니었다. 석우는 지름길을 잡아 그들을 앞서 집으로 뛰었다.

"서방님, 포숩니다! 포수가 여기로 오고 있어요."

석우가 넘어질 듯 마당으로 뛰어들었다. 축담에 앉아 숫돌에 식칼을 갈던 서한중의 방울눈이 빛났다.

"부인, 부인!" 서한중이 부인을 찾았다. 부엌에서 더덕 껍질을 벗기던 사리댁이 일손을 놓고 나왔다. "부인, 얼른 거기로 몸을 피하구려. 어떤 사단이 벌어지더라도 꼼짝 말고 숨어 밖으로 나오지 마시오. 내가 찾을 때까지 돈궤를 안고 잠자코 있어야 하오."

"예, 알았습니다." 우두망찰해진 사리댁이 손을 털고 헛간 뒤로 빠져나갔다.

"몇이던?" 서한중이 석우에게 물었다.

"셋이에요. 포수는 둘입니다."

"알았다. 이리 오너라." 서한중은 방으로 들어가 선반을 더듬었다. 화승총을 내려 석우에게 주며 그가 말했다. "내가 총 쏘는 법을 가르쳐주었잖냐. 만약 내 신변에 무슨 일이 생겨 내가 너를 부르면 하늘에 대고 공포를 한 방 먹이거라. 내가 너를 부르기 전에 섣부르게 총질했다간 네 목숨도 온전치 못할 것이다."

"예. 그렇게 하겠습니다."

석우가 토끼 꼬리를 잡아 머리를 주춧돌에 패대기쳐놓곤 서한중으로부터 화승총을 넘겨받았다.

"잠금장치는 풀어두었고 총알도 들어 있다. 함부로 노리쇠에 손가락을 넣지 마. 잘못했단 발사가 되니깐. 어서 저쪽 언덕 위 적당한 데로 숨어 있어."

석우가 자기 키만한 총을 들고 뛰어가는 걸 보곤 서한중이 선반에서 장도칼을 내려 허리춤에 꽂았다. 그는 다시 축담에 앉아 무심한 체 식칼 갈기를 계속했다.

한참 뒤, 마당 네 귀 간짓대에 매달아놓은 요령 중에 앞쪽을 알리는 요령이 딸랑딸랑 소리를 냈다. 잠시 뒤, 기골이 장대한 포수 하나가 화전밭을 거쳐 집 마당으로 들어섰다. 마당에서 놀던 복실이가 쪽마루 밑으로 들어가며 낯선 사람을 보고 콩콩 짖었다. 밤이면 아직 외로움을 탔지만 낮이면 산채살이에 엔간히 적응이 된 강아지였다. 숫돌에 칼을 갈던 서한중이 개털모자 쓴 포수를 맞았다.

"지난 동절기에는 빈집이었는데…… 안녕하슈?" 메고 있던 화승총을 내려 오른손에 든 우락부락하게 생긴 포수가 서한중에게 말을 붙였다. 수염이 더부룩했고 인중에 바둑알만한 점이 있었다.

"사람 보기가 오랜만이오."

서한중은 일손을 거두고 쪽마루에 앉았다. 점박이 포수가 얼마간 거리를 두고 앉아 총대를 지팡이 삼아 잡았다.

"총만 덜렁 들고 혼자 사냥질 다니시오?" 포수가 빈 몸이라 서한중이 짐짓 물었다. 나머지 둘을 집 부근에 잠복시켰음을 눈치챘다.

"아래쪽에 동료가 둘 있소. 우린 놓친 곰을 쫓고 있는 중이오. 덩치 큰 반달곰인데, 꼭 잡아야겠소."

서한중보다 나이가 열 살은 수하로 보이는 포수가 반말로 지껄이며 사방을 두리번거렸다. 이어, 작년에 살던 화전붙이는 어디로 갔느냐, 당신네는 언제부터 여기에 살게 되었느냐고 물었다. 서한중이 저간 사정을 둘러대어 대충 대답했다.

"보자 하니 이런 생활을 할 양반 같지 않소그려?"

"화전할 사람이 따로 있소? 젊은 시절 나도 서책깨나 들쳤으나 몇 해 사이 집안이 폭삭 망해 떨거지가 되었다오."

"손을 보면 알지. 임자 손은 흙일한 손이 아니오. 어쩌다 여기로 들어오게 되었소?"

"선대까지는 가세가 중농을 이루었소. 부친이 동학병란에 참가하여 제천 전투에서 전사한 후 가세가 급격히 기울고 말았소."

"여기 사는 식구가 몇이오?"

"우선 혼자 올라와 화전을 시작했소. 가을 수확이 괜찮으면 식솔을 불러들일 참이오."

"본향이 어디요?"

"설피요."

"설피라니?"

"양주현 남녘 납돌고개 어름에 있는 고을이오."

"거긴 남양 주씨가 많이 사는데? 그럼, 본관이 어디요?"

"순검같이 뭘 꼬치꼬치 따지시오?"

서한중이 대답을 미룬 채 조끼 주머니에서 담배쌈지를 꺼냈다. 왜 나머지 둘을 숨겨두었고 그놈들은 언제 나타날까. 이치들이 김참봉의 보상금을 노려 여기로 덮쳤을까. 그는 그들의 속마음을 알 수 없었다. 사흘 뒤 이곳을 떠나려 했는데 어찌 일이 꼬인다 싶었다. 침착하려 해도 가슴이 할랑거렸고 지금은 달리 어떻게 해볼 묘안이 떠오르지 않았다.

"이 샌님이 몰라도 뭘 한참 모르는 벽창호로군. 화전은 아무나 부쳐 먹는 줄 알아? 여기가 국유림이라면 관의 허가를 받아야 벌채를 할 수 있어."

"사람 잡는 포수 보겠군. 한참 수하인 듯한데, 듣자 하니 말버릇이 황잡하군."

물풍스러운 포수의 말버릇에, 서한중이 놈의 목적을 감 잡고 목 곧게 일어섰다. 이제 어차피 부딪쳐야 하고, 갈 데까지 가는 길밖에 없었다. 포수가 따라 일어서더니 다짜고짜 서한중 가슴팍에 화승총 총구를 겨누었다.

"이놈아, 꼼짝 마! 네놈이 누군지 내가 모르는 줄 알아? 네놈이 순홍 배점리 서가 놈 맞잖아. 어디다 허튼수작으로 둘러대." 점박이 포수가 좌우를 살피며, "모두 나와, 서가 놈을 잡았어" 하고 거쿨지게 외쳤다.

그 말에 너와집 오른쪽 언덕에서 화승총 든 남바위 쓴 포수와, 화전밭 쪽에서 누비옷 장정이 뛰어나왔다. 힘깨나 써 보이는 장정은 옆구리에 오라와 장검을 차고 있었다. 마루 밑 강아지가 제풀에 놀라 숨넘어가게 짖어댔다.

"홍서방, 이놈이 배점리 서가, 그놈 맞지?"

"맞아요. 그 사람이 틀림없습니다. 천주교 믿는 서씨 집안 둘째 아들이라요." 김참봉집 머슴 중 근동 씨름판에서 광목필을 탄 홍서방이 대답했다.

"오라로 단단히 결박 지어" 하곤 점박이 포수가 다짜고짜 북두갈고리로 서한중의 멱살을 되알지게 틀어쥐었다. 부푼 성미에 덩칫값대로 힘이 장사라 그가 팔을 치켜들자 서한중의 몸이 떴다.

"사통한 계집년은 어디 갔어? 어디다 숨겼냔 말이야?"

"저, 점심 먹고 나물 뜯으러 사, 산에……"

서한중은 숨길이 막혔다. 부인이 헛간 뒤 구덩이로 몸을 숨겼을 테지만, 창졸간에 여리박빙(如履薄氷)의 처지에 놓이니 이제 끝장이란 생각부터 들었다. 자신의 삶이 끝장남은 괜찮은데 사리댁을 다시 볼 수 없다는 데 눈앞이 캄캄했다. 어떻게 자기 사람으로 만든 여인인데 한 달 만에 생이별이란 말인가. 그는 누구에겐가 소리쳐 하소연하고 싶었다. 그러자 어디선가 홀연히 뚜렷한 꾸짖음이 귀청을 팠다. "남의 정실부인을 훔쳐 오고 집안 조강지처를 버린 네 죄를 알렸다. 너는 이제 지옥에 떨어져 네 영육이 얼마나 고통당하는지 몸소 겪게 될 게다." 소리는 들리는데 그 소리의 임자는 어디에도 보이지 않았다. 그 꾸짖음이 가소로웠고, 오히려 그의 애성이를 돋우었다.

"놔라, 이 불한당 놈아! 네놈들이 뭔데 날 결박 지어." 서한중이 멱살 잡은 포수의 손을 뿌리쳤다.

"제 밑 핥는 개라더니, 네 죄를 네놈이 몰라?"

점박이 포수가 주먹으로 서한중의 면상을 후려쳤다. 서한중은 금방 코피를 쏟았다. 그가 허리춤에 찬 장도칼을 뽑아 들려 했으나 두 손이 포수의 무작한 손아귀에 꺾여 뒤로 젖혀졌다.

"장가야, 집 안은 물론 일대를 샅샅이 뒤져봐. 계집년마저 잡아서 끌고 가야 해!" 하곤, 점박이 포수가 서한중의 뱃구레를 총대로 내찔렀다.

"네 연놈이 너구리처럼 이런 데 틀어박혀 있으면 못 찾아낼 줄 알았지? 사람 웃기는 짓 작작해. 산이야말로 우리한텐 안마당이다. 산채에 숨은 인간 종자 집어내기가 호랑이 찾기보다 훨씬 쉽다는 걸 몰랐지?"

"이놈아, 끌고 가려면 고이 끌고 가. 네놈이 뭔데 사람을 치고 야단이냐!" 서한중이 되알지게 내질렀다.

"아가리는 찢어졌다고 흰소리를 뱉는구나. 당장 넙치가 되도록 물고를 낼까 어쩔까? 이제 네놈은 그 세 치 혀와 양물이 남아나지 않을 것이다. 참봉 어른이 네놈 양물을 절단 내고 화냥년 거시기에 말뚝을 박지 않고는 눈을 못 감겠다 했으니깐."

점박이 포수의 말을 듣자 서한중은 순간적으로 심장의 피가 역류하고 눈앞에 아무것도 보이지 않았다. 한 여자를 사랑했다는 죄만으로 그런 형극의 벌을 받을 이유가 없다는 분김이었다. 눈곱참봉이나 순검주재소는 물론, 그리스도나 그 어떤 신이 그런 벌을 내린다 해도 직수굿하게 고개 꺾고 체념할 수 없었다. 그러자 지금 이 기회를 놓치면 다시 부인을 보듬을 수 없음은 물론 두 발로 자유로이 세상을 한유할 수 없으리란 생각이 들었다. 사랑하는 사람을 차지한 게 무슨 중죄란 말인가. 그는 속으로 부르짖으며 홍서방이 포승으로 몸을 둥치기 전, 결박되는 두 손을 완강하게 뿌리쳤다.

"석우야, 석우야!" 서한중이 외치며 점박이 포수의 총대를 잡고 밀쳤다. 그러나 여덟 척 되는 거한은 바위처럼 꿈쩍을 않았다. 목 긴 가죽신을 신은 점박이 포수가 내박치자 서한중이 벌렁 엉덩방아를 찧고 말았다.

"이놈아, 너 죽고 나 죽자!"

두 손이 자유로워진 서한중이 허리춤에 찬 장도칼을 뽑아 쥐었다. 서한중 뒤에 섰던 홍서방이 칼집에서 장검을 뽑아 들고 달려들었다. 그 순간, 석우가 사라진 언덕 위에서 총소리가 터졌다. 총소리는 산채를 쩌렁 울리며 메아리쳤다. 서한중은 자신이 살길이야말로 눈앞의 포수놈을 해치우는 길밖에 없다고 판단했다. 점박이 포수와 홍서방이 총소리에 놀라 사방을 두리번거리는 사이, 서한중이 장도칼을 쳐들었다. 그러나 닭 한 마리 잡아본 적 없는 그인지라 막상 사람 찌르기를 망설이는 사이, 뒤쪽에서 장검이 그의 왼팔을 내리쳤다. 서한중이 풀썩 무릎을 꿇자, 점박이 포수가 그의 머리를 박살 내려고 총대를 치켜들었다. 총대를 피해야 한다는 본능으로 그는 점박이 포수의 허리 아래로 달려들었다. 그는 쥐고 있던 장도칼로 엉겁결에 상대를 찌르긴 했으나 그 위치가 어딘지 가늠이 가지 않았다. 어이쿠, 하더니 화승총을 쥔 포수의 큰 몸집이 뒤로 자빠졌다.

서한중은 살아야겠다는 본능 하나로 맞은편 언덕을 향해 냅다 뛰었다. 어느새 쥐고 있던 장도칼을 버렸다. 그가 싸리나무 줄기를 더위잡고 언덕을 올랐을 때, 뒤쪽에서 총소리가 들렸다. 잡아라, 저놈 잡아라 하는 외침이 들렸으나 그는 허둥지둥 숲속으로 빠져들었다. 방포질이 연방 뒤따랐고, 메아리치는 소리로 봄볕에 졸던 산채가 홀연히 깨어났다. 쫓아오는 추적꾼이 아니라 숨겨두고 온 부인이 염려되어 마음이 뒤쪽으로 켕겼으나 돌아볼 겨를이 없었다. 포수의 총질에 쫓기는 짐승이 따로 없었고, 뒤쪽에서의 추적은 집요했다. 한쪽 짚신이 벗겨진 줄을 모르는 채 엉금엉금 기며 언덕으로 치달았다. 모리악 쓰며 한참을 뛰자 산을 타고 계속 오르기에는 숨이 가쁘고 근력이 달렸다. 포수는 산 타기에 그보다 몇 배 강한 체력을 가졌기에 허덕이며 기어오르기만 하다간 곧 덜미를 잡힐 것만 같았다. 체력 또한 젊은이를 당할 수 없었다.

그는 방향을 바꾸어 골짜기를 타고 내려갔다. 묵은 낙엽에 미끄러져 얼굴과 손이 찢기고 나뭇가지에 생채기가 생겼다. 바위틈에 자생한 소나무 줄기를 잡고 벼랑 안돌이를 돌아 나갈 때까지 뒤쫓아오는 발소리가 따랐다. 그가 가쁜 숨을 몰아쉬며 바위

벽에 바짝 붙어서서 안돌이를 아슬아슬하게 벗어나자, 네댓 길 벼랑이 앞을 가로막았다. 아래쪽은 잡목이 우거졌고 각진 바위가 널려 있었다. 오도 가도 못할 위치였기에 뛰어내리지 않으면 쫓는 자를 피할 길 없었다. 그는 숨을 고른 뒤 눈을 질끈 감고 아래로 뛰었다. 두 발이 바위에 닿기 직전, 무엇인가 강하게 한쪽 발 뒤꿈치를 찔렀다. 화끈한 통증이 오고 땅에 닿는 그의 발이 놀라 토끼 튀듯 뛰었다. 짚신이 벗겨진 왼쪽 발목이 삐끗했다. 당했구나 하는 느낌도 순간, 걷기는커녕 도무지 일어설 수조차 없었다. 발뒤축에서 피가 쏟아졌다. 발목을 삐었거나 골절을 입은 게 틀림없었다. 장검에 베인 왼쪽 팔에도 통증이 왔다. 무릎을 꺾은 채 사방을 살폈다. 땀이 쏟아지는 흐리마리한 시선이 벼랑 아래쪽에 머물렀다. 칡넝쿨과 갈대와 물풀이 우거졌고 앞쪽은 우금이라 개울물이 급하게 흐르는 소리가 들렸다. 두 다리를 끌며 무릎걸음으로 물가를 향해 기었다. 발을 다쳐 더 도망갈 수도 없으니 어디에라도 몸부터 숨겨야 했다.

서한중은 포복 자세로 엎드려 넝쿨 아래로 머리를 들이밀고 오른쪽 팔에 힘을 실어 기었다. 사태진 언덕에서 줄기를 내린 넝쿨이 물가까지 우거진 게 다행이었다. 얕은 물에는 갈대와 물풀이 가슴을 가릴 만큼 자라 있었다. 그는 그 사이로 기어들어 하늘을 보고 몸을 눕혔다. 넝쿨 잎새 사이로 스며드는 햇빛이 잘디잘게 부서졌다. 등으로 흐르는 물기가 느껴졌다. 땀을 얼마나 흘렸던지 찬물이 오히려 시원했다. 귀를 기울였다. 돌돌 흐르는 물소리를 가르고 절벽 위쪽에서 두런거리는 말소리가 들렸다.

"분명 이쪽으로 튀었어." "이 일대를 샅샅이 뒤져." "아이고, 허리가 결려 죽겠다." "피는 멎었어요?" "담뱃진을 발랐지." "제 놈이 튀었다면 어디까지 튀었겠어. 그물에 든 노루 새끼지."

한참 뒤, 물을 저벅거리며 다가오는 발소리가 들렸다. 서한중은 다친 왼쪽 발과 왼쪽 어깨의 통증이 심했지만 신음은커녕 숨도 제대로 쉴 수 없었다. 이제 죽었구나 하는 생각뿐이어서 될 대로 되라 하고 눈을 감고 말았다. 물을 차며 저벅이는 발소리가 다가왔다. 이놈이 죽은 체 여기 자빠져 있어, 하는 비웃음이 귓전을 칠 것 같은데 발소리는 앞으로 멀어져갔다. 감은 눈 앞에는 뭇 별이 떠나지 않았고 상처의 아픔 탓에 터지려는 신음을 어금니 앙다물어 으깨었다. 살았구나 하는 안도의 기분도 잠시, 그의 의식이 가물가물 흐려졌다.

"거기 없나?" "호랑이가 물어갔나. 없어, 없는데." "샅샅이 뒤져봐." "뒤지고 있어." "그쪽이나 잘 살펴보시오." "이놈이 홍길동인가. 어디로 사라졌단 말이냐." "허리가 결려. 그놈이 칼침을 놓다니. 지옥까지 쫓아가서라도 그놈을 찾아내서 복수하고 말 테다. 어디 두고 보자. 사람 사냥부터 끝내지 않고선 포수질에 나서지 않을 테니깐."

여기저기에서 질러대는 두서없는 말이 서한중의 귓가로 흘러들었다. 몸이 물에 젖자 한기가 뼛속까지 스며들어 온몸이 고드름이 될 지경이었다. 그 차가움이 통증을 얼마간 덜어주었다. 한참 뒤, 발소리와 인기척이 차츰 멀어지고 물소리 새소리 외 주위가 다시 고즈넉해졌다.

자춤발이에다 팔 병신이 되지 않을까? 마음의 평온을 되찾자 서한중은 그런 의문부터 먼저 들었다. 왼쪽 팔의 아픔은 숙지근해졌는데 왼쪽 발목은 작두로 자른 듯 계속 통증이 심했다. 절벽에서 뛰어내릴 때 끝이 날카로운 나무 뿌다귀에 발뒤꿈치를 정통으로 찔렸음에 틀림없었다. 심산(深山) 개울 근처에는 짐승이 물을 찾아올 때 나뭇가지를 건드려 분질러놓은 것을 흔하게 볼 수 있었다. 추적꾼에게 끌려가지 않은 건 다행이지만 뜻하지 않게 무슨 액운이냐 싶었고, 이런 경우야말로 들판에서 벼락을 맞듯 천벌을 받은 게 아닐까 하는 두려움이 뒤따랐다.

다친 발을 조심스레 움직여보았다. 꼼짝을 할 수 없었고 찌르는 아픔이 뒤따랐다. 그는 고개를 들고 다친 발을 보았다. 피는 멎은 듯한데 핏기 없는 발이 삶아놓은 돼지비계같이 부풀어 있었다. 걸을 수 있을 것 같지가 않았다. 왼쪽 팔은 찢어진 무명옷이 피에 젖어 있었고 팔뚝은 칼에 베인 상처가 깊었다. 피는 멎은 듯 핏덩이가 엉겨 있었다. 기어서도 집까지 돌아갈 힘이 없었다. 그는 자포자기의 심정에 빠져 다시 눈을 감고 말았다.

서한중이 작대기에 의지하여 한쪽 다리를 끌며 화전 부치던 집을 찾고 보니 너와집은 잿더미로 변해 있었다. 본채는 불에 타버렸고 헛간채만 기우뚱 남아 있었다. 화전밭에 한창 자라던 밭작물의 모든 싹이 죄 뭉개져 있었다. 하루 사이에 사람 살던 자리가 폐허로 변해 있었다. 그는 마당으로 천천히 들어섰다. 뼈가 바스러졌는지, 골절인지 탈골인지 다친 발목은 부기가 심했다. 왼팔은 쓸 수가 없었다. 상투가 풀려 머리는 산발이 되었고 오른쪽 뺨에서부터 턱까지 긁힌 상처에서 흘러내린 피가 홀쭉한 뺨과 수염 더부룩한 턱에까지 발려 있었다. 흙을 뒤발한 옷이 채 마르지 않아 차림 또한 후줄근하여 영락없는 병신 거지 꼬락서니였다.

서한중은 폐허가 된 집을 보며 소나무 등걸에 기대어 우두망찰 서 있었다. 사리댁과 신접살림을 살며 충만한 기쁨으로 벅찼던 시간이 물너울 너머로 주마등같이 스러졌다. 낙미지액(落眉之厄)을 당하고 보니 즐겁던 꿈에서 깨어난 뒤의 허망함이었다.

"부인, 부인. 어디 있소?" 서한중이 사리댁을 불렀다. 햇빛은 다사로운데 새소리만 들릴 뿐 사방이 적요했다. "부인, 내가 왔소. 어디 있소?"

서한중의 목멘 소리가 공허하게 울렸고 어디에도 기척은 들리지 않았다. 복실이가 꼬리 흔들며 달려나올 텐데 강아지마저 사라지고 없었다. 그는 작대기를 내두르며 자춤발로 바삐 헛간 뒤로 돌아들었다. 비밀 구덩이는 건초더미에 묻혀 판자 뚜껑이 표 나지 않게 덮여 있었다. 사람이 있다면 기척이라도 낼 텐데 하며, 무릎을 꿇어 뚜껑을 들쳤다. 구덩이는 습기 찬 곰팡이 냄새만 풍길 뿐 텅 비어 있었다. 돈궤도 있을 리 없었다.

"어디로 갔단 말인가?" 서한중이 허탈하게 중얼거렸다. 그는 다리 뻗고 퍼질러앉아 작대기로 땅을 쳤다. "어이 할꼬, 어이 할꼬. 만사가 휴지로다. 내 인생이 여기에서 망조가 들다니……"

살 곳은 물론 갈 길조차 잃은 서한중은 한동안 넋이 빠져 앉아 있었다. 석우도, 조랑말도, 돈궤도 아쉽게 떠오르지 않는데, 그의 머릿속에는 온통 부인 모습만이 들이찼다. 총소리에 놀라 불각중에 구덩이에서 튀어나왔다면 추적꾼에게 잡혀갔겠으나 그렇지 않다면 이 산속 어디엔가 배곯아 지친 들짐승처럼 떠돌고 있을 터였다. 아니, 포수 둘과 장정이 도망치는 자신을 따라붙었으니 부인은 그사이 구덩이에서 나와 몸을 피했거나, 추적꾼이 너와집을 불 지른 뒤 조랑말을 끌고 떠날 때까지 구덩이 속에 계속 숨어 있었다면 잡히지는 않았을 것이다.

서한중은 날쌘 올빼미 신세가 되어, 불에 탄 잿더미로 어수선한 축담에 앉아 어디선가 홀연히 부인이 나타나기를 망연히 기다렸다. 어른님 하고 부르는 사리댁의 맑은 목소리를 환청으로 듣곤 깜짝 놀라 주위를 자주 두리번거렸다. 눈곱참봉과 추적꾼에 대한 분기도 사라졌고 술 취한 듯 정신이 흐리마리해졌다. 단장천이한천(斷腸天離恨天)이라, 입에서는 절로 노랫가락이 스며나왔다.

여보, 낭자님 어드메 갔소
객창에 날 남겨두고 어드메로 떠났소
다리 병신 날 어이 걸으라고
삭풍 설한철에 어드메로 먼 길 갔소
구절양장 높은 재 날 어이 넘으라 하고
허공을 가르는 송골매같이……

주발 터진 목청이 꺽쉬어 더욱 구성진 서한중의 노랫가락은 소리가 아니라 한(恨)에 사무친 울음이었다. 눈물이 흥덩그레 괴었다. 그제야 자신이 뼛속 깊이 한 여인을 절절히 사랑하고 있음을 깨달았다. 스무 해를 넘어 한 지붕 아래서 살았던 안사람이나 자신을 거쳐간 뭇 여자에게는 여태껏 한 번도 가져보지 못했던 사무친 정념이었다.

해가 서녘으로 기울자 산 그림자가 내렸고 서늘한 바람이 일었다. 물밑 돌을 들쳐 가재를 잡아 날것으로 먹은 이외 하루를 굶은 배고픔과 한기가 온몸을 저몄다. 그는 작대기에 의지하여 몸을 일으켰다. 그가 당장 찾아가 한술 밥이나마 구걸할 데라곤 마당치 너머 언청이네 화전붙이 집뿐이었다. 좌석골에는 이미 포수가 오갔을 터이고 남행길로 하산한다면 누구 손에라도 붙잡히기 십상이었다.

떡심 풀린 서한중은 작대기에 의지해 한쪽 다리를 끌고 뒷동산 언덕마루로 힘겹게 올랐다. 허리 숙여 천천히 걸음을 옮기며 실성한 사람같이 입속말로 노랫가락을 중언부언 읊조렸다. 그러며, 이 길을 가다 부인을 끝내 만나지 못한 채 쓰러져 죽더라도 배점리 집으로는 돌아갈 수 없다고 다짐했다. 돌아가고 싶지 않은 마음만큼 떠오르는 처자식 얼굴을 지워냈다. 그들을 볼 면목이 없기에 그들은 건널 수 없는 강 저쪽에서 그들만의 삶을 이루어 살고 있었다. 순흥 땅이야말로 이제 이승에서는 발 들여놓을 수 없는 땅으로 여겨졌다. 어떡하면 사라진 부인을 다시 만날 수 있을까만 골똘히 생각했다. 화전붙이 집으로 가면 부인과 석우를 만나리라며 실낱같은 기대를 걸었다. 그 집은 석우가 들른 적이 있었고, 기거하던 집이 불타버렸으니 두 사람이 거기에서 살아 돌아올 자신을 하염없이 기다리고 있을는지 몰랐기 때문이었다.

서한중은 나무꾼이 다니는 실배암길을 찾아 방향을 잡았다. 마당치는 형제봉에서 백두대간 행룡(行龍)을 따라 서남쪽으로 십 리 채 못 되는 지점으로 도(道)를 가로지르는 살피인데, 그 재를 넘으면 충청도 땅이었다. 화승총이 없으면 호랑이라도 만날까 겁이 나는 짙은 숲길이지만 그는 그런 데 마음 쓸 여유가 없었다.

한달음에 갈 수 있는 거리를 서한중이 지척거리며 걷다보니 해가 빠져서야 잿길을 넘을 수 있었다. 죽을 고비란 바로 이런 고비를 넘어야 하려니 하고 모질음을 썼다. 목적지가 있었기에 죽기 아니면 살기로 재를 넘었던 것이다. 만약 왔던 길을 되돌아가라면 차라리 짐승 밥이 되더라도 쓰러졌을 터였다. 어둠살이 내릴 무렵에야 언청이네 너와집 앞에 도착하자 탈진 직전이었다. 염소만한 누렁이가 낯선 객을 보고 사납게 짖었다. 누렁이 뒤에서 기웃하던 복실이가 주인을 알아보곤 달려 나와 서한중의 너덜거리는 바짓가랑이를 감고 돌았다. 개 짖는 소리에 부엌 옆 골방 문이 열렸다.

"어른님, 저이옵니다!" 개 짖는 소리를 듣고 사리댁이 먼저 맨발로 뛰어나왔다. "살아 계셨군요."

"서방님, 어서 오십시오." 석우였다.

"부인이야말로 살아 계셨구려!"

감격한 서한중이 작대기를 떨구고 달려온 사리댁을 한 팔로 품에 안았다. 부인을 재회한 마당에 이제 죽어도 여한이 없었다. 그의 몸이 무너지는 짚둥우리이듯 여인을 풀며 주저앉았다. 긴장이 풀려 모로 쓰러지고 말았다.

"아이구, 이게 어찌 된 일이야."

기척을 듣고 부엌에서 안주인이 달려 나왔다. 그네는 얼금뱅이였다. 건넌방에서 나온 주인장이 서둘러 서한중을 안아 들었다. 서한중은 골방에 눕혀졌다. 탈진한 그의 입에 물을 흘려 넘기고 수건으로 피칠갑된 얼굴을 닦는 등 수선 끝에 그가 다시 정신을 차리기는 바깥이 깜깜해진 뒤였다. 사리댁은 속울음을 질금거리며 남정네 뒤치다꺼리를 했다.

서한중이 눈을 뜨니 방 안에는 등잔대에 접시불이 켜져 있었고 시야 가득 부인 얼굴이 들어왔다. 눈물 괸 여인의 눈두덩이 부어 있었다.

"어른님, 어찌하다 이토록 몹시 다치셨습니까?" 안주인이 메밀죽을 쑤어 와, 사리댁이 숟가락으로 떠넘기며 남정네에게 물었다.

"부인, 죄송하오. 모든 게 이녁 불찰이오. 내 잘못이오. 이제 부인을 다시 보게 되었으니 나는 아무렇지도 않소. 정말 아무렇지 않소." 서한중이 사리댁을 보고 파리하게 미소 띠었다. 그는 눈을 감았다. 어둠과 빛이 섞갈리며 미분이 어지러이 소요하는데, 꿈에서 보듯 부인의 고운 얼굴만이 어른거렸다.

"봐요. 발목에 부기가 심하잖수. 저 발로 어떻게 재를 넘어왔을까, 쯧쯧." 언청이 주인장이 혀를 찼다.

"다리를 저대로 뒀단 자춤발이 되기가 십상이라오. 팔도 뼈가 보일 정도로 상처가 깊구려. 임자가 아랫마을로 가서 어서 정의원을 모셔 오우." 더운물에 짠 수건을 사리댁에게 건네주며 안주인이 말했다.

열댓 가구가 사는 아랫마을 정의원은 소싯적 단양 읍내리로 나가 한약방 사동으로 일한 인연 끝에 독공하여 약초 쓰임새를 잘 알았는데, 특히 침술이 용했다.

언청이 주인장이 그길로 등롱을 들고 아랫마을로 내려가 정의원을 조치해왔다. 정의원이 서한중의 다친 왼쪽 발을 살펴보더니 머리를 설레설레 흔들었다. 탈골은 어떻게 조치를 취해보겠는데 발뒤꿈치의 인대가 끊어져 자춤발이 신세를 면치 못하겠다고 말했다. 정의원은 주위 사람들에게 서한중의 사지를 눌러 잡게 하고는 벌겋게 부푼 왼쪽 발목을 잡더니 사정없이 늘였다 줄였다 뒤틀며 아귀를 맞추려 용을 썼다. 서한중이 아픔을 참지 못하여 고함을 내질렀다. 그러기를 한참, 정의원이 탈골 부위는 제대로 바로잡았다고 말했다. 온몸이 땀으로 멱을 감은 서한중은 넉장거리가 되어 숨만 할딱거렸다.

"서방님을 기다리다 우리도 오늘 아침에야 재를 넘어왔습니다. 서방님이 돌아오시면 여기를 알고 있겠거니 하고요."

석우의 말이 의식을 놓기 직전 서한중의 귓가에 스쳤다.

어제, 포수와 장정이 서한중을 잡아 결박할 때였다. 석우는 서방님의 다급한 외침에 엉겁결에 총질을 하곤 겁에 질려 그길로 형제봉 마루로 줄행랑을 놓았다. 그가 산마루 어름에 숨어 너와집을 태우는 불길을 보기는 해가 숲 뒤로 기울 무렵이었다. 불길이 엔간히 잡혀 산불 염려가 없게 되자 추적꾼들이 조랑말에 연장을 챙겨 싣고 너와집을 떠났다. 연기가 가라앉을 해거름녘에 석우는 화승총을 메고 너와집으로 돌아왔다. 사리댁이 헛간 앞에 멍청히 퍼질러 앉아 잿더미 속에 스산하게 피어오르는 연기를 보고 있었다. 아무것도 모르는 복실이만이 꼬리를 흔들며 사리댁 주위를 싸대었다. 사방이 곧 어두워졌으므로 둘은 밤길을 나설 수도, 막상 갈 데도 없었다. 사리댁은 밤중에라도 추적꾼이 들이닥칠까 두려워 떨었으므로 다시 구덩이로 들어가고, 석우는 복실이를 안고 헛간에서 말뚝잠을 잤다.

이튿날 날이 밝자, 사리댁과 석우가 잿더미를 뒤지며 여기저기를 살피니 건질 것이 꽤 되었다. 묻어둔 항아리는 건드리지 않아 좁쌀, 콩, 소금, 된장 따위는 그대로 있었다. 솥과 그릇, 수저 따위에서, 불에 그을린 이불과 옷가지도 쓸 만했고, 까맣게 그을린 어루쇠며 놋요강도 그대로 있었다. 내가 언제 다시 어루쇠 보며 얼굴 단장하랴 싶어 여인은 쇠붙이 거울을 줍지 않았다. 여인은 안방 터의 잿더미를 뒤지다 불에 그을린 묵주를 발견했다. 나무 십자가는 네 귀가 불에 그을려 고상 그 자체였다. 묵주는 자신의 것이 아니었기에 남정네 것임에 틀림없었다. 천주님을 그렇게 부정하던 분이 묵주를 여태 소중히 갈무리했구나 싶자, 여인은 적잖이 충격을 받았다. 그이가 왜 이 묵주를 간직하고 있었을까? 여인은 남정네의 속내를 짐작할 수 없었다. 배교를 떳떳하게 말했지만 속으로는 천주님께 고해성사를 하기 위해 그 증거물로 묵주가 필요했을까? 풀 길 없는 수수께끼였다. 여인은 묵주를 집어들고 치마폭으로 불티와 재를 닦아냈다. 그러곤 묵주를 속옷에 찬 꽃주머니에 넣었다.

"아주머니, 우린 이제 어떡하지요?" 석우가 사리댁에게 물었다.

"나도 어떡하면 좋을지 갈피를 잡을 수 없구나."

살림집이 불타버렸고, 무엇보다 바깥주인이 떠나고 없으니 주저앉아 다시 살림을 살기에는 난망이었다. 둘은 서한중이 추적꾼에게 끌려갔거나 총에 맞아 죽었다고 생각할 수밖에 없었다. 주인을 잃은 두 사람은 이제 살 곳은 물론, 갈 곳도 없는 막연한 처지가 되었다. 석우는 배점리로 내려가면 그만이겠으나 사리댁이야말로 정처 잃은 외기러기 신세였다.

"석우야, 당분간 나는 저 헛간에서 그냥 지내겠다. 너는 배점리로 내려가 어른님 소식도 알 겸 저간 사정을 집안에 알리고 네 아버지나 여기로 한번 다녀가라고 일러다오."

"아주머니도 참. 바람막이도 없고 뒷간 냄새 나는 헛간에서 어찌 살겠습니까. 더욱 아주머님은 겁이 많잖습니까."

"어떡하니. 이 마당이 됐으니 무서움도 참아야지. 내가 흙을 쳐 벽을 만들고 나무로 문을 달겠다. 헛간에서 왜 못 살아. 그리스도는 마구간에서 태어나셨고, 그 이역 땅에선 사람과 가축이 한방을 쓴다는 말을 들었다. 나는 여기를 떠날 수 없어. 여기서 어른님이 돌아오실 때까지 기다려야 해."

사리댁은 어른님이 죽었을 리 없어 살아 있다면 분명 자기를 찾아 이곳으로 돌아오리라 여겼다. 설령 순검주재소에 하옥되었더라도 인편에 소식을 알려 오고, 자신의 거처 문제를 교시할 터였다. 여기를 떠난다면 그런 소식마저 돈절되고 어쩜 영원히 어른님을 만날 수 없을 터이므로, 여인은 소식이 있을 그날까지

이 터를 떠나지 않기로 했다. 비록 폐허가 되었지만 이곳이야말로 짧으나마 남정네와 정분을 나눈 정 깊은 곳이기도 했다. 죽기로 각오하면 살길도 트이려니 하는, 물에 빠진 자 지푸라기라도 잡겠다는 심산이었다. 당분간은 먹을 것도 있고, 무엇보다 구덩이에 숨겨둔 돈궤는 무사하기에 하산하는 석우 편에 돈을 주어, 도솔아비가 산채로 올라올 때 당장 요긴한 생필품은 구할 수 있었다.

"아주머니, 이렇게 하면 어떨까요……" 하고 석우가 의견을 낸 것이, 마당치 너머에 있는 언청이 화전붙이네 집이었다. 그는 아주머니를 그 집에 모셔놓고 배점리로 내려가 서방님 소식도 알아올 겸 아버지를 모셔 오겠다는 의견을 내었다.

"서방님이 언청이 아저씨 집을 알고 계시니, 여기로 찾아왔다 우리가 없으면 필히 그쪽으로 넘어오실 겁니다."

그 말을 듣자 여태껏 덴 가슴이 진정되지 않던 사리댁은, 기특한 꾀를 내었다며 그러자고 동의했다. 섟 김에 여기를 지키겠다고 옥마음을 먹었으나 호랑이와 곰, 승냥이도 겁이 났고 추적꾼이 다시 오지 않으리란 보장도 없었다. 석우가 돈궤와 함께 남은 물건을 대충 추려 지겟짐을 지자, 사리댁도 쓸 만한 물건을 주워 담아 정수리에 이고 갈 보퉁이를 꾸렸다.

두 사람은 그길로 마당치를 넘었다.

이튿날, 서한중은 주인장의 의견을 받아들여 그 집에서 반 마장 거리에 있는 자연동굴로 사리댁과 함께 거처를 옮겼다. 숨어 있기에 맞춤한 장소였다. 언청이네 집은 그러잖아도 이따금 포수들이 들러 잠을 청했기에, 추적꾼이 언제 들이닥칠지 모른다는 이유에서였다. 더욱 서한중의 장도칼에 옆구리를 찔린 점박이 포수야말로 너와집에 불을 지르고 일단 하산했겠지만 반드시 복수를 하겠다고 벼르던 점으로 미루어 다시 추적에 나설 게 뻔했다.

"어른님 몸만 쾌차해지면 먼 데로 떠날 테니 그때까지만 신세를 져야겠습니다."

사리댁의 청을 주인장 내외가 받아주어, 조석 끼니는 얼금뱅이 안주인이 들밥 나르듯 동굴로 나르기로 했다.

주인장 지게에 얹혀 동굴로 나앉자, 서한중은 석우를 불러 앉혔다. 어차피 배점리로 돌려보내기로 결정했으니 그를 더 잡아둘 필요가 없었다. 그는 석우에게 발쇠짓 말라고 단단히 일렀다. 배점리를 떠난 뒤부터 오늘에 이르기까지 입막음을 당부한 뒤, 도솔아비가 산채로 들어오지 않아도 된다고 말했다.

"이젠 정처 없이 흘러가는 거다. 위채에는 우리 두 사람을 다시 찾을 생각 말라고 일러라. 죽어버렸다 여기면 그만일 테니. 나 또한 병신 된 몸으로 다시는 집을 찾지 않겠다."

"서방님, 이렇게 불편하신 몸으로 어딜 가시게요?"

헤어지기에 앞서 석우가 울먹였다. 여기저기 찰과상을 입은 텁석부리 서방님의 거칫한 모습이 딱해 보여 절로 눈물이 쏟아졌다. 산으로 들어오고 한 달 남짓 사이 서방님의 얼굴은 너무 변해버렸다.

"어디로 가서 어떻게 살든 네 알 바 아니고, 그런 걱정은 말아라. 읍내리 가는 길은 알겠지?"

"아무렴요." 걸쩍한 목소리로 흰소리 치던 서방님이었는데 시르죽은 목소리를 듣기도 석우로서는 처음이었다.

그길로 석우는 주인 내외에게 하직 인사를 했다. 그는 복실이를 새끼줄에 매어 데리고 총총히 잿길을 올랐다. 복실이는 주인 내외와의 하직이 아쉬운지 산모롱이를 돌 때까지 뒤돌아보며 꼬리를 흔들었다.

나흘이 지나자 서한중의 오른쪽 발의 부기가 차츰 가라앉았다. 왼쪽 팔뚝의 상처도 아물어갔다. 그는 아침저녁으로 사리댁의 부축을 받아 작대기를 짚고 걷기 연습을 했다. 그러나 왼쪽 발은 영 힘을 쓸 수가 없었고 잘름거리며 걸어도 힘줄이 당기는 아픔이 따랐다. 아니나 다를까, 닷새째 되는 날 점박이 포수가 다른 포수 둘을 거느리고 언청이네 화전집에 들이닥쳤다 했다. "내 그놈을 잡아 도륙 내기 전까지 사냥질을 포기했소. 이 일대는 물론 주변 고을까지 이 잡듯 다 뒤져, 도생하고 있을 연놈의 거처를 찾아낼 작정이오" 하며 점박이 포수가 이를 갈더라는 말을 언청이 주인장이 서한중에게 전했다. 그 말에 서한중은 그러려니 했으나, 사리댁은 선겁 들려 더러 내려가던 언청이네 집 출입을 끊고 동굴에서만 지냈다.

서한중은 자춤발이가 된 자신의 액운을 두고, 내가 왜 이 지경이 되었을까 하고 괴롭게 자탄하는 시간이 잦을 수밖에 없었다. 벼랑에서 뛰어내릴 때 운이 지독히도 나빴다고 치부하기엔 단순

치 않은 의문이 꼬리를 물었다. 벼랑 끝에서 뛰어내린 그 지점에 왜 날카로운 나무 뿌다구니가 있었고, 조준하여 맞히려 해도 힘든 그 꼭짓점에 왜 발뒤꿈치가 찔렸을까 하는 의문을 팔자소관이나 운명 탓으로 돌려버릴 수는 있었다. 그러나 이를 전생의 피할 수 없는 운명으로 체념하기엔 석연찮은 무엇이 뒤따랐고, 막상 병신이 되고 보니 그 액운이 공칙했다. 추적꾼패와 싸우다 다리를 다쳤다면 그럴 수도 있었다. 목숨을 건 싸움에서 살아남자면 신체 어느 부위이든 중상을 입을 수 있었다. 그러나 이번 경우는 순전히 자신이 저지른 실수 탓이었다. 아니, 벼랑에서 뛰어내릴 때 나무 뿌다구니와 만난 악연 때문이었다.

나는 왜 하필 그 벼랑 끝으로 도망을 쳤던가? 나는 왜 그 지점에서 뛰어내렸던가? 뛰어내릴 때 왜 그 뿌다구니를 미처 발견하지 못했던가? 그런 의문 끝에 도달한 결론은 알 수 없는 어떤 마력, 이를테면 신 또는 마귀의 능력이 조화를 부린 게 아닐까 하는 의심이었다. '간음의 덜미를 벗으려 내가 배교를 맹세함으로써 천주님을 버렸다.' 생각하고 싶지 않지만 자연스럽게 이 명제가 화두로 생각의 중심에 앉게 되었다. 계명을 어기고 도망질 다니는 발을 통해 그리스도가 징벌을 내렸을 수 있었다. "네가 내 말은 물론 나의 존재를 부인했기에 그 죄가 크므로 너를 정죄했다. 너는 두 다리가 성했기에 조강지처와 자식을 버리고 사통한 여자와 함께 도망치지 않았느냐. 너의 그 죄를 정죄하려 내 너의 한쪽 다리를 못 쓰게 심판했다." 그리스도의 환청이 귀를 때리면 서한중은 강력하게 벋섰다. "나는 임자 말을 인정하고 싶지 않소. 나는 이제 천주교도가 아니기 때문이오. 물론 내가 배교하지 않았다면 임자가 회초리를 드는 데 따른 정죄함에 순복함이 마땅하리오. 그러나 나는 배교자요. 그러니 나를 잊어주시오. 이렇게 시도 때도 없이 나를 찾아오지 마시오." 그는 도리질하며 그리스도의 정죄를 부정했다. 설령, 이번에 목숨만은 붙여주었지만 네가 계속 나를 부인한다면 목숨마저 빼앗고 지옥 불에 던질 수밖에 없다 해도, 그는 추회(追悔)함 없이 자신을 매몰차게 그리스도로부터 돌려세웠다. 그리스도에 겹쳐 아버지까지 떠오르면, "아니오, 나는 핏줄의 연을 끊었기에 아버지는 물론 천주교와 관계된 모든 이름들과 아무런 상관이 없소" 하고 우겼다. 그런 상념마저 그는 애써 지웠다.

그러나 사리댁은 달랐다. 여인은 자춤발이가 된 남정네를 두고 눈물과 통성으로, 공소에서 사제에게 고해하지 않았던 죄까지 포함하여 간절하게 기원했다.

"오, 성부, 성자, 성신이시여. 우리의 죄가 얼마나 큰지 이제야 회개하나이다. 어찌할까, 어찌할까 모르는 자는 나도 어찌할 수 없다 하셨는데, 정말 어찌할까를 모르는 우리의 이 죄를 용서해 주옵소서. 이 가련한 여종의 눈물을 기억하소서."

"부인, 천주와 성모와 그리스도를 찾지 마시오. 우리는 이양의 교로부터 떠나지 않았소. 그 교가 이제 우리를 받아주지도 않을 거요. 순흥 공소에 우리가 나타난다면 교우들이 우리에게 침을 뱉고 팔매질하며 순검주재소에 넘길 것이오. 그런 이양의 교를 우리가 왜 믿어야 하오."

서한중은 부인을 보듬고 순흥 땅을 탈출할 때 그 어떤 고통도 이기겠다고 각오한 바 그대로, 합당한 대가를 치르고 있다고 우겼다. 오직 자춤발이가 된 자신의 모습에 환멸을 느껴 내소박 당하거나 부인이 도망가지 않을까가 더 두려운 나날이었다.

"그리스도께서는 창기까지 너그러이 품어주시지 않았습니까? 죄 없는 자가 돌로 치라 했을 때 돌을 든 자가 아무도 없었나이다."

"그렇다면 그리스도가 앉은뱅이를 일으켜 세우듯, 내 한쪽 다리를 멀쩡하게 고쳐주겠소? 흥부가 부러진 제비 다리는 고쳐줄 수 있어도 그리스도가 이 다리를 다시 온전하게 고쳐주지는 못할 것이오. 어림없는 소리요." 서한중이 역정을 내다 목소리를 은근짜로 낮추어 넌덕 떨었다. "한시절 바람둥이였던 이녁이다보니 부인을 두고 도망가지 말라고 조물주가 나를 자춤발이로 만들었나보오. 이제 다시는 다른 데 한눈팔지 않고 부인 옆에서만 살리다. 내 마음은 성냄도 투기함도 없는 평상심이니 나를 두고 그 어떤 염려도 마시오. 오직 부인의 상심하는 모습을 보니 마음이 너무 아파 내가 병이 날 지경이오."

서한중의 말이 그랬지만 지팡이에 의지하여 자춤걸음을 걷게 된 뒤 외면적으로 적잖은 변모를 겪고 있었다. 영바람 내지 않았고 계면쩍을 때 터뜨리는 선웃음도 사라졌다. 말수가 줄어 목소리가 측은할 정도로 몬존해졌다. 세상만사가 시들한 듯 그 표정이 멍청했다. 분노, 모욕, 실의에는 우울과 슬픔이 오히려 위안이 된다는 뜸숙한 태도였다. 낮이면 노송 아래 너럭바위에 앉아 저 아래쪽 굽이돌아 흐르는 실배암 같은 남한강 물줄기를 멀거니 바

라보는 무심한 얼굴에는 앞으로의 고달픈 행려(行旅)가 눈에 밟히
듯, 슬픔이 깃들었다.

4장

"그동안 신세 많이 졌소."

"고마웠어요. 집안 식구들 모두 강녕하십시오."

서한중과 사리댁은 싸리울 삽짝 밖에 나선 언청이네 가족에게 인사를 했다. 그쪽 주인장 내외와 노부모도, 부디 몸 성히 잘 가라, 어디서든 오순도순 잘살라며 작별의 말을 했다. 시원섭섭하다는 말이 이를 두고 한 말인 듯, 둘을 떠나보내는 주인장 내외의 마음이 그러했다. 행세깨나 하는 집안 출신인 듯한데, 무슨 곡절이 있었든 행실 나쁜 남녀의 가출인지라 탐탁찮았고, 사통한 연놈을 잡는다며 혈안이 된 점박이 포수가 다시 들를 때 만약 남녀가 발각이라도 된다면 그 후환이 걱정스러웠기 때문이었다.

입하와 소만 사이, 잔풍향양(殘風向陽)한 좋은 절기에 때아니게 바람이 몹시 부는 날씨였다. 백두대간을 넘어온 산내리바람이었다. 나뭇가지가 흔들리고 나뭇잎이 서로 부딪쳐 손뼉 치는 소리를 냈다. 새들이 바람에 쫓겨 이리저리 선회했다.

서한중은 그동안 자란 수염을 가위로 대충 쳐냈다. 그러나 지팡이를 짚었고 왼쪽 다리를 자춤거렸으며, 얼굴은 광대뼈가 불거졌고 큰 눈이 우묵하게 팬데다 오른쪽 턱에는 찢긴 상처까지 있어 예전의 훤하던 이목구비가 많이 구겨졌다. 노새 고삐를 잡은 그는 상투 튼 머리에 망건만 얹었고, 언청이 사내의 출입복인 도포를 걸치고 있었다. 그 무명 도포란 게 누덕누덕 기운 구겨진 겉옷이라 홀아비 심봉사가 딸 청이를 앞세워 동냥 다닐 때 꼬락서니를 방불케 했다. 돈궤를 없애버린 대신 허리에는 전대를 찼다. 지전과 동전 꿰미를 담은 흰 광목띠였다. 짚신 발에는 행전을 쳤다. 그래도 사리댁은 서한중이 우긴 끝에 무명필로 새로 마련한 치마저고리를 입었고 장옷을 둘러써서 외양이 중인 집안 마님 티가 났다. 언청이 주인장이 서한중의 부탁을 받고 하산하여 영춘장에 나가 노새며 무명필, 장옷, 갓, 연초, 곰방대, 담배쌈지 따위를 구입해 왔던 것이다. 여인은 노새 뒤를 따랐다. 노새 양쪽 원구에는 산채로 들어올 때의 살림살이는 다 잃어버렸고 이불과 부엌세간, 놋요강만이 실려 있었다. 요강은 어디를 가나 아녀자에게는 무엇보다 필요한 세간이기도 했다.

남녀는 말없이 내리막 오솔길을 타박타박 걸었다. 이 숲 저 숲에서 우는 부엉이, 소쩍새 소리가 남녀를 따라왔다. 주위로는 오동나무가 보라색 꽃을 피웠고 철쭉꽃 또한 흐드러지게 피어 바람에 뜯긴 꽃잎이 분분하게 날렸다. 산간 마을인 양다리, 원만터를 거쳐 가자 길가 따비밭에서는 감자 캐기가 한창이었다. 남녀 어른들이 동원되어 감자를 캐는데 씨알이 굵었다. 그들에겐 늦봄에 캐는 감자가 보릿고개를 넘길 때까지 좋은 양식감이 될 터였다. 남한강 지류인 남천을 따라 산허리를 몇 굽이 돌아 나가자, 산달이 끝나 비로소 시야가 발쪽이 트이고 층층의 다락논이 나섰다. 모판에는 모가 파랬고 모심기철을 코앞에 둬 논에는 물을 대고 논바닥 고르기가 한창이었다. 산을 다 빠져 내려오니 소달구지가 다닐 수 있을 만큼 길이 넓어졌다. 강을 싸안은 평지 논이 질편하게 펼쳐져 있었다. 시오 리는 좋이 하산하니 어느덧 해가 이마 위로 솟아올랐다.

"부인, 하루내 걷자면 지칠 게요. 이제 평지로 내려왔으니 부인은 노새를 타구려."

"괜찮습니다. 그냥 걷겠어요. 저보다도……"

"나야 이번 기회에 열성으로 걸음 연습을 해둬야지요."

서한중이 안방마님 체신이 그렇잖다며 한사코 뻗대는 사리댁을 불끈 안아 들어 노새 등에 앉혔다. 여인은 더 사양을 않고 잠자코 있었다.

강마을 영춘은 대촌으로 남한강 뱃길의 주요 거점이었다. 소백산, 태백산의 육송이 집결되어 떼로 만들어졌고, 인근 산간 고을의 잡곡, 베, 피륙, 약초, 나물이 모여 떼에 실려 한양으로 실려 나갔다. 황포돛대 올린 돛단배가 소금, 젓갈, 건어물, 농기구를 영춘에 풀면 그곳 도가를 통해 산간 지방에 풀려 나갔다. 영춘은 육로도 삼거리목이라 닷새장이 크게 섰다. 마을 왼쪽으로 얼마 가지 않아 강안이 아랫말이었고 강을 건너는 하리 나루터가 있었다. 나루터로 걷자 바람에 모래 가루가 날려 서한중은 눈을 제대로 뜰 수 없었다. 나루터 주위에는 보행객주를 비롯해, 화주(貨主)가 상주하는지 용수를 내다 건 숫막이 여럿이었고, 큰길에는 좌판을 벌인 장사치들이 양쪽으로 늘어앉아 호객을 하고 있었다.

무명필, 잡곡, 산나물, 약초를 파는 좌판 장사치들 사이에 거적으로 바람막이 울을 두르고 앉은 떡장수 아낙네가 눈에 띄었다. 숫막으로 들어가면 낮이 팔릴 것 같아 서한중은 거적 울장 앞에 노새를 세웠다. 점심참이 되었기에 강을 건너간 나룻배가 돌아올 동안 얼요기를 하기로 했다. 그는 부인을 노새 등에서 내렸다. 좌판 앞에는 감자떡을 안주 삼아 불그스레한 농주 사발을 앞에 둔 보상 둘이 거적자리를 차지하고 있었다. 놉겪이 삼아 차조로 빚은 술이지만 오랜만에 농한 술내음을 맡자 서한중은 입에 군침부터 돌았다.

"이식위천(以食爲天)이라고 했소. 부인, 이리로 들어오시오. 우선 뭘 좀 먹고 봅시다."

서한중은 거죽 울 안으로 들어가 좌판 귀퉁이에 지팡이를 놓고 쪼그려 앉았다. 그는 아낙네에게 떡 한 사발에 농주 한 잔을 청했다. 아낙네의 등짝에 매달린 아이는 누른 풀코를 달고 칭얼거렸다. 아이 얼굴은 늙은이같이 살가죽이 거칠었고 바람에 날리는 머리카락이 노르께했다.

옆자리 패랭이짜리 중늙은이 둘이 술배를 채우며 두런두런 세상 한담을 나누고 있었다. 서한중은 한 달여 만에 듣는 바깥세상 이야기라 귀가 솔깃했다.

"일본놈 등세가 대단해. 대동강 위쪽에서 벌이는 노국과의 전쟁에서 승승장구한다잖아. 노국과 전쟁하러 조선 땅에 들어온 일본 병정 수가 십만이 훨씬 웃돈대."

일본이 노국을 상대로 전쟁을 일으켰다는 풍문은 작년 초여름 들어앉은 순흥 땅에도 흘러들었다. 그런 외지 소문은 장날 장꾼과 공소의 순회신부, 먼 길 나들이를 다녀왔거나 신학문을 공부하는 몇 안 되는 한양 유학생을 통해서였다. 일본과 노국의 전쟁 소문은 이웃 나라 이야기라 피세처 외딴 마을 사람들은 관심이 없었고, 그 전쟁의 진척 여부는 더 알려지지 않았다.

"이 나라 땅이 남의 나라 전쟁터가 되다니. 돈 받고 땅 빌려준 것도 아니잖아. 도대체 황제며 조정 대신들은 뭘 하는가."

"일본놈 군대만 아니라 나막신 딸깍거리는 쪽발이들까지 대거 조선 땅에 밀려 들어오잖는가. 놈들이 도회지 시전의 좋은 목을 차지해 상권을 쥐고, 농지를 빼앗다시피 사들이고, 철길을 놓고, 광산을 경영하고, 벌채까지 마구 해대니……" 서한중 옆자리의 패랭이를 삐딱하게 쓴 중늙은이 보상이 동패에게 말했다.

"나라가 어찌 노망난 늙은이 꼴이라. 정신이 아주 가버려 벽에 똥칠을 하는 판이니 오백 년 종사가 이제 끝장이야. 우리 입쌀은 마구 빼내 가고 조선 백성은 저 월남 안남미를 먹어야 하는 처지가 됐으니. 우리 도가도 일본놈이 풀어놓는 박래품(舶來品)을 사들여 되팔지 않으면 장사가 안 될 지경이잖아."

"시골 닷새장이나 떠돌까, 반반한 읍내리는 장사도 못 해먹어. 일본놈 업은 상설 점포가 목 좋은 데 진을 쳤으니 도가도 그들을 내치지 못한다잖아. 우리한텐 대원위 시절이 그래도 좋았어. 보상 세력이 천하를 호령하기도 했으니 말이야."

"하늘이 이 나라 백성을 아주 버렸어. 춘궁기로 접어드니 사람 사는 골골샅샅에 아사자가 속출하잖는가. 지방 관아와 세도가가 목줄 잡고 고혈을 뽑아도 순한 백성은 어디 하소연할 데가 있나. 초근목피로 목숨을 이으니 힘없는 늙은이와 아이들부터 먼저 쓰러져. 기동을 못하고 늘어져 누웠다 며칠 만에 눈을 까뒤집고 숨을 멈추니, 쯧쯧. 장날은 장꾼보다 동냥꾼이 더 늘었어."

서한중으로서는 오랜만에 듣는 외지 소식이었다. 가정(苛政)이 맹어호(猛於虎)란 말 그대로였다. 그는 아낙네로부터 술사발을 받았다. 바람에 날려와 앉은 지푸라기를 걷어내고 농주로 칼칼한 목부터 축였다. 아침을 감자 섞은 조밥으로 때우고 나서다보니 사리댁도 혈출하여 외돌아 앉아 감자떡을 집어 먹었다. 강변 바닥에 쪼그려 앉아 손으로 떡을 집어 먹자니 여인은 목이 메었다. 울 밖 외간남자가 보는 앞에 음식을 먹기는 시집간 뒤 손가락으로 셀 정도였다.

"어느 고을에서 나선 뉘시옵니까?" 안면 틔우는 게 장사 첫길이라 인사 차리기 좋아하는 옆에 앉은 보상이 서한중에게 패랭이를 들썩하며 말을 건넸다.

"저 아래쪽……" 갑작스런 질문이라 서한중이 머뭇거렸다.

"아래쪽이라면 도담팔경(嶋潭八景) 경치 좋은 단양이옵니까?"

"그쪽으로 가려는 길이오."

"보자 하니 먼 길 나선 차림인데, 어디까지 가는 길이옵니까?"

"누가 봇짐장수 아니랄까봐 따지시기는."

서한중은 술사발을 비우곤 아낙네에게 셈을 물어 객비(客費)로 쓰려 딴 주머니에 챙겨둔 오 전짜리 백동화 두 냥을 건넸다. 사리댁도 물 한 대접을 얻어마시곤 장옷을 여미며 일어섰다. 서한중이 노새를 끌고 나루터로 걷자 뒤쪽에서, 여편네 노새 태운 꼴 보니 행랑살이 떨거지는 아닌 것 같은데 자춤발이 병신이 어쩌구 하는 쑥덕거림이 들렸다. 욱하는 분김에 원구의 이불 속에 감춘 화승총이 떠올랐으나 눌러 참았다. 어깨 힘이 빠졌다. 사는 날까지 늘 듣게 될 병신 소리이고, 이제는 사실 자춤발이 병신이기도 했다. 보상의 그 쑥덕거림을 사리댁도 들었을 터이니 그 점이 수치스러웠다.

나루터에는 떼로 엮어질 굵은 소나무가 집채를 이루어 여기저기 야적되어 있었고, 크고 작은 떼배, 돛배, 거룻배, 늘배, 말뚝배가 모래톱에 부려져 있었다. 사람들도 많았다. 서한중도 많은 배들을 보기가 처음이었지만, 사리댁이야말로 이렇게 큰 나루터도 있던가 싶었고 아는 얼굴이라도 만날까 겁이 나 장옷 깃을 더욱 여몄다.

남녀는 나룻배에 올랐다. 사공이 상앗대로 배를 밀어 나룻배가 물너울 센 강을 건넜다. 바람이 세차 강심으로 나오자 배가 심하게 흔들렸다. 배에 탄 객은 보상 둘을 포함하여 열네댓 되었다. 여자는 아기 업은 아낙네와 사리댁뿐이었다. 장작단 실은 소가 한 마리, 갓 없는 단탕건 차림의 남정네가 대부분이었고 도포로 옷갓한 선비가 하나, 장삼에 걸망 메고 갈모 쓴 중이 하나 타고 있었다. 아낙네는 일가를 이루었는데, 어디로 흘러가는지 보퉁이며 지겟짐을 덩이덩이 실은 그 가족의 입성은 꾀죄죄했고 들피진 모색이었다. 선비와 진솔옷을 입은 사리댁의 외양이 그중 나았다.

서한중은 바람에 밀려 흐르는 강물을 멍하니 보며, 나 또한 지금부터 물처럼 바람처럼 흘러가는구나 하고 중얼거렸다. 배점리를 떠날 때 그러기로 작정했지만 막상 남한강을 건너 순흥 땅을 멀리하니, 이제 정말 다시 고향에는 걸음할 수 없음이 더욱 가슴에 닿았다. 서방에 대한 상심이 극하여 끼니조차 외면한다는 안사람과, 혼담이 깨어졌다는 막내딸 순옥이의 눈물 젖은 얼굴이 물이랑에 얼비쳐 보였다. 우주가 만들어진 억겁의 시간에 비추어 볼 때 사람 한평생은 얼마나 짧은가. 그래서 석가모니는 이를 두고 찰나라 말하지 않았던가. 제 타고난 팔자대로 살다 죽겠거니, 그는 무심한 마음으로 그렇게 생각했다. 자신 역시 팔자에 역마살이 끼었는지 다섯 해 전만 해도 얼굴조차 몰랐던 한 여인을 데리고 타관으로 나선 참이었다. 팔자 탓으로 돌리지 않더라도 이렇게 나선 길을 그는 후회하지 않았다. 그 마음은 사리댁과 함께 순흥 땅을 떠나기로 작심했을 때와 초지일관했다. 사리댁만 옆에 있다면 조선 땅 어디까지 흘러가도 어떠랴 싶었다. 지금 이런 마음을 부인이 알아주었으면 했고, 자신의 이 마음이 언제까지라도 변하지 않아야 하고, 부인도 그래 주기를 바랐다. 그는 나란히 앉은 부인의 옆모습을 보았다. 부인은 바람에 날리는 모래나 지푸라기가 눈에 들어갔는지 연방 눈을 비비고 있었다. 보는 사람이 없다면 부인의 눈을 까뒤집고 입바람이라도 불어넣어주고 싶었다.

사리댁은 이런 큰 강을 보기가 처음이려니와 나룻배 또한 처음 탔기에 배가 흔들리자 금방 속이 울렁거렸다. 달거리 떨어진 탓일까 하는 생각도 설핏 들었다. 강을 건널 동안 배에 탄 사람들이 나누는 말투를 듣자 하나 순흥 쪽과 억양이 다르고 진양조로 느려 산 하나로 장벽을 치니 이쪽은 정말 다른 세상임을 절감했다. 이 강을 건너면 점박이 포수를 아주 따돌릴 수 있겠다 여기니 한결 마음이 놓였다. 꿈에까지 따라다니던 늙은 서방의 격노한 얼굴도 너울 센 물이랑에 산산이 부서졌다. 이렇게 떠나면 영감마님과 전처 자식을 다시는 만나지 못할 거였다. 정을 주었던 삼월이, 붙들이, 길산댁, 옹이엄마, 노복 주서방, 그 외 너른 집 안의 얼굴들이 암암하게 떠올랐다. 그들만이 아니었다. 뒷실 친정엄마와 동생들과도 생이별이 될 터였다. 여인은 서러움에 눈물이 돌고 목이 메었다. 물총새 한 마리가 뱃전을 스치듯 지나갔다. 너울을 타며 상하로 출렁거리는 배가 금방 뒤집힐 듯 불안한데, 낯선 세계로 발 들여놓음에 따르는 두려움과 설렘까지 가세하자 여인은 온몸에 소름이 돋았다. 오소소 한기가 들고 아픈 눈이 슴슴해지더니 메스꺼운 속이 무엇인가를 울컥 목구멍으로 토해냈다. 여인은 얼른 손으로 입을 막았다. 뱃전 밖으로 고개를 내민 여인이 생목을 올렸다.

"어지러우시면 먼 데를 보시와요. 그럼 한결 속이 가라앉습니다." 어느 귀한 집 안방마님인지 곱기도 하다며 사리댁을 지켜보던 건너쪽 부상 패랭이짜리가 알심한 마음이 생겼던지 말했다.

한차례 토하고 난 사리댁이 눈물을 닦곤 강 건너에 눈을 주었다.

춥지도 덥지도 않은 녹음방초한 갈매빛 강변 풍경이 아름다웠다. 여름새인 됫새 무리가 낮게 날아 뱃전을 질러갔다. 하늘과 강물이 맑았고 강안에는 바람에 나부끼는 수양버들이 풀어 헤친 여인의 머리채이듯 너울거려 푸름을 더했다. 강바람에 파도치는 물이 햇빛을 튀기며 찰랑였다. 물가에는 두루미와 해오라기들이 한가로이 먹이 사냥을 하고 있었다.

나룻배가 강안에 닿자 서한중이 선가(船價)를 내곤 노새부터 내렸다. 모래톱으로 내려서려니 지팡이 짚은 어둔한 동작이라 사공이 그를 두남두었다. 둑길로 나서자 서한중이 하루 종일 가야 할 길이니 노새를 타라고 부인에게 말했다. 사리댁은 소스러워하며, 속이 불편하여 그냥 건겠다고 말했다. 둘은 강변길을 따라 강물이 흐르는 방향으로 나아갔다. 단양읍으로 가는 길이었다. 그는 지팡이에 의지해 자품거리다 걷다보니 보폭이 좁아 걸음이 더디고 허영거렸다. 누가 보면 안방마님 나들이에 배행하는 행랑아비 경마꾼이었다. 사리댁의 장옷고름과 서한중의 도포자락이 강을 건너오는 선들바람에 날렸다. 한 마장쯤 걷자 서한중은 사리댁을 들어 노새 등에 앉혔다.

길가에는 민들레의 우산같이 보송한 흰 씨앗주머니가 바람에 날려갔다. 동구 앞 과수밭에는 사과꽃, 복사꽃, 배꽃이 활짝 피어 있었다. 길가 수로에는 누더기옷에 깡마른 아이들이 막대를 들고 개구리를 잡느라 야단이었다. 땋은 머리채를 너풀거리며 풀섶에 숨거나 논물에 뛰어드는 개구리를 쫓으며 막대로 내리치고 손으로 덮치곤 했다. 새끼줄에 네댓 마리를 곶감 꿰듯 묶어 든 아이도 있었다. 장난삼아 잡는 개구리가 아니었다. 그 꼴을 보곤, 저것도 먹을거리라고 하며 서한중은 혀를 찼다. 배점리는 물산이 풍부한 고을이라 보릿고개 철이라도 아이들이 개구리나 뱀을 잡아 기갈 든 뱃속을 채우려 들지는 않았다.

서한중은 강변 풍경을 넋 놓고 바라보며, 참으로 유암화명(柳暗花明)하다고 감탄했다. 강 건너 기암절벽에 뿌리 내린 청청한 소나무며, 그 사이 붉고 희게 핀 철쭉꽃이며, 수면에 드리운 산 그림자가 한 폭의 빼어난 실경산수였다. 인간사 욕계(欲界)가 아닌 그 청정함을 보자 마음이 맑게 트였다. 강가 수초 사이에는 다리와 부리 긴 여름새들이 노닐었고, 낚싯배가 한가로이 떠 있었다. 배점리에 살 땐 이런 자연을 눈여겨보지 않던 그였다. 춘하추동 절기마다 으레 변하는 자연현상이려니 했다. 자연의 아름다움이나 변화에 심안(心眼)이 트이지 않음은 거기에 한눈팔 짬이 없이 바쁘기 때문이리라. 그러나 자신은 그렇게 바쁜 삶을 살지 않았는데도 산수와 풍광의 변화에 별 관심이 없었다. 무엇이 나를 이렇게 변화시킨 걸까? 권솔을 팽개치고 나선 홀가분함 탓일까. 사리댁 이외 그 누구, 그 무엇에도 관심이 없으니 이제 자연이 빈자리를 채우고 가깝게 다가서는 걸까. 자춤발이가 된 뒤 의기소침해진 탓일까. 그는 그런저런 상념에 빠져 있었다.

노새 등 양쪽 원구 사이에 장옷을 쓰고 옆으로 틀어앉은 사리댁은 노새가 걸음을 옮길 때마다 자연스럽게 몸이 흔들렸다. 여인은 모래와 검불이 들어가 벌겋게 충혈된 눈을 자주 비비면서 바람결에 찰랑이며 물결을 뒤집는 강물을 보고 있었다. 흐르는 강과 산천은 의구하고 강과 산천처럼 무심하게 육십 평생을 사는 이도 있는데, 어떤 이는 왜 기복 심한 일생을 살게 될까 하는 상념에 젖었다. 자신의 경우를 따져보면 한 달 스무 날 전만 해도 안방마님으로 볕 좋은 남향 장지문 앞에 반짇고리나 차고 앉았던 몸이었다. 팔자소관으로 돌리면 그만이겠지만, 애초 남정네가 말을 붙여왔을 때 끝까지 매몰차게 냉대했거나 숫제 공소의 미사 참례를 끊고 집 안에 들어앉아버렸다면 여기까지 이르지 않았을 터였다. 따지고 보면 그 첫 불씨를 끄지 못했기에 이제 와서 정처 없는 객지살이로 나서게 된 셈이었다. 운명이 그 한순간에 바뀌게 될 줄 몰랐던 것이다. 자신이 저지른 일이니 이제 와서 후회한들 소용이 없다고 골백번 했던 다짐을 되풀이했다. 아니야, 나는 여자로 태어나서 이분을 만나 진정한 기쁨을 알게 되었으니 오히려 고마워해야지. 나는 예전 내가 아니야. 영감마님 후실 시절에서 나는 많이도 변했잖아. 여태까지는 거짓 모습으로 시늉하며 살았다면, 지금 이 처지가 진정한 내 모습이요 팔자일는지 몰라. 그렇다면 한 손에는 노새 고삐, 한 손에는 지팡이를 짚고 고단한 걸음을 옮기는 이 남정네 경우도 그럴까? 그렇지 않을 것 같았다. 그이는 슬하에 장성한 자식과 손자까지 두었고, 이제 앞으로 살 세월보다 살아온 세월이 훨씬 긴 터이니, 지금의 처지야말로 무엇에 홀리듯 자기 본모습을 잃고 스스로 고생길을 자초한 셈이었다. 그러기에 이제 내죽리나 친정 뒷실로 돌아갈 수 없는 자신의 처지와 달리, 남정네는 홀연히 본정신 차리면 사련(邪戀)의 허망함을 깨닫고 처자식이 그리워 다시 배점리 집으로 돌아갈 수 있었다. 지금도 묵묵히 그 생각에 골똘하고 있는지 몰랐다. 남정네 역시 예전 그이가 아니었다. 외양만 달라진 게 아니라 어느 사이 성정까지 매욱스럽게 바뀌어버렸다. 이렇게 경관 좋은 풍경 앞이라면 신둥부러지게 큰소리치고 선웃음깨나 터뜨릴 텐데 그는 내내 말이 없었다. "부인, 이 고생을 시켜 죄송하오." "부인, 아무 걱정도 마시오. 한양 가면 살길이 트일 거요." 뒤돌아보고 선웃음 끝에 이런 말도 입에 올리지 않았다. 뒤통수만 보여 그 얼굴을 볼 수 없었지만 과히 즐거운 낯빛은 아니겠거니 여겨졌다. 그늘진 마음에 그런 생각이 스치자 여인의 귀에 언뜻언뜻 바람결에 들렸다 숨었다 하며 숭얼거리는 소리가락이 들렸다.

죽령재 허위허위 넘으면 충청도 땅이라
박달재 쉬엄쉬엄 넘어 강원도 땅 질러
여주 들녘에 이르면 곡창 너른 기호 땅일세
보거나, 저 남한강 황포돛대 올린 소금배를
소백산 청양목 쪄 나르는 떼를
천리 한양 길 이제야 목전에 당도했네
새 짚신 갈아 신고 부지런히 걷세
송파나루가 한나절 길이로다……

서한중이 읊는 소리는 한양 출타에 나선 경상도 북부 지방 사람들이 길붙기 삼아 부르는 노래였다.

사리댁은 앞서 걷는 남정네의 뒷모습을 보았다. 지팡이 짚어가며 센바람을 가르고 힘들게 자춤걸음을 걷는 헌 도포 차림의 남정네 모습이 거시시한 눈에 어릿어릿 보였다. 바람에 눈송이가 어지러이 날렸다. 그 눈꽃에 분홍색이 섞여 있었다. 눈꽃이 분홍색도 있던가. 그렇지 않다며 여인은 실소를 지었다. 사과꽃, 배꽃에 섞인 복숭아꽃 이파리였다. 흰꽃, 분홍꽃 이파리가 분분히 날리는 속에 남정네의 옷자락과 도포 고름이 펄럭였다. 자춤걸음을 걷는 청승꾸러기 가련한 모습이 가슴을 아리게 하는데, 나지막한 소리가락을 듣자 따스한 물결이듯 젖는 마음의 시름 위에 한 겹 시름이 겹쳐졌다. 사람이 변하니 소리가락도 변하는가. "회개하는 하염없는 눈물이야말로 이 세상을 살아갈 때 겪게 되는 성냄과 분노와 투기를 녹여버리는 힘입니다." 사제께서 하신 말씀이 떠올랐다. 그 얼굴을 보지 못하지만 지금 남정네는 울고 있는지 모른다는 생각이 들었다. 남정네의 소리가 예전과 달리 맥이 빠졌고, 붙박이지 못하고 한둔하며 살아갈 팔자를 내다보기라도 하듯 처량하고 청승스런 음조였다. 사실 그들이 정한 한양은 꼭 그리로 가야 한다는 목적이 없는 만큼 반겨줄 사람도 없었다. 정처없이 떠도느니 대처 중에 큰 대처로서 한양을 정했을 뿐, 어쩜 호랑이굴을 찾아 제 발로 들어가는 길일는지도 몰랐다.

강물 가운데 그림처럼 솟아 있는 도담삼봉(嶋潭三峰)에 이르기는 해가 서산 위로 기울었을 때였다. 강물 위에 물그림자를 드리우고 삼각형 꼴의 톱니 진 바위섬 세 개가 나란히 떠 있었다. 하류를 향해 꼭지를 기웃이 내민 거뭇한 바위섬은 영락없이 자식들을 거느린 어미 같았다. 양쪽 작은 섬 두 개가 자식이라면 가운데 큰 섬은 어미 섬이었다. 남한강 담양 부근은 정원석으로 쓰는 무늬돌의 명산지로 알려졌는데, 도담삼봉이야말로 빼어난 모양돌 그 자체였다. 가운데 큰 섬 중턱에는 아담한 정자가 있었다. 정자에는 먼발치지만 회채라도 있는지 흰옷에 갓 쓴 남자들과 알록달록한 옷으로 치장한 여자들 여럿이 주안상 주위에 앉아 봄놀이를 즐기고 있었다.

"부인, 저 정자를 보시오. 선경이 따로 없구려." 서한중이 도담삼봉을 보며 말하더니 혼잣소리로 이기죽거렸다. "재물 있고 권세 있는 자들이 유녀(遊女) 태워 배 타고 저 정자로 들어가, 음주가무로 한세월을 보내고 있군. 이런 난세에도 화수분이니 늘어진 팔자로다."

사리댁은 상념에서 홀연히 깨어났다. 남정네는 울고 있거나 슬픔에 잠겨 있지 않았던 것이다. 아녀자의 감상적인 착각이요, 미망이었다.

"경치가 아름답사옵니다."

산골이 아닌 대처로 처음 나와 보는 세상인데, 사리댁 눈에는 강안 풍경이 참으로 선경이었다.

"지금이 어떤 시절인데, 참으로 볼썽사나운 정경이로다. 이 보릿고개에 백성은 초근목피로 목숨 줄을 잇고, 있는 자들은 유의유식(遊衣遊食)하며 잘도 노는구나. 그렇지 않소, 부인?"

사리댁은 대답하지 않았다. 이 남정네야말로 그런 말을 할 자격이 없었다. 남정네도 한시절 저렇게 풍류객이었겠거니 싶었던 것이다. 그 유장한 주발 터지는 소리로 진양조 가락을 뽑으며 유녀들의 들뜬 가슴도 태웠으려니 여겨졌다.

남녀는 단양 읍내리로 들어가지 않고 강을 버리고 북으로 길을 잡아 제천 쪽으로 나아갔다. 길이 넓어졌고 길 양쪽으로 미루나무가 곧게 늘어서 있었다. 도담을 거쳐 매포란 큰 고을에 이르니 마침 장날이어서 길에는 장을 보고 돌아가는 장꾼이 띄엄띄엄했다. 이미 해는 서녘으로 떨어졌다. 서한중이, 나무를 내다 팔았는지 지게뿔 높다란 빈 지게를 지고 오는 장꾼 하나를 잡고 물으니, 봉양 읍내리까지는 큰 고을이 없어 하룻밤 묵어가기 어렵거니와 봉양까지는 팔십 리 빠듯한 이수라 했다.

"봉양읍이라?" 서한중의 귀에 익은 지명이었다. "혹시 봉양읍 구학리에 배론이란 옹기골이 있소?"

"그것까지는 모르겠습니다."

"공소 회장님께서 자주 말씀하신 그 성소가 우리 가는 길목에 있습니까?" 사리댁이 귀 세워 물었다.

"그런가보오."

어머님이 별세하시기 한 해 전인가, 어머님은 죽기 전에 충청도 봉양 땅에 있는 배론〔舟論〕으로 두 아들을 앞세워 꼭 한번 다녀오고 싶다고 말씀하셨다. 지형이 뱃바닥 같다 하여 이름 붙여진 배론골은 1801년 천주교 신유박해 때 황알렉산드르 사영이 피신하여 중국 북경에 있는 주교에게 보낼 조선의 천주교 박해 실정과 재건책을 호소한 백서(帛書)를 썼으며, 1855년 우리나라 최초의 초가삼간 신학당이 세워져 1866년 천주교 병인 대박해 때까지 방인사제(邦人司祭)를 양성한 유서 깊은 성지였다. "한중아, 황알렉산드르 사도께옵서 신유년 박해로 피신을 다닌 두 달여, 충청도 땅에서 죽령재 넘어 예천 우곡까지 내려가셨을 때, 여기 순흥 땅의 숨은 교우 집에도 들르셨다는 말을 들었다. 황알렉산드르 사도께선 배론 교우 집에 숨어 감루(感淚) 없이 읽을 수 없는 그 유명한 『조선수난교사(朝鮮受難教史)』를 쓰셨단다." 어머님의 간절한 청에도 서한중은 한사코 함께 따라나서지 않았다. 하는 수 없이 어머니는 형님, 장조카와 길을 나서 그곳을 둘러보고 천주님의 은총을 크게 받았다며 일주일여 만에 돌아왔다. 그는 신학당과 무덤 하나 보려 그 먼 길을 가느냐며 어머니의 권유를 거절했지만, 경상도 순흥에서 충청도 봉양까지 어머니가 노구를 이끌고 다녀올 수 있었던 힘은 오로지 신심의 곡진함 때문이었으리라 여겨졌다.

"봉양읍까지가 팔십 리라? 이 밤중에 팔십 리 길은 무리겠군요." 서한중이 장꾼에게 말했다.

"무리다마다요. 호랑이나 도적 떼를 만날는지도 모르잖습니까. 곧 이르게 될 매포 장터거리에 숫막이 있으니 거기에서 묵어가는 게 좋을 겁니다." 장꾼이 말했다.

얼마를 더 걷자 남녀는 한 쌍의 장승이 험악한 상판으로 허리 기웃하여 버티고 선 매포고을 어귀로 들어섰다.

"내가 걸음이 시원치 못하다보니 날랜 장정 반나절 몫밖에 못 와 저녁이 됐구려. 매포 여기서 하룻밤 묵어가도록 합시다. 아직도 철시가 안 됐을 터인즉 살 물건도 있고 하니."

"저를 그만 내려주셔요."

서한중은 사리댁을 노새 등에서 내려주었다.

장터는 마을 가운데에 있었는데 장옥이 예닐곱 채나 되어 순흥 장보다는 규모가 컸다. 따지고 보면 풍기에서부터 부석사에 이르는 육십 리는 남북이 산이 막혔고 동서로만 좁장한 들을 안고 트이다 빠지는 길 없이 막혔기에 오지나 다름없었다. 한양으로 오르내리는 길에 풍기를 거쳐 가는 타지방 사람은 백두대간 그 첩첩한 아래쪽에 무슨 들과 한촌인들 있으리오 하지만, 그 골짜기 안 두메야말로 바깥세상과 외돌아 앉았을망정 살림살이 포시러운 별천지였다. 그래서 『정감록』에 기록된바, 조선 땅에서 몇 손가락 안에 드는 환란 없이 살기 좋은 피세처였다.

너나없이 개미허리로 보리 풋바심할 소만 절기 장인지라 출시인(出市人)은 대체로 빠져나가 장터거리가 휑뎅그렁했다. 먼지와 지푸라기가 회오리를 일으키며 날아올랐다. 각설이 거지 떼, 사지 뒤틀리거나 안면 틀어진 병신, 쪽박 찬 문둥병자들, 깡똥한 바지나 치마로 허리 아래만 가린 아이들, 갈비뼈 앙상한 개들만이 장바닥에 떨어진 뭐라도 있을까 이 전 저 전 기웃거리며 싸돌았다. 장옥과 노점은 파장이 지나 철시를 서둘렀고 보상과 부상들도 짐을 싸고 있었다.

목물전에서 부상의 신들린 소리가 들려왔다.

"……시루떡 찔 때 없어서는 안 될 어레미와 가는 체, 대갓집 잔칫날 갖가지 전 부칠 때 요긴한 채반과 광주리, 바람난 서방이나 이불호청 풀 먹여 다듬는 방망이, 국수 만들 때 미는 홍두깨도 있수. 방망이나 홍두깨는 과부 이불 속에 넣고 자도 좋은 연장이오.

흥부 삼간모옥에 얹혀 있던 뒤웅박, 나물 따고 임도 보는 삼태기와 바소쿠리, 바람난 계집 후려 패는 도리깨, 사돈의 팔촌 대접하는 개다리소반에, 십수 종의 관세와 고리채 쓸어내는 장목비, 싸리비, 대나무비에, 없는 집 달 거르지 않는 제상에 쓸 각종 제기라. 있는 물목 다 있고 없는 물목 없이 다 갖췄수. 싸게 들여가슈. 금화나 은화는 없어도 좋수. 경복궁 중수에 염소똥처럼 남발한 오 전짜리 백동화나 일 전짜리 적동화도 받습니다. 싸다, 싸. 떨이로 막 팔아유……" 장사가 안 되니 홧김에 탁주 한 사발 걸쳤는지 장사꾼 목청이 시원시원했다. 그러나 넘보는 장꾼은 없었다.

자기장을 거쳐 지물과 필묵을 늘어놓은 난전을 지나 좌판을 벌여놓은 잡전(雜廛) 앞에서 서한중이 걸음을 멈추었다. 참빗, 얼레빗에 각종 비녀와 노리개, 돋보기안경과 안경집, 은전 넣는 돈지갑, 곰방대에 담배쌈지 따위 속에 일본에서 들여온 당황이 눈에 띄었다. 서한중이 당황 두 모를 샀다. 순흥장에서는 아무 데나 그어도 불이 잘 켜지는 누른 황 바른 당황이 귀했다.

"하룻밤 여차(旅次)할 만한 숫막이 어디 있소?" 서한중이 초립둥이 노점상에게 물었다.

"숫막에서는 장꾼을 재우지만 보자 하니 안방마님도 달렸겠다, 저기 용수 내다 건 숫막 뒤로 돌아가셔유. 잠자리 덜 불편한 보행객주가 있지유."

서한중이 노새를 끌고 앞장서서 사삿집 봉창을 따라 자춤걸음을 걸었다. 쟁강달강, 대장간 메질 소리가 들렸다. 서한중이 대장간 앞을 지나다 거적에 늘어놓은 식칼에서부터 낫, 호미, 쇠스랑에 이르기까지 여러 종류의 쇠연장을 보았다. 살코기 회를 뜰 때나 댓가지 다듬는 데 쓰임직한 날렵한 비수가 있었다. 품에 지니기 알맞아 서한중이 비수를 집어들었다. 벌겋게 단 낫날을 망치로 두들겨 벼르는 대장장이에게 흥정을 붙였다.

"어디에 쓰시게유?"

"멱딸 놈이 있소." 서한중이 농을 했다.

"이크, 불침 맞을 소리 마슈." 대장장이가 구슬땀을 닦으며 흐물쩍 웃었다. "아닌 게 아니라 길손들이 더러 찾습디다. 세상이 워낙 험해놔서. 시절이 어수선하니 도처에 날강도가 설친다우. 호구가 포도청 아닙니까. 허긴 홀몸이 아니시니."

서한중이 비수를 살 동안 사리댁은 돌아서서 장터마당을 보고 있었다. 하늘에는 놀이 아름답고 솔개 한 마리가 낮게 장터마당 위를 선회하고 있었다. 여인은 십여 년 옥살이 아닌 옥살이 끝에 솟을대문 밖 출입을 허락받은 뒤 읍내리 장에는 더러 나들이를 나갔으나 타지 장날 풍경이야말로 새로운 세계였다. 세상이 넓고 넓다는 말은 들었지만 순흥에서 일백여 리 밖, 산 설고 물 선 이곳 충청도 땅에도 비슷한 장이 선다는 게 신기했다. 숫막에서는 왁자지껄한 고성방가가 자지러졌다.

"한양까지 며칠은 걸릴 텐데 만약을 위해 양식이라도 조금 준비했으면……" 숫막 쪽으로 걷자 사리댁이 말했다.

"그럽시다. 우선 잠자리부터 잡아놓고 내가 알아보리다."

길 가다 밤을 만나 부득이 사삿집에 잠자리를 청할 경우 사리댁은 양식을 내어놓으면 되리라 여겼다.

토담에 싸리대문이 활짝 열린 객주는 앞마당 건너 납작한 초가로 장옥처럼 기다랗게 지어져 있었다. 칸마다 달린 방문으로 보아 봉놋방이 넷이었다. 젓장수가 들었는지 콤콤한 젓갈 냄새가 물씬 풍기는데, 열린 큰 방문 안에서는 알아들을 수 없는 일본말이 시끌했다. 고름 대신 단추 단 칡색 등거리에 홀태바지 입은 빡빡머리 장정 몇이 둥글상에 둘러앉아 한창 식사 중이었다. 서한중은 안채와 안봉노가 바깥봉노 뒤에 있겠거니 하고 뻗대는 노새목을 지팡이로 치며 뒤란으로 돌아들었다. 뒷마당이 앞마당보다 넓었다. 헛간에는 짐이 바리바리 쟁여 있었고 그 옆이 마구간이었다. 조랑말, 당나귀, 노새 여러 필이 여물을 먹고 있었다. 서한중의 노새가 허갈했던지, 동무를 만나 좋았던지 앞발을 들며 힝힝 울었다. 그는 노새 고삐를 기둥에 매어두고 안채로 들었다. 사리댁은 따라오지 않고 노새를 지켰다. 안봉노는 니은자로 지은 다섯 칸 초가였다. 부엌에는 벌써 등을 밝혔는데 아녀자 둘이 부엌일에 분주했고 장국 내음이 구수하게 풍겼다.

서한중은 방문이 열려 있는 안방 마루 앞에서 주인장을 찾았다. 곰방대를 문 탕건 쓴 염소수염짜리가 얼굴을 내밀었다. 서한중이 따로 쓸 독방이 있냐고 물었다.

"장날이라 방이 찼수다." 주인장이 마구간 앞에 선 사리댁을 보았다. "내방마님 데리고 나들이하는 듯한데 독방 아니 쓰면 못 들겠다는 말씀이군."

"그렇소이다."

"그럼, 방 없수다."

서한중은 난감했다. 보리쌀 두 되 값이라도 주고 사삿집 방을 빌려야 할 것 같은데, 문고리 쥔 주인장이 시큰둥 말했다.

“엔간하면 합방해도 될 텐데. 여부상도 있으니 겉옷을 입은 채 안쪽 자리를 차지하지 뭘. 마님 데리고 객지 나서면 그 정도 고생은 각오해야쥬.”

말을 올렸다 낮추었다 궤사를 부리는 주인장의 말본새에 서한중이 어쩔까 망설이는 사이, “그럼 그렇게 하겠습니다” 하고 사리댁이 대답했다.

“임방(任房) 계율이 얼마나 엄한지 들어앉은 둔처 사람이 알 리가 있나. 황아장수와 합방할 때 그 사람들 정절은 알아줄 만하니 믿고 염려는 놓아도 되우. 정 싫으면 이 길로 봉양까지 내처 올라가든지. 그 사이에는 독방은커녕 잠잘 만한 고을도 없다는 걸 아셔야지.”

주인장이 방문을 닫았다. 순흥 땅은 예(禮)에 밝아 그런 법도가 없었다. 읍내리 장터에도 숫막이며 보행객주가 있고, 빈방이 따로 없을 경우 보부상 부부가 들어도 남녀가 여럿 합방하지 않고 남과 여가 방을 따로 썼다. 충청도 양반이란 말은 숱해 들었어도 장터마당은 각다귀판이었다.

“보시오, 그럼 방을 주시오. 어느 방이오? 저녁밥은 먹을 수 있소?” 서한중이 다급하게 말하자 방문이 열렸다.

“끝방에 짐을 부리슈. 저녁밥은 새로 안쳐야 하니 숫막에 나가 장국밥을 들면 될 테고, 잠값은 두 사람이니 오 전을 내고, 짐승 여물 값은 따로 일 전 닷 냥을 받으니 그리 아슈.”

"선불이오?"

"새벽에 떠나려면 지금 셈을 치르는 게 서로 편하지 뭘."

주인장의 절박홍정에 서한중은 정나미가 떨어졌다. 의관이 신분을 말하는 세상이라 그가 자신을 경마잡이로 보았던지, 그 겉수작 또한 서한중의 심화를 끓게 했다. 순흥 땅 시절 같으면, 네놈 말버릇이 무어냐고 호통이라도 치련만 어쩔 수 없었다. 집 떠나니 서럽다는 말을 실감했고 다리병신이 당할 마땅한 하대라 체념했다. 앞으로는 더 험한 꼴도 당하리라, 참는 자가 복락이 있다며 그는 분기를 눌렀다.

서한중은 노새 여물과 두 사람분 자릿조반을 부탁한 뒤, 밖에 나가 저녁밥을 먹고 오겠다고 말했다. 그는 나귀 등짐의 이불 속에 감추어둔 지전과 엽전이 든 전대를 꺼내어 품속 허리에 묶었다. 밥을 먹고 와서 이불을 옮기기로 하고 그 속에 감추어둔 화승총은 그대로 두었다. 설레꾼 건달에 왈패가 설치는 장터마당 인심을 알지만 설마 집 안으로 들여놓은 짐까지 뒤지랴 싶었다. 그는 사리댁을 달고 바깥마당으로 돌아 나왔다. 머리칼 치렁하게 땋은 식비(食婢)가 소반에 밥그릇을 바깥채로 나르고 있었다. 바깥마당은 그사이 장돌림 여럿이 들어와 욱적거렸다. 저고리를 벗고 우물가에서 손발과 낯을 씻는 치도 있었다. 저녁 이내가 금방 내려 주위가 자우룩했다.

둘은 장터마당 입구에 있는 숫막으로 들어갔다. 벌써 기둥 곳곳에 등잔불을 켜두고 있었다. 아무리 보릿고개라지만 주머니 든든한 촌양반이나 장거리에 고리채 놓는 전주(錢主)도 있게 마련이라 봉놋방에는 질탕한 웃음과 노랫가락이 낭자했다. 여자의 교성도 자지러져 연화(煙花)도 끼여 앉은 모양이었다. 장날이라 술청에도 손님이 반 자리 넘이 차지하고 있었다. 둘은 구석 자리로 들어갔다. 다리 저는 낯선 중년치가 장옷 여민 여자를 달고 들어오자 술청의 눈길이 남녀에게 쏠렸다.

서한중은 늙수그레한 주모를 불러 장국밥 두 그릇과 탁주 한 병을 시켰다.

"이런 데서 요기하기는 처음이지요?"

사리댁은 대답 없이 눈만 내리깔았다. 여인이야말로 모든 게 낯설고, 겪는 일마다 처음이었다.

"터 좁은 순흥 땅이 갑갑해 풍기에서 영주, 안동까지 나들이해 보았지만 나 역시 우물 안 개구리요. 그러나 충청도인들 숫막 사정이야 같지 않겠소?"

"그러시다면 바다를 본 적 없사옵니까?"

"아직은." 뜬금없는 질문이라 서한중이 사리댁에게 물었다. "바다가 보고 싶소?"

"바다가 어떻게 생겼는지 궁금은 하옵지요. 그저께 밤 꿈을 꿨는데, 건너 쪽 둑이 보이지 않는 엄청 큰 못을 보았습니다. 옥색 물이 얼마나 맑고 푸르던지요."

"길몽이긴 한데, 꿈을 자주 꾸나요?"

"아닙니다. 물밑에는 큰 물고기가 떼 지어 놀고 있었습니다. 바다란 게 바로 이런 엄청 큰 못이 아닐까 했더랬지요."

"맞아요. 나도 바다를 본 적은 없지만 바다가 그렇답니다. 우리도 언젠가는 그런 무량한 바다를 보게 될 거요. 내가 필히 부인께 바다 구경을 시켜드리겠소."

순흥 땅에 사는 사람들은 바다를 몰랐다. 바다가 있는 동쪽은 봉화산 중턱에 있는 신라 적 의상조사가 창건한 부석사가 막다른 길목이었다. 그 뒤 동쪽으로는 강원도 땅을 거치며 백두대간 태산준령이 첩첩하게 이어졌고, 나무꾼은 물론 사냥꾼조차 그 산속으로 들어갔다는 말을 듣지 못했을 만큼 무인지경이었다. 임해(林海)가 하늘을 가리고 호랑이와 표범, 곰, 멧돼지를 비롯한 큰 짐승이 득실거린다 했다. "춘양을 거쳐 청옥산을 넘고도 겹겹의 고봉을 넘고 넘어 일백여 리를 가야 하니 그쪽은 길이 없어 넘을 수 없지. 봉화읍에서 법전리 거쳐 영양 땅 황악산 굽이굽이 넘어가면 불령계곡의 불령사가 나오고 울진이란 갯가에 이른대. 아니면 더 아래쪽 안동 읍내리로 내려가 거기에서 진보를 거쳐 황장재를 넘어야 영덕이란 갯가지." 순흥 사람들이 그렇게 말했다.

김이 오르는 장국밥 두 그릇과 탁주 담긴 호리병이 나왔다. 찬은 김치와 나물무침이었다. 두 사람은 국밥과 술을 먹었다.

"동학당이 지지부진하게 된 후 충청도, 경상도 쪽은 활빈당(活貧黨), 전라도 쪽은 영학당(英學堂), 거기에다 서학당(西學黨), 남학당(南學黨)까지 활개치잖냐." "민심이 어수선하니 민란도 잦고, 이름하여 그런 사당(私黨)이 생겨나잖는가. 나라 꼴이 이러니 사당도 기댈 벽 없는 민초를 끌어들일 명분이야 다 있겠지." "그중 활빈당 세력이 가장 센가본데, 여기저기 또 새로운 의병도 생긴다던데?" "동학 민란에서 그렇게 당하고도 또 무슨 의병이람."

앞쪽 자리에서 설핏 들리는 대화였다. 서한중이 말한 자를 보았다. 바지저고리에 개화 복장 조끼 걸친 알머리로 보아 지방 관리 아니면 역졸 정도 되어 보였다.

"일본이 조선을 아주 먹으려나봐. 일본이 지금 한창 노국과 전쟁 중이잖아. 일본군이 평안도에서 만주 땅으로 파죽지세로 밀고 올라가 노국 군대를 쳐부순대. 만약 그 전쟁에서 일본이 이기면 조선 땅은 일본 독무대 아닌가. 그렇게 되면 조선이야말로 이빨 빠진 늙은 소를 우시장에서 공으로 얻어 끌고 오듯, 자기네 외양간에 가둬버릴 수 있겠지. 그 낌새를 알고 우국충성 열혈지사들이 이번에야말로 일본을 이 땅에서 아주 내칠 의병 궐기를 해야 한다구……" 말하는 자의 목소리가 낮아졌다.

"당할 소린가. 청나라 대국을 이긴 일본인데 어디 감히 그 섬나라를 내친다구. 막대기 든 자가 칼 든 자를 어떻게 이겨? 앉은뱅이가 다리 성한 사람하고 달리기 내기하는 꼴이지."

서한중이 산채를 떠나 넓은 세상으로 나와서 옆엣말을 귀동냥하자니 온통 일본과 노국 전쟁 소식이었다.

서한중이 장국밥을 비우고 호리병을 기울여 술을 마실 때, 한 패거리가 술청 안으로 밀려들었다. 그들이 분답하게 일본말을 지껄였다.

"방을 주시오."

역관인 듯 앞장선 맨머리 젊은이 말에, 주모가 큰 방은 손이 있고 작은 방을 쓰라고 대답했다. 저를 따라오시라며 주모가 설레발을 치며 술청 뒷문으로 빠져나갔다. 개화복 등거리에 홀태바지 차림의 일행이 술청 안의 술꾼들을 갈마보더니 나막신 딸깍대며 어깃장 걸음으로 그 뒤를 따랐다.

"무엇 하러 이 벽촌까지 저 일본인들이 들이닥친 줄 아냐?" 조금 전 의병 궐기 이야기를 꺼낸 자가 말했다. 말 상대는 대답이 없었다. "지적도 만드는 측량기사들이야. 소백산 쪽 벌채권을 따낸 일본이 그 목재를 실어 나를 큰 도로를 이쪽으로 낸다네. 단양 부근 남한강에는 튼튼한 돌다리도 놓구."

"그렇게 다리까지 놓으면 나루터가 없어지겠어. 바야흐로 천지개벽 세월을 맞는구먼."

대화가 그쳤다. 서한중이 마지막 잔을 비우곤 일어섰다. 숫막 밖으로 나오니 낮 내내 불던 바람이 밤이 들자 잠잠해졌다. 장터 마당 하늘에는 반달에 가까워가는 새하얀 상현달이 삐뚜름히 걸려 있었다. 어디에서 날아왔는지 은은한 꽃향내가 대기에 스며 있었다. 사내는 물론, 아래 주린 계집들의 음심이 동할 푸근한 봄밤이었다. 둘이 객주로 돌아오니 일본인이 들었던 방만 비었고 나머지 방 셋 앞은 미투리며 짚신이 어지러이 흩어져 있었다. 마구간의 노새는 여물을 먹는 참이었다. 서한중이 노새 등에서 이불 뭉치를 내렸다. 마구간 옆 솔개비를 쌓아놓은 뒤쪽 싸리울 사이에 화승총을 숨기고 솔개비로 덮어두었다. 문이 반쯤 열린 끝방 앞에서 서한중이 군기침을 하곤 머리를 들이밀었다. 방 안은 담뱃내로 자욱했고 고리타분한 발 고린내가 진동했다. 삿자리 바닥에 남자 다섯, 아녀자 하나가 잡담을 나누다 낯선 객을 맞았다. 모두 서한중보다 열몇 살은 수하였다. 제천과 단양 일대의 닷새장을 떠도는 보부상 동패들이었다.

"하룻밤 함께 유숙할 객이오." 서한중이 말했다.

"내실마님까지? 어서 들어오시오."

나이 든 눈딱부리가 곰방대 꼭지를 재떨이에 떨며 일어섰다. 예를 차린다고 나머지 사람들도 따라 일어나 두 사람을 맞았다. 뒤에 서 있는 사리댁으로부터 서한중이 이불을 받아 방 안에 들여놓고, 지팡이를 문설주에 기대어 세우곤 방 안으로 들어갔다. 사람들은 자춤거리는 그의 다리를 유심히 보았고, 그가 들여온 새 이불이 신부 혼숫감이듯 깨끗하여 눈을 동그랗게 떴다. 여부상이 이쪽으로 오시라며 사리댁에게 안쪽 자리를 내주었다. 어느 고을 뉘씨라며 상견례가 있자, 보부상들이 심심하던 참에 맞춤한 출현이란 듯 서한중에게 이것저것 물었다.

빈대피가 난초를 치는 그을음 앉은 흙벽이며, 방 안 가득 찬 고리탑탑한 내음을 사리댁은 견딜 수 없었다. 동년배로 보이는 한쪽 눈에 백태 낀 여부상이 올림말로 꼬치꼬치 캐어묻는 데 일일이 대답하기도 성가셨다. 그렇다고 아무도 잠자리에 들지 않는데 새 이부자리 펴 자리 차지하여 누울 수도 없었다. 사리댁은 기회를 보다 바람을 쐬고 오겠다며 자리에서 일어섰다. 말을 아니해도 되련만 여부상이 친절하게 뒷간 위치를 일러주었다.

사리댁은 달빛 말갛게 내린 마당으로 나서서 부드러운 바람을 마시자 숨쉬기가 훨씬 편해졌다. 장국밥이 짰던지 물이 키어 뒤뜰로 돌아들었다. 부엌에는 등불을 밝혀놓고 아녀자 둘이 설거지에 바빴다. 여인은 숭늉 한 대접을 얻어 마시곤 분꽃으로 에두른 장독대 쪽으로 걸었다. 한참 지체하다 보부상들이 잠자리에 들 때 방에 들기로 하고 장독단에 올랐다. 울 앞 앵두나무가 함초롬히 달빛을 받고 있었다. 꽃이 진 앵두나무는 잎이 파랗게 났고 콩알만한 푸른 열매를 달고 있었다. 내죽리 집 뒤란 우물 옆에 있던 앵두나무가 생각났다. 붙들이가 채반에 씻은 앵두를 소복이 담아와, 마님 드사와요 하며 잇바디 드러내고 웃던 모습이 떠올랐다. 이제 다시 돌이킬 수 없고 만날 수 없는 시간 저쪽에 그 모든 것이 있었다. 여인은 고쟁이에 찬 꽃주머니에서 묵주를 꺼내었다. 그 묵주는 너와집 잿더미에서 찾아낸 남정네 것이었다. 십자성호를 긋고는 묵주 한 알을 잡고 눈을 감았다.

"오, 주 그리스도님이시여, 우리 죄를 용서하시며, 우리를 지옥불에서 구하시고, 연옥 영혼을 돌보시되 가장 버림받은 영혼을 돌보소서." 여인은 묵주 한 알을 억지로 꺾었다. 오늘이 무슨 요일인지 몰랐으나 여인은 로사리오 '고통의 신비'를 읊조렸다. "그리스도 우리를 위하여 피땀 흘리심을 묵상합시다." "그리스도 우리를 위하여 매 맞으심을 묵상합시다." "그리스도 우리를 위하여 가시관 쓰심을 묵상합시다……" 여인은 묵주기도를 바쳤다.

여인은 입술로만 로사리오를 읊을 뿐 머릿속은 다른 생각에 헤매고 있었다. 자신이 비록 연옥에 떨어질 버림받은 영혼이지만 진정한 속죄에 이르지 못하기에 죄 사함을 받을 수 없다는 회의였다. 자연 읊조림의 울림이 자지러졌다.

"부인, 부인, 어디 있소?"

사리댁을 찾는 소리가 앞마당에서 뒷마당으로 건너왔다. 여인은 얼른 묵주를 꽃주머니에 넣고 매듭을 맨 뒤 장독단에서 일어섰다. 곰방대를 들고 서한중이 자춤걸음으로 다가왔다.

“여기 계셨구려. 불편한 대로 방에 들어 자야지 어떡하겠소. 한양에 도착할 며칠 동안 이런 불편은 어쩔 수 없구려. 부불삼세(富不三世)요 빈불삼세(貧不三世)라고, 우리도 안정하여 살 날이 올 것이오. 부인 미안하오.”

어감은 무뚝뚝했으나 남정네가 미안하다고 하는 말을 사리댁은 오랜만에 들었다. 다리를 다친 뒤로 그는 말수가 준 만큼 미안하다든지 죄송하다는 말을 입에 담지 않았던 것이다.

“방 안보다 여기가 좋구려.”

서한중이 장독단에 앉았다. 그는 곰방대 흡구를 빨며 상현달을 올려다보았다. 구름 사이로 달이 빠르게 지나갔다. 달이 좋구려, 하고 서한중이 혼잣말을 했다. 사리댁도 방석 정도의 거리를 두고 장독단에 앉았다. 남녀는 한동안 말이 없었다.

“저……” 사리댁이 말을 꺼내며 여짓거렸다. 여인은 가슴이 뛰어 고름 매듭을 지그시 눌렀다. 말해보오, 하고 물어도 꺼내기 힘든 말인데, 남정네는 다음 말을 기다리는지 침묵했다.

“저…… 달거리가 없은 지가…… 아무래도 몸 가진 것 같습니다.” 사리댁은 더 말을 잇지 못했다.

“뭐라 했소? 경도가?” 서한중이 놀라며 얼굴을 돌렸다. 이제 고개 꺾은 사리댁은 말이 없었다. 사리댁은 북받치는 기쁨, 아니 환희가 터질 듯 가슴에 넘쳐 널뛰기의 오름새처럼 몸이 하늘로 붕 떴다. 여인의 오랜 소망이요 오직 하나 소원이 있었다면 자신의 자궁으로 아기를 낳아 어머니가 되고 싶다는 바람이었다. 담장 안에 갇힌 긴 시집살이를 견뎌올 동안, 내 아기를 가져 그 아기를 키우는 낙만 있다면 어떤 마음고생도 이겨낼 것 같은 모성에 사무쳤다. 그러나 연로한 서방이 혈기방자한 시절에 정력을 너무 탕진한 탓인지 잠자리 농사가 시원치 않아 돌계집 신세를 못 면하다보니 여인의 간절한 바람은 늘 허사가 되곤 했다. 여인이 읍내리 공소에 걸음하며 성모님께 드린 첫 기원도, 성모님의 신비로운 능력이 지상에 강림하셔 일러주실 자신의 수태고지(受胎告知)였다.

"오늘 제가 노새 타기를 사양하지 않은 뜻은 무리하다보면 혹시나 배냇아기가……"

"알겠소. 부인이 아기를 가졌겠다?" 담배 한 모금 빨아 뱉는 서한중의 목소리가 허탈했다. 연기가 어둠 속에 물레의 실타래처럼 풀어졌다. 지금 어느 땅이든 두 몸 착근하기에도 산 넘어 산인데 자식까지 달린다면 그 형편이 오죽 고단하랴는 생각부터 먼저 들었다. 그는 그 자식 또한 온전하게 키울 성싶지 않았고, 자기 나이 일흔이 넘어서야 그 자식을 짝지어줄 수 있을 터였다. 내가 일흔 넘이까지 정신 맑게 산다? 도무지 그 나이 되도록 살 자신이 없어 머리를 설레설레 흔들었다.

"그러시다면 어르신께선……"

사리댁은 적이 놀랐다. 분명 함께 기쁨에 들떠, 우리 사이의 보배로운 열매인 그 자식을 장하게 키워봅시다 하며 두 손을 불끈 쥐어줄 거란 바람이 산산이 깨어졌다. 여인은 남정네의 머리 흔듦을 부정의 뜻으로 받아들였던 것이다. 정실로부터 얻은 씨손이 있기에 첩실 자식은 아니 있음만 못하다면, 자신에게 여태껏 보인 남정네의 사랑타령 역시 입술에 발린 거짓 서약이었을까. 여인은 그런 생각을 하자 쏟아지는 눈물을 걷잡을 수 없었다. 치마폭을 당겨 얼굴을 묻었던 여인은 장독단에서 일어섰다. 남자가 벌과 나비라면 여자는 꽃대궁이다. 기대를 걸거나 믿지 말아야 하고, 그럴수록 꽃대궁은 옹골차게 씨앗을 맺어야 한다. 씨방을 터뜨려 씨앗을 대지에 뿌려 싹을 틔워야 한다. 남정네 생각이야 어쨌든 여인은 자기 아기를 낳고 싶었다. 어금니 깨물며 장독단을 떠났다.

“부인, 내 말 들어보오.” 서한중이 여인의 치마폭을 잡아 주질러앉혔다. “부인, 내 잠시 딴생각을 했더랬소. 너무 늦은 초산이라 부인과 아기의 건강이 염려되고, 지금도 고생인데 부른 배로 타관을 떠돌며 어찌 거동하랴 싶어……”

서한중의 말은 진실이 아니었다. 그는 사실 그 염려까지 하지는 않았다. 지금 태어날 자식이야말로 애물 덩어리라 생각했다. 그러자 자신의 그 마음이 어디에서 시발되었나를 홀연히 깨달았다. 태어날 자식에 대한 유치한 강샘이었다. 첫째 아래 지체가 태어나 엄마 젖을 독차지해 빨면 첫째가 엄마의 사랑을 아우에게 빼앗겼다고 투기하듯, 그런 시샘이었다. 여자가 자식을 두면 지아비로부터의 사랑이 자식에게로 옮아가는 그 당연한 이치를 자신이 강샘 내고 있었다. 이승에서 목숨 다할 그날까지 여인을 혼자 온전하게 독차지하려는 이기심이 자신의 심저에서 똬리 틀고 있음을 깨우친 것이다.

사리댁 치마폭을 잡은 서한중의 악력에 힘이 빠졌다. 여인은 옷고름으로 입을 막고 바깥마당으로 뛰어갔다. 서한중은 여인을 다시 부를 명분을 찾지 못했다.

서한중과 사리댁은 봉양읍을 거쳤으나, 북으로 오 리 길도 안 되는 구학리의 배론골을 찾지 않고 서쪽 큰길을 잡았다. 서한중은 봉양 땅을 지날 때 배론 옹기골을 떠올렸으나 천주를 이미 버린 그로서는 한가롭게 그곳을 한유할 마음이 아니었다. 사리댁은 초기 전교 시절 순교의 성혈이 배인 그 성당을 들렀으면 했으나 남정네가 무심히 길을 가니 차마 자기 의견을 낼 수 없었다. 어른님 배론 성당에 들렀다가 근방에서 여차를 정하심이 어떨는지요, 하는 말이 입술에 맴돌았으나 차마 그 말을 꺼내지 못했다. 배론골에 들르자는 말을 꺼내면 남정네가, 배교자란 억지소리로 명분을 세울 게 뻔하기 때문이었다.

박달재는 봉양읍에서 서쪽으로 십 리 길이었다. 박달재는 충청도 내륙 지방 가장 험한 재로 경상도 동북부 지방에서 한양으로 갈 때 문경새재나 풍기죽령을 넘으면 거쳐야 하는 길목이었고, 충청도 단양, 충주 지방의 길손 역시 반드시 그 재를 넘어야 했다. 박달재는 천둥산 허리를 질러 넘는 첩첩산중으로 크고 작은 연봉들이 사방을 에워싸고 있어, 고려 시절 김취려 장군이 험한 지형을 이용해 거란을 물리쳤고, 삼별초군이 재를 방패막이 삼아 몽고군을 막아낸 곳이기도 했다.

서한중과 사리댁이 박달재 초입에 이르기는 서산으로 해가 지기 직전이었다. 숫막, 여각, 마방이 있는 초입 공터에는 재를 넘을 사람들이 여기저기에 무리 지어 앉아 쉬고 있었다. 그들이 오늘 마지막으로 재를 넘을 길손이라 했다. 숲이 울울하고 가파른 긴 잿길은 호랑이 출현을 무서워하여 무리 지어 함께 넘었으므로 서한중은 그러려니 했다. 그는 부인에게 여기에서 잠을 자고 아침에 재를 넘을 것인가, 오늘로 재를 넘어 재 저쪽에서 잠자리를 찾을 것인가를 두고 의견을 물었다. 사리댁은 어른님 하시자는 대로 따르겠다고 말했다. 내일 아침은 사람이 모여 언제 재를 넘을지 알 수 없었기에 서한중은 기다리는 일행과 함께 오늘 재를 넘기로 했다. 재를 넘으면 저쪽에도 보행객주, 여각, 숫막이 있다고 길손이 일러주었던 것이다.

"호랑이가 자주 출몰하는가보죠?" 서한중이 재를 넘을 늙수그레한 길손에게 물었다.

"호랑이도 호랑이지만 근년 들어 도적 떼가 부쩍 늘었답니다. 여기 재 넘을 사람들 꼴 좀 보시오. 향리에서 떨거지가 되어 무작정 길 나선 식솔도 적잖이 섞였잖수. 한양이 배부른 양반 사는 대처라니 거기에서 비렁뱅이질 하면 쉰밥을 얻어먹어도 쌀밥이려니 하고 말이오. 그러니 성깔깨나 있는 젊은 치는 식구 호구가 포도청이라 낯바대기 검정칠 하고 도적질에라도 나서야잖겠수."

서한중은 고개를 끄덕거렸다. 아닌 게 아니라 재 넘을 사람들 중에는 초라한 살림살이를 지게에 덩이덩이 얹은 행색 남루한 가족 단위의 길손이 여럿이었다. 따지고 보면 한양에 입살러 떠나기는 자신도 같은 처지였다. 재 넘어 시집간 딸네 집에 양식을 얻으러 나섰다는 늙은이는 입에 군내를 씻을 셈인지 주섬주섬 말을 이었다. 나라 꼴이 망조가 들어 기강이 바로 서지 못하자 지방 관장과 그 이속(吏屬) 무리, 세도가와 토호가 한통속이 되어 가렴주구를 일삼으니, 탕약 짜듯 뼈를 말리게 빼앗고, 말을 듣지 않는 자는 그 가족까지 가두어 악형으로 살을 벗기는 시절이 아니냐는 것이다. 사람 목숨을 파리처럼 업수이 여기어 목을 쳐 그 시신을 시전이나 논두렁에 그냥 내버리곤 죄명하기를, 나라에 불충하고 부모에 불효했다거나 불한당과 작당하여 불의한 짓을 공모하고 인륜의 죄를 범한 풍속사범이라 덮어씌운다고 했다. 그러니 그 누명을 피해 도망친 자나 파산을 맞아 길바닥에 내쫓긴 자는 가족을 거느리고 정처 없는 유랑에 나서거나, 당장 이판사판 도적질에 나선다는 것이다.

"길을 오며 까마귀 떼나 솔개 앉은 곳에 그런 시신이 널려 있는 걸 보지 않았수?"

"다행히도 못 봤습니다. 고을 사람들이 장사 지내줬겠지요."

"장사 지내주면 순검한테 잡혀가 치도곤을 당하는데유?"

서한중은 그 말에 아무 대답도 못했다. 자신이 별천지에서 살다 온 별종같이 여겨졌다. 아닌 게 아니라 순흥 땅 사람들은 스스로를 옛 법도에 순종하는 우물 안 개구리라 여겼고, 자연 그곳은 양이, 일본, 청국 사람과 박래품이 마구 범람하는 바깥바람에 차단된 오지로 별천지이기도 했다.

재를 넘을 무리가 얼추 잡아 쉰에 이르렀다. 어둡기 전에 잿길을 빠져나가야 하는데 왜 이렇게 늑장을 부리는지 모르겠다는 원성이 여기저기서 터져나왔다. 서한중은 영문을 몰라 기다릴 수밖에 없었다. 누구인가 마방 옆 기찰소를 서너 차례나 다녀왔다. 그제야 얼굴이 불콰한 대한제국 군복 차림의 방망이 찬 순검이 공지로 오더니 재를 넘을 사람 수를 헤아려보곤, 그중 인상이나 차림이 수상해 보이는 자는 행선지를 묻고 이것저것 따졌다. 한참 그런 법석을 떨고 난 뒤에야 재를 넘으라는 허락이 떨어졌다.

무리는 함께 잿길에 올랐다. 언덕길이 가팔라 노새가 힘들어 했기에 사리댁도 노새에서 내려 걷는 쪽을 택했다. 자궁에 막 터를 잡은 생명을 길바닥에 흘릴까 조바심이 나는지 여인은 쪼작걸음을 떼었다. 박달재를 넘어도 순흥에서 한양까지 절반을 못 왔다니 한양이 멀기도 하다고 여인은 생각했다. 동지섣달은 되어야 아기가 태어날 터인즉 그때까지 한양에서 어떻게 터를 잡을 수 있을까를 따져본 뒤, 허랑한 남정네의 다리 저는 모습을 보자 앞날이 막막하기만 했다. 엄동설한에 들어앉을 방 한 칸 없이 강보에 아기를 싸안고 거리 모퉁이 굴뚝 옆에 쪼그려 앉았을 신세를 생각하니 차라리 산 많다는 강원도 심심산골 어디쯤 화전 생활이 낫지 않을까 하는 때늦은 후회가 들기도 했다. 여인은 한숨을 내쉬었다. 굴려보는 생각마다 한숨 쉴 일이라 늘어나는 게 한숨 쉬는 버릇이었다.

일행은 소나무, 박달나무, 잣나무, 전나무가 하늘을 가린 좁은 협곡으로 빠져들었다. 찔레덤불은 꽃을 활짝 피워 그 향기가 진동했다. 끼리끼리 잡담을 나누며 노송 휘어진 산중턱을 한참 올랐을 때였다. 갑자기 주위가 적막해지자 사람들은 무슨 낌새를 느꼈던지 말을 거두고 걷기에만 열중했다. 소쩍새, 부엉이, 두견새 우는 소리와 벌 나는 소리만 붕붕거렸다. 자연 긴장감이 감돌아 길손들은 컴컴한 주위 숲속을 두리번거렸다.

아녀자의 놀란 비명이 터지기가 그때였다. 사람들은 걸음을 멈추고 모두 외쪽 바위너설 위 찔레 덤불을 보았다. 군총(軍銃) 총구를 겨눈 텁석부리 장정 모습이 얼핏 보였다. 하나가 아니었고, 여럿을 이룬 무리가 한 군데만이 아니었다. 길손들이 비명을 질렀고, 한데 엉켜 수라장을 이루었다.

"모두 멈춰 서시오!"

육혈포를 든, 어깨에 견장 단 신식 군대 복장을 한 붉은 두건짜리가 바위너설에서 성큼 뛰어내렸다. 혁대를 한 옆구리에는 긴 칼을 차고 있었다. 두건 아래 광대뼈 불거진 얼굴에 우묵한 송곳눈이 빛났다.

"가진 짐을 벗어 그 자리에 놓고 물러서시오!" 위관이 육혈포로 곤댓짓하며 외쳤다.

어느 사이 화승총이나 구청제군총(舊淸製軍銃), 도창(刀槍)을 든 장정들이 길 앞뒤로 길손을 막아섰다. 무리가 열댓 정도 되었다. 태반이 바지저고리에 조끼 차림이거나 털조끼를 걸쳤고, 이마에는 수건을 두르고 있었다. 그 행색이 남루했으나 보아하니 도적떼는 아닌 듯했다. 양쪽은 키 높이 언덕이요 바위너설이라 길손들은 어디로든 도망칠 수 없게 갇혀버리고 말았다.

"우리는 이 나라의 썩어빠진 부민(富民)과 사족(士族), 백성의 고혈을 빠는 관장(官長), 이교(吏校)를 내몰고 궁극에는 수구 왜적을 이 땅에서 물리쳐 진정한 빈자의 나라를 세우고자 창의한 활빈도요." 길손 앞으로 나선 붉은 두건짜리가 일갈했다. "지금 조선 땅의 내로라하는 양반과 관리는 탐욕에 눈이 어두워 썩을 대로 썩었소. 거기다 왜병과 그 족속이 이 땅에 대거 침노하여 호시탐탐 우리 국권의 말살을 노리고 있소. 우리 빈민은 굶어 죽느냐, 순검의 태질로 죽느냐, 왜놈 종이 되느냐, 이판사판이오……"

매염봉우(賣鹽逢雨)라더니, 서한중은 앞길이 난감하게 되었음을 알았다. 나라의 기강이 무너진 일백 년 사이 전국적으로 크고 작은 민란이 그치지 않았고 근년 들어 동학농민전쟁으로 삼남이 쑥대밭이 되다시피 한 뒤, 그 기세가 지하로 숨어들자 활빈당이니 영학당이니 하는 또 다른 도당이 생겨나 어수선한 민심을 모으고 있다는 말은 여러 차례 들었다. 이들 무리가 활빈도라니 무작한 도적 떼는 아니기에 목숨은 어떻게 부지할는지 모르겠으나, 이들이 길 가는 무고한 백성의 걸음을 묶은 터인즉 순순히 돌려보내지 않고 무언가를 요구할 게 분명했다. 틀림없이 짐 수색과 몸수색이 있을 게고, 자신은 화승총과 적잖이 돈을 가졌기에 노새와 함께 압수당하기 십상이었다. 장옷으로 가려 동그란 눈만 빠끔하게 내놓은 사리댁도 온몸을 떨고 있었다. 그런 여인의 모습을 보자 서한중의 마음이 더욱 무거웠다.

"……우리는 선량한 백성에게 자상을 가하고 재물을 약탈하는 불한당이 아니란 말이오. 풍전등화의 이 나라를 구하고 만백성이 평등하게 사는 관민상화(官民相和)를 실현코자 용약 궐기한 터인즉, 재물이 있는 자는 빈자를 구휼한다는 뜻에서 마땅히 재물을 내놓아야 할 것이오."

이어, 두건짜리는 길손 중에 재물이 있는 자는 십시일반(十匙一飯) 활빈당에 선선히 헌납하라는 말로 결론을 내렸다. 이유야 어쨌든 빼앗아간다면 몰라도 가진 재물을, 여기 있소 하며 내놓고 싶은 자가 있을 리 없었다. 저들이 짐을 뒤져 빼앗아가면 할 수 없지만, 서한중 마음도 마찬가지였다. 해가 서산에 떨어져 빛이 다하듯, 절기 따라 가을풀이 시들듯, 국운(國運)이 나날이 쇠잔해 짐을 그동안 풍월로 들어 알고 있었지만, 일개 필부인 자기로서는 능력 밖이라 별 관심이 없었다. 무슨 송사든 옳고 그름을 따질 때 혈기 띤 의분심을 가져보지도 않았다. 십일 년 전이니 갑오년(1894년)이었다. 풍기 현청 앞에 살던 애란이란 관기(官妓)에 빠져 이십 리 길인 풍기로 출타가 잦던 무렵이었다. 들에 나락이 누렇게 영근 가을 어느 날, 자기 몫 먹을거리를 등짐 진 흰옷 입은 장정들이 산지사방에서 풍기읍에 집결하여 장터바닥을 덮고 있었다. 그들은 동학 북접(北接) 지도부의 지령에 따라 충주에서 궐기할 동학농민군이라고 했다. 풍기에 집결한 수백 명은 죽창, 쇠스랑, 낫을 묶은 장대를 들고 분기충천하여 죽령 잿길로 진군해 갔다. "의기는 좋으나 훈련 안 된 농민군으로 관군 진위대(鎭衛隊)와 싸우겠다니. 어디 진위대뿐인가. 일본군, 청군과 합세한 신식 군대를 어찌 이길꼬……" 그는 그 무리로부터 등을 돌려 순흥으로 돌아오고 말았다. 아니나 다를까, 그해 가을 들어 동학농민군은 신무기로 훈련된 연합 군대에 연전연패하더니 그 수뇌부는 모두 체

포되어 극형에 처해졌다.

"자진해서 내놓을 재물이 없단 말이오?" 두건짜리의 쾌치는 목소리가 높았다. "그렇다면 우리가 당신네들 짐과 몸을 뒤지겠소."

"양식을 조금 나눠드리리다."

"백동화가 몇 냥 있어요."

"이불과 솜옷이 있습니다. 필요하다면 드리리다."

그제야 길손들 중에 행색이 나은 이들이 무슨 횡액이나 당할까 싶어 벌벌 떨며 한마디씩 했다.

양상군자(梁上君子) 노릇은 할망정 활빈도는 빈민들에게 의적으로 칭송을 받았다. 동학도와 화적(火賊) 출신을 심대로 한 그들은 여러 곳에서 모인 혼성 부대로 지역에 따라 수십 명에서 수백 명이 무리를 이루어 양반집, 부호가, 관청은 물론, 장시까지 덮쳐 무기와 재물을 약탈하여, 궁민에게 약탈한 양곡을 분배했던 게 사실이었다. 그런 소문을 들은 터라 재물 있는 자는 활빈당, 활빈도란 말만 들어도 겁이 나지 않을 수 없었다. 서한중은 자진하여 노새와 화승총, 돈을 바칠까 하다 길손 중 뒤쪽에 위치한 이점을 빌미로 앞에 선 갓 쓰고 도포 입은 양반짜리들의 행태부터 볼 요량으로 잠자코 있었다. 서로 좌중의 눈치만 볼 뿐 아무도 선뜻 나서는 자가 없었다.

두건짜리가 주위에 섰던 졸개들에게 눈짓을 했다. 졸개 여럿이 나서서 거쿨지게 길손 분류에 들어갔다. 짐이나 춤치를 뒤져볼 필요가 없을 정도로 행색이 남루하고 몰골이 들피진 길손을 집어내더니 따로 한쪽에 세웠다. 쉰이 넘는 길손 중에 아이들과 아녀자를 합쳐 절반 정도가 그쪽으로 떨려나갔다. 나잇살 들었고 행색이 남루한데다 지팡이에 의지한 다리를 자춤거렸기에 서한중 역시 별 소용없는 민초로 취급되어 떨려났다. 남은 자들은 옷갓한 부티 나는 치들, 그들을 따라나선 머슴, 개화 복장의 중인 정도 신분, 장시로 떠도는 장사치들이었다. 안방마님 체신이었기에 사리댁도 남게 되었다. 남은 자들은 얼굴이 사색이 되었고, 한번만 용서해 달라, 어떻게 좀 봐달라는 하소연이 여기저기서 쏟아졌다.

서한중은 자기는 빠졌으되 가진 자 측에 끼이게 된 사리댁을 안타까운 마음으로 찾았다. 여인은 남은 사람들 뒤쪽에 섞인지라 그 모습을 볼 수 없었다. 입안이 마르고 마음이 숯덩이처럼 탔다.

"당신네들은 자기 짐을 찾아 재를 넘어도 좋소. 활빈도는 정대하기에 빈자나 행상꾼 축치는 털지 않소." 두건짜리가 떨려난 자들에게 말했다.

그들은 좋아라 희색이 만면하여, 역시 활빈도는 억눌려 사는 사람들을 구제할 홍길동 같은 의적이라고 칭송을 읊조리며 부리나케 자기 짐보퉁이를 챙겨 지겟짐에 등짐으로 지거나 머리에 얹었다. 서한중은 엽전 꿰미가 소리나지 않게 몸을 숙여 지팡이에 의지한 자춤걸음으로 옮기며 노새 쪽으로 가다, 걸음을 멈추고 사리댁을 보았다. 부인과 눈이 마주쳤다. 입을 꼭 다문 사리댁의 태도가 의외로 침착했다. 물기 자욱 앉은 큰 눈에는 눈물이 그렁했다. 만감이 교차하는 하얗게 바랜 그 표정은 어차피 이렇게 헤어질 운명이라고 말하는 것 같기도 했고, 아무 말 말고 어른님만이라도 무사히 재를 넘어 거기에서 나를 기다리라고 말하는 것 같기도 했다. 어떡해야 하나, 하고 망설이던 그는 부인의 뒤쪽 말을 받아들였다. 우선 자기 수중에 돈이 있었다. 그 돈을 활빈도에게 털리면 객지살이야말로 앞으로 하루를 넘기기가 막막했다. 그는 남게 된 자들로부터 냉정하게 돌아서며, 내 한 몸 살자고 재를 넘는 건 아니라고 스스로에게 서약했다.

재를 넘을 사람들은 활빈도 무리에게 다시 덜미 잡힐까보아 뒤돌아보지 않고 총총히 가던 길을 갔다. 호랑이굴에서 빠져나온 기분이라 그들의 걸음이 날듯 빨랐다.

일행에 섞여 걷는 서한중은 꼭뒤가 간지러운 만큼, 마음 역시 난감했다. 나만 빠져나와 도망친다는 비굴한 심정이었다. 산모롱이를 돌아 열댓 발을 걷자, 갑자기 짚신에 무쇠 덩이라도 단 듯 걸음이 더 떼어지지 않았다. 발목이 얼음 속에서 얼어붙은 듯 발을 움직일 수 없었다. 그러자 언뜻 자신이 부인의 마음을 잘못 읽었을 수도 있다는 생각이 스쳤다. "죽어도 한목숨 살아도 한목숨으로 길을 나섰잖습니까. 변덕이 죽 끓듯 하는 남정네 보시오. 이녁 한목숨 부지하겠다고 그렇게 줄행랑을 놓깁니까. 저를 산채에 버려두고 떠나시렵니까……" 환청으로 들리는 부인의 원망이 그의 걸음을 꼼짝달싹 못하게 묶어버렸다. 노새야 어찌 되었든, 부인을 남겨두고 자기 혼자 재를 넘을 수는 없다고 마음을 바꾸었다. 그는 허리에 차고 있던 전대를 풀어 바위너설이 끝난 언덕배기 길섶에 내던졌다. 엽전 꿰미가 듬직하여, 철렁 소리를 내며 전대가 풀 더미 속에 떨어졌다. 그의 눈에 박달나무가 군락을 이룬 곳 앞쪽 오리나무숲임이 대충 가늠되었다. 그는 그 지점을 눈도

장 찍었다.

돌아서서 걷자 의외로 걸음이 쉽게 떼어졌다. 걷는 걸음이 가벼웠고 비로소 마음이 훤하게 트여, 서한중은 참으로 신기한 변화라고 스스로 감탄했다. 재 너머로 뺑소니쳤다면 두고두고 부끄럽게 후회할 뻔했음이 되짚어졌다.

서한중은 활빈도 무리와 남은 길손들 쪽으로 돌아오다 얼마쯤 거리를 두고 멈춰 섰다. 두건짜리가 남은 길손을 상대로 일장 연설을 늘어놓고 있었다.

"……다시 말하지만 활빈도는 빈민의 춤치는 털지 않소. 그래서 우리는 그들을 그냥 보낸 것이오. 권세가와 부호에게 전곡(錢穀)을 탈취당해 초근목피로 입을 사는 그들이야말로 우리들 편이기 때문이오." 두건짜리가 잰 척 말했다. "당신네들은 지금부터 조사를 해야겠으니 자기 짐을 모두 챙겨 앞에 늘어놓으시오."

활빈도들이 남은 길손에게는 등을 돌려 길가 둔덕에 팔 뻗어 짚게 하여 붙여 세웠다. 그중 일부는 길손의 춤치와 주머니를 털고 일부는 짐을 풀어 뒤졌다. 남은 아녀자와 계집아이는 합쳐 일곱이었다. 지체 높은 신분이라 그렇다기보다 졸개들이 아녀자에게는 감히 된장질하기가 무엇하여 몸에 지닌 패물이나 금붙이, 차고 있는 주머니와 속옷 춤치, 저고리 소매 속에 든 것을 스스로 내놓게 했다. 내놓지 않으면 겉옷을 벗기겠다는 호통에 모두 질겁을 하여 지닌 것들을 내놓았다. 사리댁도 주머니에서 은화와 백동화를 꺼내놓았다. 그 돈은 서한중에게도 밝히지 않은, 긴요할 때 쓰려고 집을 나설 때 지니고 온 지참금이었다. 묵주는 주머니 속에 그대로 두었다. 거두어진 재물은 망태기에 쓸려 담겼다.

"이 노새는 누구 것이오?" 활빈도 졸개가 주인이 나서지 않은 서한중의 노새 고삐를 쥐고 물었다.

"제 것…… 아니, 저희 집안 겁니다!" 서한중이 탁음으로 외치며 그쪽으로 자춤걸음을 빨리했다. 졸개가 노새 등짐을 뒤졌다.

"어라, 이거 화승총 아냐?" 졸개가 이불을 되작이다 총열 길쯤한 화승총을 찾아내며 외쳤다.

"총이 들어 있다구?" 두건짜리가 놀라며 그쪽으로 갔다. 총을 받아 쥔 그가 자춤거리며 다가오는 서한중을 보았다. "이놈아, 이 화승총이 웬 거냐? 어디서 났어? 네놈이 이걸 찾겠다고 다시 돌아온 게로군."

두건짜리가 서한중의 도포 멱살을 틀어쥐었다. 순간적인 판단이었지만 서한중은 이 사단에 부인을 끌어들이지 않기로 했다. 부인이 스스로 나선다면 몰라도 자신만 경을 치면 부인은 안전할 수 있었다.

"한양에 유하시는 나리님께서 이 총을 가져오라는 분부가 계셨기에…… 한양길 나선 걸음이옵니다."

"네놈 나리님이 한양에서 무얼 하는 자이기에?"

"관, 관청에 계시온데……"

"보자 하니 이놈이 허튼수작으로 둘러대는군. 이놈이야말로 조사를 해봐야겠군." 멱살을 잡은 두건짜리가 서한중을 밀쳤다. 서한중은 엉덩방아를 찧고 풀썩 주저앉았다. 두건짜리가 아녀자와 아이들 쪽을 보고 말했다. "추적을 당할 테니 우리도 시간이 없소.

내실과 아이들은 재를 넘어가시오. 나머지 남자들은 우리와 행동을 함께해야 하오."

두건짜리가 앞장서서 산길을 타기 시작했다. 활빈도들이 짐을 싣거나 지체 높은 자들을 태우고 온 조랑말, 노새, 당나귀들의 몰이꾼이 되었다. 가진 물건과 돈을 다 털어놓을 테니 제발 방면해 달라는 말이 길손 여럿 입에서 나왔으나 두건짜리와 그 졸개들은 들은 척을 않았다. 도망치는 자는 그 자리에서 멱을 따겠다는 엄포만 놓았다. 앞과 뒤, 옆으로 무장한 활빈도들이 진을 치고 있는 데다 좌우가 병풍을 친 듯한 외길이라 무작정 도망갈 수 없는 처지이기도 했다.

아녀자들과 아이들 일곱이 방면되어 재를 넘게 되었고, 그 속에 사리댁이 끼어 있었다. 서한중이 내동댕이쳐진 지팡이를 집어 들고 일어섰으나 부인과는 눈을 맞출 수 없었다. 저분이 제 바깥어른이니 저도 함께 따라가겠어요 하는 말이 들릴 듯한데, 아녀자들 쪽에서는 아무 소리도 들리지 않았다.

"이놈아, 뭘 어기적거려. 냉큼 걷지 않구!" 활빈도 졸개가 서한중의 꼭뒤를 누르며 밀쳤다.

서한중은 다시 눈앞이 깜깜해져 지팡이를 짚었으나 불편한 발이 허방을 디뎌 비틀거렸다. 일이 졸지에 이렇게 돌변할 줄은 그로서도 예상 밖이었다. 이렇게 될 줄 알았다면 자신이 현장에 나타나지 않고 먼저 떠난 빈자 길손들을 따라 혈혈히 재를 넘었어야 옳았다. 그랬다면 아무 탈 없이 재 넘어 숫막 거리에서 방면되어 온 부인을 무사히 만날 터였다. 부인에게 자신의 진실된 사랑을 보이겠다며 우쭐하여 공연히 걸음을 돌려 조라떤 게 오히려 연홍지탄(燕鴻之歎)으로 일을 어긋나게 자초하고 만 꼴이었다.

"서방님, 재 너머에서 기다리겠어요." "나리님, 부디 무사안녕히 돌아오세요. 여주 고을 초시 어르신 댁에서 기다리고 있겠습니다." "영감마님, 아이구 이 낭패를 어쩔구!" 재를 넘는 아녀자들이 소리쳐 엉절거리며, 산속으로 사라지는 활빈도와 남정네들 쪽으로 하소했다.

사리댁은 장옷 깃으로 입을 막고 오열을 참을 뿐 끌려가는 어르신에게 아무 소리도 못했다.

어느덧 해가 서산을 넘어버렸는지 날이 저물어 숲 위로 어스름이 자욱 내렸다. 서한중은 이 무슨 횡액이냐 싶었지만 지금으로선 체념하는 길 이외 대열에서 빠져나갈 어떤 방책도 없었다.

"당신은 그 귀한 화승총과 철환이 어디서 났소?"

나이 마흔쯤에 이른, 탑삭나룻 사내였다. 활빈도 산채에서는 직위가 높은 듯 임꺽정 풍으로 털수하게 생긴 자였다. 호피로 만든 소매 없는 창옷을 걸치고 구새 먹어 쓰러진 나뭇등걸에 앉아 서한중을 내려다보았다.

"사실은 집안 형님이 동학군으로 싸우다 패전한 후 돌아올 때 가져온 총입죠. 동학군 때 지위가 장두는 됐을 겁니다. 가형이 총을 빌려 고방에 간수해두었더랬습니다. 한양길에 나서다보니 호랑이도 겁나고 해서 지참을 했습죠." 무릎 꿇은 서한중이 직수긋하게 대답했다.

"그렇다면 한양 누구한테 전해줄 총이 아니란 말이군. 무슨 일로 한양에 올라가느냐?"

"친척뻘 아우가 있습죠. 저도 소싯적엔 한양 남산골에 살았으나 선친이 남인 몰락 때 연루되어 집안이 낙향했습니다. 근래 들어 집안 토지를 겸병당해 향리에서도 살길이 막연하여 어떻게 호구 자리나마 얻을까 해서……"

"보아하니 당신은 상민이 아니로군. 그렇다면 진서(眞書)를 쓰고 읽을 줄 알겠어."

한문은 서당글을 읽고 써서 웬만큼 통달했으나 묻는 자의 의도를 짐작 못해 서한중이 대답을 못하고 머뭇거렸다.

"네 손은 농사꾼 손이 아냐. 손에 흙 묻혀본 적 없는 게을러터진 양반놈 손이 아니라면 객줏집 뒷방 노름꾼 손이로군."

서한중은 가슴이 철렁했다. 활빈도는 양반을 가장 증오했기에 아차하면 비명횡사당하기 십상이었다. 부인을 다시 못 보고 이 첩첩산골에서 촉루가 된다 함은 그보다 더 억울할 일이 없었다.

"종갓집 큰댁 조항께서는 고을 훈장을 하셔서 서당글을 조금 익혀 해독은 합니다만, 저는 결코 양민을 늑탈한 적이 없습니다. 밭 일곱 두락으로 식구들 끼니를 겨우 이어온 처지라 그럴 형편도 아니었고요. 오죽하면 한양으로 살길을 찾아 나섰겠습니까. 부디 혜량하여 방면해주십시오." 서한중이 머리 조아려 비바리쳤다.

"형씨." 탑삭나룻 사내가 비로소 올림말을 썼다. "우리와 함께 일할 마음 없소?"

"예?" 서한중이 놀라 숙였던 머리를 들었다.

"우리는 대국 글이며 조선 글에 문서가 있는 사람이 필요하오. 고을마다 활빈도의 취지를 알리는 격문을 적바림해야 하고, 부민과 사족놈 집에 모월 모시까지 재물을 바치라는 통문을 보낼 작정이오. 우리 산채에 글을 아는 자가 몇 있기는 하나 유식자가 더 필요하오."

이어, 탑삭나룻 사내는 먼저 자신을 소개했다. 자신은 경상도 영덕 출신 빈농 집안 자식으로서 십 년 전 을미사변으로 전국에 걸쳐 항일 의병운동이 요원의 불길처럼 타오르자 신돌석 의병장 아래 종군한 바 있으며, 의병이 해체되자 태백산 일대에서 포수로 생업을 유지해왔다 했다.

"서생은 활빈도 성명서와 '십삼조목대한사민논설(十三條目大韓私民論說)'을 읽어보셨소?" 탑삭나룻 사내가 서한중에게 물었다.

"둔촌에 칩거하다보니 견문을 접하지 못했습니다."

그러자 탑삭나룻 사내는 활빈도가 조직된 취지를 설명했다. 활빈도는 썩어빠진 권세가나 토호들이 함부로 지껄이는 화적(火賊), 폭도(暴徒), 동비(東匪) 잔당이 아니다. 우리가 발표한 투쟁 강령 '국정민원십삼개조(國政民寃十三個條)'를 보다시피 활빈도는 대의가 분명한 구국 결사 의병이다. 사전(私田)의 혁파, 미곡 수출의 금지 및 가격 안정, 외국 상인에 맞서 국내 상인 보호, 철도 부설권 양여 반대 등, 국익을 위해 투쟁한다. 동학농민군의 12개조 기율에서 취한 대로 탐악한 자를 능멸하고, 곤궁한 자를 구제하고, 굶주린 자를 먹이고, 불충한 자를 제거한다. 그리고 곤궁한 자를 폭행하거나 아녀자를 희롱하고 겁탈한 자는 극형에 처하는 기율을 철저히 지킨다는 것이다.

"……살축(殺畜)으로 활인(活人)을 시킬망정 그것은 어진 일이며 비록 남의 재물을 빼앗기로서니 활빈을 하였으니 의로운 일이 아니오. 활빈도는 양산 통도사, 청도 운문사, 영양 유정사에도 웅거하며, 우리는 충청도 내포 지방, 천둥산과 국사봉 일대를 관장하고 있소. 좌수(座首), 사장(師丈)이 있고 각 독립 당과는 수시로 연락을 취하며 공생을 도모하오. 활빈도가 짓눌린 만백성의 큰 호응을 얻고 있으니 앞으로 세력이 확장되면 기필코 사경을 헤매는 이 나라를 구제하리다." 탑삭나룻 사내는 긴 말을 끊더니 도끼눈으로 서한중을 쏘아보았다. 서한중은 그 눈길을 피해 머리 숙여 잠자코 있었다. "나는 이 산채의 부사장이오. 우리와 함께 구국 대열에 동참하시오."

서한중이 머리를 들었다. 그의 머릿속에는 사리댁 생각으로만 꽉 차 있었다. 인가 없는 어느 산등성이와 골짜기를 거쳤는지 방향조차 잡을 수 없게 홰를 밝혀 들고 밤길을 걷고 걸어 야삼경에 이르러서야 산채에 도착한 지 이틀째, 그는 자나 깨나 부인 생각뿐이었다. 그는 어떡하면 이곳에서 빠져나갈 수 있을까만 궁리해 왔다. 끌려온 나머지 길손들은 엄중한 추달 끝에 태형으로 볼기짝을 맞거나 지정된 양의 양곡을 지정된 장소로 보내겠다는 서약서를 쓰고 대부분 방면되었다. 서약서의 내용을 어길 시는 집안을 도륙내겠다는 엄포가 있었다.

"보다시피 저는 다리가 불편한 병신이요, 집에는 병이 깊은 노모와 처가 있습니다. 활빈도의 의기로운 뜻은 충분히 공감하오나 제가 산채에 눌러 있을 처지가 아니옵니다. 부사장님, 제발 저를 풀어주십시오." 서한중이 통사정했다.

"당신하고 안진사는 풀어줄 수가 없어. 하루 말미를 줄 테니 생각을 더 해보더라구." 부사장이 나뭇등걸에서 일어섰다. 그는 자리를 뜨며 서한중의 마음을 읽기라도 한 듯 호통을 쳤다. "추호도 도망갈 생각은 마. 이 산채에는 활빈도가 사방에 경비를 서고 있으며 도망가다 잡히는 놈은 기율에 따라 발목을 작두로 잘라버린다. 병신을 만들어 숲속 아무 데나 내던져버리면 며칠을 못 가 굶어 죽거나 짐승 밥이 되겠지."

서한중은 자기가 머무는 5대 막사로 돌아왔다. 막사래야 밤이슬 피할 수 있는 광목 천막 세 개를 친 게 고작이었다. 각 대마다 스무 명 정도로 조직된, 1대와 2대는 박달재에서 길손의 재물을 털었듯 물자 조달을 주 임무로 삼는 보급대였고, 3대는 인근 고을을 돌며 군사 초모와 민심 수습을 주 임무로 했고, 4대는 산채를 지키며 주변 경계와 방비 축성, 취사 따위의 잡일을 담당하고 있었다.

5대로 돌아온 서한중은 취사에 쓸 나무를 서 말치 솥이 걸린 아궁이 앞으로 나르며 또 사리댁 생각에만 골몰했다. 박달재를 헐혈히 넘어간 부인 수중에 돈이 있을 리 없을 텐데 어떻게 끼니를 해결하고, 잠자리는 어떻게 마련하는지 궁금하지 않을 수 없었다. 자신이 박달나무 군락 앞에 던져둔 전대를 부인이 알 리 만무했다. 서로의 눈길이 잠시 스쳤지만 전대를 던져둔 지점을 알릴 수가 없었다. 그것만 찾으면 고생 않고 재 넘어 보행객주에 들어 언제까지라도 나를 기다릴 텐데. 그 생각만 하면 안타깝고 애운함을 금할 수 없었다. 열두 담장 안에 갇혀 바깥세상 물정을 모르고 살아온 부인인지라 남우세스러워 빌어먹지도 못한다면 굶어 죽지나 않을지, 아기까지 밴 몸으로 어디를 정처 없이 떠도는지, 생각할수록 홀로 떠돌 부인의 신세가 가여웠다. 내가 부인을 후리지 않았다면 고대광실 안방마님으로 한평생 유복하게 살 팔자인데, 내가 죽일 놈이다. 지금 이 시간도 난봉꾼에 주정뱅이인 나를 얼마나 원망하랴. 동그란 얼굴에 토끼처럼 늘 겁먹은 큰 눈, 슬픔이 깃든 인절미 같은 여인의 모습이 눈앞에서 떠나지 않아 그의 마음이 미어지게 아팠다.

사리댁에 대한 그리움이 더해갈수록 어떡하든 산채를 빠져나가야 했는데, 서한중에게 그런 기회는 좀처럼 생기지 않았다. 활빈도 본체가 터를 잡은 산채는 가파른데다 숲이 울창한 마미산과 국사봉 중간의 지형이 험한 요새로, 한쪽 면은 사람 키 스무 길의 깎아지른 벼랑이었다. 트인 동남방 협곡 쪽에는 밤낮을 교대로 여러 조의 보초가 경비를 섰다. 함께 잡혀 온 안진사란 중늙은이 세도가가 필생(筆生) 노릇을 견뎌내지 못해 탈출을 시도했다 잡혀 무리가 보는 앞에서 작두로 한쪽 발목을 잘리는 참혹한 꼴을 본 뒤, 소심한 그로서는 더욱 의기소침해져 탈출은 엄두조차 낼 수 없었다.

서한중은 그동안 각 고을과 장시에 붙일 활빈도의 격문을 쓰고 지방관장과 부민에게 보낼 포고문 따위를 작성하는 한갓 필생으로 날수를 보내었다. 명색이 필생이다보니 취사나 빨래 따위의 잡일은 하지 않았고, 필사를 하는 사이에는 한가한 짬도 있었다. 그러나 하루 한 시간, 아니 더 자주 부인을 못내 그리워하는 사이, 그 정념이 속병이 되었는지 식사조차 제대로 못하는 소화불량 상태가 계속되었다. 변비와 설사가 번갈아 괴롭혔다. 그는 병이 깊으면 활빈도 부사장이 환고향시켜주겠거니 하고 은근히 그 증세를 달가워했다. 그러다보니 모색은 나날이 피폐해져갔다. 얼굴색이 누렇게 뜨고 광대뼈가 앙상히 드러났다. 여윈 어깻죽지가 허수아비 꼴이었다. 하루 종일 찌푸린 상판으로 말을 않고 지내다보니 입에서 군내가 날 지경이었다. 산채에도 연초와 술이 있었기에 입에서는 곰방대 연기가 그치지 않았고, 밤이면 짬짬이 몰래 여투어둔 독주를 마셨다. 술을 마시면 뱃속이 편안했으나 부인에 대한 정념으로 잠을 이루지 못했다.

1대부터 3대가 산채를 떠나 사람 모여 사는 마을로 출정을 나갈 때마다 서한중은 안면을 튼 졸개에게 봉양 박달재로 나가면 그 가근방에 이렇고 저렇게 생긴 타지 출신 색시를 수소문해달라고 부탁하곤 했다. 그러나 그들이 가져오는 소식은 번번이 허사였다. 활빈도들이 의적이라 하여 스스로를 도둑으로 여기지는 않았으나, 그렇다고 기우는 국운을 바로잡겠다는 우국충정 하나로 뭉친 무리도 아니었다. 동학 잔당으로 쫓기다 입산했거나, 굶다 못해 입이나 살겠다고 입산한 농투성이, 비적이 명분을 얻을 요량으로 활빈도가 되기도 했다. 지휘부는 그런 오합지졸을 모아 훈련을 시키며 강한 사명감을 불어넣고 있었으나 서한중이 보기에 조선 땅을 넘보며 욱일승천하는 왜적을 물리치기에는 중과부적이었다.

산채로 들어온 지 보름쯤 지나고부터 서한중은 엉뚱하게도 사리댁이 활빈도 산채로 찾아오리라는 데 기대를 걸었다. 외곬의 기대 탓인지 그 기대는 차츰 확신으로 변해 부인이 꼭 자기를 찾아 산채에 나타날 것만 같아 하루하루를 여삼추로 보내었다. 부부일심동체라 했거늘, 지아비가 송장이 안 된 바에야 떨어져 어찌 살리오. 묻고 물으면 활빈도가 천둥산이며 마미산, 국사봉을 주름잡는다는 소문쯤 귀동냥할 테지. 알음알음 길을 물어 나서다 보면 산채에서 연락 다니는 활빈도 파발도 만날 테고, 다리 저는 내 이름을 대면 파발도 의심을 않고 여기 위치를 말해줄 테지. 자기 한마디 말에 집을 떠나 길 나선 당찬 여인이라, 그는 부인이 반드시 자신을 찾아오리라 굳게 믿었다. 녹음 짙은 숲속에 짐승 뛰는 소리만 들려도 부인이 아닌가 하고 가슴을 졸이며 소리 나는 곳으로 눈과 귀를 모으곤 했다.

오매불망 사리댁 기다리기를 하루하루 넘기다 한 달이 지났다. 하지가 닥쳐오니 날씨가 더워졌다. 온 산의 밤나무가 튀밥같이 흰 밤꽃을 피워 그 향기가 진동하니 밤나무 밑에 앉았으면 향내에 취해 어지러울 지경이었다. 그 향기는 곧 부인의 체취로 둔갑하여 서한중의 마음을 조갈증으로 말렸다. 그즈음부터 그는 실의에 빠졌다. 실의는 곧 부인에 대한 원망으로 옮아갔고, 원망은 투기로, 투기는 부인이 자신을 배신했다는 쪽으로 생각을 전이하기에 이르렀다. 아이들이 모래성을 쌓고 허물듯, 온갖 환상이 새로운 성을 쌓고 허물다 끝내는 환멸로 치달았으니, 그는 부인에 대한 투기로 식욕은커녕 잠조차 제대로 이룰 수 없는 지경에 당도했다. 그년이 변심했어. 박달재 마루에서 헤어지는 순간 활빈도 2대장 앞으로 나서서, 저 어른님이 제 서방님이오 하고 두남두지 않고 묵묵히 재를 넘을 때, 이미 나와 헤어지기로 작정한 게야. 주정뱅이에 난봉꾼, 거기에다 병신까지 된 작자를 따라다녀야 고생만 할 팔자이니 정을 끊은 게지. 계집이란 쉬 뜨거워졌다 금방 식는 번철이요, 여우비 오는 여름 날씨라 했잖은가. 부잣집 반빗아치 노릇 하면서 대궁밥을 먹어도 그게 낫다며 강남제비 길 떠나듯 이녁 품에서 떠난 게야. 대처 어디에 들어앉아 자식새끼 낳아 그 자식 키우는 낙이나 보며 살자고 한양 걸음을 한 게야. 내가 미처 몰라 그렇지, 그년은 뱃속부터 화냥기를 타고났어. 내가 한양으로 가자 했을 때 내심 쾌재를 불렀음에 틀림없어. 신문물로 치장한 한양으로 가면 지전 흔전만전 뿌리는 건달에 왈패가 널렸고, 다리병신 아닌 사내를 꿰찰 수도 있으려니 하고 마음이 들뜬 게지. 내가 빈민으로 취급당해 방면되었다 제 년을 남겨두고 가기가 죄스러워 다시 돌아온 심사를 십분이라도 안다면 어찌 그렇게 매정할 수가 있어. 나를 버려두고 한마디 말없이 저 혼자 잿길을 넘어갈 수 있냔 말이야. 나 혼자 재를 넘자니 나는 도무지 발이 떼어지지 않았는데, 어쩌면 그렇게도 걸음 사뿐하게 재를 넘을 수 있었냔 말이다……

서한중이 산채로 들어온 지 한 달 열흘이 가까워 소서 절기를 넘겼다. 그즈음부터 그는 사리댁을 증오하기 시작해 극도의 신경 쇠약 증세를 보였다. 필사를 하다가도 글자를 잘못 써서 파지를 내기 일쑤였고, 사리댁만 골똘히 생각하다보니 죽일년, 미친년 하며 헛소리를 씹어댔다. 한편, 그는 몸을 망가뜨리는 자학을 일삼아 스스로 자신을 중병 환자로 만들어갔다. 그는 죽지 않을 만큼 독초를 장복하기 시작했다. 하절기라 산채는 몇 발 앞조차 움직이는 물체를 식별할 수 없게 모든 푸나무가 무성했는데 지천으로 널린 독버섯, 바꽃 뿌리를 구해 소량으로 복용했다. 남 보기 흉하라고 옻나무 잎을 얼굴에 발라 반점과 수포가 생기게 만들었다. 그가 생각하기로 활빈도에서 빠져나가는 방법은 그 길밖에 없었다. 곡기를 끊다시피 하고 붓을 쥐어 필사를 하다가도 허리 접어 배를 안고 뒹굴었다. 눈꺼풀을 까뒤집고 진땀을 흘리는 울긋불긋 수포 생긴 그의 검누른 얼굴이야말로 저승사자의 왕림을 기다리는 해골 그대로였다. 내 여기서 병이 깊어 하산을 허락받아 내려가면 그년을 반드시 목 베고 말리라. 그는 골골 앓으며 그런 결심만 곱씹었다.

그럴수록 산채를 한시라도 빨리 떠야 한다고 서한중은 안달을 내었다. 부인이 다른 사내와 눈이 맞아 새살림을 차린 환상까지 가세하면 강샘이 절정에 달해 온몸이 신열로 달아올라 심장의 준동질로 숨 쉬기조차 곤란했고 머리가 터질 듯 아팠다. 그는 허리춤에 찬 비수를 녹슬지 않게 벼리며 사리댁에 대한 복수를 맹세했다. 한시절 내가 그년한테 빠져 미쳤지. 이제는 그년을 죽일 생각으로 미쳐버렸어. 그래, 어떻게 미치든 상관없다. 개망나니 내

성정이 말해주듯, 내 끝장이야말로 다분히 미칠 팔자야. 그래, 미쳐서 죽고 마는 게지. 이러다 병이 깊어 하산을 허락받으면 조선 땅 끝까지 뒤져서라도 그년을 찾아낼 테고, 반드시 이실직고를 받아내어 내 앞에서 죽이고 말겠어. 그년을 죽이면, 그년 없는 세상에 내가 살아 무슨 낙을 더 보겠어. 나도 따라 죽어야지…… 부인의 시신을 안고 몸부림치며 통곡하는 장면의 상상이야말로 희열의 절정이었다. 뒤따라 자신도 목숨을 끊어 저승에서 부인을 확실한 자기 사람으로 만들겠다고 그는 결심했다. 애와 증이 손바닥 앞뒤처럼 바뀌어 순간적으로 증을 애로 환치했다. 한편, 자신이 저승에서 홍안의 젊은이로 환생할 수 있다면 사모관대 쓰고 족두리 쓴 사리댁을 맞아 한 쌍의 원앙으로 백년해로하여 살고 싶다는, 역시 상상 속에서의 절절한 바람을 품기도 했다.

"저 진물 흐르는 고름하며 딱지 앉은 서생원 상판이 문둥병에 걸린 꼴이야." "저렇게 피골이 상접해서야 호랑이가 물어간들 어디 발겨 먹을 육질이 있어야지." "내장이고 뭐고 다 썩었나봐. 구취가 얼마나 지독한지 옆에 앉았을 수 없을 지경이니." 5대 대원들이 서한중을 두고 쑥덕거리는 말이었다.

"쯧쯧, 원 저래서야 며칠을 살겠어."

먹은 보리밥풀을 죄 토하며 배를 안고 뒹구는 서한중의 그런 작태를 보고 탑삭나룻 부사장은 그가 엄살부리는 짓거리가 아님을 알고 혀를 차곤 했다.

"부사장님, 내 주, 죽어도 객사 않고 집에서 죽고 싶소. 내 집으로 돌아가 약첩 써서 다행히 건강을 회복한다면 다시 산채로 돌아와 활빈도를 도우리다. 날, 나를 제발 풀어주시오. 내가 변심 안할 인물인 줄 부사장님도 알지 않습니까. 이러다간 삼복을 넘기기 전에 수, 숨 거두리다. 부디 활빈도가 자연 평등, 빈부 타파, 나라 혁신의 뜻을 이루소서……" 서한중이 무릎 꿇어 엎드려 부사장에게 숨넘어갈 듯 비대발괄했다. 그러며 그는 속으로, 내 이 꼴로 하산을 바라는 이유는 오직 하나, 그년을 죽이고 나 또한 죽는 길뿐이라며 이를 갈았다.

그로부터 열흘 뒤, 대서를 넘겨 땅 위 모든 것을 녹일 듯 더위가 푹푹 찔 무렵이었다. 나무 그늘 아래 앉았어도 땀이 줄줄이 흘러내렸다. 그즈음, 서한중은 활빈도 산채의 모든 사실과 위치를 절대 함구할 것임을 맹세하는 서약서를 부사장 앞에서 쓰고 귀가를 허락받았다. 사람 좋고 헙헙한 부사장은 순흥 땅에 도착할 때까지 목숨을 부지하기가 힘들어 보이는 그의 모색을 딱하게 여겨 활빈도 이름에 걸맞게, 노자에 보태라며 은화와 백동화 얼마를 주었다.

5장

단탕건 바람에 수건 질끈 맨 서한중이 지팡이에 의지한 자춤걸음으로 길을 나섰다. 아침밥 한술을 뜨는 듯 마는 듯하고 주먹밥 한 덩이를 한지에 싸서 걸망에 넣고 나선 참이었다. 말복을 앞두어 연일 불볕더위가 기승을 떨었지만 아침이라 하늘을 가린 숲길 그늘이 시원했다. 청설모가 나뭇가지에서 다른 가지로 건너뛰고, 새들이 그늘과 빛 사이로 분주히 날며 우짖었다. 그는 어서 박달재에 도착하고 싶은 욕심에 걸음을 서둘렀다. 우선 전대부터 찾고 볼 일이었다. 박달나무 군락 앞에 던져둔 전대를 찾아내선 재를 넘어 사리댁 행방을 수소문해보기로 작정하고 있었다. 끝내 자신을 버린 그년을 잡기만 하면 당장 요절을 낼 심산이었다. 마음이 급한데다 걸음을 서둘다보니 겉옷까지 금방 땀에 흠뻑 젖었다. 된 숨을 몰아쉬며 쫓기듯 걷는 그의 귀에는 새들의 청량한 지저귐이 들리지 않았고 싱그런 수풀 내음도 후각에 닿지 않았다.

서한중은 대덕산 허리를 돌아 굴탄골이란 마을 초입에 들어서서야 처음으로 사람을 만났다. 똥장군을 지겟짐 지고 나선 떠꺼머리총각이었다. 총각이 서한중을 보더니 흠칫 놀랐다. 자기 꼴을 볼 수 없었기에 그는 총각이 놀라 길 비키는 이유를 몰랐고 그런 데 마음 둘 여유가 없었다. 그가 박달재 가는 길을 물으니 총각이 원세천을 따라 북상하라고 일러주었다.

"아저씨, 어디서 그렇게 허둥거리며 오십니까?" 서한중이 한참을 걸었을 때에야 총각이 돌아보며 외쳐 물었다.

"길을 잃어 산채를 헤매었어." 서한중이 아무렇게나 대답했다.

마을 초입 서낭당 옆에는 물오리 형상의 새를 떠받친 솟대가 서 있었다. 그 돌무더기 옆에 처음으로 허수아비처럼 팔을 벌린 채 열십자 각목에 매달린 목 없는 시신 두 구를 보았다. 바지저고리는 마른 핏자국을 뒤발했고 비어져 나온 손과 발이 뼈만 남은 것으로 보아 죽은 날수가 꽤 되어 보였다. 두 시신 가운데 목판에 '대역죄인 활빈도배(大逆罪人 活貧道輩)'라 쓴 팻말을 세워두고 있었다. 허리춤에서 곰방대를 빼내어 담배를 한 대 피우려 했던 그는 자닝스러운 시신에 치를 떨며 그 앞을 떠났다.

서한중이 오뉴월 개처럼 쉬지 않고 헐떡이며 자춤걸음으로 걸은 끝에 박달재 역참거리에 당도하기는 점심참을 넘겨서였다. 공터에는 한 달 전처럼 재를 넘을 길손이 널려 있지 않았고 너른 마당이 휑뎅그렁했다. 그는 챗국과 메밀묵을 파는 난전 아주머니한테 말을 붙였다. 서한중을 보더니 아주머니는 똥 묻은 개 피하듯 외돌아 앉으며 대답했다. 달포 전 잿길에서 활빈도 사건이 있었던지라 재를 넘는 데 따른 규율이 철저하다 했다. 하루 삼 회, 아침 점심 저녁으로 나누어 재를 넘으며, 그때마다 총 지닌 순검 여섯이 길손을 호위한다고 했다. 그런데 오늘은 조금 전에 예순 명 정도가 한 무리를 이루어 재를 넘어갔다는 것이다. 그는 버드나무 그늘에 앉아 땀을 식히며 낙담 찬 한숨을 내쉬었다. 다리를 절다보니 아무리 애를 써도 걸음이 느려 일행을 놓칠 것이고, 이제 재를 넘자면 저녁 무렵까지 기다리지 않으면 안 되었다. 따지고 보면 길손들과 함께 재를 넘는다 해도 자신은 중간에서 빠져나와 전대를 찾아야 했다. 순검이 호위한다면 대열에서 빠질 구실을 마련하는 번거로움이 따랐다. 순검에게 이유를 설명하면 전대의 돈 출처를 캘 게 분명했다.

"문둥이 맞다." "아니다, 옻이 옴 붙은 걸개꾼이다." "눈알까지 빨간 게 피 먹은 귀신 눈알 같다." "어머, 흉측해. 꿈에 나타날까 무서워." 나무 그늘에서 땅따먹기와 공기놀이를 하던 아이들이 서한중 주위에 몰려와선 멀찍이 둘러서며 말했다.

서한중은 그제야 자신의 얼굴에 옻이 올라 고름집이 생기고 더뎅이가 앉았음을 알았다. 얼굴이 근지러웠으나 손을 대지 못하고 손바람을 일으키니 고름에 앉았던 파리 여러 마리가 날아갔다. 그렇게 살갗 감각이 없는 만큼 뱃속도 마찬가지였다. 점심참을 넘길 동안 허기지게 걸어왔는데도 배가 고프지 않았다.

"이놈들아, 뭘 봐. 썩 물러가지 않고!" 서한중은 지팡이를 휘둘러 아이들을 쫓았다. 그는 기우뚱 일어섰다. 길손과 함께 떠날 저녁까지는 도저히 기다릴 수 없었다. 전대도 그렇지만 어서 재를 넘어 부인을 찾아야 한다는 졸갑증이 그의 마음을 한가롭게 묶어 두지 않았다. 그는 혼자 박달재를 넘기로 작정했다. 활빈도와 또 맞닥뜨린다면 잡혀도 구실이 있으니 방면될 터요, 도적을 만나도 빼앗길 게 없었고, 호랑이를 만난다면 이판사판이었다. 목숨이 두렵지 않았다. 머릿속이 후끈거리는 만큼 제정신이 아니기도 했다. 개울로 내려가 거기에서부터 잿길을 따라 오르기로 했다. 갈증이 심해 개울물로 목을 축이고 짚신 발을 물에 담그며 걸었다. 이끼 낀 물밑 돌을 밟아 미끄러지기도 하며 부지런히 물길 상류로 올랐다. 한참을 그렇게 오르는 동안 물을 찾아 내려온 노루도 보고 멧돼지도 만났다. 멧돼지는 사람을 겁내지 않고 물을 달게 먹곤 유유히 사라졌다. 화승총이 있다면 냉큼 철환을 날리련만 총은 활빈도에게 빼앗긴 지 오래였다. 개울을 따라 내처 오르면 잿길을 잃어버릴까 싶어 잿길을 찾아나섰다.

서한중은 홀로 잿길을 한참 걸어 전대를 던져뒀음직한 지점에 이르렀다. 바위너설이 있는 곳을 조금 지나 길 왼쪽 위 박달나무가 군락을 이룬 지점이었다. 그는 지팡이를 놓고 언덕으로 헐레벌떡 기어올랐다. 박달나무 군락 앞, 키 작은 오리나무숲을 열심히 뒤졌다. 전대가 흰 광목띠라 금방 눈에 띌 줄 알았는데 주위를 아무리 살펴도 보이지 않았다. 땀이 비 오듯 쏟아져 눈을 찔렀기에 잘못 보지 않았나 하고 부근을 샅샅이 뒤졌으나 허탕이었다. 이젠 죽지 않고 살려 해도 수중에 돈 한 닢 없으니 살길이 막연했다. 눈앞에 잃어버린 전대만 헛것으로 보였다. 혹시 위치를 착각했나 싶어 산길을 몇 차례나 도다니며 길 왼쪽의 지형을 살폈다.

그럼직한 곳은 언덕으로 올라가서 숲을 뒤졌다. 그러나 별무소득이었다. 나와 함께 잿길을 넘던 떨거지 중 누군가가 내가 돌아서서 걷자 내 행동을 유심히 살피다 전대 던지는 걸 훔쳐보았을까. 아니면 전대가 숲에 떨어질 때 철렁대는 쇠붙이 소리를 들었을까. 그가 웬 횡재냐며 전대를 집어가지 않았다면, 산길 숲속을 애써 뒤질 자가 있을 것 같지 않았다. 더욱 박달재길은 길손이 떼를 지어 함께 넘지 홀로 나설 수도 없었다. 어쨌든 풀숲을 아무리 뒤져도 전대는 찾을 수 없었다.

포기하고 재를 넘어 부인을 찾아야지 하면서도 그는 못내 아쉬워 가던 길을 되돌아와 첫 지점을 다시 뒤졌다. 각주구검(刻舟求劍)이란 고사가 떠올랐다. 배를 타고 나루를 건너다 물속에 칼을 떨어뜨리자 그 떨어뜨린 장소에 표시를 한답시고 뱃전을 깎아둔다는 어리석음을 자신이 저지른 셈이었다. 어느덧 날이 기울어 숲속은 그늘이 짙게 깔렸다. 더 어물거렸다간 뒤쫓아 넘어올 길손을 만나거나 깜깜해진 뒤 재 너머 역참거리에 들 것 같았다.

서한중은 이제 전대를 더 찾아보아야 소용이 없음을 알고 허수히 자춤걸음을 걸었다. 전대 역시 뜬재물이었지만 막상 잃고 보니 이제 자신의 처지야말로 쪽박 차고 나서야 할 뻥 빠진 신세였다.

쪽박 차고 동냥 나선 이내 팔자 들어보소
울 어머니 자식 낳다 칠성판에 눕혀 가고
홀아버지 무진년 대홍수에 자식 건지려다 익사하고
여섯 동생 배곯다 못해 늘어져 누웠는데

사흘 굶은 우리 형제 굶어 죽게 생겼으니
먹다 버릴 쉰밥이나 쉬어빠진 죽도 좋소
개 줄 밥 있으면 사람부터 살리고 보시오……

서한중의 입에서 저도 모르게 「각설이타령」이 흘러나왔다. 땀인지 눈물인지 부스럼 앉은 얼굴을 적시며 흘러내렸다. 이제 사리댁을 찾으면 단칼에 해치우겠다는 분기도 어느 정도 가라앉았다. "부인, 우리 함께 죽읍시다. 저승에 가서 저 달나라처럼 은도끼로 계수나무 찍어내어 초가삼간 집을 짓고 오순도순 삽시다" 하며 부인 앞에 무릎 꿇고 하소연하고 싶은 마음이었다. 부사장이 준 엽전을 얼마 지녔지만 부인을 찾아 팔도를 헤매다 못해 자신이 먼저 굶어 죽을는지 몰랐다.

낙심이 너무 커 머릿속이 휑하니 비고 기운이 빠져버린 서한중이 재 너머 역참거리에 당도하기는 저녁밥 짓는 푸른 연기가 초가지붕 위를 궁싯거릴 때였다. 저쪽 역참거리 공터와 달리 이쪽은 사람들 내왕이 번다했다. 그는 비로소 허리가 접히는 심한 허기와 함께 쓰러질 것 같은 어지럼증을 느꼈다. 그러나 사리댁을 만나고 싶은 마음이 더 급했기에 공터에 늘어앉은 좌판 장사치부터 찾았다. 서한중이 좌판 장사치에게 달포 전에 자주색 깃 달린 장옷 쓰고 흰 무명 치마저고리 입은 서른 중반의 색시를 못 보았느냐고 물었다. 그렇게 떡장수, 묵장수, 나물장수, 숯장수에게 차례대로 묻던 끝에 밥풀눈을 한 얼금뱅이 짚신장수가, 저쪽 숫막거리에 옥호(屋號)는 없지만 소티댁 숫막을 찾아보라고 일러주었다. 맞는지 모르겠으나 얼굴 고운 서른 중반 색시가 거기에서 열흘 남짓 드난살이를 했다는 것이다. 그 말에 그의 분기가 다시 불끈 솟았다.

"맞소, 그년이 내 여편네요. 내 당장 요절을 내려 이 꼴로 여기까지 찾아왔소." 서한중은 놋쇠 터지는 소리를 내뱉곤 힘차게 자춤걸음을 걸었다. 늑대와 싸우다 만신창이가 된 개 꼴로 곧 쓰러질 듯하던 사내가 째지는 목소리로 힘차게 걷자, 짚신장수 사내가 "이보슈, 가봐야 소용없어유. 이 바닥 떠난 지가 벌써 언젠데" 하고 그의 등에다 시큰둥 일러주었다.

서한중은 그 말을 듣자 무너질 듯 다리에 힘이 풀렸지만, 마음만은 그러면 그렇지 하고 자신의 짐작이 맞아떨어졌음에 쾌재했다. 사리댁이 무일푼이다보니 숫막에 드난살이를 하다 거기 들랑거리는 사내와 눈이 맞아 줄행랑을 쳤겠거니 여겨졌다. 여자 쪽이 먼저 꼬리 치지 않았대도 파락호가 돈푼깨나 지녔다고 춤치자랑으로 박래품 명경이며 분을 사다주어 후렸을 터였다. 십벌지목(十伐之木)이라, 열 번 찍어 안 넘어가는 나무가 없으니 여자란 밴댕이 속이라 사내의 허튼수작을 눈치챘어도 사내가 계속 치근대며 감언이설로 어르면 십중팔구 엷은 귀 솔깃해하게 마련이었다. 자신의 경험이 그랬다.

서한중은 공터 뒤쪽 버드나무 늘어선 도랑을 낀 숫막거리에서 소티댁 숫막을 찾았다. 첫 집에서 물으니 몇 집 건너 문 앞에 평상 내다놓은 집이라 했다. 그는 문짝 열려 있는 숫막 안으로 쓰러질 듯 튕겨 들어섰다. 술청은 파리만 끓지 휑하니 비었고 봉놋방에서 사람 말소리가 들렸다.

"주모 어디 있소?" 서한중이 악을 쓰며 외쳤다.

봉놋방 방문이 반쯤 열리더니 분 치장을 곱게 한 쉰 줄에 접어든 깍짓동한 아낙네가 얼굴을 내밀었다. 아낙네가 서한중의 모색과 남루한 차림을 훑어보더니, 장사도 안 되는데 오늘은 웬 각설이꾼이 이리도 끓는담 하며 소리 나게 방문을 닫았다.

"난 각설이꾼이 아니오. 주모, 긴히 물을 말이 있으니 잠시 여쭈어봅시다."

서한중이 목로 도마의자에 지칫거리는 몸을 실었다. 한참 만에 아낙네가 머리를 손질하며 술청으로 나왔다. 진자주 끝동 댄 옥색 저고리에 남치마를 입은 주모는 펑퍼짐한 육덕이 아직도 사내를 후릴 만했다.

"개 줄 뼈다귀도 없으니 썩 나가게."

"고개터 숫막 인심이라더니, 알조로군." 서한중이 빈정거렸다. 혈기 띠어 윽박지르면 주모가 함구할까보아 그가 목소리를 늦추어 잡았다. "주모, 달포 전에 서른 중반의 색시가 열흘 정도 드난살이를 하다 떠나지 않았소? 그 부인 어디로 갔소? 마누라와 함께 여기 박달재를 넘어오다 활빈도 패거리를 만나 나만 그들 산채로 끌려가 죽을 고생을 하고 옻까지 올라 이 지경이 되었소. 제발 부인 행처를 일러주시오. 가진 돈을 다 털려 사례는 못하겠으나 그 은공은 잊지 않으리다." 멀찌감치 서서 오만상을 찡그린 주모의 표정에서 자신의 모색을 짐작한 서한중이 애걸조로 말했다.

"임자가 그 고운 색시 서방이라고?" 주모가 서한중의 다리께에 눈을 주었다.

"그렇소. 한양 가는 길에 여기서 헤어졌소. 부인이 누구와 함께 어디로 갔소, 아니면 부인 혼자 어디로 간다며 떠났소?"

"한쪽 다리 자춤거리는 서방이 자기를 찾으면 일러주라 하긴 했는데……"

"그럼 혼자 떠났단 말이오? 한양으로?"

"봉양 벼루라든가 먹이라든가, 거기 서학당 뭣이 있다던가. 하여간 거기로 간다고…… 여기 눌러앉아서 기다리라고 내가 붙잡았건만 한사코 거기로 가겠다며 떠났구려. 다리 저는 남정네가 자기 행처를 물으면 거기에 있겠다 알려주라면서."

"알려줘서 고맙소."

서한중이 불끈 일어섰다. 사리댁을 향해 타오르던 증오가 봄눈 녹듯 사그라지는데, 어쩔 수 없는 애증이 광풍처럼 그의 마음을 몰아쳤다. 딴 서방과 눈이 맞아 이곳을 떠났음이 아니고 자신을 아주 버렸음도 아니나, 서방이 천주로부터 등을 돌렸음을 알면서도 여인은 다시 그 처소가 피난처란 듯 제 발로 배론 성소로 찾아간 것이었다. 그는 지팡이 짚고 다리를 절며 숫막을 나섰다. 아무리 사지에서 살아나왔다지만 어찌 저따위 쭉정이가 그 참한 색시 서방일꼬, 하는 혀 차는 소리가 등 뒤에서 들렸으나 그는 괘념치 않았다.

서한중이 공터로 나서니 해는 이미 서산에 떨어졌고 주위의 산색이 어둡게 침잠해가고 있었다. 혼자 재를 다시 넘을 일이 아득했다. 무릎이 자꾸 꺾이고 숨길마저 늘어져 도저히 더 걸을 수가 없었다. 그의 육신은 초주검 상태였다.

서한중은 길손과 마을 늙은이 몇이 한담을 하고 있는 느티나무 아래 풀썩 주저앉았다. 앉고 보니 이제 다시 일어설 힘마저 없었다. 아침에 푸석한 보리밥 한 끼를 먹고 길을 나서서 저는 다리로 잠시도 쉴 틈 없이 여름 땡볕 아래 개미처럼 쏘다녔으니 탈진할 만도 했다. 지고 있는 걸망에 소금으로 간한 주먹밥 한 덩이가 비로소 생각났다. 그는 걸망을 벗어 한지에 싼 주먹밥을 꺼내었다. 쉰내가 났으나 그걸 따질 처지가 아니었다. 손으로 주먹밥을 따감질하며 사리댁만 생각했다. 숫막 부엌일이나 거들며 호구를 면하다 열흘을 기다려도 낭군이 나타나지 않자, 주모에게 행방을 알리고 배론 성소로 찾아갔겠거니 짐작이 갔다. 소티댁네 숫막에 계속 눌러 있었다면 해후를 할 수 있었을 텐데 하는 원망의 마음도 들었지만, 술 취한 남정네들로부터 허튼 농이나 듣느니 차라리 성소로 찾아간 게 잘했다 싶기도 했다. 그러나 하고많은 집을 두고 왜 성소냐는 데 그의 심기가 불편했다. 그리스도를 버린 자가 진실로 속죄하지 않고 한갓 피난처로서 다시 성소를 찾으면 그 거짓 마음을 안 그리스도가 엄한 형벌로 지옥에 떨어뜨릴 텐데 부인이 왜 그곳으로 들어갔는지, 그 심보를 이해할 수 없었다. 그렇다면 다시는 죄를 범하지 않겠다고, 나를 만나지 않고 뱃속 아기나 낳아 키우며 성결하게 살겠다고 성소로 찾아갔단 말인가? 그 아기는 죄의 씨앗이 아닌가? 남정네를 잃고 홀몸이 되자 사제에게 고해성사를 통해 모든 사실을 털어놓기로 결심하고 성소를 찾았을 수도 있었다.

서한중은 생각이 거기에 미치자 당장 배론 옹기골로 달려가 여인을 만나고 싶은 마음이 꿀떡 같았다. 내가 이렇게 안 죽고 살아 나왔다고 한바탕 넋두리를 퍼부은 뒤 부인을 성소에서 끌어내야 했다. 부인이 사제 앞에서 자신과의 관계를 양심껏 고해했다 하더라도 성소에서 끌어내어, 우리 둘의 변치 않는 사랑만 있다면 천상의 천주는 물론 이 세상의 그 무엇도 능히 이길 수 있다고 설득할 예정이었다. 그래서 부인을 다시 온전히 내 사람으로 만들어야 한다고 그는 다짐했다.

공터에 땅거미가 자욱이 내렸다. 공터 주변의 사삿집은 여기저기 등불을 켜 봉창이 뽀유스름하게 드러났다. 숫막 쪽에서는 술 취한 고성방가가 흐드러졌다. 아이들은 저녁밥 먹으러 집으로 들었는지 공터에는 개들만이 싸지르며 놀았다.

"화급한 일로 밤길에 재를 넘는 사람은 없습니까?" 서한중이 한담을 나누는 쪽을 돌아보며 물었다.

늙은이가 저녁밥 한술 뜨러 가야겠다고 일어서더니, 넉장거리하여 앉은 서한중을 보았다.

"넘어보시구려. 호랑이밥이 될 테니."

"화급한 사람이 그런 것 가리겠습니까?"

"보름쯤 전인가, 저쪽 사하촌 아래 개울로 가재를 잡는다고 나간 아이들이 이맘때쯤 해거름녘이 되어서야 기겁해서 쫓겨 내려오며, 호랑이를 봤다, 수돌이를 물어갔다 했다우. 장정들이 몽둥이며 쇠스랑을 들고 홰를 밝혀 잿길에 올랐수. 그러다 그만 집채만한 호랑이가 길을 막고 앉아 포효하는 바람에 기겁을 하고 쫓겨 내려왔다우."

서한중은 밤길 나서기를 단념할 수밖에 없었다. 무일푼이니 여각을 찾아들 수도 없었고, 그 자리에서 그대로 노숙하는 게 마음 편했다. 전신 무력증으로 움직일 기력도 없었다. 기둥을 의지 삼고 기대어 앉은 그는 허리춤에서 곰방대를 빼내고 주머니에 찬 엽초를 대통에 담았다. 당황을 불붙여 담배 연기를 빠니 기침이 쏟아지고 그 맛이 소태처럼 썼다.

장총을 메고 칼을 찬 순검들의 호위를 받으며 길손들이 무리를 지어 박달재를 넘었다. 길손 숫자가 마흔을 넘었는데, 서한중은 꼬리에 붙어 힘들게 히뜩거리며 따랐다. 그의 앞에는 출가승이듯 단봇짐을 진 빡빡머리 장정 셋이 나란히 걷고 있었다. 그들은 동패인 듯 두런두런 말을 나누며 걸었다.

"글쎄 말이야. 삼 년만 고생하면 밭 두 두렁이나 논 한 마지기 살 돈은 쥐고 나온다잖아. 땅을 파고들어가 깜깜한 동굴에서 검은 돌 캐어내긴들 어디 쉽겠냐만, 종노릇하는 머슴살인들 어디 쉽더냐. 새경 떼어먹기를 밥 먹듯 하는 지주도 흔해빠진 판에."
한 장정이 말했다.

"동굴에서 사고가 많이 난다더라. 굴 천장이 무너져 부상은 물론 생매장당하기도 다반사라던데?"

"팔자소관이지 뭘. 인생 어디 한 번 살지 두 번 사냐."

서한중은 젊은이들이 무연탄 캐는 광산 광부로 지원하려 집 떠나 길 나섰음을 짐작했다. 그는 일본인들이 경북 문경 지방에 양

길의 무연탄 광산을 개발하여 그 취득권을 조선 조정으로부터 받아 대대적으로 채광 사업을 벌인다는 말을 풍기로 나갔을 때 들은 적이 있었다. 풍기에서 문경은 장정이 새벽에 길 나서면 밤에 도착할 수 있는 백이십 리 이수였다. 문경 무연탄 광산은 개발이 순조로워 탄을 캘 건장한 광부를 모집하고, 캔 탄을 실어 나를 도로 공사를 개설하는 데도 울력꾼이 많이 필요하다 했다. 무연탄은 나무보다 화력이 좋아 화차를 움직이고 기계를 돌리는 등 그 쓰임새가 날로 늘어나 평안도, 함경도, 강원도와 경상도 북부 지방의 산이 많은 지대는 금광과 더불어 무연탄도 그 채굴권을 둘러싸고 열강의 마찰이 심했다. 청일전쟁에서 이긴 일본은 국력이 날로 욱일승천해 산악투성이인 조선 땅의 광산 채굴권을 많이 손에 넣었다는 것이다.

"젊은이들, 보자 하니 경상도 문경 무연탄 광산으로 가는 모양이구려. 광부가 되면 한 달 품삯을 어떻게 쳐준답니까?" 서한중이 젊은이들과 어깨를 나란히 하여 물었다.

"우린 그 먼 문경까지 가지 않고 영월 땅으로 들어갑니다. 영월에도 큰 탄전이 개발되었다지 않습니까? 영월이 봉양에서 백리 길이니 빨리 걸으면 하루 걸음이면 족하지요." 옆 젊은이가 서한중을 보더니 얼굴을 찡그리며 머리를 흔들었다. "아저씨는 안 되겠는데요. 몸이 그래서야 어디 짚 한 단 제대로 들어 옮기겠어요. 다리가 불편하신데다 연세도 지긋하시구."

"그렇소만 입살기가 이렇게 힘들어서야…… 뭐든지 하긴 해야겠는데 이 몸으로 뭘 해야 식구들 입에 풀칠이라도 할는지 방편이 서지 않는다오." 아침 끼니를 굶은 서한중이 가풀막길을 힘들어하며 말했다.

"댁이 어디신지 모르지만 우선 집으로 가셔서 부실한 몸부터 돌보셔야겠어요."

젊은이들 걸음이 빨라지자, 서한중과의 사이에 금방 거리가 생겼고, 그는 일행의 맨 끝에서 자칫대며 따라갔다. 서한중은 부인을 데리고 어디로 가서 무슨 짓을 해야 할지 대책이 떠오르지 않았다. 수중에 지닌 돈이 없으니 울며 겨자 먹기로 고향 땅을 다시 찾는다? 기벽이와 도솔아비에게 큰소리친 화전 생활이 떠오르자 고양이도 낯짝이 있지 무슨 면목으로 다시 순흥 땅에 걸음하랴 싶었다. 차라리 객지에서 비럭질을 하며 연명하더라도 순흥 땅에는 걸음하고 싶지 않은 게 솔직한 심정이었다. 순흥 땅으로 기어든다면 눈곱참봉이 가만있지 않을 터이고, 칼침 맞은 점박이 포수며 읍내리 장거리 빚쟁이가 벌 떼처럼 몰려들 것이다. 식음을 거의 놓고 죽기만을 기다린다던 안사람 후문을 듣기 또한 괴로웠다. 파혼을 당하고 마을 사람 보기가 남우세스러워 집 안에 들어앉았을 막내딸년 대하기도 아비로서 염치가 없었다. 살아야지. 사리댁을 다시 만나면 객지에서 살길을 찾아야지. 그는 주저앉으려는 다리에 힘을 주며 스스로를 격려했다. 궁여지책으로 어떻게 살 수 있는 길이 트일 거라고 믿었다. 부인을 만나면 절로 용기가 생기고, 그 여인과 함께라면 못할 일이 없으리라 싶었다. 단종이 귀양 가서 삼촌 세조로부터 끝내 죽기를 강요받았다는 영월로 젊은이들을 뒤따라 들어간다? 오지로 따지면 순흥 땅과 피차일반이며 처지가 난지경이니 아니 할 말로 그쪽도 고려해봄직했다. 낮에도 대문 잠가둔다는 깍쟁이 인심에 팔도에 난 척하는 재주꾼이 다 모이는 한양에 백수건달인 촌놈 병신이 올라가본들 입살이가 용이치 않을 것이라면, 영월 땅이 백리 길이라니 한양보다 이수가 훨씬 가까웠다. 나이 든 다리병신을 광부로 써줄 것 같지는 않지만 사람 꾀어 사는 곳이라면 판 설어도 어떤 일자리든 변통이 되리라 싶었다.

전대를 던져둔 박달나무 군락 지점을 지날 땐 서한중의 눈길이 절로 그쪽을 더듬었으나 다시 찾기를 포기했다. 혼자 가는 길이라면 몰라도 어제 반나절을 뒤졌는데, 무리에 처져 순검 눈을 기이며 새삼 뒤진다고 없어진 전대가, 나 여깄소 하고 제자리에 다시 있을 리 없었다.

재를 넘자 길손들은 삼삼오오 떼를 지어 제 갈 길로 흩어졌다. 서한중은 봉양 가는 길로 일행에 뒤처져 쉬엄쉬엄 걸었다. 해가 정수리께로 올라오자 땡볕이 따가웠다. 쏟아져내리는 빛의 미립자가 얼마나 눈부셨던지 눈을 제대로 뜰 수 없었다. 먼 아지랑이가 눈앞을 가리는데, 파리 떼는 한사코 따라와 얼굴 주위를 맴돌았다. 들녘에는 벌써 벼가 허리를 꼿꼿이 세웠고 두벌 논매기가 한창이었다. 어디 그쪽을 기웃거리며 놉이라도 팔아주면 들밥 몇 술은 얻어먹을 수 있겠으나 그는 여태껏 거머리에 뜯기며 논매기에 나서본 적도, 놉꾼이로 빌어먹어본 적도 없었기에 그 짓거리가 내키지 않았다. 아니, 한시라도 빨리 사리댁을 만나고 싶은 열망으로 부지런히 길 이수를 줄였다. 박달재 숫막을 떠난 지도 한

달이 넘었다니 부인이 만약 배론 옹기골에서도 떠났다면? 어디로 간다는 말조차 남기지 않고 사라져버렸다면? 그런 똥끝 타는 상념이 자춤걸음을 더욱 재촉했다. 그는 기진해져 혀를 빼물고 헐떡거렸다.

서한중은 구학리로 들어서자, 지겟짐에 새참을 지고 들밥을 나르는 소년을 보았다. 그는 소년에게 배론 옹기골 위치를 물었다. 소년이 서한중을 보더니 지게를 벗어내려 작대기에 받쳐 세웠다. 그는 소년이 쉬어가려 그러려니 했는데, 많이 지친 듯하네요 하며 친절하게 지게에서 물주전자를 내려 표주박에 냉수를 가득 부어 건네주었다. 소년은 그에게 천주교 성당을 찾느냐고 물었다. 그가 그렇다고 대답하며 냉수를 달게 마셨다. 소년이 멀리로 보이는 미루나무 띠숲을 가리키며, 그 뒤쪽 개울을 끼고 흙벽돌로 지은 성당이 있다고 일러주었다.

"너도 그 이양교를 믿느냐?" 자신을 보고 놀라거나 피하지 않는 소년의 행실이 기특하여 서한중이 물었다.

"그렇습니다. 배론골 사람들은 성모 마리아님과 예수 그리스도님을 신봉하옵지요." 닦은 방울 같은 눈빛 맑은 소년의 또렷한 대답이었다.

"알았다."

표주박을 건네준 서한중은 소년을 외면하며 걸음을 돌렸다.

서한중이 위통과 심한 현기증을 느끼기는 마을을 벗어나 장평내를 끼고 허겁지겁 걸을 때였다. 팥죽 같은 땀을 줄곧 쏟던 끝에, 갑자기 눈앞이 뿌예지고 길섶의 쑥부쟁이며 강아지풀이 겹으로 흔들려 보였다. 다리가 풀리더니 걸음이 술 취한 듯 왜뚤삐뚤 허둥거렸다. 땅을 짚는 지팡이조차 제대로 찍힐 리 없었다. 급하게 마신 냉수 탓인지 급작스레 위장을 쥐어짜듯 통증이 왔다. 그의 얼굴이 하얗게 바래지고, 드디어 발을 뗄 수 없게 무릎 관절이 꺾였다. 그래도 가야 한다. 이제 배론 성소가 얼마 남지 않았다. 죽더라도 거기까지 가서 부인을 만나고, 그 여인 품에 안겨 숨을 거두어야 한다. 그는 거듭 그렇게 되뇌며 이를 악물고 모질음을 썼다. 나는 왜 그 여인 없이는 하루인들 못 살겠다며 이렇게 절실히 원하는 걸까. 왜 그 여인을 옆에 두지 않으면 미쳐버릴 것 같은 정념에 사로잡히는 걸까? 영육 모두를 아파하며 고뇌의 소용돌이에서 헤매며, 죽기를 각오하고 여인을 품에 안고 싶어하는 걸까. 스스로에게 묻고 물었으나 '사랑'이란 단 한마디 말 외에 다른 이유를 찾을 수 없었다.

서한중이 꼬꾸라질 듯 비칠대며 문짝이 없는 성소 정문이 저만큼 보이는 숲정이까지 왔을 때였다. 갑자기 다리가 풀리더니, 그는 모잡이로 쓰러지고 말았다. 처음에는 가야지, 부인을 다시 만나야지 하고 용을 썼지만 몸이 말을 들어주지 않았다. 그는 끝내 일어나지 못했다. 큰대자로 널브러진 몸뚱어리에 염천 땡볕이 사정없이 내리쬐었다. 개미 떼가 그의 몸을 타고 올랐다. 파리들이 그의 얼굴과 손등에 달려들었다. 장수하늘소, 풍뎅이, 사마귀까지 땀에 젖은 그의 옷을 놀이터 삼아 기어다녔다. 그의 몸을 샅샅이 뒤지던 개미 떼는 파리가 앉은 데를 좇다 얼굴과 손에서 먹이를 발견했다. 개미들은 찐득한 고름을 빨던 파리 떼를 쫓으며 달려들었다.

긴 낮 동안 염천을 가로지른 해가 서산 위로 기웃하게 기울었다. 저녁 바람이 선들거렸다. 환자가 있는 교우 집의 방문을 마치고 성소로 돌아오던 젊은 사제가 길바닥에 죽은 듯 쓰러져 있는 한 행려병자를 보았다. 흙을 뒤발한 팔승 무명 도포는 누추했고, 다른 천을 대어 꿰맨 솔기 터진 겉옷처럼 부스럼과 종기가 온 데 퍼진 얼굴은 피골이 상접한데, 곪아터진 상처에는 개미와 파리가 만찬의 먹을거리에 탐닉해 득실거렸다.

입 가까이에 손을 대어본 사제는 행려병자가 정신을 아주 놓았으나 아직 숨이 끊어지지 않았음을 확인했다.

"오, 나사로 같은 형제여. 이 지경으로도 아직 목숨을 부지해 살아 있다니……" 하고 사제가 탄식하더니, 등을 돌려 그를 자기 등에 업었다.

"이제서야 정신이 돌아오나보군요. 죽은 나사로를 그리스도께서 나흘 만에 살리셨듯, 우리를 사랑하시는 예수 그리스도께서 형제를 구하셨습니다. 성부, 성자, 성신이시여, 성은으로 베푸신 이 자비에 감사하나이다." 성난 종기와 부스럼이 가라앉아 딱지가 거뭇거뭇 앉은 서한중의 얼굴을 내려다보며 신부가 말했다.

길바닥에 쓰러진 서한중을 구휼한 신부는 그의 간호를 사리댁에게 맡겼는데, 사흘 동안 여인의 극진한 보살핌이 의식 없던 그를 살려낸 것이다. 여인은 남정네의 입에 끼니때마다 녹두죽과 인삼 달인 물을 먹이고, 민간요법으로 녹두가루, 참기름〔胡麻油〕

과 도꼬마리 뿌리를 찧어 짓무른 상처에 발라주었다.

"……그러한즉 주 그리스도께서 가로되, 나는 부활이요 생명이니 나를 믿는 자는 죽어도 살겠고, 무릇 살아서 나를 믿는 자는 영원히 죽지 아니하리니, 이것을 네가 믿느냐. 가로되 주여, 그러하외다. 주는 그리스도시요, 천주님의 아들로 세상에 강림하실 줄을 믿나이다……"

서한중은 흐리마리한 정신으로 시냇물이듯 조용히 흐르는 기도 소리를 듣고 있었다. 차츰 정신이 맑게 트여 왔다. 그는 살며시 눈을 떴다. 눈앞에 검은 장막이 일렁였다. 잠시 뒤, 눈앞에 흰 구슬 끈이 반짝이더니 그 끝에 매달린 십자고상이 뚜렷이 보였다. 은빛 십자고상을 보자 그는 갑자기 눈알이 튀어나올 듯 아렸다. 결코 보아선 안 될 그 무엇을 본 듯 다시 눈을 감았다.

"여기가 배론 옹기골 천주교 성소가 맞지요?" 서한중이 눈을 감은 채 물었다. 자기 목소리가 공명을 일으키며 울렸다.

"그래요. 배론 성소입니다. 그리스도께서 형제분을 사랑하신즉 사흘 만에 잠에서 깨어나시게 하셨습니다."

서한중의 귀에 흐느끼는 여자의 울음소리가 들렸다. 그는 그 흐느낌의 임자를 금방 알아채자 힘주어 눈을 떴다. 이곳이 배론 성소 안 어느 방이고 자신은 높은 침상에 누워 있음을 알았다.

"여기 우는 목소리, 이, 이 목소리 임자가 내, 내 부인이 아니오? 부인, 어디 있소?"

"서베드로 형제님, 이제 안심하셔도 됩니다. 그리스도께서 자비를 베푸셔서 모든 게 그분이 천상에서 보시기에 합당하게 이루어졌습니다요."

"서베드로라고?" 자신의 세례명 서베드로란 말에 서한중은 정신이 번쩍 들었다. "아니오. 나는 베드로가 아니오! 나는 서한중이오. 부모님이 내 이름을 한중이라 지어주셨소. 베드로라니? 나는 한 번도 이양인의 이름으로 불린 적이 없소!"

천주교 탄압 시절 포청으로 끌려간 교인이 목숨을 부지하고자 서학배도가 아니라고 완강히 부인했듯, 그는 강하게 자신의 세례명을 부인하며 침상에서 일어나려 애썼다. 그제야 십자고상을 목걸이 하여 목에 건 검은 복식한 얼굴이 눈에 들어왔다. 이목구비가 반듯한 젊은 조선인 신부였다. 신부는 맑은 눈빛에 그윽한 미소를 머금고 자신을 내려다보고 있었다. 침대 아래 무릎을 꿇은 사리댁은 흐느끼는 소리로 성부, 성자, 성신만을 외고 있었다.

"성세성사 때 받은 이름이야말로 세상의 이름이 아닌, 천주교 공동체 가족만이 가지는 성결한 본명입니다. 세상의 이름은 바꿀 수 있어도 성세성사 때 천주님의 자녀가 되기로 하고 받은 본명은 영원불멸합니다. 형제분이 천국의 문으로 들어가실 때는 천주님께서 서베드로라 호명하실 겁니다!"

"아니래도 그러네. 나는 천주교도가 아니오! 나는 이양의 그 교를 절대로 믿지 않소!"

서한중이 가까스로 윗몸을 일으켰다. 그는 사제의 얼굴은 물론 십자고상을 외면하고 침상에 머리를 기대고 흐느끼는 사리댁을 보았다.

"부인, 왜 여기로 왔소? 여긴 우리가 있을 곳이 아니오. 부인이 왜 성소로 찾아왔는지 모르겠소. 내가 왜 여기에 누워 있는지도 알 수 없구려."

"베드로 춘부장이신 서프란시스코께옵서 병인년 천주교 대박해 때 한양 서소문 밖에서 순교하시지 않으셨습니까. 왜 이를 부인하십니까? 이미 천상의 명부에 기록된 그 진실을 부인하신다고 가려지거나 사멸되진 않습니다. 천주님의 세상 안에서 성취한 진실은 영원불변합니다."

"내가 아니라고 말하면 아닌 거요. 내 마음에서 이를 부인하면 남이 진실이라 우겨도 받아들일 수 없소. 나는 아버지를 잊은 지 오래요. 그분은 내가 어릴 때 별세했기에 그 후 살아온 내 생애와 아무런 연관이 없소!"

서한중은 그리스도가 베드로 사도에게 말한, 닭 울기 전 네가 나를 세 번 부인하리라는 말을 떠올렸다. 그러나 자신이 비록 베드로란 세례명을 받았지만 이양인 어부 베드로가 아니요, 자신은 베드로처럼 그리스도의 제자로서 당신을 스승으로 모시기는커녕 그를 직접 보았거나 그의 가르침을 들은 적이 없었다. 그러므로 일천구백여 년 전의 복음서 내용은 호랑이 담배 피우던 시절의 한갓 지어낸 이야기일 수도 있었다. 그는 마음속으로 그렇게 우기며 완강히 도리질했다.

"지금 마귀의 영이 서베드로님의 마음을 지배하고 있습니다. 육신이 완쾌될 때까지 여기 머무르시며 성모님과 그리스도께 회개의 고해성사를 열심히 드리도록 합시다. 간구하면 능치 않는 일이 없다고 그리스도께서 말씀하셨고, 서베드로님은 이 세상을 하직하시기 직전 그리스도의 영험으로 건짐의 은총을 입으셨으니 필히 이 땅에서도 그리스도로부터 구원의 은사를 받으실 것을 확신합니다. 우리는 이제 한식구입니다. 그리스도께서 구해주셨으니 편히 쉬십시오."

신부는 말을 마치자 성호경을 외고 십자성호를 긋곤 사리댁에게 서베드로님을 잘 간호하라고 이른 뒤 자리를 떴다. 그는 대발이 쳐진 문밖으로 사라졌다.

"부인, 내가 부인을 다시 만나겠다는 일념 하나로 활빈도 산채에서 얼마나 고통을 당한 줄 아오? 거기서 빠져나오려 내 몸을 이토록 못쓰게 자해까지 했다오."

"어른님을 뵙는 순간 그동안 당하신 어른님의 고난을 절절히 느꼈습니다." 사리댁이 어룽진 눈으로 말했다.

"부인을 못 본 지난 한 달 스무 날 동안 나는 제정신이 아니었소. 부인 생각만 하며 반쯤 미쳐서 지냈소." 둘만이 남게 되자 서한중이 엄마 앞에 어리광을 부리는 아이처럼 울먹이며 웅절거렸다. "이제 부인을 만났으니 나는 여한이 없소. 부인, 진정으로 부인을 사랑하오!"

서한중은 침상에서 몸을 기울여 침상 모서리에 이마를 기대고 흐느끼는 사리댁 머리통을 싸안았다. 사리댁은 대답 없이 한참을 흐느끼더니, 이윽고 얼굴을 들었다. 여인의 뺨을 타고 쉼 없이 눈물이 흘러내렸다. 예전 발그레하게 곱고 도톰하던 뺨은 간데없고 얼굴이 핼쑥히 말라 있었다. 붉게 충혈된 눈 위 맑은 이마에는 푸른 힘줄이 비쳤다. 성소라 그런지 그의 눈에 부인의 모습은 근접

할 수 없는 그 무엇, 성결한 영체의 모습이었다.

"어른님, 저는 이곳에 와서 신부님께 우리의 죄지음을 고해성사했습니다. 깊이 뉘우쳐 통회하고 방사(放赦)해주시기를 신부님께 간절하게 빌었습니다."

"그랬소? 고해하니 신부가 뭐랍디까?"

"하늘 아래 죄를 짓지 않은 사람은 없다 했습니다. 그리스도께서는 사람이 지은 모든 죄를 대신하여 십자가 형틀을 스스로 택하셨습니다. 그러므로 그리스도 안에서 형제자매들이 진실로 자신의 죄를 뉘우칠 때, 그리스도께서는 그 사람의 죄를 사하여주신다고 신부님이 은사를 주셨습니다."

"부인은 그 말을 믿소?" 서한중이 코웃음을 쳤다. "그리스도가 뭔데? 그 이양인은 옛날 옛적 사람이오. 아니, 그런 사람이 진정이 지상에 살았었는지조차 모르오. 그가 동정녀 몸에서 태어났고, 스스로 천주의 아들이라 말하고, 죽은 지 사흘 만에 다시 소생했다니…… 지렁이가 용이 된다는 말처럼, 정신 멀쩡한 사람이라면 그 말을 어떻게 믿을 수 있소……"

"말씀 중에 송구합니다." 주발 터지는 소리로 부르짖는 서한중의 말을 더 들어내기 괴로운지 사리댁이 질언(質言)했다. "어른님은 이 지경이 되시고도 그리스도와 순교하신 아버님까지 부인하시다니. 지금 이 순간도 그리스도께서는 천상에서 이 못난 죄인인 우리를 내려다보시고 계십니다. 통회하여 사죄를 구하지 않는다면 영육을 쇠하게 하는 더 큰 벌을 내리시겠다고……"

"나갑시다!" 이를 앙다문 서한중이 눈을 부릅뜨고 손을 쳐들었다. 그는 차마 사리댁의 뺨을 후려치지 못하고 후들거리는 손을 내리고 다조졌다. "여긴 우리가 있을 곳이 못 되오! 여기에서 어서 나갑시다. 죽든 살든 우리는 우리가 갈 길이 따로 있소. 그러자고 우리가 순흥 땅을 떠나지 않았소!" 서한중이 주발 터지는 소리로 외치곤 침상에서 내려섰다. 그는 사리댁의 소매를 잡곤 문 쪽을 향해 무작하게 끌었다. 문 옆에 자신이 짚고 다니던 지팡이가 세워져 있었다.

"아직도 성치 않으신 몸인데 어디로 가자는 겁니까?"

"거기가 지옥이라도 좋소. 하여간 어서 이 성소에서 나갑시다. 부인을 이곳에 두느니 차라리 눈곱참봉 손에 넘겨버리는 게 낫겠소!" 서한중은 대발을 걷고 문밖의 짚신을 꿰신다, 곧 자신의 실언을 고쳤다. "우리가 어떻게 맹세하고 순흥 땅을 떠났는데 차마 내가 그런 짓을 하겠소. 내 마음은 부인과 함께, 한시라도 빨리 여기를 벗어나고 싶을 뿐이오."

서한중은 사리댁을 그리스도의 품에서 빼내고 싶었을 뿐이었다. 아니, 천주교에 여인을 빼앗기고 싶지 않았다. 배부도주한 저간 사정을 고해성사로 사제에게 실토했다니, 부인을 이곳에 두었다간 죄를 더 짓지 않겠다고 마음을 돌려 자신을 아주 멀리할 게 뻔했다. 부인이 죽자 살자 그리스도에게만 매달리면 자신이야말로 빈 들을 지키는 허수아비 꼴이었다.

"부인, 제발 내가 하자는 대로 따라주오. 부인은 이녁 마음을 왜 그렇게 못 헤아리오? 우리가 여기를 떠나더라도 설마하니 생구불망(生口不網)하겠소." 얼마나 울었던지 부푼 얼굴로 문 앞에 우두망찰 서 있는 사리댁에게 서한중이 애원조로 말했다.

남정네의 불타는 듯한 간절한 눈빛을 보며 사리댁은 머리를 떨구었다. 그리스도를 따르자니 이 남정네를 버려야 하고, 이 남정네를 따르자니 다시 죄의 길로 들어선다는 갈등 앞에 마음이 흔들렸다. 여인은 다시 부정한 죄를 짓지 않겠다고 사제에게 서약했던 것이다.

"어른님, 저는…… 천주님을 버릴 수 없사옵니다. 저는 이 성당에 반빗아치로 남아 목숨 다하는 그날까지 성모님과 그리스도를 존귀하며 살고 싶습니다." 사리댁이 문지방에 주저앉으며 손으로 얼굴을 덮고 흐느꼈다.

"부인, 보오. 그리스도 말씀에도 그러지 않았소. 지아비를 천상으로 알아 존귀하라 이르셨소." 서한중의 목소리에 애원이 실렸다. 그는 부인이 앵돌아질까보아 상엿소리 뽑듯 부수지소(膚受之愬)하게 지껄였다. "내가 부인을 여기 두고 길 나서서 떠돌다 주리고 병들어 객사한다면, 부인은 이제 두 남자를 버리는 것이오. 그건 죄가 아니오? 이를 천주께서 옳은 일이라 상찬하시겠소? 천상천하 그 어떤 법이 있다 한들 남녀 간의 지순한 사랑을 깨고 이별하라는 법은 없는 줄 아오. 그리스도는 원수까지 사랑하라고 가르쳤소. 그런데 서로가 목숨 다해 사랑하는 한 쌍을 두고, 어느 쪽이든 그 사랑을 깨라고 천주가 말씀하시겠소? 어디 말해보오. 거기에다 부인은 지금 잉태한 몸 아니오? 생겨날 그 자식을 아비 없는 후레자식으로 키울 작정이오? 내가 만약 혼자 떠돌다 객사한다면, 그래서 자식이 말귀 알아들을 나이가 되면 지아비가 행려병자로 죽었다고 토설해야 마땅하겠소? 어디 내 말이 틀렸소?"

사리댁은 울기만 할 뿐 대답이 없었다. 남정네가 된 입김을 뿜으며 뱉는 말 중에 뱃속에서 자라고 있는 아기를 두고 한 마지막 말이 사리댁의 흉중에 못을 박았다. 여인은 이제 소리 내어 흐느꼈다. 서한중은 사리댁의 팔을 낚아챘다. 그는 홑저고리 단탕건 바람으로 기우뚱 마당에 나섰다.

"이대로, 이대로 그냥 떠날 수는 없사옵니다. 신부님께 말씀을 드리고……"

"그러면 신부가 어디 마음대로 떠나라 허락할 것 같소? 절간이야 오는 사람 막지 않고 가는 사람 붙잡지 않는다지만, 이양의 교는 천주교나 야소교나 한번 발 디딘 사람은 한사코 올무로 가둬놓는다오. 이양의 교가 바로 그러하오. 그러기에 아버지같이 목숨 내놓는 사람도 생겨난 것이오."

서한중이 술 취한 듯 지팡이를 내두르며 사리댁의 소매를 끌고 정문으로 자춤걸음을 걸었다. 어서 이곳을 빠져나감이 상책이란 듯 서둘렀다.

아침녘이었다. 하늘은 쨍쨍하게 맑았다. 말복을 코앞에 두어 낮이면 더위가 얼마나 찔는지 아침부터 볕발이 따가웠다. 마당귀에 선 미루나무에서 매미가 찢어지게 울어댔다.

"어른님, 이러심 아니 됩니다. 아무 준비 없이 어찌 이렇게 선걸음에 나설 수가……"

"나 역시 신부 뵙고 인사하기 미안쩍으니, 이 길로 그냥 내뺍시다" 하다, 서한중은 산채 활빈도 부사장으로부터 받은 노자를 떠올렸다. 그는 허리춤을 더듬었다. 허리띠에 차고 다니던 주머니가 없었다.

"참, 주머니가 없구려. 그 주머니에 은화와 백동화가 얼마쯤 들었을 텐데……"

"제가 간직하고 있사옵니다. 그럼…… 신부님께 인사드리고 오겠습니다."

"그 말 믿어도 되지요? 인사는 드릴 것 없이 퍼뜩 다녀오시오. 내 곰방대와 담배쌈지도 찾아오구려. 그럼 성소 문밖에서 기다리고 있겠소."

서한중은 돌아서서 종종걸음 치는 사리댁 뒷모습을 보았다. 여인은 연방 눈물을 훔쳤다. 여인 뒤로 첩첩한 행룡이 꼬리를 내린 지점, 배론 성소는 나지막한 동산을 끼고 앉아 있었다. 서한중은 우두커니 서서 성소를 한눈에 갈마보았다. 1855년 우리나라 최초로 세워진 배론성요셉신학교는 창설 열한 해 만인 1866년 병인년 대박해 때 문을 닫았고, 전교의 자유가 허락된 뒤 이제 주임사제가 상주하는 성소로 남은 셈이었다. 성소는 예닐곱 동 가옥으로 이루어져 있었다. 짚으로 지붕을 올리고 흙벽에 창을 내어 기다랗게 지은 집은 주일에 교도들이 미사 참례하는 지성소였다. 그 옆에는 원두막 세 배 높이의 종루가, 종루 뾰족지붕 위에는 나무 십자가가 달려 있었다. 서한중의 어머니와 형님이 이곳을 순례하며 보았다는 황사영이 백서를 쓴 옹기굴과, 우리나라 두번째 사제인 최양업 신부의 묘는 성소 뒤 첩첩한 산 아래 어디쯤 있을 터였다.

서한중은 이곳에 더 머물렀다간 날벼락이라도 만날까보아 얼른 몸을 돌렸다. 그는 지팡이를 짚고 절뚝거리며 성소 정문을 나섰다. 자신이 정신을 놓고 있을 사흘 동안 무슨 비상한 약을 썼는지, 몸이 무겁지 않았고 뱃속은 공복이듯 텅 비어 있는데도 배가 고프지 않았다. 딱지 앉은 손등과 얼굴이 근지러운 것으로 보아 곪았던 상처도 낫고 있었다. 그는 둠벙 숲정이 그늘에 주저앉아 나뭇등걸에 등을 기대었다. 땅이 축축한 것으로 보아 어제쯤 비가 내린 모양이었다.

이제나 나올까 저제나 나올까, 서한중이 성당 정문 쪽으로 목을 빼고 보며 한동안 사리댁을 기다렸다. 그러나 감감소식이었다. 다시 고해성사를 한 뒤 사제를 달고 나와 자신을 설득하려고 지체하는지, 아니면 사제에게 설득당해 꿀 먹은 벙어리가 되어 주저앉아버리지 않았는지, 사정이 그렇게 되었다면 어른님을 못 따라가겠다는 작별의 말이라도 해올 터였다. 시간이 자꾸 흐르자 그는 불안하고 초조했다. 다시 성소로 들어가볼까 했으나 그 안에 두 번 다시 걸음하고 싶지 않았다. 만약 다시 걸음한다면, 사제가 말씀의 올무를 씌우든지, 눈에 보이지 않는 어떤 힘, 이를테면 아버지의 망령이 자신을 가두려 올무를 던지든지, 아니면 죽은 자까지 살렸다는 성경의 기록대로 그리스도의 영험이 자신을 올무로 가둬버릴지도 몰랐다. "믿음의 확신이 설 때 그리스도는 사랑의 실천자이시므로 그분께 나아가는 데 두려움이 없습니다. 그러나 믿음의 확신을 못 가질 때 그리스도는 징벌의 심판관이므로 모두 두려워하게 되는 것입니다." 언젠가 읍내리 공소에서 신부가 그렇게 강론했다. 자신이야말로 믿음이 없으므로 그쪽을 쳐다보기조차 싫어한다고 수긍했다. 싫어함은 두려워함과 다르다고 고집을 부렸다. 똥물 담긴 똥바가지를 퍼부을 때 똥물이 두려워 피하는 게 아니라 몸이나 옷에 묻는 게 싫어 피하는 이치와 같다고 우겼다. 너는 네가 저지른 부정(不淨)을 정죄 받을까보아 아버지와 그리스도를 두려워한다고 누가 추궁한다면, 자신이 천주교도가 아니므로 아버지는 물론 그리스도의 정죄를 받을 이유가 없다고 당당히 말할 수 있다고 다짐했다. 아버지에게는, 안사람이 미류(彌留)하여 몸져누운 지 다섯 해째니 소실을 둠이 어찌 부정하냐고 대들고 싶었다. 나도 여느 보통사람일 뿐이라고 우기고 싶었다.

"어른님, 어른님, 제가 왔습니다."

서한중은 눈을 떴다. 눈앞에 머릿수건 쓴 사리댁이 보퉁이를 안고 쪼그려 앉아 있었다. 그는 부인을 기다리다 깜박 말뚝잠을 잔 모양이라고 생각했다.

"갑시다, 허허. 신부가 날 따라가라고 허락합디까?" 서한중은 사리댁을 앞에 두자 너무 반가워 쪼글쪼글한 주름을 잡으며 모처럼 선웃음을 웃었다.

"제가 모셔야겠기에……"

사리댁은 성모상 앞에서 기도하던 중, 그 병든 영혼을 네가 구하라는 성모님의 음성을 들었다고 말할 수는 없었다. 아니, 여인은 환청으로도 그런 음성을 듣지 못했다. 하지만 지성소에서 무릎 꿇어 기도하다 어찌할까 어찌할까 하며 눈물로 가슴을 태울 때, 그렇게 버려두면 그리스도 세상 밖에서 죽을 목숨을 네가 구해 회개시키지 않고 누가 나서겠냐는 마음의 소리는 분명 들었던 것이다. 한 번 서방을 버린 몸으로서, 태어날 새 생명의 지아비마저 버려서는 안 된다는, 마음 아래쪽에 눙쳐 있던 남정네의 야비한 둘러씌움. 그러나 지극히 인간적인 그 호소는 여인에게 성소를 벗어날 명분을 주기 위해 바꿔 말한 거였는지도 몰랐다. 분명 그 소리는 성모나 그리스도의 계시는 아니었다. 어쨌든 여인은 그런 결정을 기다리기나 했다는 듯 서둘러 기도를 마치고 사물을 꾸려, 사제를 만날까 부끄러워 인사드릴 염치도 차리지 못한 채 성소를 나섰던 것이다.

서한중은 꿉꿉한 엉덩이를 털고 일어섰다. 다리가 휘청거려 지팡이를 짚지 않았다면 쓰러질 정도로 몸이 기우뚱했다.

남녀는 버드나무 그늘을 벗어났다. 어느덧 해는 중천으로 솟았고 볕이 따갑게 내리쬐었다. 산야가 온통 푸름으로 살이 쪘고, 그 위에 부어지는 햇살이 눈부셨다. 사리댁이 얼마간 거리를 두고 미투리 코끝만 내려다보며 그 뒤를 따랐다. 서한중은 여인에게 아무 말도 묻지 않았고, 여인도 어디로 가는 길이냐고 남정네에게 목적지를 묻지 않았다. 고신척영(孤身隻影)한 신세가 따로 없었다. 봉양 읍내리 네거리 목까지 와서야 서한중이 꼴을 베어 지겟짐을 나르는 총각을 잡고 영월 가는 길을 물어, 사리댁은 한양이 아닌 다른 쪽 노정임을 알았다. 그러나 여인은 영월 땅이 어디며 어떤 곳인지 알지 못했다. 이제 자춤거리는 걸음조차 히뜩비뜩 허영거리는 맥 빠진 남정네지만 그를 다시 따라나서기로 옥마음을 먹은 마당에 그곳이 어딘들 켕기지 않았다. 한 발 한 발 내

딛는 걸음이 지옥 가는 길일지라도 이미 팔자에 쓰인 운명을 비켜갈 수 없다고 체념했다.

봉양에서 시오 리 남짓 걸어서 제천 읍내리로 들자 닷새장이 섰는지 길거리에는 사람들이 붐볐다. 마침 길가에 걸어놓은 서 말치 솥에서 시래깃국 내음이 구수하게 풍기는 밥집 앞을 지나게 되었다.

"부인, 뭐 좀 요기를 해야 되잖겠소?" 식욕은 동하지 않았으나 탁주 한 사발이 생각나 서한중이 사리댁을 뒤돌아보며 물었다. 그는 수중에 지닌 돈이 없기도 했다.

한 손에는 가슴 앞에 보퉁이를 껴안고 한 손으로 입을 막고 건던 사리댁이 헛구역질을 해댔다. 얼굴색이 노랗게 질렸고 이마에는 땀이 송글송글 맺혀 있었다.

"어디가 아프오?"

서한중의 말에 사리댁은 대답할 기력마저 없어 보였다. 그는 후딱 스치는 생각이 있었다. 입덧치고는 늦은 입덧이었다.

"부인, 혹시 입덧을 하는 게 아니오? 언제부터 그렇소?"

사리댁은 헛구역질을 삼키며 대답 없이 쪼작쪼작 걸음만 뗐다. 서한중은 안사람이 첫딸 동례를 가졌을 때가 떠올랐다. 몸이 약했던 처는 입덧이 유독 심했다. 겨울철인데도 도솔어미에게 시원한 수박이 먹고 싶다고 한 말을 곁귀로 들은 적이 있었다. 자기만 애를 낳나, 진시황이 불로초를 찾는다더니 호강에 바쳐 별걸 다 찾는다며 그는 시큰둥해했다. 입덧이 있고부터 처가 잠자리를 피하기도 했지만, 읍내리, 풍기, 영주로 그의 출타가 더 잦아졌다.

"부인, 뭘 먹고 싶소? 말만 하구려. 여기 장시에서 사지 않으면 구하기가 힘들 테니."

"먹고 싶은 게 없습니다." 사리댁은 말하곤, 사삿집 담벼락으로 돌아서더니 치마를 뒤져 차고 있던 꽃주머니에서 은화와 백동화를 손에 집히는 대로 꺼냈다. 서한중은 사리댁으로부터 엽전을 받자, 말은 않았지만 부인이 무엇인가 먹고 싶은 게 있다고 짐작했다. 그는 부인을 세워두고 포장 친 저잣거리로 들어섰다. 난전을 거쳐가며 두 사람이 한 끼 때울 삶은 감자를 샀다. 그 옆이 청과전이었다. 입덧하는 아녀자들이 신 것을 좋아한다는 말을 들은 터라 농한 내음을 쫓아 파리 떼가 웽웽대는 수박이며 개똥참외를 힐끔거렸다. 그는 어렵사리 철이 조금 지난 매실과 살구가 담긴 소쿠리를 발견했다. 노파에게 흥정을 붙여 붉게 익지 않아 단물이 적은 푸른 풋과일을 골라 샀다. 그는 문득 내가 안사람을 위해 이런 먹을거리를 사다 나른 적이 있던가 하는 생각이 들었다. 읍내리 나들이 갔다 들어오는 길에 엿장수라도 만나면 아이들 주전부리 감으로 엿을 사거나 자신이 먹을 요량으로 술국용 명태나 자반, 젓갈을 사다 나른 적은 있었다. 그러나 안사람을 이쁘게 여겨 패물이나 화장함, 먹을거리 따위를 사다줘본 적은 없었다.

"부인, 요깃거리로 삶은 감자와 이걸 좀 사왔소. 구미에 맞을는지 모르겠소만."

"고마워요." 사리댁이 오랜만에 미소를 띠었다. "저는 지금 아무것도 먹고 싶지 않아요. 어른님 잡수시려면 드사와요."

사리댁이 시든 호박잎에 싼 감자를 건네주었다.

"부인이 그러니 나도 먹고 싶지가 않소."

"아직도 몸이 쾌치 못하실 텐데 뭐든 잡수셔야 행보가 수월하잖겠습니까?"

"아니오, 부인이 옆에 있으니 그것만으로도 배가 부르오."

사실이 그랬다. 활빈도 산채에서는 복통이 심했는데 위가 아직 제 기능을 못하는지 빈 뱃속은 바람이 차 벙벙하기만 했다. 그 공복에 부인이 똬리를 틀고 앉았는지 그득한 포만감이 느껴졌다. 사리댁은 감자와 과일을 보퉁이에 찔러 넣었다.

남녀는 사람 내왕이 많은 장시와 들녘을 벗어나 호젓한 버덩으로 접어들었다. 서한중은 지팡이 내둘러 자춤걸음을 걸으며 사리댁이 건네주는 소금 바른 감자 세 개를 먹었다. 사리댁은 자두만 한 작은 감자 한 알만 먹었다.

한 마장 넘이 걸어 산촌 고암골을 지났을 때, 언뜻언뜻 "너허 너허 너화너 너이 가지 넘자 너화너" 하는 상여 나갈 때의 뒷소리인 선소리가 들렸다. 둘이 고개턱에 오르자 저 앞쪽 봇도랑을 낀 움펑길로 상여 행렬이 길게 나아가고 있었다. 삼층 죽격(竹格)에 울긋불긋한 종이꽃으로 사방을 치장한 상여가 화려했다. 따르는 조객도 많았고 앞뒤로 늘어선 만장 수만도 얼추 서른 개는 넘어, 행세하는 집안의 출상임을 한눈에 짐작할 수 있었다. 상여를 땅바닥에 내려놓고 노제를 지낼 동안 둘은 그 행렬을 따라잡았다. 상여가 다시 출발했다.

"명사십리 해당화야 꽃 진다고 설워 마라." 앞소리꾼이 요령을 흔들며 메기는 소리를 내지르자, "너허 너허 너화너 너이 가지 넘자 너화너" 하고 뒷소리꾼들이 받는 소리를 외쳤다. 얼마를 걸어오며 목청을 썼는지 모르지만 메기는 소리와 받는 소리가 모두 맥이 빠져 있었다. 아니, 메기는 소리꾼의 높다랗게 띄워 올린 애원성이 절절하지 못하다보니 받는 소리 역시 힘을 얻지 못하고 있었다. 그런대로 상여는 느리게 움직였고, 상여 뒤에 바짝 선 상주들의 곡성이 오히려 질펀했다.

"권세가문 호상인 듯한데 행상소리가 뭐 저따위야." 서한중이 입속말로 쭝덜거렸다.

길 가다 상여를 만나면 앞지르지 못하고, 정 급한 일이 있으면 길을 버리고 둘러가야 함이 원칙이었다. 서한중은 단상투에 무명 홑저고리 차림의 꼬락서니가 그런지라 감히 상여를 앞지를 수가 없었다. 한참 동안 사리댁과 상여 행렬을 뒤따라가던 그가 무슨 생각이 들었던지 밭두렁으로 내려서서 지팡이를 내두르며 상여 앞쪽으로 밭은 자춤걸음을 걸었다.

"어르신네, 어젯밤 장맞이 다드래기까지 하셨을 텐데 얼마나 피곤하십니까. 노인장은 잠시 쉬십시오. 제가 메기는 소리를 조금 할 줄 아는 천역이니 대신 나서보리다." 기진하여 허덕허덕 부르는 두건 쓴 앞소리꾼 노인에게 서한중이 말했다.

"임자는 뉘시우?"

앞소리꾼이 웬 떨거지냔 듯 얼굴에 딱지 앉은 염병 들린 꼴의 서한중을 아래위로 훑어보았다.

"상엿소리에 바탕이 되는 '초성'이 좋고 '문서'가 제법 된다는 말은 들었습지요." 서한중이 계면쩍은 웃음을 빼물었다.

"보자 하니 목청이 터진 게 독공깨나 했겠수. 어디 한번 목청 자랑이나 해보시우." 옆 사람이 장단을 맞추었다.

나 부를 노래 사돈집이 부른다더니 웬 떨거지냔 듯 앞소리꾼이 눈을 흘겼다. 서한중이 헛기침하며 목청을 가다듬곤 초성을 높게 띄워 올렸다.

"이제 가면 언제 오나 오는 날 일러주오!"

벼락 치듯 내지르는 메기는 소리에 뒤따라오던 상여꾼들이 모두 놀랐다. 걸음 맞춰 받는 뒷소리도 메기는 소리에 힘을 얻어 따라 높아졌다.

"너허 너허 너화너 너이 가지 넘자 너화너." "황천길이 멀다더니 문턱 밑이 황천길이로구나!" "너허 너허 너화너 너이 가지 넘자 너화너." "먹던 밥그릇 덮어놓고 먹던 수저 그대로 두고 북망산천이 웬일이냐!"

서한중의 목청에 차츰 신명이 붙기 시작했다. 사리댁이 성소에 남지 않고 따라나서주었고 자신의 메기는 소리를 귀 기울여 듣고 있겠거니 여겨져, 부모 앞에 재주 자랑하는 아이처럼 그의 기가 한껏 살았다. 뒷소리도 차츰 힘이 실렸다. 앞소리꾼 노인이 어디서 나타난 명창 소리꾼이냔 듯 입을 딱 벌리더니, 서한중에게 요령을 넘겨주었다. 서한중은 요령을 흔들며 목청을 더 높였다.

"이제 가면 언제 오나 오는 날 일러주오!" "너허 너허 너화너 너이 가지 넘자 너화너." "인생 아차 죽어지면 무주공산 터를 닦는 초라한 인생이라네!" "너허 너허 너화너 너이 가지 넘자 너화너." "잔나비로 벗을 삼고 두견 접동 벗을 삼아 초래하는 넋이 된다네!" "너허 너허 너화너 너이 가지 넘자 너화너."

서한중의 피를 토하듯 내지르는 목소리가 산천을 쩌렁쩌렁 울렸다. 호가 난 상엿소리꾼의 목청은 십 리를 간다는 말이 있지만, 서한중은 그 천역을 생업으로 삼지 않았으되 가히 달인의 경지에 이른 소리꾼 목청이었다. 주발 터지듯 갈라진 탁음이 노랑목에 이르러선 굽이굽이 한을 실어 흐느꼈다. 집을 떠나 불구가 되고 정인(情人)과 함께 정처 없이 유랑하는 자신의 신세를 소리가락에 싣다보니 오장에서 쏟아져 나오는 비통한 통성은 저승길 가는 고인의 넋을 달래주기에 충분했다. 받는 소리 역시 함께 어우러져 목소리가 우렁찼고 구성졌다. 주고받는 행상소리는 저승길 떠나보내는 사람에게도 위무가 되어 상주들의 애절한 흐느낌이 높아갔다. 산역에 따라나선 사람들까지 서한중의 메기는 소리에 감읍하여 코를 훌쩍이거나 눈시울을 닦았다.

"참말로 대단한 목청일세." "어디서 저런 상엿소리꾼이 홀연히 나타났나." "참으로 절창이로다. 산천초목조차 감루 흘리며 목이 메겠군." "진사 어르신은 별세하시고도 복을 받으셨어. 저 행상소리 들으시면 저승길이 얼마나 편안하실까." 행상 나선 사람들이 끼리끼리 한마디씩 했다.

명정을 들고 앞장선 이가 길을 버리고 산자락 에움길을 타기 시작했다. 큰 소나무가 병풍을 친 저만큼 높은 남녘받이 산중턱에 흰옷 입은 무리들이 보였다. 아침 일찍 산역에 나선 사람들이 묏자리를 만들어놓고 상여 오기를 기다리는 참이었다.

"대궐 같은 집은 빈집같이 비워놓고!" "너허 너허 너화너 너이가지 넘자 너화너!" "청춘 같은 사람에게 어린 자식 맡겨놓고!"

서한중은 여기에서 메기는 소리를 그치고는 흔들던 요령을 옆 노인에게 건네주었다.

"저는 이제 그만 제 갈 길을 가봐야겠습니다. 산천경개 좋은 곧에서 상엿소리 한번 시원케 내지르니 가슴이 탁 트이고 체증이 다 달아나버리는군요."

"대단하우. 내 어쭙잖은 상엿소린 삼십 년을 불렀고 여기저기 문상 다니며 경청도 했건만 댁같이 비통하고 애절하게 부르는 이는 처음 보았소. 가히 절창이오." 상엿소리꾼 노인이 자못 감탄하더니, 행처가 어디냐고 물었다.

서한중이 과찬이시라며, 영월로 들어가는 길이라고 대답했다.

"영월까지라면 어차피 오늘 당도는 글렀네요. 뭣한 말이지만 우리 따라 나섰으니 내친김에 장지로 올라가서 자진상엿소리와 달구소리까지 불러주시구려."

"글쎄요. 집사람을 데리고 나선 길이라……"

"그럼 잘됐네요. 점심 전이라면 한 상 받아 드시고 떠나시우. 상주가 복채도 두둑이 내릴 것이우. 제천 읍내리 교동골 조진사댁이라면 근동에서는 나는 새도 떨어뜨린다지 않수. 삼대에 걸쳐 판서만 여섯 분을 배출한 명문세가지요."

그 말에 달아 주위 여러 사람이 거들었다. "요령잡이 노인장 말씀이 맞아요. 장지에서 그 장한 소리 한번 더 들어봅시다." "어차피 시작한 소리, 끝을 봐야 진사 어르신 넋도 편안히 저승길 가실 겁니다.” “처음부터 나서지나 말든지. 멀쩡한 사람 눈물구멍 후벼놓고 선걸음에 가시다니, 무정도 하우.”

뒤쪽에서 지체 높은 이도 나섰다.

“그분 보내지 말게. 달구소리까지 마치고 오늘 밤은 사랑으로 모셔 대접 잘해드려야 해.”

노인이 서한중의 등을 밀었다. 서한중은 바로 그 말을 학수고대하며 기다렸던 터라, 안사람에게 말을 전하고 조금 지체했다 가겠다고 선선히 승낙했다. 그가 메기는 소리에 선뜻 나서기는, 소리라면 어떤 가락이든지 자신이 있기도 했지만 궁극적으로는 복채를 몇 냥 얻어볼까 하는 알량한 꿍꿍이셈이 있었다. 한여름이니 노천도 좋았고 이슬 피할 데서 말뚝잠을 잔다 해도, 활빈도 부사장이 노자에 쓰라고 준 돈은 며칠을 못 넘겨 바닥나버릴 게 뻔했던 것이다.

상엿소리가 죽은 중에 상여는 이제 좁은 언덕길을 비비대기치며 올랐다. 서한중은 부리나케 상여 뒤쪽으로 빠졌다. 그가 지나가자 모두 큰 상엿소리꾼이라고 한마디씩 칭찬을 했다.

사리댁은 산길 오르기를 멈추고 길가에 호젓이 서서 한쪽 눈을 비비고 있었다. 서한중은 사리댁이 자기의 메기는 소리에 감복하여 눈물을 짓는 줄 알았다.

“부인, 내 상엿소리 처음 들어봤지요? 소리가 어떠했소? 들을 만했지요?”

사리댁은 대답이 없었다.

“이 사람들이 산으로 오르며 부르는 자진상엿소리와 하관 뒤

봉분을 다지며 부르는 달구소리까지 마쳐주기를 원하오. 복채를 제법 줄 것 같으니 잠시 쉬어갈 겸 묘터까지 따라갑시다. 저기, 저 흰옷 입은 사람들 보이지요? 선산이 저기인 모양이오."

"어르신 뜻대로 하셔요." 사리댁이 가만히 말했다.

사리댁은 혼절한 남정네가 사제의 등에 업혀 성소로 들어올 때 놀라기는 했으나 눈물은 나오지 않았다. 오히려 기쁨이 복받쳤다. 이제 그이가 깨어나면 믿음 착실한 교도가 되리라 기대했다. 천주님의 영역인 성소 안에서 부부가 아닌 남매이듯 함께 지낼 수 있겠거니 싶었다. 자신은 부엌일을 돕고 남정네는 바깥 허드렛일을 하며 서로가 죄짓지 않고 몸을 정결케 한다면, 날마다 그 얼굴을 대하는 것만으로도 행복할 것 같았다. 자식을 낳고 그 자식에게 성세성사를 받게 하여, 성당 안에서 믿음의 사람으로 키운다면 먼 훗날 언젠가 그 자식이 사제가 되든 수녀가 되든 부모의 죄를 정결케 해주리라. 여인은 사흘 동안 지성으로 남정네를 간병하며 그 소망을 다독거렸다. 그러나 그 꿈이 깨어지고 마귀의 운명에 멱살 잡히듯 허랑한 남정네를 따라 성소를 나서고부터 왠지 자꾸 눈물이 쏟아졌다. 혼절했다 사흘 만에 다시 깨어난 사람이 몇 푼 돈에 팔려 피를 토하듯 죽을 마디로 행상소리를 불러제끼자, 그 인생이 가련했고 그 절절한 애원성이 마치 미구에 닥칠 자기네 운명이기나 하듯 슬퍼졌던 것이다.

가파른 에움길을 오르던 사람들이 뒤돌아보며, 상엿소리가 없으니 힘이 들어 못 오르겠다느니, 소리가 죽으니 산으로 오르려 하지 않는다느니, 자진상엿소리를 불러줘야 걸음이 쉬울 게 아니냐며 불퉁스럽게 한마디씩 했다. 메기는 소리를 불렀던 노인은 서한중의 행상소리에 아예 주눅이 들었는지 입도 뻥긋 못하고 있었다. 서한중은, 예, 예, 그러합지요 하며 둔덕을 둘러 상여가 오르는 앞쪽으로 나아갔다.

"처자 권속 다 버리고 혼자 가는 저 신세!" 서한중의 입에서 폭포 쏟아붓듯 다시 소리가 터져나왔다. "너허 너허 너화너 너이 가지 넘자 너화너!" 뒷소리가 이어졌다. "인간 만사 묻지 마라 초목만도 못하구나!" "너허 너허 너화너 너이 가지 넘자 너화너!" "보고지고 보고지고 그대 얼굴 보고지고!" "너허 너허 너화너 너이 가지 넘자 너화너!" "공산 낙월 달빛 보고 고인 안색 비껴볼까……" 자진상엿소리가 끝없이 이어졌다. 두 마장 거리는 족히 부를 수 있는 그 긴 사설은 서한중이 젊은 시절 풍기의 퇴기로부터 익힌 가사였다. 그는 상엿소리 끝에 주어질 복채에 마음이 더 동했기에 요령을 흔들며 슬픔이 굽이굽이 장산 마루로 오르듯 애원성을 내질렀다. 그의 여윈 얼굴과 목에서는 비지땀이 흘러내렸다.

혼백과 상여가 장지에 도착하자, 혼백은 교의에 모시고 가져온 제물을 진설했다. 관은 이미 파놓은 광(壙) 옆에 지의(地衣)를 펴고 굄목을 놓은 뒤 공포로 관을 훔치고 명정을 덮었다. 관에 매달리거나 퍼질러 앉아 땅을 치는 상주와 유족의 곡성이 처절했다. 이어, 폄(窆) 작업이 시작되고부터 일은 일사천리로 진행되었다. 관을 광에 내리고 회를 뿌린 뒤 흙을 덮는 작업을 시작할 때, 서한중은 요령을 흔들며 달구소리를 시작했다. 넉 자 높이의 봉분을 만든 뒤 가래와 삽 등으로 흙을 다질 때부터 묘표로 세운 대나무 주위에 상주들이 산역꾼의 노고를 치하하며 술값조로 돈을 내놓기 시작했다. 은화와 백동전이 흙 위에 쌓여갔다.

"저승길 노자에 쇠만 쌓이니 넋의 춤치가 무거워 걸음걸이가 느리겠네." "권세가문 그 많은 재산 이럴 때 헐어 쓰지 언제 쓰는가." "은화 몇 닢에 백동화가 모두라. 대원위가 남발한 백동화야 말로 썩은 엽전 아닌가." "짜다 짜다, 소금보다 짠 소태맛이로다." 산역꾼들이 일을 하며 농조로 한마디씩 빈정거렸다.

그러자 맏상주나 맏사위쯤 되어 보이는 마흔 중반의 굴건 쓴 이가 춤치에서 처음으로 지전 두 장을 꺼내어 은화 위에 놓았다. 일 원짜리 석 장이었다.

서한중은 노랑목을 자주 사용하여 유족과 조객의 슬픔을 한껏 돋우었다. 소리를 내지르며 그가 사리댁이 어디 있나를 살피니, 둔덕 저쪽 병풍 친 소나무숲 그늘에 앉아 쉬며 이쪽을 넋 놓고 바라보고 있었다.

"상주님네들, 참말 무정도 하십니다. 진사 어르신 저승길 넋 기리는 소리꾼이 저렇게 땀 뻘뻘 흘리며 애원성을 내지르는데 복채 한 장 안 놓으시다니." 행상소리꾼 노인이 혀를 차며 한마디 했다.

그 말에 출상에 가장 큰 몫을 담당한 낯선 행상소리꾼에 대한 예의가 소홀했음을 비로소 깨달았던지 지전을 처음 내놓은 이가 오 원짜리 한 장을 서한중 발 앞에 놓았다. 그는 선고께서 길복하셔서 명창 행상소리꾼을 만났으니 저승길 넘기가 얼마나 수월하실까 하며 서한중을 치살렸다. 그 옆에 늘어섰던 상주들도 제가끔 은전과 백동전을 꺼내어 지전 위에 놓았다. 서한중 발 아래

일 원짜리 지전이 더 나오고 엽전도 쌓여, 봉분 위의 돈을 웃돌았다. 서한중은 신바람이 날 수밖에 없었다. 형장에서도 살길이 있고 쥐구멍에도 볕 들 날 있다고, 빈털터리 주제에 때아니게 횡재를 하게 된 셈이었다. 그는 왠지 깜깜한 앞길에 서광이 비치는 느낌이었고, 영월에 들어서도 이런 복주머니가 터지리라 기대를 걸었다. 절처봉생(絶處逢生)이 이를 두고 한 말이며, 그는 목이 터져라 목울대를 떨어가며 달구소리를 불러제꼈다.

산역을 얼추 마치자 먹자판이 벌어졌다. 상여꾼 하나가 그동안 수고가 많았다며 쉰 목을 풀라고 서한중에게 사발 잔부터 안겼다. 서한중은 옷소매로 땀을 닦으며 오랜만에 부담 없이 술잔을 받았다. 한차례 옷이 젖도록 땀을 흘리며 신명나게 소리를 뽑아서인지 몸이 새처럼 가뿐하고 기분이 쾌재했다.

성대한 장례라 돼지 몇 마리는 잡았는지 먹자판에는 삶은 돼지고기가 흔했다. 서한중은 별상으로 개다리소반을 받았다. 밥과 술이 따랐고 국, 떡, 돼지고기도 올랐다. 그는 흥감하여 사리댁이 앉아 있는 둔덕 소나무밭으로 지팡이도 짚지 않고 자품거리며 올랐다. 사리댁이 무언가 오물오물 먹고 있다가 서한중을 보자 손을 품에 감추었다.

"부인, 부인! 여기로 내려오시오. 독상을 받았소. 쌀밥에 고기도 있고 떡도 있소."

서한중의 말에 사리댁은 입속의 살구씨를 손바닥에다 뱉어냈다.

6장

서한중과 사리댁이 영월을 십 리 앞두고 남한강을 넘기 위해 와룡나루에서 나룻배에 올랐을 때는 오후 참에 들어서서였다. 굽이굽이 산중을 빠져나와 하늘 넓게 트인 강안 풍경을 보자 창막이에 옹송그려 앉은 서한중의 구겨진 낯짝이 조금 펴졌다. 쌍룡사 사하촌 솔갱이란 고을의 빈 원두막에서 묵은 어젯밤, 그는 한순간도 눈을 붙이지 못했다. 장지에서 한량음식(閑良飮食)한 돼지고기며 술을 과식 과음한 탓인지 그날 밤부터 소낙비 쏟듯 물찌똥을 쏟아내었다. 영양실조로 배론 성소 입구에서 혼절한 뒤 아직 위가 제 기능을 못하는 참에 과식은 금물이라, 입덧하는 사리댁은 저리 가라 할 정도로 먹은 물조차 토해내며 자반뒤집기를 했던 것이다. 돌덩이를 소화해낼 젊은이도 여름 돼지고기는 잘 먹어야 본전이라는데, 그걸 포식으로 식탐했으니 식중독까지 겹쳐 온몸에는 두드러기가 돋았다.

어느 강이든 강변 풍경은 아름다웠고 절기마다 강변은 다른 채색의 경치를 보여주었다. 무엇보다 여름 강은 강바람이 좋았다. 강이 들녘을 껴안는 게 아니라 돌산을 깎아 협곡을 파고 흐르다 보니 거뭇한 바위와 청청한 소나무와 구상나무가 잘 어울렸고, 골을 스쳐가는 바람이 더욱 시원했다. 산이 강물에 그림자를 드리워 어릿어릿 흔들렸다. 행룡하던 산이 쉬어 가자며 허리를 낮춘 건너 쪽 북쌍이란 강촌은 모래펄을 끼고 고즈넉이 엎드려 있었다. 돌담 위로 호박잎이 무성했고 해바라기꽃이 활짝 피어 있었다. 키 큰 미루나무가 강둑에 줄줄이 늘어서 있는, 자연이 베푼 농촌 풍경이 평화로웠다. 강에는 떼가 길게 엮어져 지네 꼴로 떠내려가고 있었다. 떼에는 엄청 큰 통나무로 짠 상자가 바리바리 실려 있었다.

"외양간만한 저 큰 통나무 통들이 대체 무엇입니까?" 서한중은 또 설사기를 느끼며 옆에 앉은 배코 친 중년 사내에게 물었다.

딸기코 중년 사내 옆에는 댕기머리 땋은 곱상한 처녀 둘이 누가 채 갈세라 보퉁이를 껴안고 나룻배 가운데 옹송그려 앉아 있었다. 그네들은 장에 팔려 나온 씨암탉같이 댕그랗게 뜬 불안한 눈길로 딸기코 사내를 훔쳐보았다.

"영월 광산에서 실어내는 무연탄이랍니다. 비를 맞으면 탄이 허실되고 돌덩이처럼 굳어지니 저렇게 나무통에 넣어 뱃길로 쉽게 실어 나르는 거지요. 또 나무통이야말로 대처에선 동절기에는 땔감이 될 게 아닙니까." 딸기코 사내는 배코 친 머리 대신 콧수염을 간잔지런하게 길렀는데, 한가롭게 콧구멍을 파며 음전을 떨었다.

"탄이 나무보다 화력이 몇 배는 된다는 말은 들었습니다."

"영월로 들어가면 구경거리가 볼 만합지요."

"광산일이 머슴살이보단 고되지만 삼 년 정도 고생하면 한몫 잡아 뜰 수 있다면서요?" 광부로 자원하러 나선 맞은쪽 젊은이가 딸기코 사내에게 물었다.

저마다 괴나리봇짐을 진 그 옆에 앉은 떠꺼머리총각 셋이 귀 솔깃한지 눈을 깜박이며 딸기코 사내를 보았다. 모두 그쪽으로 일감 찾아 나선 초행길이었다.

"허허, 영월 광산 들어오는 총각들마다 죄 그 소리니, 뭐라고 답을 해야 하나. 악심을 먹으면 푼돈깨나 쥐게 되겠지만……" 딸기코 사내가 북쌍 강촌을 넋 놓고 바라보는 사리댁에게 군눈을 주었다. 잘만 거둬먹여 살을 좀더 붙이면 쓸 만한 계집이라고 군침을 삼켰다.

"몇 해를 버티면 얼마를 쥘 수 있습니까?"

"총각들, 하여간 몸 성히 잘 버텨보슈. 어쨌든 영월에 도착하면 놀라서 입이 딱 벌어질 거유."

일행이 남한강과 동강이 합류하는 고원분지 영월에 도착하고 보니 그야말로 창상지변(滄桑之變)이었다. 강변 둔덕에 산처럼 쌓인 무연탄으로 일대는 땅이 새까맣고, 물이 검고, 탄가루를 덮어쓴 푸나무 잎사귀는 물론, 사람들 입성과 얼굴까지 새까맸다. 샅만 가린 몽당바지에 웃통을 벗어제친 젊은 목도꾼들이 까맣게 매달려 마차나 수레로, 동아줄을 어깨에 걸어 무연탄을 강가로 나르고 있었다. 그뿐만 아니라 큰 통나무 통에 탄을 퍼 담고, 퍼 담은 통에 통발을 꿰어 지렛대로 굴려 강가에 닿아 있는 떼에 싣고, 한쪽에선 떼를 짤 벌목한 강송을 옮기고, 한마디로 야단법석이었다. 누른 작업복에 홀태바지 입은 군모 쓴 자들이 작대기를 휘두르며 울력꾼들을 독려해댔다. 서한중은 그들이 일본인이겠거니 짐작했다. 전쟁판이 따로 없었고, 꿀단지 깨진 데 모인 개미 떼였다. 또 설사기를 느낀 서한중은 사람 눈 피할 만한 데 엉덩이를 까고 앉아, 여기가 죽은 뒤 노역으로 혹사당한다는 성경 속의 지옥이란 덴가 하며 그 가당찮은 광경을 멍하니 구경했다. 노다지판에 사람이 벌 떼처럼 꾄다는 풍문이, 금이 아닌 검은 흙덩이에도 통하고 있음을 실감했다.

영월은 충주부 군내면 면청 소재지로 닷새장이 섰으나 백 호도 안 되는 집들이 고산분지에 띄엄띄엄 흩어져 밭농사에 의지하던 궁촌이었는데, 때아니게 탄광이 개발되어 개벽 세상을 맞고 있었다. 서한중은 이렇게 사람이 끓는데 설마 자기가 할 일감이 없으랴 싶었다. 우연히 만난 상여 행렬에서 뜻밖에 돈을 쥐었듯, 그런 행운이 또 있으리라는 기대에 부풀었다. 몸이 회복되면 당장 일거리를 찾아 나서리라 마음먹었다. 방을 얻고 부인과 신접살림을 차려, 깨가 쏟아지듯 하늘 아래 가장 복되게 살리라 작심했다.

서한중이 사리댁을 달고 막상 집집마다 돌아다니며 청을 넣어 보니 헛간방은 물론 비 피할 외양간조차 드물어, 첫날부터 몸 가릴 데가 없었다. 객지 사람들이 몰려들어 방이 천세가 난다 했다. 탄광과 산판 노무자들이 들이닥치니 그 가족이 따라오고, 그들을 호구 삼아 온갖 쇠파리와 하루살이들이 몰려들었던 것이다. 똥 있는 곳에 파리 꾀듯 돈 풀리는 기미를 안 색주가도 골짜기 천변에 어설픈 판잣집을 짓고 열몇 집이나 널려 있어, 그 숫막 거리는 해만 빠지면 노랫가락이 자지러지고 주먹다짐 싸움판이 벌어지곤 했다. 들병이도 설쳐대어 밤이면 개울가 후미진 곳에서 살꽃 파는 교성이 낭자하다는 것이다.

남녀는 마을에서 광산으로 올라가는 골짜기 옆에 있는 반쯤 허물어진 원두막을 발견했다. 솔갱이란 고을에서도 원두막에서 하룻밤을 나본 경험이 있는 터라, 둘은 우선 그곳에 잠자리를 마련하기로 했다. 마을에서 놉을 들여 원두막을 개수하여 넘어지려는 기둥을 바로 세웠다. 원두막을 오르내리게 사람 키 높이의 사닥다리를 만들고, 사방은 통나무로 벽을 치고, 틈새에는 흙을 발랐다. 사람이 잠잘 바닥은 섬거적을 깔고 문짝에도 바람막이 거적을 발처럼 드리웠다. 일을 마친 저녁부터 구름이 몰려와 하늘을 무겁게 덮었다.

이튿날, 서한중은 지팡이에 의지하여 기진맥진한 상태로 반 마장 거리인 광산으로 올라갔다. 거기에서부터 장산 준령이 버티고 있어 하늘 크기가 엽전만하게 보이는 첩첩산중인데, 소문대로 일본인들이 개발한 광산에는 많은 젊은이들로 북적댔다. 광산 입구 비탈에는 광부들 통나무집 숙사가 스무 동 남짓 지어진 광산촌이 있었다. 시커멓게 아가리를 벌린 갱 속으로 광차가 들랑거리고, 난장꾼들이 개미집 드나들듯 무연탄을 노천에 부려놓은 빈 광차를 타거나, 또는 걸어서 갱 안으로 도다녔다.

남녀가 영월 땅에 도착한 뒤 사흘째, 새벽부터 비가 뿌리기 시작했다. 처서 절기에 찾아온 늦장마였다. 비는 침침한 하늘에서 열이틀에 걸쳐 쉼 없이 추절거렸다. 기온이 떨어지자 체력이 약한 서한중이 개도 안 걸린다는 여름 고뿔을 앓았다. 장마가 그칠 동안 그는 혼자 힘으로 변이나 겨우 볼 정도로 누워 지냈다. 오갈 데가 없기도 했지만 내외는 원두막에 꼼짝없이 들어앉게 되었으니, 함께 입덧을 하는 꼴이었다. 비는 통나무 틈새의 흙을 뭉개고 스며들어 빗물이 거적 바닥까지 적셨다. 날마다 비는 하염없이 내렸는데, 남녀는 광목필을 둘러쓰고 앉아 풀죽과 강냉이로 연명하며 병아리 앓듯 하루하루를 힘겹게 넘겼다.

"왜 이렇게 한기가 드는지 모르겠소. 부인, 나 이러다 여름철에 얼어 죽을 것만 같소. 부인을 두고 죽는다면 사불명목(死不瞑目)이라, 내 눈감을 수 없으리다." 서한중이 해골같이 마른 노르께한 얼굴로 이렇게 말하곤 했다. 그는 풍 맞은 노인처럼 떨며 진땀을 흘렸다. 고열에 들볶이다 못해 나중엔 유언까지 남겼다. "부인, 나 죽으면 그, 진사 어른처럼 그렇게 성대한 장례는 치를 수 없겠고…… 부디 좋은 묘터나 골라 평토장으로 묻어주오. 타향에서 죽더라도 내 유골을 배점리 본가로 이송하지 말구려. 나는 배교를 했고 집안 빚쟁이니 선산에 묻힐 수가 없소. 나 또한 거기 묻히고 싶지도 않아요. 어디에 시신을 묻든 천주교식 비석을 절대 세우지 말구려. 소리 잘하는 소리꾼이나 불러 저승길 안 험하도록, 내 부르던 상엿소리 들었잖소, 그렇게 소리나 한 곡 불러주구려. 저승에서도 술을 얻어먹게 막사발 하나 넣어주시오. 부인이 이다음에 죽으면 합장을 하도록 하시오. 우리가 현생에 한솥밥 먹기가 이렇게 짧았으니 죽어서 유골이나마 나란히 누워 지내도록 합시다. 이 말을 꼭 당부하고 싶었으니 부디 명심하구려."

서한중이 사리댁의 손을 잡고 눈물을 흘렸다. 살과 물기가 쏙 빠져버린 얼굴에 헌데와 두드러기가 앉은 처참한 몰골을 내려다보며 사리댁도 눈물이 골짝 난 듯 울었다. 고열에 들떠 신음할 때는 환상을 보는지 헛소리까지 내질렀다.

"제발 나타나지 말아주십시오. 내가 뭘 잘못했다고 따지시는 겁니까? 그럼 할아버지가 어디 천주학쟁이였습니까? 할아버지는 소실을 두잖았고 한시절 기방 출입을 안했나요? 들은 말로는 현풍 현감으로 내려가 계실 적에 주야로 수청 든 관기가 셋이었다지 않습니까. 아버지는 영계에 계신 할아버지께 자주 문안드리며 핀잔을 주시든가 할 일이지, 아직 이승에 있는 이 자식만 왜 찾아오십니까? 아마 천당쯤 계실 그 고매한 퇴계 선생도 살아생전 기방 출입이 잦았고 수청 든 관기만도 손가락으로 꼽을 수 없었답니다. 역대 상감들은 더 말할 필요가 없고요. 현군 세종 임금은 자식만도 아들 열여덟에 딸은 넷이나 두었다지 않습니까. 아버지, 제발 저만 따로 정죄하려 들지 마십시오! 당장 물러가십시오. 두 번 다시 피에 젖은 그런 얼굴로 저를 설득하려 나타나지 마십시오!" 헛소리치고는 조리가 서는 말이었다.

머리맡에 지켜 앉은 사리댁은 그런 헛소리를 들을 때, 남정네의 마음속에 아직도 천주님이 역사하고 있으며, 사사건건 그 진실된 간섭이 괴로워 남정네가 천주님으로부터 한사코 도망치려

한다는 마음을 읽을 수 있었다. 한편, 도망쳐도 너를 결코 놓아 줄 수 없다며 잃은 어린 양 한 마리를 찾으려고 하듯, 길 잃고 헤매는 가련한 한 영혼을 찾으러 나선 그리스도의 섭리를 깨달을 수 있었다. 의식이 혼미한 상태나 꿈에 나타나는 남정네 부친이야말로, 그리스도가 네가 네 자식을 마귀의 세력으로부터 구하라며 보낸 사자일 터였다. 또한 남정네는 마귀의 홀림에서 헤어나지 못한 채 천주의 세계로부터 벗어나려 용을 씀에도, 벗어나려는 데 따르는 두려움을 떨치지 못하고 있음을 느낄 수 있었다. 그럴 때 꽃주머니에 간직하고 있는 묵주를 남정네의 손에 쥐여주고 싶었으나 차마 그런 용기까지 나지 않았다. 묵주를 만지는 순간 남정네가 두려움에 질려 숨이 덜컥 끊기지는 않을까, 여인은 오히려 그 점이 두려웠다. 그럴수록 여인은 다리를 다친 일부터 남정네가 당하는 이 모든 고난이 배교에 따른 그리스도의 징벌이란 생각을 떨쳐낼 수 없었다. 믿음의 자식이 된 뒤 그 믿음을 배반할 때, 배반한 뒤라도 회개하지 않을 때 천주님은 징벌을 내린다고 했다. 유다의 불행한 최후가 좋은 보기였다. 자신 또한 배론 성소의 사제 앞에서 고해성사를 통해 부정(不淨)을 참회했으나 그 참회는 진실되지 못했으니, 남정네를 통한 마귀의 목소리에 홀려 끝내 배론 성소를 떠났던 것이다.

"천주님, 우리의 죄를 용서해주옵소서. 이러지도 저러지도 못하는 가련한 목숨, 이 잡초 같은 죄인을 부디 버리지 마옵소서. 사도 베드로의 통회처럼, 눈물을 흘리며 기도하는 저를 불쌍히 여기소서." 사리댁은 갈기갈기 찢어지는 마음으로, 앓는 남정네로부터 돌아앉아 십자성호를 긋고 소리 죽여 읍소했다. "그리스도께옵서 십자가에 달리실 때 그 고통이 어떠했습니까. 죄지은 자는 물론, 이 땅에서 고통 받는 모든 영혼까지 사랑으로 품으신 그리스도이시기에 여기 이 병든 천주님의 종도 병 나음과 구원의 은사를 받게 해주옵소서. 그래서 천주님의 말씀이 영영세세 변하지 않음에 승복하게 해주시옵소서……"

즐풍목우(櫛風沐雨)의 처량한 신세일망정 서한중의 정신이 맑을 때는 예의 구변 좋은 넉살로 사리댁의 마음을 얼렀다.

"이렇게 장마가 지니 우린 남들보다 행복하구려. 낮에도 서로 얼굴 마주 보며 살지 않소. 부인이 열성으로 나를 돌보니 내 쉬 일어나리다. 일어나면 무슨 일이든 나서보리다. 죽기가 살기보다 힘들다는 말도 있소. 산 입에 어디 거미줄 치겠소." 다리걸 원두막에 움집 엮고 사는 거지와 다를 바 없는 신세인데도 그는 그렇게 말하며 고비늙은 노인처럼 얼굴에 온통 겹주름을 잡으며 흐물쩍 웃어 보였다.

사실이 그랬다. 둘이 낮에는 둘러쓰고 밤에는 이불로 삼는 광목필은 상여의 앙장(仰帳)이었다. 당장 덮을 이불이 없었기에 서한중이 상주로부터 그 천을 얻었던 것이다.

비 피할 원두막 밑에 조막만한 솥을 걸고 한 끼니는 풀대죽을 끓여 먹고 한 끼니는 강냉이를 삶아 때우며, 두 사람은 열흘 넘이 내린 늦장마를 견뎌내었다.

장마 뒤끝에 마지막 화염을 뿜듯 산천을 녹여버릴 듯 불볕더위가 닥쳤다. 그제야 서한중의 몸이 겨우 기력을 찾았다. 그즈음,

곶감 빼먹듯 지닌 돈도 거의 바닥이 나버렸다. 쪽박세간이라도 마련해야 했고 양식을 팔아먹은데다, 서한중이 고뿔로 열에 들떠 앓게 되자 사리댁이 면소의 한약국을 찾아 탕약을 지어 와 달여 먹이느라 돈을 썼던 것이다.

햇볕이 들자 어느 정도 몸을 회복한 서한중은 광산 사무소로 찾아갔다. 다리병신에다 나이가 들어 광부로는 써줄 것 같지 않자, 그는 한문과 조선어 필생에는 상당한 실력자라고 자신을 과장되이 소개하며 공문서나 서류 작성에 서기 보조로 써줄 수 없냐고 손 모아 비대발괄했다. 고슴도치처럼 머리털을 깎은 조선인 역관 서기가 찌그러진 탕건을 쓴 상투잡이 서한중을 보더니, 일본어를 안다면 몰라도 글을 아는 젊은 조선인 서기는 있다고 했다. 퇴짜를 맞고 나오는 그의 뒤꼭지에 대고 서기는, 상투부터 자르고 일거리를 찾아보라고 한마디 귀띔을 했다. 그 말을 듣고 보니 아래쪽 면소 토박이 남자들은 그렇지 않았지만 광산촌 광부와 목도꾼들은 거지반 댕기머리나 상투머리가 아닌 빡빡머리였다. 노역을 하자면 치렁한 머리채가 거추장스러울 테고 날마다 탄가루를 뒤집어쓸 터인데 머리털 감기가 귀찮을 것이다. 서한중은 탕건을 벗고 땀과 먼지에 찌든 가려운 머리를 긁적거리며, 나도 이판에 개화머리를 해버릴까 하는 생각이 들었다.

노무자 숙사 쪽으로 어슬렁거리며 걷자, 젊은이들이 오리 떼처럼 줄지어 앉아 있었다. 가위도 아니고 인두도 아닌 이상한 쇠연장을 든 알머리 장정이 채용될 광부들에게 머리를 깎아주는 참이었다. 한 시절, 신체발부 수지부모(身體髮膚 受之父母)라 하여 조상이 물려준 몸은 터럭 하나라도 소중히 여겨야 한다는 유생들의 두가단 발부가단(頭可斷 髮不可斷)이란 거센 항의가 의병 궐기의 도화선이 되기도 했지만 십 년 세월이 흐른 지금, 호구를 위해 승려나 백정처럼 삭발을 아무렇지 않게 생각하는 세상을 맞았으니 만시지탄이라 아니할 수 없었다. 머리털을 깎아버리면 나도 열 살은 젊어 보일 테고, 대중이 끓다보니 우연찮게 순흥 땅 사람을 이곳에서 만난다 해도 나를 알아볼 수 없을 거야, 하는 마음에 서한중은 줄 꼬리에 붙어 앉았다. 막상 차례가 가까워오자 그는 이 나이가 되도록 가꿔온 상투까지 새삼 잘라버릴 이유가 있는지 망설여졌다. 그러나 예전의 내가 아닌 자춤발이까지 된 마당에야 상투가 밥 먹여주랴 싶었다. 그는 눈 질끈 감고 상투는 물론 머리 터럭을 죄 잘라버리기로 했다.

서한중이 그렇게 알머리가 되어 돌아오자, 사리댁은 놀라워하더니 돌아앉아 치마폭에 얼굴을 묻고 어깨를 들먹였다. 나라의 개화 대신들도 다 머리를 자르고 대처에서 신학문을 배우는 학도, 개화 복장한 중년치도 머리를 잘랐다고 서한중이 사리댁을 위로했다. "어른님은 그런 분이 아니시잖아요" 하며 사리댁은 쉬 울음을 그치지 않았다. 홀쭉 마른 안면에 꺼벙하게 뚫린 눈자위, 거칫한 수염만 없다면 해골바가지 같은 남정네의 머리통이야말로, 이 세상의 온갖 모멸과 천역을 도맡으면서도 대낮에 얼굴 들고 다니기가 부끄러운 백정과 하나 다를 바 없는 몰골이었다. 자청하여 나락으로 떨어져선 이를 아무렇지 않게 여기는 얼병한 남정네를 보자 여인은 서러움이 복받쳤던 것이다.

이튿날도 서한중은 광산 터에서 자기가 할 만한 일이 없는지 찾아보았다. 힘자랑하는 노동일이 아니곤 일거리가 없었다. 갱으로 들어가 탄 캐는 광부, 탄이나 버력을 질통으로 져 나르는 질통꾼, 갱 막장 굿 꾸리는 동바리로 쓸 통나무를 메어내고 운반하는 목도꾼, 탄을 영월 나루터까지 옮기는 울력 축에도 나이 들고 다리 저는 그로서는 무용지물이었다. 상엿소리꾼으로 뜻밖에도 쉽게 돈을 쥐어본 터라 큰 마을에는 두레계(契)처럼 있게 마련인 상여 도가(都家)를 찾았으나, 뒷마당에 묘를 써도 될 만큼 방문 나서면 보이는 게 산이라 영월에는 그런 계도 없다고 했다.

아침저녁으로 시원한 바람이 부는 백로 넘겨 추분 절기로 접어들자, 서한중은 답답한 산골짜기를 빠져나와 경관 좋은 남한강 상류, 곧은 금강송이 울창한 단종의 애사적지(哀史蹟地) 청령포에 걸음했다. 갇힌 세월을 살며 바깥세상이 그리워 울었다는 열여섯 살 단종을 떠올리며, 왕방연이 사약(賜藥) 어명을 받들어 자결을 전하고 떠나며, '천리 먼 길 고운 님 여의옵고……'를 그 역시 읊어보기도 했다. 열여섯 살로 숙부 세조에 의해 자살을 강요당해 죽은 뒤, 후대에 만들어진 가까이에 있는 단종 무덤 장릉(莊陵)을 찾기도 했다. 사육신의 처형으로 상왕에서 노산군으로 강봉(降封)되어 영월로 유배된 단종이 다시 서인(庶人)으로 강등된 연유인즉, 순흥 땅과도 무관하지 않았다. 단종이 영월로 유배 오자 수양대군 동생이며 단종 숙부인 금성대군 역시 사육신과 함께 단종 복위에 가담했기에 순흥 땅에 유배 안치되었다. 그는 순흥부사 이보흠과 함께 부근의 사족(士族)을 모아 의병을 일으켜 단종 복위를 꾀했으나 관노의 고발로 실패하여 이보흠과 함께 처형당했다. 이때 순흥 백성들도 단종 복위 음모에 가담했다는 누명을 쓰고 숱하게 희생되니, 순흥 땅 남쪽 사십 리 안정면 동촌리까지 그때 참살당한 백성들의 피가 흘러내려 동촌은 지금도 '피끝'이라 불리고 있었다. 내죽리에는 금성대군의 충절을 기리는 금성단이 있고, 지금도 그 일대를 '충절의 땅'이라 일컫고 있었다. 서한중이 청령포나 장릉에 나가면 더위를 피해 놀이 나온 한류객들이 있었고, 정자에서 옷갓한 양반들의 시회(詩會)도 열리곤 했다. 그는 자신이 순흥 땅 사람임을 밝히고 금성대군, 이보흠의 옛적 일화를 들려주고 가객(歌客) 행세를 하며, 얼러먹는 요깃거리와 술판에 끼어 몇 잔 얻어먹기도 했다. 해거름녘에야 면소로 발길을 돌리곤 했으니, 백수건달이 따로 없었다.

늦장마를 넘겨 사리댁은 용케 날품이지만 일감을 잡았다. 쏟아져나온 무연탄 더미에서 호미로 버력과 세루를 골라내는, 아녀자들이 주로 하는 후탄부 선별반 일이었다. 아침에 나가 더위 아래 낮내 돌 고르기로 씨름하고 해가 빠져서야 돌아오는 중노동이었다. 얼굴이며 손이 새까맣게 되도록 일해야 하루 품삯이 강냉이 한 되가 고작이었다. 여인은 제대로 먹지 못한데다 일이 고되 코피를 쏟고 허리를 못 쓴 끝에 일주일을 못 넘겨 그 일을 작파했다. 그리고 얻어 걸린 일거리가 박달재 너머처럼, 숫막 거리의 진구덥한 부엌일이었다. 술 파는 숫막이 밤장사이듯, 오후 들어 서산에 해 넘기 전에 나가 이집 저집 동냥 팔듯 일거리를 찾아 기웃거리다 밤이 이슥해서야 돌아왔다. 그런 일이라도 없는 날은 공을 치고 왔으나, "색시 우리 부엌일 좀 도와주구려" 하는 날은 술상에서 나온 수채에 버릴 음식 찌꺼기와 감자나 고구마 한 삼태기를 날라왔다. 서한중은 그쪽 일을 탐탁지 않게 여겼으나 그 벌이마저 놓쳤다간 당장 쪽박 들고 비럭질에 나서야 할 형편이었다.

밭작물과 과수의 열매를 튼실하게 익히는 맑은 날이 보름 동안 이어지더니, 태풍을 동반한 장대비가 쏟아졌다.

이틀 동안 강풍에 뇌성이 치는 소동이 있은 끝에, 사흘째 하염없이 비가 내렸다. 건들바람이 불고 추석 명절이 가까워오고 있었다. 산마루는 벌써 서리가 허옇게 내리고 단풍 든 나무도 보여, 이 비가 그치면 소슬한 가을이 한발 성큼 다가올 터였다.

도롱이를 쓴 서한중은 비를 피해 숫막 거리 처마 아래 장구를 껴안은 채 쪼그려 앉아 어두워 오는 하늘을 멍하니 바라보고 있었다. 빗방울이 대통에 떨어졌는지 곰방대 흡구를 빨아도 연기가 들어오지 않았다. 비는 더도 덜도 않게 하루 내내 시름시름 내리는 참이었다. 골짜기에는 물 쏟아붓는 소리가 우렁찼다. 이틀 전 골짜기 위쪽의 노간주나무 큰 가지가 강풍에 부서져버렸다. 높다랗게 지은 까치집은 요행이 옆 가지라 무사했다. 까치가 영특한 날짐승이라 가지를 물어 와 집을 짓던 봄에 이미 태풍에 부러질 가지를 알았던가 싶었다. 하물며 날짐승이 그럴진대 사람은 제 앞길 몇 달도 제대로 내다보지 못하는 셈이었다. 서한중이 바로 그러했다. 봄을 맞아 사리댁과 석우를 달고 순흥 땅을 떠날 때는 가슴이 벅찼고 걸음걸이도 헌걸찼다. 소매 걷어붙이고 화전을 시작했을 때만도 몇 달 만에 이런 망조가 들 줄을 예측 못했다. 그러다 참봉 영감이 풀어놓은 포수에 쫓기다 못해 다리를 다쳐 자춤발이가 되었고, 부인을 놓친 채 활빈도 산채로 끌려가 죽을 고생을 겪었다. 병든 몸으로 겨우 산채를 벗어났으나 끝내 지닌 돈을 몽땅 잃어버리고 말았다. 빈털터리가 되어 영월 땅까지 흘러들어온 지금, 날품 팔 자리도 없으니 죽지 못해 사는 인생이고, 앉아서 굶어 죽지 않으려면 동냥아치로라도 나서야 할 판이었다. 아니, 지금 처지며 외양이 거지와 다를 바 없었다. 이 숫막 저 숫막 기웃거리며 소리 파는 자신이나, 삯전 없이 밭곡식이나 쉰밥 얻어오는 부엌일 품 파는 사리댁 처지가 그러했다. 그들만이 아니라 외양으로 따지면 광산촌 사람들 모두가 검댕을 뒤집어써, 거지와 다를 바 없는 신세로 아등바등 하루를 살아가고 있었다.

빗물이 탄가루에 섞여 꺼멓게 흘러내렸다. 이 땅이야말로 지옥과 다를 바 없군. 서한중은 검은 빗물이 고랑 져 흐르는 발 앞을 보며 중얼거렸다. 광산촌이야말로 푸나무에 손을 대도 검정 티가 묻었고, 개울에 내다 먹이는 오리들조차 외양이 시커맸다. 낮에도 하늘만 빼고 온통 검댕이 뒤덮인 속에서 광부며, 산판에서 일하는 벌목꾼이며, 탄, 갱목, 벌채목을 나르는 목도꾼들은 신새벽부터 어둠이 내릴 때까지 점심밥 먹는 한 시간을 빼고는 쉬지 않고 다잡이 당했다. 일본인에 빌붙은 몰강스러운 조선인 십장이 일을 지시하다보니, 광부와 울력꾼들은 농사일과 달리 허리 펴고 쉴 짬이 없었다. 완장 찬 홀태바지 일본인 감독관이 호루라기를 불며 지휘봉으로 십장을 지휘 감독했다. 어깃장 부리거나 게으름을 피우는 자는 그날로 가차없이 해고되었다. 소문을 따라 광부로 지원할 젊은이들이 날마다 산지사방에서 영월로 꾸역꾸역 몰려들어 광산 사무소 앞에서 아침부터 진을 쳤던 것이다. 노임은 주당(週當)으로 계산했는데 갱내 채탄에서부터 갱외 일반 노동까지 등급이 정해졌고, 십 원에서부터 오 원 이십 전까지 천차만별이었다. 그들의 숙식은 광산에서 제공했다. 광부와 울력꾼들이 한 푼이라도 더 벌겠다고 악을 쓰는 모습이야말로 죽기를 각오하고 나선 꼴이니, 그 노역을 늘 보아온 서한중은 호구지책이란 말이 실감 났다. 안전사고가 연방 나서 갱의 흙더미에 깔려 죽는 자, 바위에 찍혀 죽는 자, 사지가 부러지거나 혹사를 견뎌내지 못해 실신하여 다음 날 일을 못 나가는 자도 적지 않았다.

서한중은 청처짐한 몸을 일으켰다. 장구가 젖지 않게 접사리로 여몄다. 그는 시커먼 진창에 짚신 발을 적시며 술집 쪽으로 자춤걸음을 걸었다. 비가 내려 소일 삼아 나가던 장릉이며 청령포에도 못 나가고 점심마저 굶어 허리가 접혔다. 비 오는 날은 공치는 날이란 말이 이 바닥에서 통하듯, 광산은 비 오는 날 갱외일을 쉬었다. 하릴없는 인부들이 밀린 잠을 실컷 자는 날이었고, 끼리끼리 모여 윷판을 벌이기도 했다. 술 내기 화투모를 잡던 혈기방장한 치들은 해 빠지기를 기다려 숫막 거리를 찾기도 했다.

서한중이 구슬발을 걷고 술청 안으로 머리를 들이밀었다. 기둥에 걸린 호롱불은 졸았고 술청은 휑뎅그렁 비어 있었다. 부엌이며 방도 조용했다. 그는 걸음을 돌려 다음 집을 찾았다. 술청에 한 패의 광부들이 술추렴을 하고 있었다. 방 안에서도 웃음소리가 들렸다. 서한중이 옳거니 싶어 접사리를 벗곤 술청에 달린 부엌으로 들어섰다. 부뚜막 벽에 건 접싯불이 빤하게 밝았다. 비녀 찌른 중년 아낙이 아궁이 불에 삼발이를 걸치고 번철에다 부추전을 부치고 있었다.

"아주머니, 비가 와도 오늘은 밥벌이가 되겠구려. 제발 방 안에 청 좀 넣어주시오." 서한중이 에멜무지로 헤벌쭉이 웃으며 아낙의 방짜 궁둥이에 대고 껍신거렸다.

"비 오는데 주접떨긴. 마수손님 놓치겠다, 썩 가게!" 궂은날에 달거리까지 있는지 주모가 밉광스럽게 패악 쳤다.

"그럼, 이따 올게요. 소리 청 좀 넣어주시구려. 계집 끼고 앉은 십장들이야 소리꾼이 흥을 돋워주어야 술이며 안주를 더 청할 게 아닙니까. 어디 내 말 글렀소?"

"알았으니 어서 가래두."

재수 없게 초저녁부터 병신 소리꾼이라니, 하는 지청구를 뒤통수로 들으며 서한중은 장구와 접사리를 들고 숫막을 나섰다. 그가 어둠이 내린 뒤 숫막 거리를 돌며 날마다 듣는 핀잔이었다. 그런 핀잔을 들어도 이제 화를 내거나 풀이 죽지 않았다. 그는 그렇게 천덕꾸러기로 전락해 있었다. 목숨 부지하기가 모질기도 하다. 그러나 나한테는 품에 드는 부인이 있지 않은가. 이 고생 각오하여 부인을 달고 순흥 땅을 나서지 않았던가. 그런 자위가 모멸을 이겨내는 힘이 되었다. 다음 집은 사리댁이 주로 부엌일을 하는 평산옥이었다. 그는 비를 피해 숫막 안으로 들어섰다.

"안녕하십니까? 오늘은 주인장 신수가 훤해 보이십니다." 서한중이 술청 안으로 들어서며 입구 목로 의자에 앉아 곰방대를 빨고 있는 주인장을 치살렸다.

딸기코의 중년 사내는 과수댁인 평산댁 뒷배를 봐주는 기둥서방이었다. 그는 광부나 목도꾼 수당 날짜에 맞춰 광산 사무소를 들랑거리며 외상 술값을 걷고, 더러 타지로 나가 술방에 들어앉힐 처녀 꾀어 오는 일을 주로 맡고 있었다.

서한중이 밥벌이 궁리를 짜내고 있던 영월 면소 장날이었다. 그는 하릴없이 어슬렁거리며 장판을 돌다 잡화전에서 농악에 쓰는 여러 악기를 파는 장꾼을 만났다. 장구를 보자 그는 장수선무다전선고(長袖善舞 多錢善賈)란 말대로, 밑천 들이지 않는 장사가 어디 있겠냐 싶었다. 새 장구가 비싸 살 엄두를 못 내는 참에, 마침 수리해놓은 헌 장구가 있었다. 어렵사리 흥정을 하며 서한중이 채를 잡고 장구 채판을 치자, 장꾼은 그의 솜씨가 보통이 아님을 알아보곤 절반 값은 장마다 얼마씩 나누어 갚기로 하여 외상을 달고 헌 장구를 넘겼다. 소리가락을 잡자면 채와 한 손으로 장구 양쪽 채판을 치며 장단을 맞춰야 했기에 장구는 소리와 더불어 일찍이 통달했고, 술에 취해 얼큰하면 상모 달린 전립 쓰고 모둠발 뛰며 설장구 치는 싱둥을 부릴 줄도 알았다.

서한중이 장구를 메고 술집 거리로 처음 나선 날이었다. 외상을 달아놓고 갚지 않는 자를 추달할 목적으로 딸기코가 광산 사무소에서 노무자 수당 명세서를 어떻게 빼내 왔으나 기성명조차 읽지 못하는 까막눈이었다. 서한중이 이를 대독해주었다. 서한중을 광대패 떨거지로 알았던 딸기코는 크게 놀라 다음부터 그에게 하대를 쓰지 않았다. 영월 땅에서 서한중이 문서(文書)가 있음을 처음 알아준 장본인이었다.

"웬놈의 늦장마가 이리도 길담. 추수 앞둔 밭작물이 힘을 못 써 몽땅 곯아버리겠어."

술청에는 술꾼이 두 패, 방 두 개에도 손이 찬 모양이었다. 추잡스레 왜 이러셔요, 하는 여자의 겁먹어 살 떠는 목소리가 앞방에서 들렸다. 쌍가매 목소리였다. 서한중 내외가 와룡 나루터에서 나룻배를 탔을 때 딸기코 사내가 데려온 두 처녀 중 하나였다. 복아란 처녀는 일본인 감독관에게 처녀성을 잃자 사흘 만에 야반도주해버렸고, 쌍가매만 남아 있었다.

"뭐니뭐니 해도 평산옥은 성시입니다. 다른 집은 파리만 날리던데요. 모두 주인장님 장사 수완 덕분입죠." 서한중이 알랑방귀로 딸기코의 비위를 맞추며 접사리와 장구를 한켠에 놓고 도마의자를 당겨 앉았다. 안쪽 목로에서 술 한 병을 더 청했다. 비지땀 팔아 뼈 빠지게 모은 돈을 헐어 쓰는 광부 셋이었다. 딸기코 사내가 부엌에 대고, 술 한 병 더 내라고 큰 소리로 일렀다. 마침 목기소반에 받쳐 호리병을 들고 나온 아녀자가 앞치마 두른 사리댁이었다. 사리댁은 서한중과 눈길을 맞추자 눈을 씀벅이며 고개를 떨구었다. 딸기코 사내가 사리댁을 보며 눈살을 찌푸렸다.

어젯밤에도 두 방에 손이 찼었다. 한 방에는 일본인 감독관 둘에 주사 셋과 조선인 역관 하나가 들었다. 그 방에는 매란이, 돌콩이를 넣었는데 젊은 역관이 여자를 더 청했다. 쌍가매는 다른 방에 있었기에 딸기코 사내는 넣을 여자가 더 없다고 했다. 일본인 감독관 하나가 방문을 벌컥 열고 자기네 말로 역정을 내었다. 딸기코 사내가 평산댁을 불러, 어떻게 사리댁이라도 잠시 들여보내도록 하라고 말했다. 잠시 뒤 부엌에서 나온 평산댁 말이, 서방이 곧 나타날 텐데 방에 어찌 들겠으며, 그게 말이나 되는 소리냐고 사리댁이 잘라 거절하더라 했다. 거시기에 금테라도 둘렀나 하며 딸기코 사내가 불끈 나섰다. 자리에 앉아 빈 잔에 술만 쳐주면 되고 한 시간 앉았다 나오는 데 오 전을 쳐주겠다고 그가 은근짜로 사리댁을 구슬렸다. 부엌일을 못했으면 못했지 그 청은 받아들일 수 없다며 사리댁이 한사코 마다했다. 그러며 눈물까지 비쳤다. 내가 서씨에게 양해를 구하겠다고 딸기코 사내가 말하자, 그때서야 사리댁이 자신은 천주교인이므로 천주님 보시기에 죄를 지을 수 없다고 실토했다. 천주교인이면 다냐, 어디 네년이 얼마나 버티나 두고 보자며 그는 휑하니 부엌을 나섰던 것이다.

"서씨, 안사람이 산월이 가깝다던데?"

"주인장께서 어떻게?" 딸기코 사내의 뜬금없는 소리에 서한중이 깜짝 놀랐다.

어젯밤, 딸기코 사내는 평산댁으로부터 사리댁이 천주교도에다 지금 배태를 하고 있음을 전해 들었던 것이다.

"배를 보면 별로 표 나지 않던데, 산월이 언제유?"

"미역 타래라도 보태주시려나, 그건 왜 묻습니까?"

"그럴 만한 일이 있었수" 하더니, 딸기코 사내가 부엌에 대고 소리쳤다. "여기 술 한 병하고 김치쪽이라도 내와!"

푼더분하게 생긴 평산댁이, 서씨 일찍도 납셨네 하며 호리병과 김치 한 보시기를 소반으로 날라왔다. 앞방에서 걸쩍한 타령 한 가락이 쏟아졌다. 잔이 하나라 서한중이 얼른 딸기코 사내 잔에 탁주를 치고 수저통에서 대젓가락 두 개를 집어냈다. 주인장이 한 잔 마시면 그 잔이 자신에게 건너올 터였다. 게걸들린 서한중은 목젖으로 침부터 넘겼다. 딸기코 사내가 잔을 비우곤 빈 잔을 서한중에게 넘겨 술을 쳤다.

"한 차례 더 제천 쪽으로 나갔다 와야겠수."

"무슨 일로요?" 서한중은 주인장의 출타 목적을 알면서도 짐짓 묻고는 얼른 잔을 비워냈다. 빈 목구멍을 술이 뿌듯하게 적셨다. 그는 물김치를 나무젓가락이 휘도록 듬뿍 집었다.

"곱상한 처녀를 서넛 후려 와야 되겠수. 업저지로 자란 계집애는 따로 돈 들이지 않구 끌고 올 수두 있는데……" 딸기코 사내가 담배를 빨며 입맛을 다셨다.

서한중은 빈 잔을 넘겨 잔질을 했다. 술만 보면 허갈이 났으나 이번은 쉬 술잔이 넘어올 것 같지 않았다. 그는 술상머리에 장구 차고 앉아 거나한 취객을 상대로 잡가를 불러주곤 몇 푼 소릿값을 얻었고, 건네주는 술을 얻어 마셨다. 어느 술집의 술방에서도 소리를 청하지 않아 공치는 날도 많았으나, 저녁 끼니는 주로 술로 때우는 형편이었다. 소리를 공치는 날은 평산옥 주인장의 말상대가 되어 술을 얻어먹었고, 그도 안 걸리는 날은 부엌을 기웃거려 평산댁이나 사리댁이 술독에서 퍼내어 주는 탁주 한 됫박을 얻어먹었으니, 날마다 술은 끊이지 않고 마시는 셈이었다. 술방에서 술상 치우며 쓸려 나오는 먹다 남긴 안주 찌꺼기나, 사리댁이 부엌일 하고 얻어 오는 식은 밥이 그가 상용으로 취하는 저녁 요깃거리였다.

"서씨, 이 방으로 오셔요. 소리를 청해 듣겠대요." 안쪽 방문이 열리고 매란이가 머리를 내밀었다.

"예, 예, 퍼뜩 갑지요. 그래도 날 알아주기는 역시 매화 아씨가 최고요." 서한중이 즐겁게 대답하곤 장구를 들고 일어섰다. 채를 허리춤에 꽂고 다녔다. 그가 술방에서 주로 부르는 타령은 「난봉가」「길타령」「자진방아타령」「정선아라리」였다.

서한중이 장구를 들고 방으로 들어가자 술꾼 다섯에 작부가 둘이었다. 술꾼은 광산의 뜨르르하는 세도가 일본인이 셋, 조선인이 둘이었다. 매란이는 좌장인 듯한 콧수염짜리 일본인 경리부장 품에 안겨 방글거렸고, 쌍가매는 일본인 주사 둘 사이에 도사려 앉아 새침해 있었다. 서한중은 장구를 차고 앉아 오른손에 채 잡고 왼손 가락으로 채판을 쳤다. 그는 매란이에게 눈길을 주며 채로 장단 맞추어 채판을 갈겼다. 「정선아라리」 한 소절이 우렁차게 쏟아졌다. 강원도 땅 정선은 영월과 가깝다보니 목도꾼들이 통나무를 동아줄 걸어 양쪽에서 발맞춰 옮길 때도 「정선아라리」를 선창과 후렴 달아 부르곤 했다.

임 그리워 정 그리워 못 살겠네
아실아실에 춥구 춥거든
내 품안으로 들구
베개가 낮구 낮거든

그대 팔을 베지……

가사 뜻을 조선인 통변이 일본인들에게 풀이해주었다. 콧수염짜리가 매란이의 둥근 어깨를 껴안으며 하무뭇해했다.

그날 밤, 서한중은 술집 두 군데에서 소리를 팔았다. 소릿값으로 얻은 돈이 사 전이었다. 늘 그렇듯 원두막으로 돌아오는 늦은 밤길에는 평산옥 바깥에서 일 마칠 사리댁을 기다렸다가 동행했다. 광산촌에서는 들병이나 술집 논다니 말고 사삿집 아녀자들은 밤외출을 삼갔기 때문이었다. 광산촌이란 데가 타지에서 몰려든 혈기방자한 사내들만 들끓는 터라, 발정 난 수캐처럼 눈 까뒤집고 설치는 사내도 있게 마련이어서 겁탈 소문이 자주 나돌았다. 순검주재소가 있긴 하나 안전사고에 폭행, 강도 사건이 비일비재해 순검들은, 정조는 그걸 찬 여자가 알아서 스스로 보호해야 한다는 투로 사건 접수조차 하지 않았다.

빗발이 뜸했다. 용솟음치며 흐르는 물소리에 섞여 어디선가 흐느끼듯 횡적(橫笛) 소리가 들렸다. 낮아졌다 다시 높아지는 그 떨림이 누에에서 실을 뽑듯 가늘게 이어졌다. 고향 떠나 비 오는 객창에 몸을 붙인 어느 총각이 횡적에 시름을 띄우고 있었다.

"개 같은 놈. 내가 어디 해웃돈 내는 기방 출입 한두 해 해봤냐. 주색잡기라면 순홍 땅에서 내로라 이력이 난 나를 속이려 들다니. 네놈이 시침 떼면 모를 줄 알고." 어둠을 밟고 자춤거리며 앞서 걷던 서한중이 혼잣말로 씹어 뱉었다.

지우산을 쓰고 뒤따르던 사리댁은 말이 없었다.

"부인, 딸기코 개자식이 부인보고 뭐랍디까?"

"예?"

"부인보고 술방에 들어가라 말하지 않았소?"

"절대 그럴 순 없다 했습니다."

"내일 당장 평산옥과는 동자르시오."

사리댁은 남정네가 강샘을 내고 있음을 알았다. 내죽리 영감님도 그랬다. 주일에 공소에 다녀오면 신부란 작자가 뭘 가르치더냐, 코 큰 파란 눈깔도 보았느냐, 읍내리 사람 누구누구를 만났느냐, 누구와 무슨 이야기를 했냐고 꼬치꼬치 캐물었다. 그럴 때 대답을 하려면 뺨부터 뜨거워졌고 가슴이 뛰었다. 말문이 막혀 대답을 피했다. 장성한 이복 자식 앞에서도 그랬고, 입 다묾이 대답보다 유익함을 오랜 시집 생활 끝에 체득했던 것이다. 부인을 사랑한다는 말을 입에 달고 사는 이 남자야말로 강샘을 모를 줄 알았는데, 하며 여인은 남자란 다 이렇게 번데기 속 같은 데가 있는가 하는 생각이 들었다.

"부인이 원두막에 들어앉는다고 내가 어디 소금엣밥인들 굶기겠소. 아무리 막살림이지만 오늘도 술잔 받아먹고 몇 냥 벌었소." 서한중이 큰소리치며 트림을 했다.

"어른님, 여기를 떠나고 싶어요." 한참 말없이 남정네의 발자국을 따라 걷던 사리댁이 가만히 말했다.

"떠나다니, 그럼?" 하며 서한중이 뒤돌아보았다.

"어른님이 정하시면…… 저는 따르겠어요."

사리댁은 숫막 거리 부엌일을 진정 하고 싶지 않았다. 가까이 남정네가 있기에 다행이지 혼자 떠도는 과수댁이라면 무슨 변을 당할지 알 수 없었다. 특히 평산옥은 주인장의 그 음충한 눈길은 물론, 술꾼들의 허튼 농지거리를 들어내기가 곤혹스러웠다. 온통 검은 색조로 덮인 광산촌의 을씨년스러운 풍경과, 거친 짐승 같은 사내들로만 들어차 검댕투성이 고쟁이만 걸친 광부와 목도꾼들을 늘 보아낼 때, 여인은 여기가 사람 사는 세상인가 하고 현기증을 느낄 때도 있었다. 그런 야만스러움만큼 이곳에서 견뎌내기 힘든 점은 무엇보다 남정네가 취하는 채신머리없는 꼬락서니였다. 아무리 호구가 급박하다지만 장구 메고 술집 거리를 돌며 주모나 뒷배잡이에게 굽실거리며 너스레를 떠는 볼썽사나운 짓거리는, 내가 뭘 믿고 배론 성당에서 다시 이 남정네를 따라나섰던가 하는 후회로 가슴이 미어지게 했다. 순흥 땅을 떠나 화전을 할 때의 그 득의만만함, 한쪽 다리를 절게 된 뒤부터의 고개 숙인 가련함은 그런대로 보아낼 수 있었다. 그러나 영월 땅으로 들어오자 기상만은 늠름하던 그 보짱마저 버리고 상투 자른 알머리로 시궁창의 쥐나 두엄 덩이의 똥만 찾는 주인 없는 개처럼 비굴하게 행세함을 도저히 보아낼 수 없었다. 차라리 청령포 깎아지른 벼랑에서 남한강 물살에 둘이 한 몸 되어 뛰어내렸으면 싶었다. 여인은 잠자리에 들어 남정네의 코 고는 소리가 들리면 몰래 묵주 알을 굴리며, 천주님, 우리를 불쌍히 여기소서, 하며 속으로 통회의 눈물을 흘리곤 했다.

"여기를 떠난다? 나도 그러고 싶소만 어디로 간단 말이오?" 안개비가 분가루처럼 떨어져내리는 어두운 하늘을 보며 서한중이 중얼거렸다. "추절은 닥쳤는데 수중에 지닌 돈 한 푼 없이 낙엽 따라 나선다? 부인, 도대체 어디로 가면 좋겠소?"

사리댁은 대꾸할 말이 없었다. 언제 이녁에게 뭘 물어서 행처를 정했냐 싶었지만, 어쨌든 이곳을 떠나 어디론가 나서야 하리라. 막연하게 그런 생각만 들었다.

"부인, 내가 왜 부인 마음을 모르겠소. 난들 왜 장구 꿰차고 염치도 팽개친 광대 짓거리를 좋아하겠소. 노안비슬(奴顔婢膝)한 나를 두고 나 스스로도 하루 몇 차례나 비웃는다오. 나도 한시절에는 소리꾼한테 소리채 내리던 한량이었소. 나야말로 이 검은 땅에 넌더리가 난다오. 내 신세도 처량하지만 돈이 뭐기에, 호구가 아무리 어렵기로서니, 왜놈 아래 종질하며 노역하는 이 민초들을 보아내기에 내 가슴이 미어져요. 왜놈이야말로 불구대천 원수요. 내 그걸 여기 들어와 크게 깨우쳤소." 서한중이 사리댁의 양 어깨에 손을 얹었다. 빗발이 뜸하자 자우룩한 는개 속에 광구 쪽에서는 폭약 터지는 소리가 들려왔다.

"얼마라도 돈을 쥐면 나도 여기서 떠나기로 작심하고 있었소." 서한중이 목소리를 한껏 낮추어 부인을 얼렀다. "여긴 우리가 도생하기 힘든 곳이오. 부인이나 나나 짐승으로 치면 육식하는 짐승이 아니라 초식하는 짐승이오. 성정이 여리고 늘 슬픔으로 가슴이 미어지기에, 힘으로는 남을 이기며 살 수 없는 품성이오. 우리가 탄광부는커녕 들개도 못 되오. 이 짓거리까지 하며 살자고 순흥 땅을 떠나지는 않았소. 내가 왜 그걸 모르겠소."

사리댁이 흑, 하고 설움을 깨물었다. 남정네의 말이 따뜻한 물이 되어 여인의 마음을 적셨다. 여인은 야고보 사도의 말씀을 묵상했다. "시련을 견디어내는 사람은 행복하다. 시련을 이겨낸 사람은 생명의 월계관을 받을 것이다."

"숫막 거리를 돌며 비럭질해 먹으면서도 소릿값으로 떨구는 푼돈을 여투는 이유가 어디 있겠소. 부인, 조금만 참읍시다. 돈을 조금 쥐면 여기를 떠납시다. 구들장 없는 원두막에서 어찌 동절을 맞겠소. 더욱 그때 되면 부인이 해산을 할 텐데…… 부인, 허파 빼놓은 미친놈같이 내가 비나리 치더라도 당분간은 제발 못 본 체하구려. 내가 하고 싶어 하는 짓이 아니라고 너그러이 눈감아주시오. 부인, 미안하오. 내 허물을 용서해주구려. 내 입 하나 살자고 이 악무는 게 아닌 줄 부인이 알지 않소. 죄 많은 이녁이지만 부인을 사랑함은 진실이오. 내 진심을 믿어주시오……"

서한중은 자신이 거북으로 둔갑한 꿈을 꾸었다. 그런데 그 거북이란 놈이 맨땅에 하늘을 보고 누워 짧은 네 다리를 버둥거리고 있었다. 아무리 용을 써서 몸을 뒤집으려 해도 둥글고 딱딱한 구갑을 땅에 대고 있으니 그게 쉽지 않았다. 몸을 뒤집어야 기어갈 수 있고 허기를 채울 수 있을 텐데 그럴 재간이 없으니 기운만 쇠잔해질 뿐이었다. 햇살은 쨍쨍한데 목이 타듯 말랐고, 탈진 직전에 이르렀다. 다른 놈이 와서 도와주지 않는다면 몸에 수분이 다해 기갈 들려 죽는 길밖에 없었다. 그러나 주위에 자기를 도와줄 동료는커녕 살아 있는 것이라곤 나무 한 그루 풀 한 포기 없었다. 그는 하도 답답하여, 살려달라고 고함쳤다.

"아이구, 어메!"

비명이 들렸다. 서한중은 그제야 꿈에서 풀려나 무거운 눈꺼풀을 들었다. 온몸이 천근 무게나 되듯 육신이 된죽으로 풀어져 땅속으로 스며들 것 같았다. 중노동을 한 듯 팔다리가 쑤시고 아렸다. 그는 요즈음 꿈이 잦았고 잠에서 깨어도 골이 저려 늘 이렇게 힘이 없었다. 그렇다보니 사리댁과 잠자리도 영 시원치 못했다. 술에 덜 취한 날 부인을 품고 얼러도 마음과 달리 양물이 힘을 세우지 못할 적이 많았다.

서한중이 가까스로 고개를 돌려보니 원두막 안에는 아무도 없었다. 뒤이어, 그는 꿈속이었지만 조금 전 무슨 비명을 들었음을 환기했다.

"부인, 부인 어디 있소?"

바깥에서 앓는 소리가 들렸다. 비로소 조금 전 비명이 사리댁 목소리였음을 알았다. 서한중은 출입구 거적을 들치고 바깥을 내다보았다. 사닥다리 아래 소쿠리 든 부인이 나자빠져 일어나지 못한 채 앓고 있었다.

"부인, 어떻게 된 거요?" 서한중이 놀라 몸을 벌떡 일으켰다. 그는 사닥다리 아래로 급히 내려가 쓰러진 부인을 안아 앉혔다.

"고구마, 고구마를 찾으세요."

"그까짓 고구마가 문제요. 어디 다치지나 않았소?" 서한중은 그 순간 부인이 배태 중임을 깨달았다.

"괜찮아요. 사닥다리에서 내려오다 그만 미끄러져……"

밤새 서리 앉아 사닥다리 발판이 미끄러울 수 있었다. 서한중은 부인을 부축하여 원두막 위로 올라왔다. 부인을 거적 바닥에 뉘고 베개를 머리 아래 받쳤다. 사리댁이 두 손으로 부른 배를 감쌌다. 여인은 이제 누가 보더라도 알아챌 만큼 허리통이 굵었고 배가 불렀다. 서한중이 부인 몸에 누더기 이불을 덮어주었다. 숨을 몰아쉬던 사리댁이, 고구마를 쪄야 할 텐데 하고 걱정했다.

"홑몸도 아닌데, 안정을 취하구려. 내가 알아 할 테니."

서한중이 원두막 사닥다리를 내려섰다. 고구마가 다섯 개면 맞다는 사리댁 말이 들렸다. 서한중이 사닥다리 아래 흩어진 고구마를 주워 물이 담긴 작은 솥에 넣었다. 그가 아궁이 불씨로 곰방대에 불 붙여 물고 원두막으로 올라와보니 부인은 숨결 고르게 눈을 감고 있었다. 백랍 같은 얼굴의 미간에 푸른 심줄이 얼비쳐 보였다. 도톰한 뺨에 턱 선이 둥글던 복스럽던 모습은 간데없고 여위어 창백한 모습이었다. 동그스름하던 어깨도 살이 빠져 납작해 보였다.

서한중은 사닥다리에 발을 드리우고 앉아 담배를 피우며 서리 내린 앞산을 멀거니 바라보았다. 동녘 높은 산에 가려 아직 해가 떠오르지 않았으나 날이 밝은 지 한참이었다. 하늘은 구름 한 점 없이 맑았다. 고산지대라 산 정상께는 단풍이 울긋불긋 타오르고 있었다. 추석 지난 절기이다보니 아침 공기가 서늘했다. 바람이 한차례 불자 골짜기 쪽 상수리나무가 서리 젖은 누른 잎을 시나브로 지웠다. 찐 고구마로 아침 끼니를 때운 뒤 장구 메고 장릉으로 나가볼까 어쩔까 하며 사닥다리에서 내려와 담배꼭지를 떨었다. 솥뚜껑을 열어보니 고구마가 알맞게 쪄져 있었다. 그는 솥째 들고 원두막으로 올라왔다.

"부인, 고구마 먹읍시다. 내가 일으켜 앉혀줄까요?"

서한중이 평산옥에서 얻어 온 시큼한 김치보시기를 솥 옆에 당겨놓았다. 사리댁이 가늘게 눈을 떴다. 여인이 한쪽 눈을 힘들게 감았다 다시 떴다.

"어른님, 제가 조금 전에 사닥다리에서 빗디뎌 미끄러진 게 아닌 듯합니다."

"뭐라고요? 미끄러지지 않았다면?"

"한쪽 눈이 잘 보이지 않습니다. 어른님 모습조차 이렇게 어릿어릿 보이니……"

"어느 쪽 눈이 그렇소?"

"이쪽, 오른쪽 눈이……"

서한중이 멀겋게 뜬 사리댁의 오른쪽 동공을 가까이에서 들여다보았다. 눈꺼풀을 벌려 눈자위를 살폈다. 그로서는 별다른 이상을 찾아낼 수 없었다.

"어떻소, 내가 안 보이오?"

"아주 희미하게, 안개 낀 듯 보입니다."

"탄가루나 티가 들어간 게 아닐까 싶소. 그렇다면 눈물이 나올 텐데, 그 참 이상도 하다."

서한중이 고개를 갸웃하며 사리댁을 일으키려 하자, 여인이 스스로 일어나 앉았다. 여인은 식욕이 동하지 않는지 김 오르는 솥을 멀거니 내려다보았다. 서한중이 씨알 굵은 고구마를 집어 껍질을 벗겨 부인에게 건넸다. 찰고구마라 김 오르는 하얀 속살이

먹음직스러웠다. 사리댁은 남정네의 그 자상한 짓거리가 고마운지 미소를 띠며 고구마를 받았다.

"오른쪽 눈이 언제부터 그랬소?"

서한중은 문득 지난 늦봄 하리 나루터에서 나룻배를 탔던 때가 떠올랐다. 바람이 몹시 불어 눈에 티가 들어가서인지 부인이 줄곧 눈을 비볐었다.

"며칠 전입니다. 어른님 저고리 동정을 달다 골무를 끼지 않아 그랬는지 손을 찔렀습니다." 사리댁이 피가 맺힌 왼손 집게손가락 끝을 남정네에게 보여주었다. 올해는 무명지에 봉숭아 꽃물도 못 들이고 가을을 맞았구나, 그 생각을 하다 그만…… 그런데 자세히 보니 바늘 끝이 두 개 세 개로 보이지 뭡니까. 저녁땐 젓가락을 집는데 손이 헛돌고 발을 딛으면 허방을 자주 밟아, 그때부터 오른쪽 눈이 조금 이상하다 했지요. 오늘 아침 자고 나니 갑자기 어지럼증에다 앞이 잘 보이지 않았어요."

"몸이 열 냥이면 그중 눈이 아홉 냥이라 했는데…… 지금도 그렇소? 아프지도 않으면서?"

"예." 사리댁이 조그맣게 대답했다.

"한창 크는 뱃속 아기가 부실한 먹이마저 깡그리 빼앗아가니 속이 허해 그런지도 모르오. 너무 굶으면 눈앞이 캄캄해지고 헛것이 보인다는 말이 있지 않소. 내 오늘 쌈짓돈을 헐어서라도 닭 한 마리를 사오겠소. 푹 고아 먹으면 효험이 있을 거요."

"그러지 않으셔도 됩니다. 조만간 쾌차하겠지요."

"오늘은 일 나가지 말고 그냥 누워 계시오."

없는 돈을 헛되이 쓰지 말라고 말리는 사리댁을 원두막에 남겨 두고 서한중은 면소로 내려가 성계 한 마리를 사 왔다. 암탉이었다. 그는 대추와 찹쌀을 넣고 손수 닭을 고았다. 그날 저녁, 서한중의 만류로 사리댁은 숫막 거리에 나가지 않았고, 그만이 장구를 메고 나섰다.

이틀이 지나도 사리댁의 오른쪽 눈은 차도가 없었다. 왼쪽 눈을 가리면 눈앞의 물체를 구별하기가 힘들다니, 증세가 더욱 나빠지고 있음에 틀림없었다.

"안 되겠소. 의원을 찾아 나섭시다. 왜 그런지 확실한 원인을 알아야 약을 쓸 게 아니오."

몸보신을 했으니 곧 좋아질 거라며 떼를 쓰는 사리댁을 서한중은 원두막에서 억지로 끌어내었다. 겉으로는 아무렇지 않은 멀쩡한 눈이 잘 보이지 않는다니, 손 재어놓고 버려둘 증세가 아니었다. 영월 땅에 들어온 지 두 달 남짓, 그의 말마따나 떠돌이 개같이 굽신거리며 소리 팔아 한 푼 두 푼 푼돈을 모으느라 밥 한 끼니 들퍽지게 먹어보지 못했으나, 그는 쌈짓돈을 헐지 않을 수 없다고 판단했던 것이다.

서한중은 자신이 짚고 다니는 지팡이를 부인에게 넘겨주어 짚게 했다. 사리댁은 면소에 있는 구약국을 알고 있었다. 영월에 들어온 뒤 서한중이 고뿔에 걸려 열병을 앓을 때, 여인이 그 약국에서 약첩을 지어 왔던 것이다. 약국은 장터마당에 있었다.

남녀가 열린 싸리문 안으로 들어가자 마당에서 모이를 쪼던 닭들이 흩어졌다. 조쌀하게 생긴 탕건 쓴 체구 아담한 의원은 햇살

밝은 마루에 앉아 한적(漢籍)을 뒤적였고, 그 옆에서 댕기머리 사동이 작두로 감초를 썰고 있었다. 탕건 쓴 의원이 안면 있는 사리댁을 맞았다. 의원이 반면의 염소수염을 훑어내리며 가년스러운 모색의 둘에게 흘긴 눈길을 보내었다.

"색시 오셨구려. 웬 작대기까지 짚고" 하더니, 의원이 옆에 선 검댕 묻은 홑저고리에 옹구바지를 입은 빡빡머리 서한중을 보았다. "보자 하니, 이 사람이 지난 하절에 고뿔 몹시 들었다던 바깥사람이로군."

의원은 둘을 달고 약장(藥欌)이 한쪽 벽을 친 방으로 들어갔다. 천장에는 약봉지가 주렁주렁 매달렸고 향긋한 약재 내음이 났다. 의원과 서한중이 통성명하며 인사를 나누었다. 서한중이 먼저 말문을 열어, 부인의 오른쪽 눈이 잘 보이지 않음을 알렸다. 구의원이 밝은 데서 보자며 사리댁을 마루로 불러내어 오른쪽 눈을 까뒤집고 동자를 살폈다. 그는 사리댁 눈앞에 손가락을 세워 보이거나 담장 앞 화단에 후줄근히 늘어선 맨드라미를 가리키며, 어떻게 보이느냐고 물었다. 왼쪽 눈을 손으로 가리게 하고 물체 모양을 두고 묻기도 했다. 한동안 사리댁의 보는 상태를 꼼꼼히 관찰한 구의원이, 안질은 아닌데 하고 고개를 갸웃하며 그네를 뒤에 달고 방으로 들어갔다.

"안사람 산월이 가까워가는데, 그 점이 눈과 무슨 연고가 있습니까?" 서한중이 구의원에게 물었다.

"여보게, 서서방, 있다마다." 나이가 희년을 두고 있긴 했으나 의원이 백정 대하듯 서한중에게 대뜸 낮춤말을 썼다. "체중은 느는데 얼굴과 어깻죽지가 마른다든가 어지럼증이 심함은 태아가 근력과 기를 앗아가기 때문이지. 몸 안에 있는 간은 몸 바깥에 있는 눈이요, 몸이 허해지면 간 기능이 떨어지고, 그러면 눈이 침침해지지. 눈에 황달이 오면 간이 나빠졌다는 징조 아닌가."

구의원이 사리댁 손목을 잡고 진맥을 짚었다.

"그렇다면 간이 나쁘다는 겁니까? 날씨가 차가워지니 웬 탄가루는 이렇게 날리는지. 시력 나쁜 사람은 살 데가 못 되는 것 같습니다." 서한중이 말했다.

"탄가루와 시력은 아무 상관이 없소. 그렇담 광부들은 죄 당달봉사가 되게" 하더니, 의원이 사리댁에게 물었다. "모색을 보자 하니 오래 굶어 뱃구레는 창호지가 됐겠고…… 그런데 부인, 근래에 큰 충격을 받거나 신경을 부쩍 쓴 일은 없었소?"

"그런 일은 별로……"

"먹을 걸 못 먹고 비실비실 말라도 눈부터 가긴 하지." 혼잣말을 하던 의원이 옴팡진 눈으로 둘을 갈마보았다. "삼대독자 외아들을 금지옥엽 키워놓았는데 장가도 보내기 전에 덜컥 죽었달 시, 그 부모가 식음 전폐하고 몇날 며칠 대성통곡한다 쳐. 그럼 눈알이 핑핑 돌듯 어지럽다 눈이 슬며시 가버리는 수가 있어. 부모가 불각 중에 별세할 시, 효성 지극한 자식이 사흘 밤낮 식음 전폐하고 울어도 눈부터 갈 수가 있구."

"하긴 몇 달 죽을 고생을 했지요. 마음고생도 심했고. 다 이녁 불찰 탓입니다." 서한중이 고개를 꺾었다.

"내가 관상쟁이는 아니나, 내외를 보자 하니 이런 곳에서 날품

팔 체신은 아닌 것 같은데? 서서방, 왜 고향을 등졌는가?"
"그럴 만한 사정이 있었습니다." 서한중이 얼른 말머리를 돌리며 얼굴을 들었다. "의원님, 어떻게 처방전을 내려주십시오. 다른 어디도 아니고 몸의 보배인 눈을 못 써서야 어떻게 하루인들 불편해서 살 수 있겠습니까."
"서서방, 내 실없는 소리 한마디 할까?" 의원이 뻥시레 미소 띠며 뜸을 들였다. 서한중이 웬 사설이냐 싶어 상대를 멀뚱히 건너다보자, 의원이 고개를 끄덕였다. "암, 자고로 그런 말이 있지. 곰곰이 파보면 옛말은 틀린 말이 없어."
"무슨 말입니까?"
"자네, 사랑에 눈멀었다는 말 들어본 적 있지? 무엇이든지 그렇게 미쳐버리면 아무것도 안 보이게 돼. 이를테면 두 눈이 아주 멀어버리지."
의원은 우선 명목탕(明目湯) 반 제를 지어줄 테니 정성 들여 달여 먹여보라 했다. 그는 서한중의 춤치 사정을 고려했음인지, 효험이 있으면 반 제를 더 주겠다고 했다. 의원은 내제자를 불러 붓글씨로 처방전을 건넸다. 결명자(決明子), 목적(目賊), 감국(甘菊), 황금(黃芩, 속 썩은 풀), 감초(甘草) 따위를 비율에 따라 섞는 탕약이었다.
"안질(眼疾) 종류가 아니라면 다른 장기(臟器)는 몰라도 눈만은 장담을 못해. 뇌에서 몸 각 부위로 뻗어나간 신경이 많은데, 그중 시신경이 절반 가까이라. 그만큼 눈이 중요한 게지. 그 시신경 중에 한 올이라도 영양분 공급을 못 받아 고드러져 말라버리면 앞을 못 볼 수밖에." 내제자가 약첩을 만들 동안 구의원이 말했다.

"앞을 못 보다니요?" 서한중이 놀랐다. "침술로는 안 됩니까?"

"태의(太醫) 구암(허준의 호) 선생이나 조사(祖師) 편작 선생이면 모를까…… 하긴 녹내장이나 백내장에는 태양침을 쓰기는 하지. 하여간 열흘 치 그 약첩이나 잘 써보게."

한참을 기다렸다 의원이 열흘 치라며 넘겨주는 약첩을 받고 서한중은 돈을 치렀다. 물경 십 원 오십 전이었다. 소리 팔아 푼푼이 모은 돈의 삼 할이 달아나버린 셈이었다.

두 사람은 마당으로 나섰다. 지팡이 든 사리댁을 뒤에 달고 삽짝께로 걷는 서한중에게 구의원이, 여보게 하고 불렀다.

"내 이런 말 고깝게 듣진 말게. 정문일침(頂門一鍼)으로 한마디만 하겠네. 안사람 눈도 눈이지만, 내가 보건대 서서방 몸이 더 문제일세."

"내가 뭘 어쨌다고요?" 의원의 생급스러운 말에 서한중이 참다 못해 결기를 세웠다. 부인을 그 지경으로 만든 책임을 따지자는 건지 모르지만 궁벽한 산골에 들어앉아 돌팔이 의원 노릇이나 하는 주제에 나잇살 먹었다고 잰 척하며 사람 깔보는 의원의 태도가 잔망스러웠다. 이 돌팔이 의원 영감쟁이야, 순흥 땅에 가면 나도 알아주는 권세가문이다. 그는 흰소리가 목구멍까지 차올랐으나 눌러 참았다.

"눈은 어찌 되어도 목숨은 부지한다지만, 서서방 자네야말로 그대로 뒀단 천수를 누리지 못하겠어."

"의원님, 그게 무슨 말씀이온지요?" 내내 말이 없던 사리댁이 걸음 돌려 눈을 슴벅이며 물었다.

"홍안박명(紅顔薄命)이란 말 명심하여 청상에 과부 신세 면하려면 색시가 바깥사람 몸 좀 알뜰히 챙겨줘야겠수. 제 타고난 명이 그러면 모두가 허사겠지만."

"그렇다면 내 면상에 죽을 사(死) 자라도 씌었나요?" 서한중이 불퉁스럽게 물었다.

"그 말 맞네. 상판이란 대저 오장육부의 명경이라잖는가. 상판에 다 나타나지. 자네야말로 간이 다했어. 못 먹을 걸 먹어 간이 상했는지, 오랜 주색잡기로 그리됐는지, 간 졸이며 살아온 세월 탓인지 모르지만, 얼굴이 아주 녹두색으로 떴어. 눈 흰자위도 노르께하구. 눌러보지 않아도 간이 물주머니처럼 팅팅하거나 돌덩이처럼 딱딱할 걸세."

"그 참 용하기도 하시오, 허허." 서한중은 말 그대로 간이 뜨끔하여 억지웃음을 웃었다. 활빈도 산채에서 스스로 몸을 상하려 독초를 장복한 일이며, 영월 땅으로 들어오다 장지에서 상한 돈육을 포식하여 죽을 고생을 했던 적이 떠올랐다. 아니, 오랜 주색잡기에 젖어 살아온 과거지사며, 사리댁과 한솥밥 먹겠다고 간 졸이며 살아온 세월도 있었다.

"의원님, 바깥분을 위해 제가 할 일이 무엇입니까?" 사리댁이 물었다.

"산에 올라가보십시오. 지금 늙은 참쑥이 억새만큼 자랐을 거요. 그걸 베어다 여물 삶듯 푹 삶아 그 물을 시도 때도 없이 장복하면 간의 열이 내리지. 결명자와 구기자 열매를 함께 달여 먹으면 더 좋구. 결명자는 생으로 먹지 마시우. 토할 테니깐."

"의원에, 관상에, 풍수까지 다 해잡수슈. 그 참, 말씀하시는 것 하고는…… 허허." 서한중이 주발 터지는 소리로 말하곤 모처럼 선웃음을 껄껄거렸다.

서한중이 자춤걸음으로 장터마당에 나섰다. 듣고 보니 아니 들음만 못해서 마음이 찜찜했다. 남녀는 말없이 언덕길을 타박타박 걸었다. 대장간에서 연장 벼리는 소리가 달강달강 들렸다. 맑고 따사로운 햇살 아래 고추잠자리들이 장터마당을 낮게 선회했다.

서한중은 자신의 간이야 어찌 됐든 부인의 눈이 걱정이었다. 만약 부인이 실명하여 소경이 된다면? 그야말로 청천벽력 같은 선고였다. 마마를 심하게 앓으면 얼굴에 앉은 자국이 남아 얼금뱅이가 되고, 심지어 눈도 멀게 된다. 자식 열을 낳으면 그중 셋은 어릴 적 돌림병인 홍진으로 잃고, 그 병 끝에 둘은 얼금뱅이가 된다고 사람들은 말했다. 어떻게 죽지 못해 살아남으면 심한 얼금뱅이에 겹쳐 소경이 되기도 했다. 목숨이 무엇인지, 세상에는 그런 고통의 멍에를 지고 평생을 사는 사람이 많았다. 어디 그뿐이랴. 늙은이가 되기 전, 한창 나이에 무슨 병 탓인지 뚜렷한 병명도 모른 채 눈이 가버리는 사람 또한 적지 않았다. 벼락 맞아 죽은 사람 못지않게 소경이 된 자야말로 모든 사람의 저주 대상이었다. "조상 묘를 잘못 썼는지 천벌을 받았군." 지팡이 짚고 더듬거리며 걷는 소경을 두고 사람들은 뒤에서 혀를 차며 쑤군거렸다.

사리댁은 눈물이 고여 있기도 했지만 도무지 그 윤곽이 뚜렷하지 않은 흐릿한 땅을 내려다보고 걸으며, 입속말로 성부, 성자,

성신만 찾았다. 천주님이 인간에게 내린 계명을 어긴 데 따른 죄상을 기록한 장부가 천당에 올라갔고, 이를 읽으신 그리스도께서 이제 확실한 징계를 내렸다고 여인은 생각했다. 부정(不淨)한 죄를 범한 자신은 이 세상을 보지 못하게 장님으로 만들고, 부정한 죄에 천주님까지 부정(否定)한 남정네는 더 죄를 짓기 전에 불구를 거쳐 이승의 목숨마저 빼앗겠다고 심판을 내리지 않았을까. 여인은 두려운 마음으로 이를 받아들였다. 요한서 어디에 이런 말씀이 있음을 여인은 기억하고 있었다. 그리스도께서는, "누구든지 아내를 버리고 다른 데 장가들면 본처에 간음함이요, 아내가 남편을 버리고 다른 데 시집가면 이 역시 간음함이라" 말했다. 또 그리스도께서는 바리새파 사람들 앞에서, "나는 이 세상을 심판하러 왔다. 못 보는 사람은 보게 하고, 보는 사람은 못 보게 하려는 것이다." 바리새파 사람들이 그리스도의 그 말씀을 듣고, "우리들도 눈이 먼 사람이오?" 하고 물었다. "너희가 눈이 먼 사람이라면 도리어 죄가 없을 것이다. 그러나 너희가 지금 본다고 말하니, 너희의 죄가 그대로 남아 있다." 그리스도가 이렇게 말했던 것이다. "너희의 죄가 많으니 보는 사람을 못 보게 하는 데 너희도 끼이게 되리라." 그리스도께서 이렇게 아퀴 짓는다면 그 말씀의 올무에서 빠져나올 수 없을 터였다. 그리스도께서 의원의 입을 빌려 말씀하셨는지 모르나, 만약 남정네가 간병(肝病)으로 목숨을 잃게 된다면 그 심판이야말로 가장 준엄한 징계인 셈이었다. 남정네의 아버지께서 천주님을 증거하다 순교하셨기에, 그리스도께서는 남정네에게는 그렇게 가혹한 심판을 준비할 수도 있었다. 요한서에 보면 이런 말씀이 있다. "이 세상에 속하는 너희는 죄 가운데 죽으리라…… 진실로 진실로 너희에게 이르노니 죄를 범하는 자마다 죄의 종이라. 종은 영원히 집에 거하지 못하되 아들은 영원히 거하나니. 그러므로 아들이 너희를 자유케 하면 너희가 참으로 자유하리라."

"어른님, 그리스도께서 의원을 통해 우리에게 말씀하셨습니다. 이제라도 늦지 않으니 천주님께 우리가 지은 죄를 자복하고 회개하여 용서를 구함이 어떨까 합니다. 천주님께서는 진실로 진실로 회개하는 자는 천당의 문이 열린다지 않았습니까?" 걸음을 멈춘 사리댁이 눈물을 훔치며 남정네를 보았다. 두 손을 가슴 앞에 모아 쥔 여인의 눈빛이 간절한 염원을 담고 있었다.

"부인, 우리 죄가 얼마나 크다고 자복할 게 있소?" 서한중이 역정을 내며 소리 질렀다. "그래, 천주교 십계명을 따져봅시다! 그 열 가지 죄 중에 한 가지 죄도 짓지 않은 사람이 어디 있소? 그리스도나 갓난아기는 또 모르오. 하물며 사록에 이름을 남긴 성인군자도 그럴진대, 어차피 사람은 다 알게 모르게 죄를 짓고 살게 되어 있소. 천주도 우리 인간을 두고 죄 없는 자가 없으며, 모두가 죄인이라고 말하지 않았소? 그렇다면 우리도 그중 한 가지 죄를 지었다 칩시다……" 그는 어깻숨을 몰아쉬며 잠시 말을 멈추었다. 숨을 돌린 뒤 목소리를 낮추었다. "부인, 나는 천주교도가 아니라고 몇 차례나 말했소? 나는 그 교든 무슨 교든 신봉하지 않소. 매사를 언필칭 속사(俗事)의 도덕 윤리에다 갖다 붙이는 언술도 믿지 않소. 우리가 이렇게 열심을 다해 서로 사랑하면 그만 아니오? 거짓으로 말하지 않고, 서로가 서로를 내 몸같이 아껴주고 정직하다면, 이게 인간사 도리 아니오? 진리가 어디 따로 있소? 그것 이외 무엇이 더 중요하오?"

"억변이십니다."

"만약 이쯤에서 내가 천수를 다한다 해도 나는 세상을, 어느 누구도 원망하지 않겠소. 마흔일곱이면 이승에서 그리 짧게 산 세월이 아니오. 타고난 내 명이 그 정도인 줄 받아들이고, 부인을 얻었던 행복만으로도 나는 편히 눈감을 수가 있소. 내 이 말이야말로 본심이오!"

서한중이 결연히 말을 맺곤, 자춤걸음을 빨리했다. 사리댁은 새끼줄로 묶은 약첩을 대롱대롱 들고 앞서 걷는 남정네의 뒷모습을 흐리마리한 눈길로 바라보며, 흑 울음을 삼켰다. 당당하지 못함에도 그런 척하는 남자의 뒷모습이야말로 삭으려는 마음의 멍에 다시 푸른 멍을 찍었다.

눈도 눈이지만 그 무거운 배로 부엌일이 무리라며 서한중은 사리댁에게 숫막 거리의 식비 노릇 드난을 금지시켰다. 그가 부인의 몸을 염려하며 말했으나, 그런 이유가 아니더라도 부인을 숫막 거리에 계속 내보내기가 께름칙했다. 접시와 여자는 바깥에 내돌리면 깨어지기 쉽다는 속담이 있듯, 평산옥이야말로 그릇은 물론 사람도 깨어지기 십상인 일터였다. 딸기코 사내가 어느 순간 감언이설로 부인에게 덤벼들거나 술방에 밀어 넣을지 알 수 없었고, 부인의 몸을 탐하듯 훑어보는 일본인 조선인 가릴 것 없는 주정뱅이들의 그 음충한 눈길도 불쾌했던 것이다. 늦은 밤, 원두막으로 돌아올 때 소리 청하는 좌석이 있어도 일 끝난 부인을 기다리게 하여 한사코 동행함도 어두운 밤길에 혹시나 닥칠지 모르는 그 어떤 곤경을 염려했기 때문이었다. 그런 마음 쓰임 이면에는 나만이 부인을 독점하겠다는 강샘도 내밀하게 작용하고 있었다. 강샘이야말로 사랑이 물처럼 마음에 가득 담겼기에 파도를 일으키지, 마른 마음에는 물결이 일 수 없다는 이치와 같음을 잘 알고 있었다. 그가 스물몇 해를 한솥밥 먹고 살았어도 처에게 강샘 느껴본 적이 없음은 안사람의 정숙을 믿기 때문이기도 했지만, 근본적으로 사랑이 메마른 탓이었다. 자기가 취한 술집 논다니와의 관계가 시들해졌을 때 그 여자가 다른 사내와 눈이 맞았다는 소문이 돌아도, 그런 데 여자라 그러려니 하고 투기 없이 무심히 들어 넘겼던 것이다.

"약을 다 먹을 보름 동안은 나다니지 말고 꼼짝 말구려. 눈을 피곤하지 않게 하자면 눈을 쉬게 하는 방법뿐이오." 서한중이 부인에게 이렇게 일렀다. 사리댁은 그 나름대로 간에는 술이 좋지 않다니 당분간 술을 잡숫지 말고 쉬시라 해도 서한중은 막무가내였다. "부인은 홑몸이 아니잖소. 아무리 호구가 어렵기로서니 남우세스럽게 그 몸으로 어딜 나다니겠다는 거요. 들어앉아 있는다고 내가 어디 임자 굶겨 죽이겠소?" 하며, 남정네가 호기를 부리는 데는 사리댁도 그 미련한 골부림을 꺾을 수 없었다. 그런 말을 들으면 여인은 부끄러워 둥그맣게 부른 배를 감추었다. 뱃속에 든 아기야말로 천주님이 죄 많은 자신에게 점지해준 유일한 언약의 생명이라 믿었다. 순흥 땅을 떠난 뒤 당한 세상의 온갖 질곡 속에서도 뱃속에서 새록새록 자라는 아기만 생각하면 근심과 시름이 봄눈 녹듯 녹았다. 제 고집만 세우는 남정네가 미울 적도 있었으나, 배론 성소에서 지향 없는 남정네를 따라 싫은 걸음을 한 것도 따지고 보면 태어날 아기의 지아비가 바로 탯줄이 되어 몸속에 달려 있기 때문이었다. 앞으로 그 어떤 세상 고난을 당하더라도 태어날 자식을 살뜰하게 키워 훌륭한 사제로 만들어야만 죄의 업보에서 풀려나리라, 천주님이 보시기에 그 아름다운 자식을 귀히 여겨 부모의 죄까지 사하여주시리라. 그런 상념이 여인에게는 삶의 가장 큰 위안이 되었다.

사리댁은 이제 잠에 들지 않는 시간의 태반을 원두막에서 무릎 꿇어 천주님께 기도하고 묵상하며 보냈다. 서한중은 이를 못 본 체했고, 여인이 손가락에 굴리는 묵주가 잿더미에서 찾아낸 자기 것인 줄을 몰랐다. 실토를 했다간 남정네가 그 묵주를 빼앗아 불더미나 개울물에 던질까봐 여인은 이를 밝히지 않았다.

약은 먹을 사람이 직접 달이지 않는 게 원칙이라며, 서한중은 지성을 다해 사리댁 탕약을 손수 달였다. 약이란 처방하는 의원, 달이는 사람, 먹는 환자의 정성이 합쳐져야 효험이 있다고 말하지만, 그는 의원을 그다지 신용하지 않았다. 그러나 약을 정성껏 달이는 마음처럼, 그 약을 먹는 부인에게는 이 약을 먹으면 눈이 꼭 좋아진다는 확신을 가져야 한다고 당부했다. 그는 약을 탕관에 달일 때는 불 옆을 떠나지 않았고, 그릇에 짜서 여인에게 바치는 약은 졸아들어 양이 적거나, 덜 달여 양이 넘치거나 하지 않고 그 분량이 늘 일정했다.

사리댁이 보자 하니 약국을 다녀온 지 사흘째 되는 날까지 남정네가 쑥을 베러 산으로 오를 기미가 보이지 않았다. 낮이면 자신보다 더 망가진 이녁 몸은 버려두고 납작 엎드려 잿불을 불어가며 약첩 달이는 정성에만 골몰하니, 여인은 그 탕약을 손 재어 놓고 앉아 넙죽넙죽 받아먹기가 송구할 수밖에 없었다.

"어른님이 참쑥을 베어 오지 않는다면 저도 약을 먹지 않겠습니다. 구기자 열매는 이미 거둘 때를 놓쳤어도 결명자 꼬투리는 달렸을 테니 받아 오셔요." 김 오르는 약사발을 앞에 두고 사리댁이 당차게 말했다.

"그 영감이 무슨 점쟁이라고 남의 명을 함부로 좌지우지해. 멀쩡한 사람을 두고 말이오." 서한중이 생청스럽게 말을 바꾸었다.

사리댁이 약을 먹지 않겠다고 계속 버티자, 서한중도 하는 수 없다는 듯, 부인은 그냥 계시오 하더니 평산옥에서 지게와 낫을 빌려 와 산으로 올랐다. 그날 그는 참쑥을 지게 가득 쪄 왔고, 결명자의 노란 꽃이 지고 난 뒤 가을까지 활처럼 달려 있는 꼬투리까지 한 제가량 채취해 왔다. 높드리 솔밭 그늘을 뒤져 송이도 삼태기가 차게 따 왔다.

사리댁은 개울물에 쑥대를 씻어 손수 쑥을 달였다. 쑥을 달인 물이 엿물색인데도 마시면 엄청 썼다. 서한중은 그 쑥물을 갈증을 느낄 때마다 하루 예닐곱 사발씩 마셨고, 따로 끓인 결명자차도 복용했다. 그러다보니 아침부터 저녁까지 원두막 아래 날림 아궁이에는 늘 불을 지펴두는 형편이었다.

해가 지면 서한중은 어김없이 전쟁터로 나가는 군졸같이 비장하고 엄숙한 표정으로, 부인 내 다녀오리다 하며 원두막을 나섰다. 장구와 삼태기를 메고 숫막 거리로 내려가는 그의 자춤걸음이 석양의 붉은빛을 등져서인지, 사리댁에게는 그 꾸부정한 뒷모습이 슬프고 안쓰러웠다. 서한중이 일을 마치고 돌아올 적이면 삼태기에 이것저것 찌꺼기 음식을 많이 날라 왔다. 어느 집에서 이렇게 많이 줍디까, 하고 사리댁이 물어도 그는 대답을 않았다. 사리댁은 원두막 아래로 내려가 이 숫막 저 숫막에서 얻어 온 밥에 김치를 섞어 재탕으로 밥국을 끓이며, 속으로 울었다. 여인은 속으로 그렇게 울며 부른 배 앞에 밥국을 솥째 놓고 깍차게 먹었다. 서한중은 몽롱한 눈으로 부인의 먹성을 대견해하며 기불택식(饑不擇食)이 이를 두고 한 말이라고 고개를 주억거렸다. 그는 부인 앞에서 채 잡고 장구로 장단 맞추며 즐거이 소리 한가락을 뽑을 적도 있었다. 이제 그의 소리에는 신명이 실리지 않아 그늘이 졌고 넋두리 같은 한(恨)만 구성지게 사무쳤다.

사랑 사랑 내 사랑아
못 보면 애가 타고 보면 숨 막히니
사랑 사랑 내 사랑아
광인이 따로 없네
사랑 사랑 아흐, 내 사랑아……

사리댁은 남정네의 축 처진 소리를 들으면 목이 메었다. 연민으로 메는, 코에 가득 고이는 콧물을 삼켜 설움을 풀었다. 여인은 땀과 눈물로 범벅이 된 얼굴로 다부지게 순가락질하며, 이건 내가 먹는 게 아니다, 배냇아기가 먹는 거라며 속으로 우겼다. 흙이라도 먹고 싶을 만큼 입맛이 당겨, 자신의 그런 변화에 놀라는 나날이기도 했다.

어느 날, 서한중은 술 담긴 호리병을 들고 원두막으로 돌아왔다. 평산옥 매란이로부터 얻어 왔다고 했다.

"부인, 오늘 밤 나하고 대작 한번 합시다. 나만 늘 취해 이렇게 해롱거리니, 부인도 술에 취하면 그 기분이 어떤가 알 것이오. 세상만사 시름이 싹 가시는 흥취가 술 속에 있다오."

서한중은 취해 있었다. 사발에 감자로 빚은 빽빽한 술을 쳐서 사리댁 앞으로 넘겼다.

"술을 못합니다." 사리댁은 숫막 거리 술 취한 작부들의 허술한 몸 간수를 보아왔던지라 술이라면 정나미가 떨어졌다. 술 먹은 개란 말이 있듯, 술 먹고 온전한 사람이 드물었다. 먹어도 안 먹은 듯 온전하다면야 여인도 한 잔쯤 못 먹을 바 아니었다. 그러나 모주꾼들이 돈 주고 술 먹고도 온전할 바에야 무슨 맛으로 술을 마시느냐며 허튼소리를 하는 걸 보면, 술은 끊기 힘들뿐더러 정신을 몽혼케 하는 미약임에 틀림없었다. 그러기에 그리스도는 술 취하지 말라고 말씀하셨다.

"그러지 말고 한잔씩 합시다." 서한중이 부인의 손을 잡고 어리광 부리듯 떼를 썼다. "하늘에는 주성(酒聖)이 있고, 땅에는 주천(酒泉)이 있고, 고을에는 주향(酒鄕)이 있고, 신선에도 주선(酒仙)

이 있다고 했소."

"저는 주선이 될 수 없기에 술을 안 먹겠습니다." 사리댁이 외돌아 앉으며 쌀쌀맞게 거절했다.

서한중이 하는 수 없다는 듯 따라놓은 사발잔을 들고 단숨에 벌컥벌컥 들이켰다. 그는 호리병의 술을 다 비우고 모잡이로 쓰러졌다. 주채심상행처유(酒債尋常行處有)요 인생칠십고래희(人生七十古來稀)라 하며 중언부언하더니 금방 코를 불었다. 술 외상값은 가는 곳마다 있고 인생 칠십은 예로부터 드물다는 두보의 「곡강이수(曲江二首)」의 한 소절을, 사리댁이 알 리가 없었다.

약국에서 약을 지어 온 지 여드레째 되는 날, 쪄 온 참쑥이 떨어져 서한중이 산으로 오를 채비를 하자, 사리댁도 남정네를 따라나섰다.

"그 몸으로 어찌 따라나서겠다는 거요?" 서한중이 사리댁의 앞산만큼 부른 배에 눈을 주었다. "허방을 밟고 넘어지기라도 한다면 어쩌려고 그러는지 모르겠소."

태어날 자식에 대한 서한중의 마음은 사리댁으로부터 아기를 가졌다는 말을 처음 들었을 때나 지금이나 별로 변하지 않았다. 우리의 지극한 사랑이 만들어낸 새 생명일 텐데 내 마음이 왜 이렇게 돌부처일꼬 하고 따져보기도 했으나, 태어날 아기는 역시 애물 덩어리란 생각으로 바뀌었다. 무엇보다 첫아기를 낳기에 부인은 늦은 나이였고, 병약해서 산고를 치르다 어찌 될까 겁이 났다. 자식이란 낳아만 놓으면 나무처럼 저절로 자란다지만, 두 사람의 의식주 갈무리도 어려운 형편에 그 자식을 남부럽잖게 키울 자신이 없기도 했다. 자신에게 쏟아질 부인의 사랑을 자식이 빼앗아간다는 강샘 또한 마음에 스멀거리고 있었다. 잠자리에서 부인을 품을 때 불현듯, 자식이 생기면 어미가 자기로부터 돌아누워 아기에게 젖을 물릴 테지 하는 상념이 들면, 그 성가신 자식이 제 새끼로 여겨질 것 같지 않았다.

"저도 들은 말이 있습니다. 삼신할머니 말씀에도 해산달이 가까울수록 힘들다고 늘어져 있지만 말고 몸을 부지런히 움직여야 순산한답니다. 제 걱정은 마셔요. 어른님 발자국만 밟고 쉬엄쉬엄 따라갈 테니까요."

작정을 매조졌는지 그런 적이 별로 없는데 사리댁이 머릿수건을 쓰고 짚신 들메를 쳤다.

"몸은 그렇다 치고 눈은 어떻소?"

"말 속에 비수가 들었어도 의원님 처방이 용한 듯합니다."

사리댁은 거짓말을 둘러댔다. 남정네가 정성을 들여 약을 달여주니, 이 약 먹고 어서 쾌차해야지 하면서도 오른쪽 눈이 잘 보이지 않는 데는 어쩔 수 없었다. 아니, 이제 왼쪽 눈을 가리면 오른쪽 눈은 짙은 안개가 앞을 가려 가까이에 있는 약사발조차 보이지 않았다. 그렇게 되니 왼쪽 눈으로만 기를 써서 보게 되고, 왼쪽 눈만 쓰자 사물이 두셋으로 보이는 현상만은 없어졌다.

청명한 가을날이었다. 잔풍향양이란 말대로, 햇살이 따뜻 포근하고 소슬바람이 부드럽게 불어 알알이 맺힌 열매의 속살을 여물게 했다. 하늘은 구름 한 점 없이 짙푸르렀다. 하늘이 하도 푸르러 수심 깊은 호수를 보는 듯했고 호숫물이 폭포져 쏟아질 것만 같았다. 사리댁은 창공에 눈을 주며 저 짙은 쪽빛 하늘과 넓디넓다는 바다가 맞닿는다면 두 남색을 가르는 수평선은 대체 무슨 색일까 싶었다. 여인은 바다가 보고 싶었고, 남정네에게 그런 말을 자주 했다. 여인에게 바다 이야기를 처음 들려준 이는 방물장수 전교 부인이었다. "바다는 넓고 넓답니다. 어디에도 땅이 보이지 않으니 하늘과 맞닿은 바다를 수평선이라 하지요. 땅은 푸나무와 짐승을 키우지만 바다는 물풀과 물고기를 키우지요. 물고기 중에 고래는 그 크기가 집채만큼 크답니다." 그런 말을 듣고 여인은 늘 바다를 그렸다. 꿈에서도 푸른 물이 넘실대는 넓은 바다를 보았다. 담장 밖을 나가지 못하는 시집살이 갇힌 세월에 바다를 떠올리면 여인의 마음이 넓게 트였다. 그러나 서한중 역시 바다를 본 적 없었으니 사리댁에게 뭐라고 설명할 수가 없었다.

둘은 광산 쪽이 아닌 동녘 산자락을 타고 걸었다. 길섶에 소담하게 피어난 들국화가 꽃대를 바람결에 맡겼다. 벌과 나비들이 마지막 추수에 바빴다. 키만큼 자란 억새가 부드럽게 너울거렸다. 산비둘기와 멧새가 바람을 타고 창공으로 날았다. 뒤따르는 사리댁과 보조를 맞추느라 지게 진 서한중이 천천히 걸으며 소리가락을 나지막이 읊조렸다.

우리 인생 길어야 칠팔십이라
미움도 시샘도 없이 한세상 건너가세
세상살이 원망 말고 바람처럼 훨훨 넘겨
지는 해 떠오르고 기운 달 다시 차듯

춘하추동 무심히 넘기는 선나무며 길짐승들……

지팡이 짚고 걷는 사리댁은 남정네의 구성진 소리를 들으며, 나는 언제 이 남정네의 뒷모습을 보지 않고, 그 뒤만 다붓다붓 따르지 않고 살게 될까 하고 부질없는 생각에 사로잡혔다. 초가삼간일망정 집칸 가져 붙박이 생활을 하게 되면 자신은 집 안에 들어앉게 되리라. 음식 만들며 입성 만지고, 텃밭 가꾸며 아기를 키운다면, 식구 건사하려 출타하는 남정네 뒤를 따라나서지 않아도 되리라. 그러나 그런 세월이 언제 올까. 여인은 군밤에 싹 나기 바라듯, 잡히지 않는 그 암담한 앞날을 내다보자 앞선 남정네의 짚신 뒤축조차 어릿어릿하게 보였다. 시집간 뒤 허구한 날 너른 집 울타리 안에 갇혀 살 때, 여인은 집안 식구 누구든 그 뒷모습을 오래 바라본 적이, 어느 사람 뒤를 따라가본 적이 없었다. 돌아서면 사랑채나 행랑채요, 몇 발 걸으면 곳간이나 부엌이었다. 사람을 뒤따르기는 집 떠나 길 나선 뒤부터였고, 한 남정네 뒷모습만 보며, 그가 걷는 대로 줄곧 따라온 나날이었다. 바깥세상 물정에 어둡다보니 앞서 세상길을 여는 남정네가 없었다면 눈을 뜨고 걸어도 자신은 청맹과니나 다를 바 없었다. 그나마 길을 열던 남정네는 이제 다리 저는 불구자가 되었고, 그 발자국 지르밟고 따라온 자신은 한쪽 눈마저 앞을 못 보는 다곱장님 신세가 되었으니 옹이에 마디요, 기구한 운명이었다. 여인은 한숨을 삭이며, 남정네의 소리가락을 귀 밖으로 내몰고 자신의 소리를 읊조렸다.

"성부, 성자, 성신이시여, 간고한 나날을 살아가는 이 죄 많은 불쌍한 죄인을 가련하게 여기옵소서. 한량없는 천주님의 자비로 우리 앞길을 보살피소서. 하늘에 나는 새도 들에 핀 백합화도 천주님께서 보살피시고, 매달려 간구하면 능치 않는 일이 없다 하셨거늘, 이 죄 많은 여식과 배냇아기 아비의 앞길을 살펴 열어주옵소서. 앞서서 인도하시는 천주님의 발걸음을 죄 많고 몽매한 우리가 놓치지 말게 하옵소서. 그 길만을 순종하며 따르게 우리를 너무 치지 마소서. 낮고 가난한 자는 복을 받을 것이라 하셨듯, 우리야말로 이 세상에서 가장 낮고 가난한 자이옵니다."

사리댁은 기원을 중단했다. 천주님이 죄의 심판으로 이렇게 몸의 고(苦)로 두 사람을 친다는 섬뜩한 느낌이 폐부를 찔렀다. 그러나 여인은 그리스도께서 하신 한 말씀만은 적이 위안이 되었다. 그리스도는 요한서에서 말씀하셨다. 제자들이 소경이 된 사람을 두고, "이 사람이 소경으로 난 것이 뉘 죄이오이까, 그 부모이오이까" 하고 묻자, 그리스도께서 말씀하시되, "이 사람이나 그 부모가 죄를 범한 것이 아니라 그에게서 천주님의 하시는 일을 나타내고자 하심이라"고 대답하셨다. 나는 눈을 통해 천주님이 작정하신 일이 무엇일까를 따져보았으나, 여인은 그 해답만은 풀 수 없었다. 여인은 지금도 그 말씀의 뜻을 풀어보려 골몰했다. 부른 배로 헐떡이며 산으로 오르는 만큼 괴로움이 숨길을 막았다. 나를 연단에 매다시려 천주님이 소경으로 만드실 작정인가 하는데 생각이 미치자 여인은 마음이 아팠다. 마음이 갈기갈기 찢어지는, 숯덩이처럼 시커멓게 탄 마음을 절구통에 찧어 가루로 내는 고통이었다. 천주님을 버렸다고 호언하는 남정네야말로 이런 괴로움의 멍에를 쓰지 않으려고, 그 고통의 두려움으로 그렇게 어깃장을 부리는지 모른다는 생각이 들었다.

"알밤이며 도토리가 흔하구려. 내려올 때 줍도록 합시다. 도토리로 묵 쑤어 양념간장 쳐서 막걸리 한잔하면 좋겠구려." 서한중이 늙은 밤나무 밑을 지나며 말했다. 서한중이 가시 겉껍질이 반쯤 아가리를 벌린 밤송이를 발로 비비자 윤기 나는 알밤이 튀어나왔다. 그는 밤송이를 조끼주머니에 담았다.

산허리 더기까지 올라오자, 거뭇한 바위 사이 여기저기 허리를 채우는 쑥대밭이 나섰다. 참쑥은 이파리 뒷면이 흰 털로 덮여 보통 쑥과 구별되었다. 사리댁은 작은 바위에 주저앉아 어깻숨을 쉬며 머릿수건을 벗어 땀을 닦았다.

"부인은 쉬구려. 내 채신지우(採薪之憂)하지만 쑥을 금방 한 짐 찌리다."

서한중은 낫으로 쑥대를 찌기 시작했다. 사리댁은 시야 흐린 눈으로 열심히 결명자를 찾아 꽃 진 뒤 남은 꼬투리를 치마폭에 채취했다. 그러다 허리가 결리면 작은 바위에 앉아 쉬며 산마루에 눈을 주었다. 불꽃이듯 타오르는 단풍색이 소나무, 전나무, 눈잣나무의 푸름에 섞여 아름다움을 더했다. 빨간색으로 물든 단풍은 복자기나무, 옻나무, 노박덩굴, 담쟁이요, 누렇게 지는 단풍은 느릅나무, 고로쇠나무, 피나무, 버즘나무였다. 두 가지 색 사이로 갈색으로는 물참나무가 있었다. 만약 왼쪽 눈마저 멀게 된다면 앞으로는 저 고운 단풍을 보지 못하게 되리라. 그런 생각을 하자 사리댁의 마음에 지는 단풍처럼 설움이 차곡차곡 쌓였다.

"늙은이도 아닌데 이만 일에도 쉬 지치니" 하며 서한중이 사리댁 옆 시든 풀 더미에 주저앉았다. 그는 허리춤에 찬 곰방대를 꺼내고 담배쌈지를 풀었다. 당황으로 담뱃불을 붙여 연기를 날렸다.
"날씨가 하루 다르게 추워질 것 같소. 동절이 아직 멀었는데 밤이면 따뜻한 구들장이 그리우니……"

사리댁은 남의 이야기 하듯 무심히 뱉는 남정네를 보았다. 밤송이만큼 자란 머리칼 아래 검누렇게 헐쑥한 얼굴이었다. 뺨에는 긴 상처 자국이 있었다. 깎지 않은 수염이 터부룩했다. 평산옥 딸기코 주인장으로부터 얻어 입은 저고리는 여기저기 해어졌고 불구멍이 나 있었다. 한 시절 옥골선비가 저토록 달라지다니. 사리댁은 코끝이 찡해왔다. 그 흔한 눈물이 다시 쏟아지려 했다. 내 두 눈 멀면 저 초췌한 슬픈 모습은 안 보게 되려니 싶었다. 햇빛 밝은 공소 마당의 분홍 꽃이 활짝 핀 백일홍나무 아래 섰던 남정네를 처음 본 다섯 해 전이 눈앞에 스쳤다. 통영갓 쓰고 주름 없이 눈부신 박래품 옥양목 도포 입은 그 늠름한 허우대만 떠오르면 얼마나 좋을까. 형형한 눈빛으로 자기를 쏘아보던 음전하던 그 모습이 지금도 눈에 선했다. 여인은 지금의 남정네 모습을 지우기라도 할 듯 외돌아 앉으며 눈을 감았다. 괴었던 눈물이 뺨을 타고 흐르는데, 남정네의 허망한 말이 귓가를 스쳤다.

"누더기 인생? 허허, 그렇지. 집도 절도 없는 들개 같은 인생살이지. 그러나 이렇게 살아도 부인이 내 옆에 있으니 난 아무렇지 않소. 예전에는 눈뜨고부터 잠들 때까지 보는 것, 듣는 것, 생각하는 것, 매사에 불평불만만 골을 채워 화가 끓었는데, 이젠 그런 모든 게 잊혀졌소. 구들장 없는 원두막살이라도 부인을 품고 자면 추운 줄 모르겠고, 마음이 그렇게 편할 수 없어요. 사람 한평생에 복락이란 게 도대체 뭐요? 그렇게 따져보면 복락이란 마음먹기에 달렸지 부귀공명에 있지 않구려. 부귀공명? 그 뜬구름을 잡으려 안달복달하며 살 게 뭐 있소? 그리스도 그분도 부자가 하늘나라로 들어가기는 바늘귀로 낙타란 짐승이 들어가기보다 힘들다 하지 않았소. 한마디로 이생에서 부귀영화를 누린 자는 하늘나라로 못 들어간다는 말과 다름없소. 가난한 자에겐 복이 있다고도 말하지 않았소. 우리가 십계명 중 한 가지 죄를 범했다면 그리스도가 말한 한 가지 복, 그 가난 복을 받았으니 둘을 상쇄하면 되겠구려, 허허. 부인, 내 말이 어떻소?"

모처럼 그리스도를 입에 담는 남정네의 말이 진정에서 우러나온 말인지, 자기를 위무하려 꺼낸 말인지 사리댁은 알 수 없었다. 그러나 마음에 한줄기 밝은 빛이 스며듦을 느낄 수 있었다.

7장

입동 절기를 넘겼다. 산마루께부터 불을 지른 듯 타오르던 단풍이 발밑을 거쳐 평지로 내려갔고, 무서리가 내렸다. 밤이면 높은 산도 낮다 하고 감청색 천공에 기러기 떼가 시옷 자로 열 지어 남쪽으로 내려갔다. 우리는 따뜻한 남녘으로 가요 하듯 울어대는 기러기 떼를 보며, 서한중과 사리댁은 기러기 떼를 좇아 영월 땅을 아주 떠나기로 작정했다. 산간 지방 원두막살이는 우선 밤 추위를 더 견뎌낼 수 없었다. 짚자리로 바닥과 벽을 덧게비쳐도 틈새로 한기가 몰려들어 광산에서 구해 온 함석조각으로 만든 임시 방편 화롯불로는 추위를 막기가 힘들었다. 둘이 옷을 입은 채 몸을 붙여 선잠으로 떨며 밤을 나곤 했다. 서리 맞은 고명 호박 신세가 따로 없었다.

사리댁의 해산달도 가까워왔고, 무엇보다 여인의 눈은 이제 왼쪽마저 망막에 무서리가 덮이듯 사물의 윤곽이 희미해져갔다. 서한중 역시 밤일 나가기가 힘에 부칠 정도로 기력이 떨어지면서 그 좋던 목청도 가버려 소리를 제대로 내지 못했다. 그의 소리가락은 숨차하며 입에서 궁굴리는 안간힘이었다. "서생원 소리도 이제 텄어. 사흘을 죽도 못 먹은 그 소리 듣자고 소리채 준비하여 자넬 청할 수야 없지. 왜가리 꽥꽥거리는 소리를 누가 듣는담." 술상머리에서 곧잘 듣는 핀잔이었다. 일패도지(一敗塗地)가 이를 두고 한 말이었다.

"여기를 떠납시다. 순흥 지방 부석으로 내려가 동절을 납시다. 거길 간다고 눈곱참봉이 설마 하니 아직까지 우리 뒤를 캐고 있겠소. 부석사 아랫말 부석리에 들면 서당글 함께 익힌 죽마고우가 있소. 소수서원에서 다섯 해를 함께 배웠지요. 김문확이라고, 소과(小科)에 급제하여 진사에 올랐으나 국운이 기울고 조정이 어수선하자 벼슬길을 단념하고 향리에 은거한 선비요. 후학 양성에 전력하다보니 늘 서책을 가까이하여 의기(義氣)가 있고 언행이 진중하오. 살림도 포실하여 동절을 날 동안 우리 둘 식주(食住)는 어떻게 마련해줄 거요. 무평불파 무왕불복(无平不陂 无往不復)이라더니…… 부석리에서 읍내리까지가 삼십 리가웃 하니 사람을 보내어 도솔아비를 부석으로 부르도록 합시다. 그 편에 돈을 좀 마련하는 대로, 해동하면 어디로 옮겨 앉든지……"

별 자신 없는 서한중의 말에 사리댁은 대답을 못했다. 여인이 대답을 아니함은 그 뜻에 따르겠다는 표시였으나, 고사의 뜻을 물었다. 평안한 길도 언젠가는 험해지게 마련이고 떠난 것들도 언젠가는 돌아오게 마련이란 뜻이라고 서한중이 풀이했다. 고향 땅 가까이 돌아간다는 말을 듣는 순간, 여인은 가슴이 철렁 내려앉았으나 이곳을 뜨자면 그 길밖에 달리 방책이 있을 것 같지 않았다.

영월 면소 장날, 서한중은 사리댁을 데리고 장거리로 나갔다. 고향 쪽으로 걸음을 하려니 입성이 너무 남루했던 것이다. 드팀전에는 헌옷이지만 깨끗이 빨고 덧대어 기운 옷을 파는 데가 있었다. 서한중은 사리댁에게 무명 솜저고리에 두툼한 겹치마와 너울을 사주었다. 자신은 헌 도포 한 벌에 까치머리가 훙해 탕건을 샀다. 길 가며 끓여 먹을 옥수수가루 한 되, 엽연초와 광산에서 흘러나왔을 당황도 샀다. 숫막 거리에서 소리 팔아 한두 푼씩 벌어 존절한 돈을 사리댁 약값을 대고 장바닥에서 헐어 쓰고 나니 춤치에 남은 돈이라곤 고작 십오 원 정도였다.

두 사람은 짐을 꾸렸다. 살림살이래야 지겟짐 하나였다. 벽과 바닥에서 뜯어낸 거적 몇 장, 솜이 비어져나온 헌 이불 한 채, 솥과 그릇 몇 개, 장구가 다였다.

영월 땅을 떠나는 날 아침은 무서리가 하얗게 내렸다. 서리 많이 내린 날은 늘 화창하고 볕이 좋았다. 사리댁은 오랜만에 좁쌀에 불린 콩을 넣어 밥을 지었다. 아침밥을 먹고 남녀는 원두막을 떠났다. 떨어져 쌓인 낙엽이 그나마 광산촌의 검은 땅을 덮어주고 있었다. 도포 차림에는 어울리지 않게 지겟짐을 진 서한중이 앞서고, 부른 배가 한 짐인 사리댁이 너울로 얼굴을 감추어 뒤를 따랐다. 사리댁은 지팡이를 짚고 흐릿한 땅바닥을 내려다보며 어깃어깃 걸음을 떼었다. 여인은 둥그런 배에 가려 발치께를 볼 수 없었으나 그래도 돌부리에 차일까, 서리 앉은 낙엽에 미끄러질까 겁을 먹고 무거운 짊신 발을 골라 옮겼다.

영월 면소를 벗어나 시야가 훤히 트인 강변길을 걷게 되자 서한중은 마치 깜깜한 지옥을 막 빠져나온 느낌이었다. 그는 검정색으로 도배한 듯한 광산촌 쪽을 돌아볼 마음이 영 내키지 않았다. 이곳에 들어오기가 말복 넘겨서였으니 그럭저럭 석 달여를 버텨온 셈이었다. 순흥 땅을 떠나고 한 가지도 잘 풀린 일이 없었지만 영월 땅에서야말로 광산의 갱도처럼 어둠의 질곡 속으로 끝없이 빨려들어간 나날이었다. 인간말짜로 천대받았고, 원두막살이하며 굶기를 부잣집 쌀밥 먹듯 했으며, 둘은 중병까지 얻고 말았다. 무슨 잇속이 있다고 그 궁벽에서 석 달이나 버텼던가. 자신에게 물어도 그 대답이 궁했다. 따지고 보면 영월 땅에 주저앉고 보니 갱도의 막장이듯 더 나아갈 곳이 없었기에 하루하루를 넘기며 도생한 나날이었다.

영월에서 남한강 강줄기를 끼고 영춘까지 늘어진 오십 리 길이었다. 두 사람은 서북풍에 쓸리는 낙엽 따라 말없이 길을 걸었다. 헌 조선옷에 다리 저는 지겟짐 진 까치머리의 사내와 해산달 가까운 너울 쓴 여인의 자태야말로 걸식 나선 유리민 꼴이었다. 서한중은 영춘 하리 나루터를 다시 거쳐 마당치로 넘어갈 마음이 없었다. 비록 불구가 되었지만 배포 한번 크게 먹고 한양으로 간다며 노새 등에 부인을 태우고 허리에는 돈푼깨나 든 전대를 차고 나섰던 길이었다. 그러나 여덟 달여 동안 한양은커녕 백 리 안팎 내륙의 벽지만 싸돌다 알거지에 병든 몸으로 왔던 길을 고스

란히 되밟고 돌아갈 수는 없었다.

영월 숫막 거리에서 만난 심마니에게 들은 말로, 시오 리가웃 내려가면 진벌 나루터가 나오고 거기에서 남한강을 건너 강 따라 내려가면 영춘, 단양 길이요, 강을 건너지 않고 내처 내려가다 왼쪽에서 들어오는 옥천동 물길 따라 시오 리 남짓 가면 주문이란 고을에서 남대천 상류로 오르는 길이 나온다 했다. 남대천 따라 태산준령을 타고 오르면 강원도, 충청도, 경상도가 만나는 까마득히 솟은 산이 어래산이요, 서녘 협곡 도래기재를 넘으면 남대천변 더기에 의풍이란 화전촌이 있다는 것이다. 거기에서 다시 남대천 상류를 거슬러 나아가면 경상도 땅이요, 산골치고는 제법 아담한 남대리에 들 수 있다 했다. 남대란 고을 이름은 서한중도 일찍이 들은 바 있었다. 부석사에서 북쪽으로 굽이굽이 잿길을 이십 리쯤 오르면 신선이나 살까, 하늘 아래 별천지 같은 사람 사는 고을이 나오는데, 거기가 병자년 호란, 임진년 왜란을 피해 숨어든 사람들이 잡은 터전이었다. 영월에서 영주 부석사까지 아무리 소백정맥 행룡을 넘는다지만 장정 걸음으로 빠르면 이틀, 느지막이 잡아도 사흘이면 도착할 수 있었다. 그러나 다리를 저는 데다 칠순 노인같이 기력이 떨어진 서한중이나, 당달봉사에 가까운 만삭의 사리댁으로선 나흘은 잡아야 할 만큼 힘에 부치는 이수였다.

"부인, 보오. 참으로 장관이오." 지게 진 서한중이 꼬부장한 허리를 펴며 말했다.

키 높이의 갈대가 너울거리는 강변길을 걷던 사리댁이 시선을 들어 앞을 보았다. 저만큼 앞쪽에 자잘한 조각들이 무수히 날아가거나 떨어지고 있었다. 여인은 그것이 참새 떼인가 했다가 노란색임을 알았다. 몇백 년은 되었을 엄청 큰 은행나무에서 떨어져 날리는 은행나무 이파리였다. 저 샛노란 은행잎조차 얼른 식별할 수 없다니. 사리댁은 한숨을 쉬며 십자성호를 그었다.

"그리스도께서는 어디에 쓰시려 저를 소경으로 만드시옵니까. 그러나 그리스도께서는 죄인을 구하러 이 지상에 오셨잖습니까. 그리스도께옵서 나면서 소경이 된 자에게 침으로 진흙을 이겨 그의 눈에 바른 후 실로암 못에 가서 씻으라 하니 눈이 뜨였다 했잖습니까. 부디 이 가련한 죄인을 암흑 세상에서 구해주옵소서. 눈이 밝아야 태어날 자식을 잘 키우지 않겠습니까." 여인이 나직이 간구했다.

서한중이 잠시 쉬어가자며 동구에 암수 한 그루씩 서 있는 은행나무 아래 지겟짐을 부렸다. 낙엽이 푹신한 방석 구실을 했다. 영월을 떠나 이제 시오 리는 좋이 내려온 참이었다. 남녀의 걸음이 얼마나 느렸던지 어느덧 해가 이맛전에 올라 있었다. 그동안 산모롱이 돌 때마다 좁장한 들을 안은 강안 마을이 촘촘히 나섰고, 자갈 없는 평지길이라 걷기에 수월했다.

"그 몸으로 걷기가 얼마나 힘이 드오. 조랑말이나 노새라도 있으면 좋으련만. 고생도 지나고 보면 낙이라지만 내가 부인에게 못할 짓만 골라 하는구려. 미안하고 죄송하오." 느슨히 말하며 서한중이 담배쌈지를 풀었다.

"삶은 옥수수를 지겟짐에 끼웠는데 시장하시면 잡수십시오."

"모처럼 아침을 잘 먹었더니 아직도 뱃속이 그득하구려."

서한중이 신트림을 했다. 그는 보름 넘게 악식으로 하루 두 끼니가 고작인데, 헛배가 부른 위 무력증에 시달리고 있었다.

"내 걸어오며 문득 그런 생각을 했더랬소. 역마살이야말로 팔자요 운명이라고. 부인, 이 세상 많은 사람들이 누구나 다 이렇게 정처 없이 길 나서는 팔자를 타고나지는 않았소. 그럴 만한 사람이 따로 정해져 있단 말이오. 전생에 그런 팔자에 씐 사람이 따로 있겠구나, 그런 생각이 들었소."

허심탄회하게 나직이 지껄이는 남정네의 말을 듣자, 사리댁은 그렇기도 하겠구나 수긍이 갔다. 읍내리 공소에서 이 남정네를 만난 이후 월장하여 길을 나서기까지, 마음 사려먹었다면 그러지 않을 여러 기회가 있었다. 남정네가 진피 떨며 근접했을 때 공소에 발을 끊고 집 안에 들어앉았으면 아무 탈 없이 요조숙녀 별당마님 자리를 지킬 수 있었다. 배론 성소로 남정네가 찾아왔을 때도 함께 나서자는 청을 냉정히 물리쳤더라면 천주님의 안식처에서 성결한 마음으로 회개하는 새 삶을 열었을 터였다.

"남자로 치면 재물에 탐닉하는 사람, 권세를 좇는 사람, 매사에 이익을 저울질하는 사람은 역마살이 들래도 들 수가 없소. 부귀와 명예가 보장되지 않는 헛고생을 왜 자청해 나서겠소. 자나 깨나 부귀공명의 영달만 바라는 사람은 대중 앞에 우세당하고 손가락질 받기를 가장 싫어하잖소. 그런 부귀나 영달을 우습게 아는 사람, 남으로부터 받는 수모에 개의치 않는 사람, 탈속한 꿈 많은 사람만이 무심한 마음으로 이 길에 들어서오. 그런 사람은 고생이나 고난 또한 낙으로 돌려 생각할 줄 알기에 이를 고난으로 여기지 않고 바람처럼 떠돌아다니는 게 아니겠소?"

세상은 그런 사람을 광인(狂人)이라 조롱하고 비웃잖습니까. 사리댁은 차마 그런 말을 할 수 없었다. 그 말 속에는 두 사람이 포함되어 있기 때문이었다. 여인에게는 담배 연기 날리며 수월수월 뱉는 남정네의 말이야말로 꿈만을 먹고 사는 역마살 든 자의 넋두리로 들렸고, 그 말뜻이 흐릿한 눈앞처럼, 딱히 그렇겠거니 하고 짚이지가 않았다. 부귀공명을 바라지 않고 이익을 좇지 않아도 여자란 남자의 그늘을 밟고 살아가는 팔자이니, 역마살에 매인 남자를 만나면 그에 따라 운명이 바뀐다는 말인지 가늠할 수가 없었다.

"여자야 안살림 사는 팔자이니 남자들처럼 어디 역마살 들기가 쉽겠소. 그러나 주안상머리에 앉은 여자나 도붓길 나선 여자, 첫 서방과 해로하지 못하는 여자 중에는 그 길이 그런대로 전생의 팔자로 뵈는 여자도 있게 마련이오."

"어찌 그리 잘 짚으십니까?" 자신도 전생에 그런 팔자를 썼다는 소리 같아 사리댁이 귓불을 붉히며 조그맣게 물었다.

"그런 여자를 보면 대체로 총명하거나 거꾸로 멍청하고, 재예(才藝)가 넘치거나, 그렇지 않으면 막돼먹었거나 하는 식으로 양극에 서 있소. 그 얼굴과 마음을 볼작시면 대개 정한(情恨)이 그득하거나, 아니면 행실이 아주 천박하오. 웃음과 눈물이 헤픈, 늘 꿈같은 허망한 얘기를 곧잘 재잘대는 여자들 있지 않소? 부인도 살아오며, 어찌 보면 너무 똑똑하고, 어찌 보면 철이 덜 든, 소녀

같이 귀염성스럽거나 아니면 괴팍하고 외곬으로 고집 센 그런 여자를 더러 본 적 있을 거요."

사리댁은 남정네의 말에 갈피를 잡을 수 없었다. 어찌 됐든 흔히 볼 수 있는 보통 사삿집 여자가 아닌, 남의 눈에 띄는 조금 유별난 데가 있는 여자를 두고 하는 말 같았다. 여인은 남정네의 말을 듣자 어느 구석인가 그 말과 비슷하게 닮은 데가 있었던 샛말댁이 떠올랐다. 시집간 뒤 이태 만에 딸 하나를 두고 서방이 토사곽란 끝에 덜컥 죽었을 때 샛말댁 나이 스물둘이었고, 그 뒤 딸을 키우며 내죽리의 살림이 편한 집을 돌며 반빗아치 노릇을 했다. 음식 맛내기와 침선 솜씨가 좋아 동네잔치에는 샛말댁이 빠지면 안 된다는 소리를 들었다. 말주변 또한 유달라 아녀자들이 일감 들고 모여 앉으면, 샛말댁에게 옛날이야기 한자리 펼치라고 조르곤 했다. 같은 이야기라도 샛말댁 입을 빌리면 듣는 이들이 요절복통하며 배꼽을 잡거나 너무 애절하여 한숨을 폭폭 쉬며 눈물을 글썽거렸다. 샛말댁이 대여섯 살 위쪽이었지만 사리댁은 그 여인네를 좋아해 함께 앉아 다듬이질, 시침질을 할 때가 많았다. 샛말댁은 담장 밖 바깥세상의 여러 소문을 물어 와 말에 재담을 보태어 제비새끼처럼 재재거리며 남의 사정인데도 잘 웃고 애달파하기도 했다. 청상살이 아홉 해쯤 뒤, 이웃 병산 마을 늙은 총각과 눈이 맞았으나, 그 사랑을 이루지 못하자 샛말댁은 대들보에 목을 매었다. "모질기도 하지. 그렇게 아래가 궁하면 차라리 재취 자리나 알아보지, 자식새끼 두고 어찌 목숨을 끊는담" 하고 사람들이 지청구를 놓았다. 목 매기 전해인가, 선달그믐 문풍지 우는 소리 요란하던 밤, 참봉 영감 솜저고리 새뜨기를 하며 샛말댁이 했던 푸념이 사리댁 귀에 지금도 삼삼했다. "마님은 그럴 적 없나요? 춘풍에 꽃잎 지거나 가을비에 낙엽 질 때 말이에요. 추야(秋夜)에 둥근 달 질러 기러기 떼 울며 남으로 내려갈 적, 동지섣달이 긴긴 밤 어디선가 들려오는 단소 소리만 들어도 왜 그리 설움이 솟는지요. 남들은 무심히 보고 듣는데 나만 왜 눈물지으며 애원성을 지르고 싶은지…… 내가 그런 하소연을 하자 어느 무당이 전생에 역마살이 붙은 한이 많은 여자라 그럽디다."

"한을 타고났거나 엉뚱한 생각을 많이 하는 여자 팔자가 대체로 그러한가봅니다." 사리댁이 그렇게 말하고 보니 문득 자신이 돌아보였다. 운명적으로 집 나설 팔자가 씐 탓에 바다가 보고 싶은 그런 엉뚱한 꿈을 키워왔는가 하는 생각이 들었다.

"우리가 바로 그런 팔자를 타고났나보오, 허허." 서한중이 웃었다. 그 웃음도 이제 선웃음이 아닌 힘 빠진 공소한 웃음이었다. 그는 곰방대 재를 떨며 몸을 일으켰다. "갑시다. 걷는 데까지 걷다 해질녘이면 잠자리를 찾아야지요."

남녀가 옥동천을 따라 내처 동행(東行)을 하다 주문이란 고을 앞에서 남으로 다시 가지를 친 남대천을 거슬러 오르니, 산이 차츰 깊어져 더러 나서는 밭은 시든 옥수수 잎만 바람에 너풀대는 층층의 따비밭이요, 산굽이를 몇 개 돌아야 억새로 지붕 덮은 네댓 채 초가의 뜸마을이 나서곤 했다. 해가 서녘으로 제법 기울었는데, 맑은 물이 소용돌이쳐 흐르는 개울 변 큰키나무가 울울한 숲길은 가없이 이어졌다. 해가 서쪽 높은 산 너머로 지자 서한중은 더 걷기를 포기했다. 더디게 걷는 걸음새였으나 남녀는 지쳐 걸음이 더욱 굼떴다. 산속은 어둠이 빨리 찾아들게 마련인데, 마침 열댓 집이 도란도란 귀 맞대고 앉은 마을이 나섰던 것이다. 앞쪽은 스무 두락쯤 천수답을 싸안았고, 대숲이 울을 친 마을 뒤로 싸리나무숲이 자우룩한 포근한 마을이었다. 궁촌은 아닌 듯 굴뚝마다 저녁밥 짓는 연기가 피어오르고 있었다.

남녀는 집칸이 제법 넓어 디귿자에 헛간채가 딸린 집을 찾아들었다. 싸리로 엮은 삽짝이 열려 있는데, 누렁이가 뛰쳐나오며 객을 보고 짖었다.

"주인장 계십니까?" 서한중이 사람을 찾았다.

부엌에서 아낙네가 빠끔히 얼굴을 내밀더니 안방 지게문을 열고, 손님이 왔다고 알렸다. 안방 방문이 열리고 탕건 쓴 주인장이 얼굴을 내밀었다.

"삿갓이 아니고 탕건만 쓴 양반이네. 여자까지 달고 집을 찾아오시다니."

주인장이 짖는 개를 쫓으며 마루로 나섰다. 서한중은 주인장 말에 영문을 몰라 하며, 영주 땅으로 넘어갈 과객인데 하룻밤을 묵어갔으면 싶다고 어렵게 말을 꺼냈다. 주인장은 고비늙은 모습의 초라한 과객 부부를 보고 선선히 방으로 들어오시라고 말했다. 건넌방에서 노친네와 올망졸망한 아이들이 나그네를 보려고 얼굴을 내밀었다. 산골 인심이 후하기도 하다며 서한중은 장구 얹은 지게를 벗고, 사리댁과 함께 안방으로 들었다. 서한중과 주인장은 인사를 나누었다. 곧 일면여구(一面如舊)한 사이처럼 이런저런 말이 오고 간 끝에 주인장 강서방이 말했다.

"……금시초문이시군요. 그 유명한 삿갓 어른 집안이 면소에서 이곳으로 옮겨와 사셨지요. 삿갓 어른이 스물셋에 과거를 보러 한양으로 올라가 그길로 표랑에 나서기 전 일 년 남짓 가족과 함께 여기서 보내셨지요. 제가 세상에 생겨날 때, 삿갓 어른이 저 전라도 화순 땅 동복이란 데서 돌아가셨다니…… 조부님으로부터 다 들은 옛말입니다만, 삿갓 어른 문재(文才)야 당대 천하가 알아줬잖습니까. 스무 살이 넘자 영월, 정선, 이 근동의 시장(試場)을 휩쓸었으니까요. 시관(試官)들이 삿갓 어르신 문장을 보곤 이런 산골에 천하의 문재가 숨어 있었다니 하며 혀를 내둘렀답니다." 강서방의 김삿갓 자랑이 늘어졌다.

"저도 김병연 그분 소문은 익히 들은 바 있으나 여기 곡골에서 사셨다는 이야기는 처음 들었습니다. 그분이 영주 소수서원에도 수차례 거쳐 가셨다는 말을 선대로부터 들은 적 있습니다."

"그렇다마다요. 영주 땅이야 여기서 하루 반나절 걸음 아닙니까. 삿갓 어른이 팔도강산을 표표히 떠도시다 가솔 만나러 오실 때, 북에서 내려오면 영월 쪽이요 남에서 올라오면 영주 순안 땅을 거쳐 도래기재를 넘어 들어오셨잖습니까."

큰 삿갓으로 얼굴을 가리고 다녀 김삿갓으로 불린 김병연은 원래 경기도 양주 땅 양반 출신이었으나, 평안도 선천부사로 재직하던 그의 조부가 홍경래의 난(1811년) 때 홍경래에게 항복한 죄로 폐족(廢族)이 되었다. 당시 여섯 살이었던 그는 어머니와 형과 함께 황해도로 피신, 곡산 땅에서 면학하며 자랐다. 뒤에 사면을 받고 고향 땅으로 돌아왔으나 폐족자에 대한 천대가 심해 가족이 여러 곳으로 옮겨 다니던 끝에 강원도 영월 땅까지 흘러들어왔다. 시재(詩才)가 특출했으나 폐족자 가문으로 벼슬길이 막히자 김병연은 스물 중반부터 시품을 팔며 전국을 방랑했다. 그 자리에서 즉흥으로 읊고 필봉을 휘두른 그의 시는 벼슬아치와 부자를 한껏 조롱하는 풍류가 넘쳐, 그 문명(文名)이 가는 곳마다 이름을 떨쳤다. 그는 순흥 땅에도 여러 차례 거쳐 갔고, 소수서원에서는 영주 땅에서 내로라하는 선비들과 시를 겨루었는데, 그 통달함과 재기에 놀라지 않은 이가 없었다는 소리를 서한중은 어릴 적 서원 훈장으로부터도 귀에 딱지가 앉도록 들었던 터였다.

"……삿갓 어른이 타계하신 지 마흔 해가 넘었으나 곡골이며 와석리는 그분을 기려 어느 집이나 오는 객을 내치지 않습니다. 인심 후한 고을이기도 하지만, 우리가 여기를 지나가는 과객을 내친다면 삿갓 어른을 내침과 같지 않습니까."

"우리 내외가 이 골에서 하룻밤을 나기로 작정한 게 삿갓 어른 혼령의 도움인 것 같습니다. 와석이란 마을은 어디 있는지요?"

"한 마장 거리지요. 가근방 골짜기에서는 대촌입니다. 마흔 가구는 됩지요."

두 사람이 이야기를 나눌 동안 눈을 감고 벽에 기대어 혼곤히 늘어져 앉았던 사리댁이 고갯방아를 찧기 시작했다. 어젯밤 잠을 설친데다 무거운 몸으로 내처 걸은 탓이었다.

서한중 내외는 강서방 집에서 조촐한 저녁 대접을 받았다. 조밥에 된장국, 나물 찬이었지만 식구들은 객을 맞기에 성의를 다

했다. 강서방 내외는 서까래와 벽에 강냉이며 씨앗 봉지가 주렁주렁 매달린 방을 치워주며 자식을 시켜 군불까지 지펴주었다. 남녀는 실로 오랜만에 방바닥이 따스한 방에서 잠을 자게 되었다.

"살다보니 이렇게 선한 사람들도 만나는구려." 지게에서 내린 이불 속에 피곤한 몸을 눕히며 서한중이 말했다.

서한중은 잠결에 골골 앓았지만, 사리댁이야말로 숙면에 들지 못하고 남정네가 들을까보아 속으로 신음을 죽이며 밤을 넘겼다. 무리한 걸음에 뱃속의 아기가 놀랐는지 배가 내내 뭉근하게 아팠던 것이다.

닭 우는 소리가 몇 차례 들리고 동창이 훤히 밝아서야 서한중은 자리에서 일어났다. 사리댁은 새벽녘에야 잠이 들어 한잠에 빠져 있었다. 코를 불어가며 너무 곤하게 자는 부인을, 그는 차마 깨울 수 없었다. 그가 낯을 씻으러 밖으로 나가니 안방에서는 아침밥 먹는 소리가 들렸다. 개울로 내려가 도둑처럼 몰래 낯을 씻고 방으로 들어왔다. 담배 한 대를 태우고 나자, 바깥은 가을걷이를 나간다며 부산했다. 심성 착하고 부지런한 집안은 다르다며 그는 머리를 주억거렸다. 그때서야 사리댁이 힘들게 눈을 떴다. 남정네가 얼른 눈에 띄지 않는지 한참을 살피더니 여인은 굼뜨게 몸을 일으켰다. 여인이 미안하다는 듯, 어서 나서야지요 하고 말했다. 서한중은 인사를 차리려 밖으로 나왔다.

"이제 일어나셨네. 무척 곤했던가보우." 양지바른 마루에 앉아 맷돌에 옥수수알을 갈던 노파가 서한중을 보고 알은체를 했다.

인사 여쭙고 길 떠나겠다고 서한중이 노파에게 말했다.

"보자 하니 안사람이 몸도 그렇던데 한 이틀 푹 쉬었다 떠나시구려. 그러잖아도 애들 아비가 도래기재를 같이 넘을 사람이 있나 하고 밭일 마치고 올 때 와석으로 건너가본다고 했구려."

"도래기재를 같이 넘다니요?"

"그 잿길에 호랑이가 득실거린답니다. 그래서 낮에도 여럿이 함께 넘어야 해요" 하더니, 노파는 "내 정신 좀 봐라. 어서 아침 밥상 차려드려야지" 하며 일어섰다.

서한중은 염치불고하고 강서방 집에서 하루를 더 묵어가기로 결정했다. 그날 오후, 강서방이 마당에서 깻단을 떨 때 서한중은 밥값을 한답시고 일을 도왔다. 사리댁도 부른 배를 앞세워 겨울 한철 밑반찬감인 무, 호박을 오리가리하는 아녀자 일을 거들었다.

이튿날, 따로 받은 아침 밥상을 물리자 남녀는 큰 신세를 입고 떠난다며 강서방 식구에게 인사를 하고 길을 나섰다. 강서방이, 바쁜 걸음이 아니면 하루 이틀 더 쉬다 재 넘을 사람이 모일 적에 함께 떠나라 했으나 서한중은 극구 사양했다. 여러 사람과 함께 넘어봐야 그들의 활달한 걸음을 따라잡지 못해 어차피 뒤처질 게 뻔했다. 한편, 쉰 줄에 든 여태껏 그는 말만 무성하게 들었지 호랑이와 직접 맞닥뜨려본 적이 없었기에, 이 지난한 지경에서 그런 액운까지 당하랴 싶었다. 설령 호식(虎食)이 된다 한들 그것도 팔자소관이려니 싶었다.

강서방은 서한중에게 끝을 날카롭게 깎아 윗마디에 붉은 천을 매단 죽창을 건네주었다. 지팡이 삼아 짚고 가다 큰 짐승을 만나면 호신용으로 쓰라 했다. 서한중은 죽창을 들고 사리댁은 서한중의 지팡이를 짚고, 남녀는 길로 나섰다.

"말씨를 들어보면 영주 쪽 사람이 틀림없고 문서도 있어 보이는데, 어쩌다 저 지경이 되어 낙향하실까. 남자는 다리를 저는데다 얼굴을 보니 병기가 있고, 여자는 배가 앞산만하구, 쯧쯧." 동구 느티목 쪽으로 힘들게 걷는 남녀를 삽짝에서 배웅하고 돌아서며 강서방이 혀를 찼다.

"부인은 앞을 잘 못 보는 모양이더군요. 한참 눈을 껌벅여야 사람을 알아보고, 무채 써는 데도 칼질이 서툴러 손 다칠까 겁납디다." 가는 길에 요기나 하시라며 찐 감자를 건네주고 온 강서방 처가 말했다.

서한중은 곡골에서 얼마를 못 가 길가에서 조금 떨어진 초가집 한 채를 보았다. 토담 안의 잎 진 감나무에는 붉은 감이 조롱조롱 달려 있었다. 강서방 말로는 젊은 시절 김삿갓 가족이 살던 집으로, 지금은 그 대가 다 타계하고 김삿갓 장조카 일가가 살고 있다 했다. 칠팔십 년 전에는 저 집에서 젊은 김병연의 글 읽는 소리가 당나귀 찬물 건너가듯 들렸을 터였다.

"부인, 김삿갓이란 풍류시인에 관해 들어본 적 있소?" 지겟짐 지고 앞서 걸으며 서한중이 물었다.

"없사옵니다."

"그 어른 타계한 지가 사십여 년 전이니 증조부뻘 되겠구려. 큰 삿갓 눌러쓰고 괴나리봇짐에 지팡이 짚고 팔도를 유랑한 방랑시인이었소. 시 짓기가 하도 뛰어나 가는 곳마다 이름을 떨쳤다오. 강서방이 그러는데 저기 이 집이 한 시절 그 어른이 살았던 집이

랍니다."

사리댁은 집 쪽으로 눈길만 줄 뿐 대답이 없었다.

"김삿갓 그 어른 동가식서가숙하며 부잣집 사랑 식객 노릇을 했으나, 동냥밥도 얻어먹고 이슬 맞으며 한뎃잠도 잤겠지요……"

"아이구, 어메!"

서한중이 돌아보니 사리댁이 발을 잘못 디뎠는지 모잡이로 쓰러졌다. 그는 얼른 지게를 벗고 부인을 안아 일으켰다.

"괜찮소?"

"돌부리에 걸렸나봅니다."

"걸을 만하오?"

"예. 괜찮습니다."

사리댁이 뒤뚱거리며 걷는 걸 보곤 서한중이 지게를 졌다. 남녀는 말없이 비탈길을 한참 걸어 올랐다. 길섶에서 꿩이 날아올랐고, 산비둘기 울음이 줄곧 따라왔다. 소나무와 떨기나무가 촘촘히 키 자랑을 하는데, 낙엽 쌓인 오솔길은 구절양장(九折羊腸) 말대로 가없이 이어졌다. 한 마장 좋이 걸었을까. 그동안 서한중은 줄곧 김삿갓 그 어른의 삶을 더듬고 있었다.

"역마살로 말한다면 김삿갓 그 어른이 가장 윗길인 듯싶소. 부귀와 영달을 헌 짚신짝같이 여겨 남루를 개의치 않고, 정말 한곳에 부접 못하고 육십 평생 떠돌며 살았으니. 객창에 유할 시, 장성한 아들이 아비를 찾아와 이제 연로하시니 집으로 돌아가시면 자신이 봉양하겠다고 간청했으나 이를 듣지 않고 떠돌다 끝내 전라도 땅에서 객사를 하고 말았으니……"

뒤따라오는 기척이 느껴지지 않아 서한중이 말을 끊고 뒤돌아보았다. 사리댁이 저만큼 뒤처져 절뚝거리며 굼뜬 걸음으로 걷고 있었다. 그는 지게를 벗어내려 세우곤 부인 쪽으로 돌아갔다.

"하루를 더 쉬었다 나설 걸 그랬나보오."

"앞이 보이지 않으니…… 발을 자꾸 헛디디나봅니다."

"우리들 이 걸음으로야 하루 몇 리를 걸을 수 있겠소."

서한중은 난감했다. 오늘로 도래기재에 올라 영주 땅 의풍골이나 남대리까지는 가야, 그쯤에서 서리 피할 헛간에라도 들어 일박을 하고 내일로 부석사 아래 부석리에 들 터였다.

"잠시 쉬어 가야겠습니다."

사리댁이 풀섶에 주저앉으며 고된 어깻숨을 쉬었다. 여인이 머릿수건을 벗더니 얼굴을 흥건하게 적신 땀을 닦았다. 한쪽 발이 경련을 일으키고 있었다. 서한중은 조금 전 부인이 넘어질 때 발을 삐었는지 모른다는 생각이 들었다. 그는 떨고 있는 발을 좀 보자며, 괜찮다고 부끄러워하는 부인의 짚신과 버선을 벗겼다. 언제 보아도 자그마한 예쁜 발이었다. 화전을 시작할 때 부인 발을 처음 씻어주며, 그 통통한 흰 살결과 꼬무락거리던 발가락이 미칠 듯한 성감을 일으켰는데, 이제 그 발은 살이 빠져 마르고 거칠어져 있었다. 서한중은, 고생을 시켜 발이 이렇게 됐구려 하고 한마디 했으면 싶었으나 말을 삼갔다. 복사뼈 주위가 익은 복숭아처럼 벌겋게 부어 있었다. 거쳐온 아래쪽을 돌아보니 강서방 집까지 가자면 십 리 가까운 길을 되돌아 내려가야 했다. 그는 지게를 지고 내려왔다.

"부인, 여기에 올라앉으시오. 내가 부인을 지고 가리다."

서한중은 장구를 지게에서 내리고 실린 이불 뭉치를 사람이 앉기 쉽도록 편편하게 골랐다.

"예? 저를 어떻게 지고 재 넘어 가시겠다고요?"

"괜찮소. 내게 아직 그럴 만한 힘은 남아 있소."

"아니 됩니다. 어른님 몸도 성치 않으신데 저를 지고 이 험한 산을 넘으시다니요. 어쨌든 제가 걸어보도록 하겠습니다" 하곤, 사리댁이 나뭇등걸을 짚고 용을 써 일어났다.

"이러다간 부인은 물론 배냇아기도 경칠 일 나겠소. 내 시키는 대로 가만있구려."

서한중이 사리댁을 덜렁 안아들었다. 산월 가까운 임산부라 힘을 못 쓰는 그에겐 적잖은 무게였다. 비틀대며 부인을 지게에 옆으로 겨우 앉혔다. 장구는 목에 끈을 걸어 배꼽 앞에 메었다.

"어떻게 저를 지고 가시겠다고……" 사리댁이 두 손으로 얼굴을 가리더니 어깨 떨며 흐느꼈다.

"내 비록 근력이 쇠했으나 부인을 업고 잿길을 넘을 수 있소. 내 걱정 마시구려." 사랑의 힘은 아직 넘치기에 그 마음이 내게 이 일을 시키니 나는 행복하오. 그는 그 말은 하지 않았다.

서한중은 작대기로 땅을 힘차게 짚고 젖 먹던 힘까지 써서, 다리뼈가 우지끈 부러져라 기우뚱 일어섰다. 몸의 균형을 잡고 바로 서자니 다리가 후들거렸다. 몇 발을 뒤뚱거리며 내딛자 그런대로 걸음을 옮길 만했다. 그는 가쁜 숨을 조절하며 자춤걸음으로 언덕을 올랐다.

사리댁은 지겟등태에 어깨를 기대어 수건으로 입을 막고 눈물이 골짝 나게 울었다. 눈물이 하염없이 뺨을 타고 흘렀다. 다리를 저는데다 간병으로 누렇게 뜬 얼굴에 뼈만 앙상히 남은 남정네가 자신을 지게에 지고 나서는 그 마음이야말로 극진한 사랑이란 말 이외 달리 표현할 말이 없었다. 여인의 울음은 그 감복이요 복받치는 행복감이었다. 내 이제 손톱만큼도 어른님을 원망하지 않으리라. 이런 아낌을 받으니 당장 죽어도 여한이 없으리라. 여인은 그런 말을 곱씹으며 오랫동안 흐느꼈다.

올려다보아도 그 높이를 알 수 없는 산이 앞을 막아 버티어 섰고 큰키나무들이 임립했다. 이제 뜸마을조차 만나기에 가망이 없었고, 도린길이 왜뚤삐뚤 산속으로 이어졌다. 지게 진 서한중이 골 깊은 남대천 개울을 끼고 험준한 산을 타기 시작하자 잿길은 너설이 심하고 가팔라졌다. 사태가 져 돌무더기 흘러내린 데를 미끄러지지 않으려 나뭇가지를 잡아가며 가까스로 오르면, 큰 바위를 에돌아가는 벼룻길이 나섰다. 서한중은 팥죽 같은 땀을 흘리며 혀를 빼물고 허덕였다. 내가 이기나 잿길이 이기나 어디 해보자. 삿갓 어른도 이 길을 넘었으려니. 고운 님 업고 가는 이 기쁨을 뉘 알리오. 그는 그런 말을 뇌까리며 스스로를 담금질했다. 「사랑가」나 「정선아라리」라도 한 소절 읊으며 가고 싶었으나 소리는커녕 숨 쉬기도 벅찼다. 처음에는 한참을 오르다 쉬었지만, 쉬어 가는 거리는 차츰 짧아졌다.

"이러다 쓰러지시면 여기선 의원을 부를 수도 없습니다. 제발 저를 내려놓아주세요. 어떡하든 제 힘으로 걸어보겠습니다."

사리댁이 울며 여러 차례 간청했으나 서한중은 고집을 부리며 들은 척을 않았다.

"내가 좋아 이러니 임자는 아무 말 마시오. 내 정 힘 달리면 내려놓으리다. 해 지기 전에 의풍골까지는 가야 하니 내게 맡겨둬요." 그는 이렇게 우겼다.

낮참이 되자 남녀는 개울가에 앉아 강서방댁이 준 감자로 요기를 하고 다시 길을 나섰다. 그러나 서한중의 몸이 그런지라 부인을 지게 진 그의 걸음새가 더욱 더뎠다. 온몸이 땀으로 멱을 감은 채 비칠대며 모질음 쓰는 그의 꼴이 정말 사리댁째 내동댕이치고 아래로 굴러떨어질 것만 같았다. 사리댁은 지게에 앉았어도 애간장이 탈 수밖에 없었다.

"부인, 저, 저기서 오늘 밤을 납시다. 아, 아무래도 이제는 더 걸을 수가 없소."

서한중은 두부모처럼 각진 바위가 비스듬히 안쪽으로 꺾여 들어간 지점을 보더니 개울물을 저벅거리며 그쪽으로 걸음을 옮겼다. 밤 서리는 피할 수 있을 것 같았다. 어느덧 해는 서쪽 등성이 너머로 기운 뒤였고 시나브로 불던 바람이 기를 세웠다. 서한중이 지게를 작대기로 받쳐 세우곤 사리댁을 안아 내렸다. 그는 헌 요때기를 내려 낙엽 위에 펴더니 넉장거리로 누워버렸다. 얼굴이며 옷이 땀에 절었고, 앙상한 횡경막이 들썩이도록 가쁜 숨을 쉬었다. 수염 텁수룩한 들피진 얼굴이 두엄 더미 꼴이었다.

"물을 좀 떠 올릴까요?" 사리댁이 수건으로 남정네의 얼굴을 닦아주며 물었다.

서한중은 대답할 기운도 없는지 헐쑥한 턱을 조금 끄덕거렸다. 남정네가 저러다 덜컥 숨을 거둘까보아 사리댁은 겁이 났다. 여인은 지게 삼태기 안에서 막사발을 꺼내어 한쪽 다리를 끌며 냇가로 갔다. 왼쪽 발목이 욱신욱신 쑤시는 것으로 보아 삐었거나 인대가 늘어났음에 틀림없었다. 여인이 막사발에 물을 떠 와 남정네 입에 흘려 넣으니 반쯤은 목덜미로 흘러내렸다. 물을 달게 먹은 서한중이 눈을 감았다. 숨소리가 차츰 낮아졌다. 사리댁은 지게에서 이불을 가져와 남정네 몸에 덮어주었다. 여인은 낙엽 위에 퍼질러 앉아 개울 건너 맞은편 산을 멍하니 바라보았다. 한 차례 바람이 일자 낙엽 지는 소리, 낙엽이 쓸리는 소리가 어수선했다. 곧 숨을 거둘 듯한 남정네의 앓는 소리를 들으며 여인은 난감한 심사로, 이 일을 어떡하나 하고 중얼거렸다. 높드리를 얼마나 더 올라야 도래기재가 나오는지, 의풍골이 어드메쯤인지 가늠할 수 없었다. 호랑이가 몇 마리나 득실거린다는데, 인적 없는 깊은 골에서 밤을 나도 되는지조차 알 수 없었다. 숲에는 그늘이 내렸는데 회갈색 숲 한 군데가 흐릿하게 눈에 들어왔다. 선홍색으로 지는 저 단풍이 무슨 잎인지도 구별할 수 없다니. 여인은 너럭바위를 감고 오른 인동덩굴 단풍을 알아보지 못했다.

"천주님, 이 죄인을 불쌍히 여기옵소서. 우리를 고통의 나락에서 건져주옵소서. 베드로가 통회의 눈물을 흘리며 기도하지 않았습니까. 나의 천주님, 눈물을 흘리며 간절히 기도하는 저를 불쌍히 여기소서."

사리댁이 십자성호를 긋고 꽃주머니에서 묵주를 꺼내어 영광

송과 구원송으로 1단을 바쳤다. 여인은 눈물을 흘리며 묵주의 기도를 통해 5단을 바칠 때까지 성모님과의 약속을 간구했다. 가까이에서 딱따구리의 나무 쪼는 소리가 들렸다. 까마득히 높은 소리로 내짖는 짐승의 울부짖음도 들렸다. 여인은 그 소리가 무슨 짐승의 울음인지 알 수 없었다.

땅거미가 천천히 내렸다. 집 찾아드는 새들의 울음소리에 물소리가 잠겨들었다. 바람이 차가워지고 기온이 갑자기 떨어지자 사리댁은 한기를 느꼈다. 강서방댁이 준 감자가 몇 개 남았으니 저녁 끼니는 옥수수죽을 따로 끓일 필요 없이 그것으로 때운다 하더라도 추위와 짐승의 근접을 막기 위해서도 삭정이를 모아 모닥불을 피워야 할 것 같았다. 남정네가 당황을 가졌음은 알지만 곤하게 쉬는 그 몸을 뒤져 깨우기가 무엇했다. 여인은 힘들게 몸을 움직여 땔감에 쓸 썩은 나뭇가지를 모았다. 갑자기 우레가 치듯, 큰 바위가 무너져내리듯 포효하는 소리가 들렸다. 그 우렁찬 소리에 다른 모든 소리들이 일시에 숨을 죽였다. 가까이에서 들리는 소리는 아니었으나 사리댁은 소름이 돋고 온몸의 터럭이 곤두섰다.

"호랑이 소리요." 옅은 잠에서 포효를 듣고 깬 서한중이 말했다. 그는 이불을 걷고 일어나 앉았다.

"어서 불부터 피워야겠소."

서한중이 나무를 모아 당황으로 불을 지폈다. 호랑이 울음이 한 차례 더 들렸다가 끊겼다. 서한중은 어둡기 전에 밤을 날 땔감을 더 마련해야 된다며 부지런히 삭정이를 주워 날랐다.

남녀가 삶은 감자로 저녁 끼니를 때우고 났을 때, 주위가 컴컴해왔다. 서한중은 바위 밑 안쪽에 사리댁의 잠자리를 마련해주고 바위 앞쪽에 진을 치듯 세 군데 모닥불을 피워 주위를 밝게 했다. 총포가 없는 대신 죽창을 옆에 세워두었다. 호랑이 울음소리를 들은 이상 밤에 잠을 청하기는 틀렸다 싶었다. 호랑이는 야행성 짐승이라 배가 고프면 언제 덮칠는지 알 수 없었다.

삼경(三更) 무렵이었다. 돌돌 흐르는 물소리만 밤의 정적을 깨뜨렸다. 담배 한 대를 피우고 난 서한중은 졸음 겨운 눈으로 눈앞의 화톳불을 멍하니 보며 술 생각을 하고 있었다. 그믐께라 달이 없고 별빛만 쏟아져내릴 듯 찬란한데, 이상하게도 주위가 고요했다. 그는 갑자기 머리털이 쭈뼛 서는 섬뜩한 느낌에 눈을 크게 떴다. 주위를 두리번거리다 개울 건너 깜깜한 숲에 눈길이 머물렀다. 순간, 그는 호랑이가 틀림없다고 직감한 물체를 보았다. 반딧불 같은 두 개의 커다란 형광물질이 이쪽을 쏘아보고 있었다. 솔방울만한 호랑이 눈이었다. 서한중은 얼른 붉은 천을 매단 죽창을 꼬나잡았다. 혹시 잘못 보았나 하여 다시 보아도 두 개의 형광물질이 어둠 속에서 번득였다. 두 눈동자는 움직이지 않았다. 그는 뒤쪽을 돌아보았다. 이불을 둘러쓴 사리댁이 돌벽에 기대어 앉은 채 졸고 있었다. 부인이 놀랄까봐 그는 깨우지 않기로 했다. 해다 놓은 나뭇가지를 불에 던져 화톳불을 더 크게 피워 올렸다. 그는 도포를 벗어 양쪽 소매에 간짓대를 꿎았다. 그것을 죽창 끝으로 쳐들어 흔들었다. 산신령이라 일컫는 호랑이가 그 허수아비를 못 알아볼 리 없건만 사나운 짐승 앞에서는 겁먹고 뒤돌아 뛰지 말고 이쪽도 덩치를 크게 보여야 한다는 말을 들었기 때문이었다.

이십 분은 좋이 그렇게 맞서자, 이윽고 번득거리던 두 눈이 갑자기 사라졌다. 그쪽에서 나뭇가지 건드리는 소리가 났다. 서한중은 그제야 호랑이가 물러갔음을 알았다. 그러나 신경이 곤두선 그는 그놈이 또 언제 나타날지 몰라 먼동이 틀 때까지 앞쪽 여러 곳에 화톳불을 계속 활활 피워 올리며 꼬박 뜬눈으로 밤을 밝혔다. 사방이 훤하게 밝아올 즈음, 그동안 얼마나 긴장을 했던지 서한중은 머리가 터질 듯 아팠고 온몸이 해면처럼 풀어져 앉음새조차 지탱하기 힘들었다. 돌벽에 기대어 늘어지고 말았다. 이렇게 잠들어서는 안 된다고 되뇌었으나, 의지력이 그를 더 지탱시켜주지 못했다. 그는 쓰러져 눕고 말았다.

사리댁이 눈을 떴다. 남정네는 모로 곯아떨어져 있었다. 여인은 간밤에 몇 차례 눈을 떴는데 그때마다 모닥불을 여러 곳에 괄게 피워놓고 잠을 자지 않는 남정네의 등판을 보곤 했다. 눈뿌리도 아리고 말을 붙이기가 뭣하여 여인은 다시 눈을 감아내리고 말았다. 모닥불이 시들어가고 있었다. 남정네가 도포로 허수아비를 만들어 오리나무에 기대어 세워둔 게 이상했지만, 어서 옥수수죽이라도 쒀야겠다고 생각했다. 여인은 지게에서 솥을 내렸다.

여인은 솥에 개울물을 받아 왔다. 걸어보니 발목 부기가 빠졌는지 어제보다는 걷기가 수월했다. 여인은 잿불을 살려 조금 남은 좁쌀을 털고 옥수수가루로 죽을 쑤었다.

사발에 죽을 퍼놓고 기다리다 못한 사리댁이 남정네를 깨웠다. 눈을 뜬 서한중은 어제 사리댁처럼 맥을 추지 못했다. 가야지, 어서 가야지 하고 헛소리처럼 같은 말만 연방 중얼거리며 숟가락으로 입에 죽을 퍼 넣는 그의 모습이 실성한 사람 같았다. 골이 왜 이렇게 쑤셔 하며 머리를 떨었고, 숟가락질하는 손도 떨렸다. 그나마 죽을 반 그릇쯤 비우더니 숟가락을 놓았다. 그 하는 짓이 생뚱맞고 해망쩍어 사리댁이 어젯밤 무슨 일이 있었냐고 남정네에게 물었다.

"무슨 일? 아무 일도 없었소." 서한중은 간밤의 일로 섬찍지근했으나 어물쩍 미소 띠며 머리를 흔들었다. 그 표정이 바보나 순진한 소년 같았다.

죽을 때가 되면 사람이 안하던 짓을 하고 아이처럼 천진스러워진다더니, 사리댁은 어른님이 그때를 짐작하나 싶어 섬뜩했다. 순흥 땅 가까이에 돌아가자는 뜻도 자신의 죽음을 예감하고 그런 결정을 내렸는지 모른다고 여겨지자 다시 왈칵 설움이 치받쳤다.

"부인, 내 먹던 죽 마저 잡수시오. 산부는 아무리 먹어도 체하는 법이 없다고 들었소. 아기가 대신 다 먹어주니 많이 잡수셔야 튼튼한 아기를 낳지요."

사리댁은 목이 메어 목구멍으로 죽을 넘길 수 없었다.

"몸만 성하다면야 오늘 밤중에라도 부석리에 들 수가 있겠건만 아무래도 힘들겠지. 그래도 가는 데까지 가야지. 그래야겠지." 서한중이 혼잣말을 쑹얼거리며 땅바닥에서 일어섰다. 그는 빨랫줄에서 빨래 걷듯 도포를 간짓대에서 빼내어 입었다. 돌벽 아래 던져진 탕건을 고슴도치 같은 머리에 눌러썼다. 사리댁은 죽을 남기기가 아까워 남정네가 남긴 죽까지 먹었다.

남녀는 출발을 서둘렀다. 서한중은 정신이 조금 돌아온 듯 말없이 지겟짐을 꾸렸다. 사리댁은 씻은 솥에 길어 온 개울물을 부어 깜부기불을 죽였다.

"부인, 지게에 타야지요." 으레 그래야 되듯 장구를 배꼽 앞에 건 서한중이 말했다.

"걸을 만합니다."

"정말 걸을 수 있겠소? 그래도 되겠소?"

"예. 아무 걱정 마십시오."

너울을 쓴 사리댁이 지팡이를 짚고 나섰다. 돌부리에 걸리지 않게 발을 크게 떼며, 조심해야지 하고 여인은 스스로에게 당부했다. 여인이 자세히는 말하지 않았기에 남정네는 여인의 눈이 이토록 나빠졌음을 아직 모르고 있었다.

남녀는 길을 나섰다. 둘은 이제 본격적으로 가팔라지는 잿길을 탔다. 앞선 서한중의 절뚝거리는 걸음을 뒤따르는 사리댁의 어기적 걸음이 보조를 맞추며, 둘은 비탈길을 허기지게 올랐다. 사리댁의 발걸음이 자꾸 처졌다.

"부인, 내가 당겨주리다. 내 손을 잡아요. 그럼 넘어지지 않을 거요." 서한중이 손을 내밀었다.

"괜찮습니다."

"부부가 손잡고 가는 게 뭐가 어때서 그렇소? 보는 이도 없는 산골인데."

"그렇지만 아이들도 아닌 남녀가 대낮에 어떻게 손을 잡고…… 사람이 없어도 나무들이 봅니다. 저는 그냥 걷겠습니다." 사리댁이 얼굴을 붉히며 손을 감추었다.

"나무들도 보기에 좋을 겁니다. 우리 손 한번 잡고 걸읍시다. 이다음 저승에서 많은 혼령들에 섞이면 서로 손 꼭 잡아야 떨어지지 않겠지요. 자, 그 손 이리 주오."

사리댁이 하는 수 없이 남정네에게 손을 맡겼다. 서한중은 움파같이 희고 곱던 부인의 손이 겨울 나뭇가지이듯 거칠고 여위었음을 알았다.

"부인 손을 이렇게 거칠게 만들다니. 부인, 다 내 탓이오…… 미안하오." 서한중이 허우죽히 말했다.

사리댁은 남정네의 말은 고마웠으나 어제와 같은 경을 치게 되더라도 지게에 실려 가는 처지만은 피하고 싶었다. 남정네의 몸이야말로 자신보다 더 쇠약해졌음이 짚였다. 남정네 손에 이끌려 가파른 까팡이 길을 오르다보니 잡고 가는 손을 통해 끈끈한 땀과 체온이 건너왔고, 이 남정네와 천당까지 이렇게 손잡고 갈 수 있다면 얼마나 행복할까를 생각하며 하무뭇했다.

남녀가 손잡고 헉헉대며 비탈길을 한참 오르자, 뒤쪽에서 꽹과리 치는 소리가 들렸다. 남정네는 사리댁의 손을 놓았다. 마침 쉬어 갈 때쯤 되어 서한중은 지게를 벗고 목에 걸친 수건으로 땀을 닦았다. 쨍그랑대는 소리가 점점 가까워왔다. 앞장선 고리짝 멘 댕기머리 총각이 꽹과리를 치고 그 뒤로 길봇짐을 등짐이나 지게로 진 예닐곱 사람이 비탈길을 오르고 있었다. 붉은 천을 매단 죽창을 지팡이 삼은 자도 여럿이었으나 여자는 없었다. 서한중은 사람이 무슨 소리든 크게 소리를 내고 가면 짐승들이 겁을 낸다는 말을 누구에겐가 들은 적이 있었다.

"아니, 두 분만 달랑 이 재를 넘으러 나섰나요? 정말 대단한 용기십니다." 꽹과리 치는 총각이 말했다.

"보다시피 안사람 몸이 이런데다 나 역시…… 다른 사람 걸음을 따라잡기 힘들 것 같아서요."

"두 분만이 그렇게 넘으시면 위험해요. 목숨 내놓고 나서셨다면 몰라두." 뒤따르던 패랭이 쓴 봇짐장수가 말했다. "술 익자 체장수 간다더니, 이 험한 길에 우릴 마침 잘 만났어요. 우리가 두남둘 테니 함께 넘읍시다."

"그럼, 그렇게 합시다."

가다 뒤처지더라도 일단 일행에 따라붙기로 하고 서한중은 지게를 졌다. 남녀는 일행 가운데에서 걷게 되었다. 서한중이 물으니 위풍골까지는 낮참이면 도착할 수 있다 했다. 그 걸음으로 부석사 아랫말 부석리까지 넘어가기는 아무래도 무리이고 어쩜 부석사에서 한 마장 거리인 북기골까지는 갈 수 있을 거라 했다.

"내일 낮참이면 부석리에 들겠습니다. 본가가 거기이신 모양입죠?" 단상투에 싸리장을 진 중년짜리가 물었다.

"집사람 친정입니다. 해산하러 가는 길이지요." 서한중이 적당히 대답했다.

퍼붓던 졸음과 쑤시던 머릿골이 숙지근해졌는데, 맥이 빠지고 자꾸만 다리가 풀렸다. 만약 부인을 지게에 지고 간다면 몇 걸음을 못 옮겨 주저앉아버릴 것만 같았다.

남녀가 동행을 만나니 아무래도 걷기가 수월했다. 옛날 옛적 구수한 이야기, 봇짐장수의 걸쭉한 색담이 걷는 데 지루함을 덜어주었다.

"발겨먹을 살이 없다고 호랑이가 돌아설 줄 알고 나서셨소? 살이 걷는 게 아니고 뼈가 걷는 거니 좀더 힘을 내시오." "아주머니, 뒤에서 방둥이 받쳐 밀면 바깥어른이 강샘 내겠지요? 애 낳을 용쓸 힘 이때 연습하시지 언제 합니까." 남녀는 무람없는 이런 우스갯소리를 들어가며 일행을 붙좇았다.

"지겟짐에 장구 얹은 걸 보니 어르신 소리도 잘하시겠습니다. 소리 한차례 들려주시오." 패랭이짜리가 이런 청을 해오기도 했다.

"숨이 목구멍에 차서 걷기조차 힘든데 소리라니. 그런 말씀 마시오." 다른 때 같으면 서한중이 소리 한 곡을 뽑을 텐데 그는 그럴 기분이 영 아니었다.

"내외분 사정 봐서 쉬어 갑시다. 어디 세월이 좀먹겠소."

이런 말에 따라 모두 퍼질러 앉아 땀 식히며 쉴 때, 각자 가져온 먹을거리를 풀어 나누어 먹기도 했다. 꽹과리 치는 총각은 독주 담은 호리병을 차고 와서, 해롱해롱 건들건들해야 길 이수가 잘 준다며 서한중에게 '해롱주(酒)'를 권하기도 했다. 그러잖아도 정신이 흐리마리하던 서한중은 몇 모금 술에 깜빡 취하고 말았다. 그래서 도래기재 마루턱을 그 자신이 어떻게 올라왔는지조차 가늠이 되지 않았다.

"여기가 삼도(三道) 지경(地境)이라. 어느 시절 누가 여기까지 올라와서 없는 금을 그었을꼬." 시원한 바람을 맞으며 갓 쓴 중늙은이가 눈 아래 굽어보이는 산천경개를 둘러보며 말했다.

낮참이었다. 이제부터는 더기를 타는 길이라 걷기가 수월했고 오 리 남짓 가면 남대천 골짜기가 벌쭉하게 터를 벌린 가녘에 충청도 땅 의풍골이 나선다고 했다. 일행 중에 의풍골에 남을 사람은 하나였고, 나머지는 모두 경상도 땅으로 넘어갈 사람들이었다. 그런데 비탈을 오를 동안 무리를 한 탓인지 도래기재를 넘고부터 사리댁의 걸음걸이가 영 시원치 않았다. 바지에 똥 싼 아이처럼 쪼작걸음을 떼는데 그나마 주저앉을 듯 비실거렸다. 해산바라지할 사람도 없는데 길에서 애를 낳으면 어쩌냐고 일행이 걱정을 했고, 내심 서한중도 불안했다. 그런 경우에는 산모나 아기 모두 목숨을 잃기가 다반사였다.

"이래선 안 되겠는데. 아무래도 지게에 앉아야겠소. 의풍이 곧 나설 텐데 거기까지는 가야지요."

눈을 감고 거의 사색이 된 사리댁이 대답조차 못하며 헐떡거렸다. 여인의 얼굴이 온통 땀투성이였다.

"제가 지게에 지고 가리다." 꽹과리 치던 총각이 나섰다. "어르신은 몸도 불편하신데 제 고리짝을 대신 지십시오. 안에 든 게 옷가지라 무겁지가 않습니다."

총각이 지게의 이불 위에 사리댁을 들어 앉혔다. 그는 자기가 먼저 의풍골로 들어가 마을의 아기 잘 받는 이를 찾아서 아주머니를 그 집에 맡기겠다고 말했다. 장골이라 그는 지겟짐을 지고도 뛰듯 날래게 걸어 일행을 앞질렀다. 아직 술이 덜 깬 서한중은 닭 쫓던 개 꼴로 모롱이를 도는 지게에 실린 사리댁을 멍하니 바라보다, 부인이 시야에서 사라지자 무슨 생각에선지 죽창을 바

빼 짚어가며 자춤걸음을 도두 떼었다. 서한중이 죽창을 내두르며 총각을 좇았지만 지게까지 진 그의 날랜 걸음을 따라잡기는 힘에 부쳤다. 기진맥진 상태에서 그는 끝내 부인의 뒷자태를 놓치고 말았다.

의풍골에 들자 서한중은 마을에 아기를 잘 받는 집을 수소문했다. 마침 삼신할머니의 영험이 있다는 노파 집에 사리댁을 부려두고 고샅을 나서는 총각을 만났다. 총각이 서한중으로부터 고리짝을 넘겨받으며 노파 집을 알려주었다. 서한중은 바삐 그 집으로 들어섰다.

"파수(破水)는 있지만 하문(下門)이 열리지도 않았는데 무슨 아기를 낳는다구. 산모가 지금 사경을 헤매고 있으니 어서 의원을 찾구려. 향나무 서 있는 뒷집이 의원 집이우." 몽당머리칼을 까치꽁지처럼 틀어 올린 노파가 서한중을 보더니 말했다.

너울을 걷은 사리댁은 실신 상태로 마루에 늘어져 누워 있었다. 숨길이 가랑가랑했고 얼굴이 깎은 햇무처럼 하얬다. 놀란 서한중이 부인, 부인 하고 불렀으나 사리댁은 대답이 없었다. 아침까지 그런대로 멀쩡했던 사람이 창졸간에 변을 당했으니 서한중 역시 제정신이 아니었다.

"가마라도 태웠으면 모를까, 이렇게 몸이 부실한 안사람을 지겟짐 져 험한 잿길을 넘다니. 나잇살 드신 분이 소견머리도 없수."

노파의 쫑알거림을 귀 밖으로 들으며 서한중은 부인을 둘러업었다. 그는 허겁지겁 의원 댁을 찾았다. 진맥을 하고 난 의원은 사리댁의 병명을 심신쇠약에 탈수라 진단 내리고 약 다섯 첩을 지어주었다. 꼼짝 말고 정양해야지 무리하면 산모나 태아가 함께 목숨이 위태롭다고 의원이 말했다. 서한중은 땀과 눈물로 얼굴이 범벅이 된 채 사리댁을 둘러업고 의원 댁을 나섰다. 그의 걸음이야말로 천방지축, 그는 제정신이 아니었고 똥끝이 탔다.

"부인, 나보다 먼저 세상 뜨지 마시오. 나는 부인이 없으면 하루도 살 수 없소. 이 철부지 아이를 두고 먼저 가면 안 되오. 부인, 제발 눈을 뜨시오. 이승에서 살아도 같이 살고 죽어도 한날한시에 같이 죽읍시다. 아이구, 이 일을 어떡하나……" 얼굴이 젖도록 눈물을 쏟으며 웅얼거리던 서한중의 입에서 자신도 모르게 한 마디가 쏟아졌다. "천주님, 아버님, 이 가련한 여식을 구해주옵소서! 이 여식이야말로 아무 죄가 없습니다. 모두 제 탓입니다!"

남녀가 우물가 곽서방 집 곁채로 옮겨 와 그 집의 올망졸망한 어린아이 셋과 함께 기식을 시작한 이튿날 아침, 사리댁이 의식을 되찾았다. 그러나 복부에 둔통이 심한데다 도무지 허리를 쓸 수 없어 일어나 앉기조차 힘에 겨웠다.

서한중은 자신도 쓰러질 지경이었지만 부인이 더 화급하다보니 부석리로 내려가기를 미루고 그 간병에 헌신했다. 탕약과 안정, 서한중의 정성 덕분에 사리댁이 몸을 추스르기는 이레 만이었다. 여인이 우물터로 나와 머리 감고 세수하는 모습을 본 그날 아침, 주인장 곽서방이 서한중을 호젓한 곳으로 따로 부르더니, 언제 떠나실 거냐며 어렵사리 물었다. 의원 댁을 한 차례 더 들러 약첩을 지어 올 때 춤치를 다 털어버렸으니 서한중의 수중에는 남은 돈이 땡전 고리도 없었다. 과객의 어려운 처지를 눈치채고 있던 곽서방이 아기 밴 환자를 내치기가 무엇하여 속을 썩이던 중, 사리댁이 기동하는 모습을 보곤 이때다 싶어 그 말을 꺼냈던 것이다.

"예, 예. 그러잖아도 오늘쯤 나서볼까 작정했더랬습니다. 그동안 신세 진 은공은 꼭 갚도록 하겠습니다. 정신 놓아버린 안사람을 누구도 선뜻 받아주지 않을 텐데 마음 넉넉한 형씨가 집에 들게 해주었으니 정말 고마웠어요." 서한중이 굽신거리며 탕건 쓴 머리를 조아렸다.

"저도 사실은 그렇게 야박한 사람이 아닙니다. 형편이 어려울 때 서로 돕고 살아야지요. 상부상조가 다 그런 뜻 아닙니까. 그러나 보다시피 우리 식구만도 아홉에, 올해 밭농사가 신통찮아 겨울나기가 빠듯한 형편이라……"

"물론입죠. 여기저기 떠돌다보니 세월이 어수선한 탓인지, 사람 사는 처지가 짐승만 못한 경우도 많이 봤습니다. 고향으로 돌아갔다 이쪽으로 걸음하는 인편이 있으면 그동안 우리 내외가 진 신세는 꼭 갚도록 하겠습니다."

서한중이 방으로 들어오자, 사리댁이 모처럼 머리 단장을 하고 있었다. 여인은 남정네를 바로 바라보지 못했다. 보아야 얼굴 윤곽이 제대로 잡히지 않을뿐더러, 그동안 남정네가 자기를 곡진히 간병하느라 노심초사했음을 알고 미안함과 부끄러움을 견디기 어려웠다. 주인집에서 양식을 빌려 끼니때마다 더운 죽을 쑤어 날랐고 하루 세 차례 약을 달여 먹여주었던 것이다. "부인, 자시고 기운을 차려요. 우리 이 고생 옛이야기 삼을 그 시절까지 두 몸 한 몸같이 꼭 살아야 하오. 검은 머리 파뿌리 되도록 살아야 태어날 자식을 장성하게 키울 게 아닌가요" 하고 울먹거리며 남정네가 죽물을 자기 입에 넘겨줄 적이나 숟가락으로 약물을 떠먹여줄 때, 사리댁은 감복하여 목이 메었다. 뻗대면서 선웃음으로 껄쭉대던 남정네가 몇 달 사이 누구 앞에서나 하인배로 자신을 낮추는 모습이 늘 처량하고 가여워 보였다. 어미 잃고 골골거리는 염소 새끼를 보듯 모질음 쓰는 남정네가 안쓰러웠다. 남정네의 간병을 받으며 여인은 태어날 자식보다, 파뿌리 될 그날까지 이 남정네를 보살피기 위해 살아야 한다고 잇몸이 물러 뜬 이를 피가 나도록 악물었다. 잠자리에 든 남정네의 밤내 고롱거리는 소리를 들을 때는 가슴이 미어졌고 눈물샘이 터졌는지 여인은 베개가 젖도록 소리 죽여 울었다. 그럴 적마다 베드로의 통회를 빌려 기도했다.

"무리가 되겠지만 어떻게 길 나설 수가 있겠소?"

"그러믄요. 걸을 수 있을 것 같습니다. 이 댁에 더 신세 지기가 송구스러워요." 사리댁이 비녀를 꼽으며 대답했다.

"여기서 부석리까지가 사십 리 길이라니 지금 나서면 우리 걸음으로도 오늘 안에 당도할 수 있을 거요."

남녀는 출발을 서둘렀다. 서한중이 지게에 이불을 싣자, 곽서방 처가 가는 길에 요기를 하라며 삶은 옥수수 네 개를 주었다.

"산길은 위험하니 장구는 지게에 싣지 말고 앞에 차고 가시구려. 큰 짐승을 만날 때 장구를 치면 짐승도 겁을 낼 거요." 지게를 지려는 서한중에게 곽서방이 말했다.

두 사람은 삽짝 앞에서 곽서방 식구와 작별을 했다.

가을걷이가 벌써 끝난, 첫눈 내린다는 소설 절기라 시든 풀만 바람에 떠는 골짜기 밭에는 사람이 없었고, 콩밭이며 옥수수밭이 황량했다. 바람은 차가웠으나 볕은 따사로웠다. 인적 없는 평지에 죽창을 든 서한중이 앞장을 섰다. 남녀는 말없이 오솔길을 걸었다. 솔수펑이 좋은 개울 변 길을 한 마장쯤 걷자, 뒤따르던 사리댁이 처지기 시작했다. 서한중이 걸음을 멈추고 너울 여민 부인을 돌아보았다.

"부인, 힘이 드오?"

"괜찮습니다. 그런데……" 사리댁이 머뭇거리더니 말했다. "앞이 잘 보이지 않아서…… 그 장대 끝을 제가 좀 붙잡고 걸었으면 합니다."

"그럴 게 아니라 손을 잡고 걸읍시다."

"아닙니다. 제 배가 이런지라 너무 바짝 붙어 걸으면…… 장대를 잡는 게 더 편할 듯합니다."

"그토록 앞을 못 보다니 큰일이오. 영월 그 영감 처방전이 아무 효험이 없는 모양이구려. 그렇게 정성 들여 먹였는데도 말이오." 서한중은 빗면으로 깎은 죽창 끝머리 쪽은 자기가 쥐고 뒤쪽은 부인이 잡게 했다. "부인이 바다를 그렇게 보고 싶어 했는데 앞을 못 보게 되면 바다를 어떻게 보시겠소. 순산을 하면 눈에 좋다는 보약을 들고, 내년 해토머리쯤 우리 자식 등에 업고 동해 쪽으로 나갑시다. 거기도 사람 사는 데니 무슨 일감이든 있을 테지요. 사실 나도 탁 트인 바다가 보고 싶소. 영월, 그 검은 땅에서 죽은 목숨처럼 지낼 때는 그 생각이 더욱 간절했더랬소."

얼굴을 숙인 사리댁은 대답이 없었다. 여인은 소경 거지였던 바다매오를 생각했다. 그리스도께서 여리고에 이르렀을 때 바다매오가 "다윗의 자손 그리스도여, 나를 불쌍히 여기소서" 하고 큰 소리로 외쳤다. 그리스도는 바다매오의 열성적인 믿음을 아는지라 그의 소원대로 눈을 뜨게 해주고, "네 믿음이 너를 구원하였느니라"라고 말씀하셨다. 여인은 자기에게 바다매오만한 믿음이 있을까를 따져보았으나 그런 믿음에는 이르지 못하리란 데 절망했다. 자신은 아직도 스스로 배교자라며 뻗대는 남정네를 따르고 있었다.

"주 그리스도여, 저에게 그 무엇보다 바다매오와 같은 믿음부터 주옵소서." 사리댁이 입속말로 가만히 중얼거렸다.

지겟짐 진 남자는 도포 자락 날리며 자춤걸음을 걷고, 당달봉사에 가까운 여자는 장대를 쥐고 따르니, 보는 사람이 없기에 망정이지 『심청전』을 뒤집어보듯 웃음 살 만한 행려였다.

다시 한 마장 남짓, 십 리를 넘이 걷자 물매가 가파른 잿길이 나서고 주위로 큰 바위며 숲이 덤부렁듬쑥해졌다. 남녀가 호랑이를 만난 것은 지돌이로 한참 걸어서였다. 걸음나비 쉰 보쯤 앞쪽, 붉은 열매를 촘촘하게 단 찔레 덩굴 쪽에서 무엇인가 움직이는 물체를 본 것은 서한중이었다. 설핏 보였는데도 누른 바탕에 검은 줄무늬가 틀림없는 호랑이였다. 머리털이 쭈뼛 선 서한중이 자신도 모르는 사이에 사리댁이 잡은 죽창을 채뜨렸다.

"왜 그러십니까?" 걸음을 멈춘 사리댁이 영문을 몰라 사방으로 고갯짓하며 물었다.

"앞쪽에 뭔가 나타났소. 겁내지 말고 내 목소리만 따라오시오. 절대 등을 보여서는 안 되오." 서한중이 앞쪽을 주시하며 아금받게 말했다.

호랑이는 마치 자신의 위용을 과시하듯 앞쪽 오솔길을 휙 건너뛰었다. 덩치가 중소만하게 컸다. 서한중이 심호흡을 하고 서너 발을 내디뎠다. 그런다고 어디 내가 네놈을 무서워할 줄 아는가. 어디 해보자, 네놈이 죽나 내가 죽나! 서한중이 붉은 천 달린 죽창을 꼬나잡고 속으로 외쳤다. 영월 의원 말로 어차피 오래 살 팔자가 아니라면 호식(虎食)을 당한들 어떠랴 싶었다. 땅에 묻혀 썩느니 배고픈 짐승에게 보시한 셈 치면 되리라. 그러나 어차피 호식을 당할 바엔 찔러보기라도 해야지, 하는 오기가 끓었다. 그 뱃심은 불끈 끓어오른 용맹이라기보다 부닥친 위기, 갈 데까지 가보자는 이판사판의 심정이었다. 서한중은 큰기침을 하곤 호랑이와 맞대매하겠다는 보짱으로 다기지게 허리에 찬 채를 뽑았다. 왼손에는 죽창이요, 오른손으로는 채로 말가죽 채편을 둥둥 쳤다. 그는 장구 장단에 맞추어 한껏 큰 목청으로 소리가락을 뽑았다. 그의 목소리는 예전처럼 쩌렁쩌렁한 울림은 없었으나 통성이라 그런대로 기가 살아 있었다.

제 마음 행실을 모르던 날 잊어 지나가고
얼마 남지 않은 목숨 부지하고 있네
덤비는 파계주(破戒主)들 무서운 모습 해도

그런 무리쯤 아무렇지 않다오
아흐, 조그만 선업(善業)은 아직 턱도 없네……

서한중이 신라 향가 「도적가(盜賊歌)」를 육자배기 가락으로 불러제끼며 두려움 없이 뚜벅뚜벅 앞으로 나아갔다. 호랑이가 길섶 저만큼에서 앞발 모으고 앉아 아가리를 쩍 벌리더니 산천이 떠나가라 우렁차게 으르렁거렸다.

"아이구, 어매!" 사리댁이 포효를 듣고 그제야 호랑이가 나타났음을 알고 자지러지게 비명을 질렀다. 여인이 십자성호를 긋더니 울며 기도를 드렸다. "천주님, 불쌍한 우리를 도우소서! 우리의 죄를 사하여주옵시고……"

서한중은 주발 터지는 목청으로 소리를 불러제꼈다.

호랑이가 목을 움츠리며 다시 한차례 포효했다. 호랑이가 포효하며 앞발을 번쩍 치켜든다면 엔간히 담 큰 사람이라도 똥오줌을 싸며 주저앉아 넋을 놓을 만했다. 서한중 역시 제정신이 아니었으나 그가 내지르는 소리만은 졸아들거나 끊이지를 않았다.

……덤벼드는 강호(强豪)는 사람 잡을 듯 미쳐 날뛰는데
내 마음은 태연하도다
그까짓 장검(長劍)쯤이야 가소롭지 않은가
그 흉기로 나를 위협한단 말인가……

서한중이 오른손으로는 장구로 장단을 맞추고 왼손으로는 죽

창을 꺼두르며 자춤걸음이지만 꿋꿋하게 걸어 나아갔다. 갑자기 퉁, 하고 낡은 축승(縮繩) 한 가닥이 끊겼다. 언뜻 장구도 제 명을 다했는가 싶어 불길했으나 그는 계속 채로 채편을 두둥두둥 두드렸다. 그 기세에 눌렸던지, 호랑이가 뒷걸음을 치기 시작했다. 호랑이는 뱃속이 빈 상태라도, 너를 잡아먹을 수는 없겠군 하고 단념한 듯 길을 내어주며 슬며시 숲속으로 사라졌다.

8장

“여봐라, 문 열어라.” 서한중이 솟을대문 쇠문고리로 문짝을 쳤다. 고향 땅 가까이 발을 디뎌서인지 그가 오랜만에 목청을 세웠다.

한참을 기다려서야 문틈으로 불빛이 보이고 발소리가 들렸다.

“아닌 밤중에 어느 고을 어르신이옵니까?” 초롱을 든 청지기가 빗장을 따지 않은 채 안에서 물었다.

“진사 어른 계신가? 나 진사 어른 친구일세.”

“어르신께서는 영주 읍내리로 나가셔서 돌아오시지 않으셨습니다. 내일 오실는지 모르겠습니다.”

“웬 사설이 많은고. 어서 문을 열어라. 내일까지 기다려서라도 내 김진사를 필히 만나고 가야 할 터인즉.”

서한중이 왁살스럽게 문고리를 흔들었다. 돌쩌귀 삐걱이는 소리가 나고 대문이 열렸다. 부인, 들어갑시다 하며 서한중이 죽창을 짚고 문턱을 넘었다. 뒤에 섰던 사리댁이 조심스럽게 문 안으로 들어섰다. 서한중은 지게와 장구를 벗어 죽창과 함께 문기둥에 기대어 세우곤 오래뜰로 들어갔다. 뜨락 하단에는 평평한 괴석 뒤로 사철나무, 때죽나무, 애솔이 교교한 달빛을 함초롬히 받고 있었다. 초롱을 든 청지기가 앞장을 섰다. 본채 안방 문이 열리고 대청으로 아녀자가 나섰다.

서한중은 저만큼 대청에 선 아녀자가 문확의 처임을 알았다.

"부인, 그간 소원했습니다. 읍내 배점리에 사는 서씨 집안 한중입니다. 강원도 땅에서 도래기재를 넘어오느라 야심(夜深)해서야 여기에 이르렀군요. 아직 갈 길이 멀어 오늘 밤 폐를 끼치고 내일 김진사를 만나고 배점으로 들어갈까 합니다."

"예, 그렇게 하도록 하십시오. 어찌 잠자리가 편안하실는지 모르겠습니다. 저녁 진지는 드셨는지요?"

"남은 밥이 있으면 조금 들여보내주십시오." 마침 밤인지라 그는 야반무례(夜半無禮)를 무릅썼다. 서한중은 위 무력증으로 배고픈 줄을 몰랐으나 아기 가진 부인이야말로 먼 길을 걸어왔으니 오죽 허기지랴 싶었다. 소문이란 발 없이 천 리를 간다고, 읍내리에서 삼십여 리 상거 부석리에도 읍내리 공소에 나오는 천주교도가 있으니 지난 춘분 절기에 자신과 사리댁의 도주 소문이 퍼졌을 터인즉, 문확의 집에 발 들여놓기로 작정했을 때 그는 이미 체면 따위는 벗어던지기로 작정했던 것이다. 그러고 보니 친구 집 출입이 문확의 춘부장 별세 때 마지막 걸음이었으니 햇수로 이미 세 해 전이었다.

송부인은 신발을 신고 축담으로 내려서더니 도소지양(屠所之羊)의 처지가 되어 환고향한 행색 초라한 남녀를 직접 사랑으로 안내했다. 송부인은 청지기에게 사랑에 불을 밝히고 퍼뜩 군불을 지피라고 일렀다. 행랑채로 가선 아녀자들을 불러 침구를 사랑으로 나르고 두 분 저녁상을 보게 했다.

청지기가 사랑으로 먼저 들어가더니 초롱의 호롱불로 등잔불을 밝혔다. 남녀는 뒤따라 사랑에 들었다. 사리댁은 문둥병에라도 걸린 듯 너울로 얼굴을 가린 채 벽 쪽으로 반쯤 돌아앉았다.

"영주읍에 무슨 일이 있는가?" 서한중이 청지기에게 물었다.

"어르신은 아직 그 소식을 못 접하셨군요."

"그 소식이라니?"

"조선이 망했습니다."

"조선이 망하다니? 그게 무슨 말인가?"

"엿새 전이라나요. 왜나라 헌병의 삼엄한 포위 아래 조정 대신들이 회의를 연 결과, 조선이 왜나라 보호를 받아야 한다는 조약을 받아들이기로 했답니다. 왜나라 대신의 압력에 의해 강제로 보호조약을 체결한 셈이지요. 그 소식이 여기까지 알려지기가 이틀 전입니다. 진사 어르신께선 읍내리 유지분들과 무슨 의논이 계신 모양이고, 아마 그 일로 영주읍에 출타하신 듯합니다. 마님께서도 걱정이 많으셔서……"

"나라가 망했다니?" 벽에 등을 기댄 서한중이 청지기의 말을 흘려들으며 망연자실 중얼거렸다.

"왜국이 노국과의 전쟁에서 이겼답니다. 그 여세를 몰아 조선 땅을 손에 넣은 거지요."

서당개 삼 년이면 풍월 읊는다더니, 선비 집안의 청지기라 듣는 귀가 있어 시속에 밝았다.

"이제 나라 없는 백성이 되고 말았군." 서한중이 중얼거렸다.

청지기의 말대로라면 서한중이 의풍골 곽서방 집에 머물 때 바람 앞에 등불이듯 가물거리던 조선 오백 년 사직이 막을 내린 셈이었다. 그 오지에는 아직도 그 소문이 전해지지 않았던 셈이다. 나라가 망함으로써 자신의 삶도 나라와 운명을 함께하게 되려니 하는 데 생각이 미치자, 그 둘 사이에 연관이 없음에도 사리댁처럼 눈앞에 아무것도 보이지 않는 어지럼증을 느꼈다. 피곤과 더불어 허탈감이 한꺼번에 엄습했다. 눈을 감고 가녀린 숨을 내쉬던 그의 윗몸이 벽에서 미끄러져내리더니, 몸을 더 어찌 지탱하지 못하고 넉장거리로 누워버렸다.

"이 사람아, 여보게!"

서한중은 꿈인지 생시인지 누군가 자기를 부르는 소리를 들었다. 처음엔 사리댁이 또 죽을 떠먹여주는구나 하고 짐작했었다. 잠에서 깨어나야지 하는데, 눈이 떠지지 않았다. 터럭 하나 움직일 힘 없이 녹작지근했다. 누구인가 자기 발을 툭툭 건드렸다.

"자넨 하루 밤낮을 꼬박 잠만 자는가?"

서한중은 가까스로 눈을 떴다. 방 안이 어스레했다. 갓 쓴 도포 차림의 사내가 자기 앞에 서 있었다. 수염 풋풋한 그의 분기 띤 얼굴이 눈에 흐릿하게 들어왔다. 살이 없는 단단한 안면에 이마가 반듯했고 콧날이 날카로웠다.

"문확이로군. 영주읍에서 이제 오는 길인가?" 서한중은 일어날 힘이 없어 누운 채 물었다.

"상투까지 자른 자네 꼴이야말로 가관이로군. 자업자득일세."

"자업자득?"

"자넨 인간이 아니야. 인간의 탈을 썼다면 어찌 그런 짓을 할 수 있는가?" 김문확의 입가에 조소가 떠올랐다.

"인간이 아니라고? 문확이 자네, 말 다했는가?" 김문확의 말에 서한중은 비로소 정신이 번쩍 들었다. 그는 자신도 모르는 사이에 부스스 일어나 앉았다. 방 안에 사리댁은 없었다.

"더러운 입으로 내 이름을 부르지 말게. 끌고 다니는 눈먼 계집 데리고 당장 이 집에서 나가줘야겠어."

"나, 나가라고? 자네가 어찌 그런 말까지? 조금 전 자네가 발로 내 발을 건드렸는가?"

"그래서?"

"손이 아니고 발로?"

"미치지 않았담 자네가 사람 탈을 썼지, 진정 사람인가?"

"개자식! 네가 뭔데 나를 비판하려 들어? 그래, 좋다. 내 당장 나가마!" 서한중은 불끈 일어섰다.

서한중이 비틀거리며 말코지에 걸린 헌 도포를 내렸다. 도포를 걸치고 방문을 활짝 열어젖혔다. 후원의 해장죽이 서걱이며 바람을 탔고, 바깥에는 어스름이 내리고 있었다.

"자네가 그렇게 계집 꿰차고 배점리를 떠난 후, 지난여름 장마

절기에 자네 내실께서 끝내 운명하셨어."

"뭐라고?"

여름 장마 질 때라면 서한중이 영월 땅으로 들어가 하염없이 내리는 빗발 속에 원두막에 죽치고 앉아 죽을 고비 넘기며 호되게 앓던 무렵이었다. 죽은 안사람의 원귀가 따라와 그 지경을 당했는지도 몰랐다.

"서당 동무들로부터 연락이 왔기에 내 배점리로 문상을 갔더랬지. 상객 모두가 자네 행실이 끝내 부인을 사지로 몰아넣었다고 말하더군. 어디 그뿐인 줄 아나? 내죽리 김참봉 그분도 추석 절기에 중풍으로 쓰러져 말문 닫고 산송장으로 누웠어. 두 사람을 자네가 저승길로 보낸 작태야. 도대체 자네 나이가 몇인가? 손자까지 둔 나이가 아닌가. 그래, 집안을 그 지경으로 만들어놓고 장릿빚 내어 남의 계집 꿰차고 산천경개 유람 다녔으니, 한세월 후회는 없겠군. 팔자 좋은 한량이시다." 희뜩희뜩 축담에 내려서는 서한중의 등에 대고 김문확이 야유를 퍼부었다.

"네놈 말 잘했다. 그래, 나는 인간말짜다. 그러나 누가 뭐래도 난 후회하지 않아! 이 나잇살 되도록 살아온 세월이야말로 무위도식으로 탕진했다면, 지난 몇 달은 후회 없이 열심히 살았어. 서책이나 들치고 도덕군자연하는 허울 좋은 네놈이야말로 어찌 보면 인생을 헛살았어." 그래도 할 말은 있다고, 서한중이 돌아보며 일갈을 했다. 그의 뺨이 눈물로 번질거렸다. 그는 사리댁을 찾았다. "부인, 어딨소? 부인, 우리 어서 여기서 떠납시다."

"그래도 주둥이는 살았다고 변구는 하는군. 순교하신 자네 춘부장께서 자식 꼴 보시곤 천상에서 통곡하시겠다." 서한중이 그 말에 대답을 않자, 김문확이 바깥마당으로 돌아가는 그에게 이기죽거렸다. "세상이 어떻게 돌아가는지도 모르는 개망나니 같으니라고. 나라가 망하자 비분강개한 우국지사의 순국이 줄을 잇는 마당에, 조강지처와 자식을 버리고 남의 어부인을 꿰차 도망질이나 다녔으니, 자네 행실이야말로 어찌 천벌을 아니 받을 수 있겠는가. 백구머리에 자춤발이 꼴 좋다."

서한중이 자춤걸음을 멈추고 돌아섰다.

"이 자식아, 내 걱정은 마라. 천벌을 받아도 후회하지 않을 테니. 나는 천주학쟁이도 아니고, 네놈처럼 도학자도 못 돼. 열사나 지사는 더더욱 못 되는 역마살 낀 놈이니깐. 그러나 내 한마디만 하고 떠나마. 난 내 인생은 내가 책임질 줄 아는 놈이고, 지금까지 손톱만큼도 내 행실을 후회하지 않아. 내가 저 밑바닥 저잣거리를 떠돌며 포식한 행복을 네놈이야말로 어찌 알랴. 네놈이 뭐라고 주절대든 내 이승은 이제 여한이 없다."

서한중은 자신이 지고 온 지게가 헛간에 그대로 방치되어 있음을 보았다. 그는 지게를 지고 축승 터진 장구를 멨다. 사랑에서의 말다툼을 듣고 있었던지 오래뜰에 너울 쓴 사리댁이 둥덩산 같은 배를 앞세우고 송부인과 나란히 서 있었다. "부인, 갑시다" 하고 결연히 말하며 서한중이 어칠비칠 대문께로 앞서 걸었다.

"그동안 신세 많이 졌습니다. 그럼 안녕히 계십시오."

사리댁이 김문확 내외에게 절을 하곤 총총히 남정네 뒤를 따라나섰다.

남녀는 저뭇한 골목길을 걸었다. 저녁 바람이 차가웠다. 사삿집 토담 안에 서 있는 감나무들이 몇 남은 갈잎을 지우고 있었다. 손돌이추위 무렵이니 곧 한추위가 몰아칠 터였다. 서한중의 걸음걸이가 술 취한 듯 비틀거렸다. 어지럼증으로 땅이 흔들려 보였다. 그는 막상 길을 나섰지만 배점리로는 죽어도 걸음할 마음이 없으니, 그야말로 갈 곳이 막연했다. 하늘 아래 한 평 땅 몸 붙여 쉴 곳이 없다는 게 그렇게 서러울 수 없었다. 고샅을 빠져나가는 그의 다리가 곧 무너져내릴 듯 힘이 없었다. 사리댁이 말없이 따르다 흐릿한 시야에 앞선 그림자가 비칠대자, 쓰러질 듯한 남정네를 얼른 부축했다. 서로가 서로의 의지 기둥이 되어 남녀는 장터마당으로 빠져나왔다. 찬바람이 갈잎을 쓸어붙이며 남녀의 등을 떠밀었다. 장터마당으로 나서자 허둥대던 서한중의 다리가 풀리더니, 갱신을 못하고 기어코 땅바닥에 주저앉고 말았다. 장터마당 장옥 쪽 빈터에는 아직 집으로 돌아가지 않은 아이들이 바람 속을 떠들며 놀고 있었다. 장터 주위 사삿집들이 등잔을 밝혀 봉창이 환했다.

"몇 해 걸음 안했지만 내가 아는 수, 숫막이 있소. 혹부리 영감이 아직 살아 있다면 나를 알아볼 거요. 거기에 며칠 시, 신세를 집시다." 장터마당을 망연히 바라보며 서한중이 힘들게 말했다. 기력이 쇠한 그의 말이 헛소리 같았다.

"진사댁 마님에게는 당부를 했습니다만, 사람 출입 많은 그런 곳에 유하다 내죽리나 배점리에 소문이 알려지면……"

"내 입막음을 다, 단단히 이르겠소. 거기서 도솔아비나 큰애를 부르도록 합시다." 서한중이 서 있는 사리댁을 쳐다보았다. 그가 마른 얼굴에 겹주름을 잡으며 씰룩쌜룩 웃었다. "부인, 도, 돈이 마련되는 대로 우리 이제, 그 있잖소, 바다를 찾아 길 나섭시다."

"집안 소식은 들으셨는지요?"

"마누라 사, 상(喪) 말이오? 부인도 내실에서 들었구먼. 나도 친구놈한테 좀전에 들었소, 허허." 서한중이 숨 가쁘게 말하곤 선웃음을 웃었다. 그의 엉너리 웃음도 시들했다. "서방 복이 어, 없는 내자였소. 우리는 어쩜 맞지 않는 연분이었고. 그 여자는 처, 천주를 착실히 믿었으니 그 믿음동무들과 함께 처, 천당 거기서는 복락을 누릴 테지, 허허."

"밤중에라도 집에 한번 들르셔야지요."

"내 이미 반생반사(半生半死)한 몸이지만…… 내 이제 와서 그럴 마음은 조금도 어, 없소."

새털구름이 떠 있는 하늘에 달이 떠올랐다. 배를 불려가는 상현달이었다. 어느 사이 주위가 어두워지고 푸른 달빛이 밝게 살아났다. 서한중은 머리를 내두르며 혹부리 영감 집 위치를 가늠했다. 읍내리에서 부석리로 들어오는 길이라면 쉽게 찾을 수 있는데 다른 쪽에서 보자니 방향을 가늠할 수 없었다. 그가 숫막을 찾아나서려 사리댁의 부축을 받으며 몸을 일으켰을 때, 뒤쪽에서 서한중을 부르는 소리가 들렸다.

"배점리 어르신, 저 좀 보십시다." 김문확 집 청지기였다. 걸음한 그가 남녀 앞에 섰다. "어르신, 집으로 가십시다."

"내가 왜, 왜 그 자식 집에 다시 거, 걸음해!"

"주인 나리님이 모셔 오라는 분부를 내리셨습니다." 청지기가 서한중의 팔을 끌었다. "몸도 쾌치 못하신데 야심에 사십 리 가까운 배점리까지 걸음하시기는 무리십니다."

"나를 내, 내칠 땐 언제고, 다시 부르는 시, 심보는 또 뭔가?"

청지기가 서한중이 멘 지게와 장구를 벗겨 자기가 졌다. 사리댁이 가까스로 버티어 선 채 중심을 못 잡는 남정네를 부축했다.

"오랜 동무이신데 이렇게 헤어져서야 되겠습니까. 숫막보다는 진사 어른님 댁에 유하심이 아무래도 좋을 듯싶습니다." 사리댁이 의견을 내었다.

청지기가 앞장을 서고, 서한중이 못 이기는 체 사리댁에게 몸을 맡겼다. 그는 더 걸을 힘은커녕 말할 기운조차 없었다. 머리가 어지러워 정신마저 가물가물했다.

"부인, 죄, 죄송하오. 부인 앞에서 이런 꼬, 꼴을 보이다니. 내 문화, 확이한테도 말했지만 나, 난 정말 부인 만난 걸 후회하지 않소. 부인한테 자, 잘해주지 못해 늘 미안하, 하지만 부인을 만나 진정 행복했소……" 머리를 사리댁 어깨에 기댄 서한중의 목소리가 잦아들더니 더 말을 잇지 못했다.

솟을대문으로 들어섰으나 남녀를 맞는 사람은 아무도 없었다. 되돌아온 서한중과 사리댁이 쑥스러워할까보아 모두 몸을 피한 격이었다. 청지기는 고양이걸음으로 남녀를 사랑채 뒷방으로 안내했다. 방으로 들자마자 서한중은 그대로 쓰러졌다.

한참 뒤, 행랑어멈이 저녁 밥상을 날라 왔다. 사리댁이 남정네를 깨웠으나, 그는 죽은 듯 늘어져 꿈쩍을 않았다. 그제야 여인은 남정네의 숨기척이 희미함을 알았다. 혼절한 남정네를 남겨두고 여인은 의원을 청하러 황황히 방을 나섰다. 앞이 잘 보이지 않는 여인은 툇마루에서 나둥그러졌다. 더듬더듬 짚신을 찾아 신은 여인이 몸을 추슬러 사랑채 앞으로 돌아나가며 사람을 찾았다.

군기침 소리가 나더니 잠시 뜸을 들여 방문이 열렸다. 찬바람이 쏟아져 들어왔다. 여우털로 만든 모자에 털목도리를 두르고 누비핫저고리를 입은 김문확이 방으로 들어섰다. 솜바지 아래는 가죽 행전을 치고 있었다.

"오셨사옵니까." 사리댁이 남정네로부터 물러앉으며 말했다.

여인은 상대를 볼 수 없었지만 바깥에 섰을 때의 기침 소리로 그가 누구인지 알아차렸다.

"간병하시느라 부인 수고가 많으십니다." 김문확이 예를 차려 말하곤 자리보전한 서한중의 머리맡에 앉았다.

서한중이 희멀건 눈을 떴다. 눈동자에 초점이 없었다.

"이제야 정신이 돌아왔나보군. 이틀 만이네." 김문확의 말에는 죽마고우의 옛정이 스며 있었다.

김문확이 서한중의 얼굴을 살폈다. 깡마른 얼굴은 온통 주름살 투성이였고 이마와 뺨에는 뱀이 허물 벗듯 보푸라기가 일어 있었다. 마른 입술이 터져 피가 비쳤고, 복수가 차 이불 아래지만 배가 사리댁 못잖게 불러 보였다. 수구초심(首丘初心)이란 말대로 이승을 하직할 때를 알고 고향 땅을 찾아들었는가 싶게, 김문확은 친구의 죽음이 가까웠음을 짐작했다. 얼굴이나 닦아줄 일이지,

하다 그는 처로부터 전해 들은, 내죽리 별당마님이 당달봉사가 되었다는 말을 새겼다.

"이 동절에 노루 사냥이라도 나섰냐?" 서한중이 해설피 미소 띠며 김문확에게 물었다. 그의 차림이 그러했던 것이다.

"영주현도 의병 궐기하기로 했다네. 이천역일(移天易日)의 수치를 당하자 팔도에 통분을 못 새긴 순절자가 속출하는 형편이네. 요원의 불길처럼 지금 팔도 백성이 왜군과 일전(一戰)을 불사하겠다고 창의(倡義) 깃발을 올리고 있네. 나도 백의민족 이 나라 백성이니 종군에 나설 참이야. 예로부터 이 지방은 충절의 맥을 잇는 고장이 아니던가."

단종 복위를 도모하다 처형된 금성대군과 부사 이보흠을 두고 일컫는 말이었다.

"학정(虐政)이면 민란이 나겠지만 나라가 망했다면…… 창의는 장한 일일세. 내 몸이 이렇지 않다면 나도 동지가 되어 자네와 어깨 겯고 나서겠건만……" 서한중이 뿌연 동창에 눈을 주며 꺼져가는 소리로 말했다.

"자네가?" 김문확이 가소롭다는 듯 실소를 띠었다.

"왜 나는 못하냐? 영월 땅에서 조선인을 마소 부리듯 하던 왜놈들의 행악을 내 눈으로 똑똑히 보았느니라."

"자넨……"

"세상 떠돌며 밑바닥 민초의 고난을 보았지. 한 여인을 사랑하기에 바빠 내 그들의 피눈물을……"

"자네가 남의 여자를 사랑한 짓과 창의 궐기는 다르네. 견위수

명(見危授命)을 감히 사통(私通)과 견주다니." 김문확은 서한중이 본정신이 아님을 알았고, 죽음을 앞둔 그의 심기를 건드리고 싶지 않아 목소리를 낮추고 말을 자제했다.

"다르다고?" 서한중이 천천히 머리를 저었다. "아닐세. 곡진한 정성을 다하기는 마찬가지야. 세상 사람들이 한쪽은 의(義)요, 한쪽은 죄(罪)로 치부하겠지만…… 힘차게 나설 때의 그 마음가짐은 자네나 나나 마찬가질 걸세. 나는 그렇게 보네."

"궤변일세."

"억지 춘향이라고? 자네도 처자식 버리고 의병 종군하겠다는 결단을 세우지 않았는가. 전사한다면 충절로 이름은 남을지 모르나 처자식 눈물 흘리게 하는 짓은 나와 뭐가 다른가? 자네에겐 그게 구국이겠고, 내겐 여자가 되겠지. 나도 한 여자를 목숨 다해 사랑한 진실은 있었기에 당차게 집을 나섰네. 그 결과 나야말로 간고(艱苦)를 끝내었고, 자네는 이제 시작일세. 인생일사도무사(人生一死都無事)라……"

중언부언 지껄이는 친구의 억지소리를 김문확은 더 들을 필요가 없다고 판단했다. 그는 뒷전에 숨죽여 앉아 있는 사리댁에게 눈을 주었다.

"홑몸이 아니오니 부인께서도 서군 간병에 무리 마시고 쉬십시오. 행랑어멈과 아범이 있잖습니까. 내 안사람에게도 그렇게 일러놓았습니다." 김문확은 일어섰다. 그가 친구를 내려다보며 말했다. "나 영주로 나가는 길일세. 당분간은 못 만날지 모르겠네. 조리 잘하게. 첫날 자네를 내친 걸 사과하네. 세상이 자네를 두고 욕질한 걸 죽마고우가 대신했다고 이해해주게. 부인은 우리 집에서 출산하고, 자네가 유하고 싶을 만큼 걱정 없이 지내도 되네. 내 집안에다 그렇게 일러놓았으니깐."

따라 일어서 있는 사리댁에게 김문확이 목례를 하곤 방문을 열었다. 겨울을 몰아오는 바람이 차가웠다. 방 안으로 들이치는 바람이 시린지 서한중은 겉눈을 감았다.

산야를 덮으며 첫눈이 내렸다. 소백정맥 아랫녘은 겨우내 눈이 잦았고 첫눈도 일찍 내렸다. 함박눈이 발목을 덮었고 숫눈의 무게에 겨운 솔가지가 부러지며 눈덩이를 떨구었다. 아이들과 개들이 좋아라 하고 눈세상을 싸대었다.

삼십여 리를 한달음에 달려온 서기벽이 도포자락 날리며 김문확 집 솟을대문 안으로 뛰어들었다. 석우와 김진사 댁 상노 아이가 그 뒤를 따라 들어왔다. 대빗자루로 오래뜰 눈을 쓸며 길을 내던 청지기가 빗자루를 놓고 서기벽을 사랑채 뒷방으로 안내했다. 서기벽은 아버지의 임종을 놓칠까보아 기침도 없이 방문을 열어젖혔다. 사리댁이 눈을 동그랗게 뜨고 누구인지 알아볼 수 없는 사람을 맞으며 앉을 자리를 내주었다. 서기벽이 아버지 면전에 풀썩 무릎을 꿇었다. 그의 갓양태와 도포 어깨에 앉은 눈이 푸슬푸슬 떨어졌다.

"아버지, 저이옵니다. 기벽입니다!"

서한중이 천장 서까래를 향해 멀겋게 눈을 뜨고 있었다. 표정이 없었고 눈동자는 이미 동태 눈깔이었다. 그의 고정된 동자에 아들의 모습이 잘 잡히지 않았다.

"기벽이라고요."

"기벽이라? 누가 연락을 했는고?"

"진사댁 상노 아이의 위중하다는 전갈을 받고 선걸음에 달려온 길이옵니다. 이제 집으로 드셔야지요."

서기벽은 말라비틀어진 얼굴이며 부풀 대로 부푼 복부를 보고 아버지의 임종이 가까워졌음을 알았다. 못난 아버지였으나 아들은 당신의 객사만은 원치 않았다. 역마살 낀 당신이지만 임종은 집으로 모셔가 맞게 해드림이 자식 된 도리였다.

"와석종신(臥席終身) 못하는 마당에 집에 들어 무엇하랴."

"제가 이렇게 왔는데 어찌 객사를……"

"집안 볼 면목이 없으니 관두거라." 서한중이 숨차하더니 잠시 뜸을 들였다. 그의 얼굴과 목에선 엿물 같은 찐득한 땀이 흘러내렸다. 그는 동자를 천장에 고정시킨 채 느리게 말을 이었다. 갈라터진 목소리가 가랑가랑해 서기벽은 귀를 기울였다. "우리 집안에는 순교하신 네 할아버님도 있고, 아비 대에서 나 같은 배교자도 나왔다. 한 핏줄이라지만 어찌 사람이 여인일판(如印一板)으로 똑같을 수가 있겠느냐. 물너울이 높으면 낮아짐도 있듯이 인간이 각양각색이기에…… 그러나 기벽아, 이 아비는 후회하지 않는다. 회개? 나는 천주교도이기를 포기했기에 회개할 것도 없고, 하래도 하고 싶지 않다. 내 행실의 짐은 장본인인 내가 달게 지고 가마……"

"아버님은 아직도 어찌……" 서기벽이 말을 잇지 못한 채 고개를 떨구고 흐느꼈다. 옷에 앉은 눈이 물이 되어 방바닥을 적셨다.
"부인! 부인 어디 있소?" 서한중이 갑자기 목청을 세워 사리댁을 불렀다. 그의 표정이 뻣뻣하게 경직되었다.
"여기, 여기 있사옵니다." 뒤쪽에 물러나 앉아 눈물을 짓던 사리댁이 놀라 대답했다.
"눈이 오는 모양이구려. 방문을 여시오."
방문 뒤쪽에 앉았던 사리댁이 손을 더듬어 방문을 열었다. 바깥은 함박눈이 기세 좋게 퍼부어 내리고 있었다. 담장 앞 해장죽은 눈을 맞자 댓잎이 더욱 푸르게 살아났다.
"눈이 오니 좋구려. 저 흰 눈이 이녁 죄를 덮어주었으면 좋겠으나, 나는……" 서한중이 힘없이 고개를 저었다. "부인, 내 부인한테 바다 구경을 시켜주지 못해 죄송하오. 오직 하나 그 여한은 남는구려. 그러나 이다음 태어날 그 자식이 아비를 대신해서 바다 구경을 시켜줄 테지요. 앞 못 보는 어미에게 바다가 어떠함을 그 자식이 내 대신 자상히 설명해줄 테지…… 아니, 부인은 눈으로 바다를 보지 못할망정 마음으로 다 볼 수 있겠지……" 하염없이 읊던 서한중이 아들 쪽으로 눈물 괸 멀건 눈길을 돌렸다. "기벽아, 이제 이 부인이 너의 새어머니다. 큰절을 올려라."
"절을 하라고요?" 서기벽이 놀라며 당삭(當朔)에 이른 사리댁을 돌아보았다. 사리댁은 고개를 숙인 채 어깨 떨며 소리 죽여 흐느끼고 있었다.
"내 마음이 진정 그러하다."
"아버지, 차마 그것만은…… 소천하신 어머니 일 년 상(喪)이 아직 멀었는데…… 저는 그럴 수 없습니다."

울먹이던 서기벽이 자리 박차고 일어서더니 방 밖으로 뛰쳐나갔다. 잠시 뒤, 서한중의 고개가 꺾이고 눈이 감겼다.

첫눈이 소리 없이 두께로 쌓이던 그날 밤 자정을 넘겨서였다. 모두가 잠든 깊은 밤, 묵주를 쥔 사리댁만이 뜬눈으로 지켜보는 앞에서, 서한중은 밥물 잦듯 조용히 숨을 멈추었다. 여인은 눈을 떴어도 숨을 멈춘 남정네의 얼굴을 볼 수 없었다. 그러나 이승을 떠나는 서한중의 얼굴은 평화스러웠다. 서베드로 한중, 향년 사십칠 세. (『사랑아 길을 묻는다』, 초판본, 문이당, 1998)

사랑의 길, 사람의 길

김별아(소설가)

"오, 빌헬름! 내가 얼마나 인간으로서의 존재를 다 바쳐 폭풍을 몰아세워서 구름을 산산이 흐트러뜨리고 사나운 물살을 움켜쥐고 싶었는지 아는가!"

십여 년 만에 다시 읽은 소설 『사랑의 길』의 마지막 장을 덮었을 때, 문득 괴테의 분신인 베르테르가 토해내는 격정의 고백이 귓전에 맴돌았다. 세찬 폭풍도 두터운 구름도 거친 급물살도 젊은 베르테르의 힘찬 발걸음을 멈출 수 없다. 홀린 듯 이끌리고 등 떠밀린 듯 몰리고 쫓겨 가는 길, 그 고단하고 지난한 노정을 끌고 미는 힘은 오직 하나, 사랑이다.

『사랑의 길』의 원제목은 『사랑아, 길을 묻는다』이다. 『사랑아, 길을 묻는다』로 처음 작품을 접했을 때는 사랑이 삶의 길과 어떻게 잇닿고 만나는지를 미처 모르던 이십대 후반이었기에 길보다는 사랑 쪽에 독서의 무게중심이 실렸던 기억이 있다. 어디로 가야 하는지 방향을 모르고 정한 곳도 없는 사랑, 그 아득하고 막연함에 가슴을 검뜯으며 소설을 읽었다. 그런데 '김원일 소설전집'의 일부로 개정되어 나온 『사랑의 길』은 그 새로운 제목처럼 사랑과 길에 각각 방점이 찍히는 느낌이다. 애꿎은 사랑에게 다미를 씌우고 길을 알려내라고 보채는 것이 아니라 사랑에게는 사랑의, 길에게는 길의 운명이 독립적으로 존재하며 그들이 삶의 어디쯤에서 어떻게 만나고 헤어지는가를 가늠해보라는 화두를 받아든 것 같다.

사랑 그리고 길. 사랑의 길은커녕 사랑도 길도 모르는 채 여전히 미혹되며 살아가는 불혹으로서 김원일 선생의 최초이자 아마도 마지막일 유일한 연애소설, 『사랑의 길』을 읽는다.

"자네, 사랑에 눈멀었다는 말 들어본 적 있지?"

『사랑의 길』은 사랑에 눈이 멀어 정말로 당달봉사가 되고 죽도록 사랑하여 진짜로 죽어버린 두 남녀, 서한중과 사리댁의 연애담이다.

서로 갈망하며 연모하는 남녀의 이야기는 그 역사가 오래된 통속의 소재이자 예술의 자료이다. 가장 비천한 것으로부터 가장 고귀한 것까지, 가장 비극적인 것부터 가장 희극적인 것까지, 사랑의 빛띠는 인간의 욕망과 인간성만큼이나 그 진폭이 넓고 다양하다. 따라서 사랑을 읊고 그린 작품의 내용과 형식 또한 시대와 세대를 따라 끊임없이 변주되어왔다. 사랑이라는 본능을 꺾어 누르려던 시대가 있는가 하면 자연스러운 사랑의 욕망을 찬미했던 시대가 있고, 사랑으로 제도와 관습에 맞서 일생일대의 쟁투를 벌인 사람이 있는가 하면 불신과 회의의 눈으로 관계의 진정성을 의심하고 자신만의 껍질 속에 몸을 말아 넣은 사람도 있다.

그렇다면 이 소설의 주인공인 서한중과 사리댁은 어떤가? 어쩌다가 적당히 감정의 유희를 즐기고 육신의 쾌락을 누리는 잔꾀를 부리지 못하여 빚을 앗기고 목숨을 잃으면서까지 사랑에 온몸과 온 맘을 던졌단 말인가? 비록 그 어리석은 사랑의 광신도들의 계보가 맥맥이 면면하다 해도, 섶을 지고 불에 뛰어드는 이 중늙은이들의 미친증을 또다시 어떻게 이해해야 할까?

"왔구나. 부인, 오셨냐?"(11쪽)

우리의 대책 없는 남주인공 서한중의 첫마디는 이러하다. 숨막히는 로맨스의 주인공들은 대개 미모와 지성, 진지하고 용맹한 성품을 지니고 있어 독자로 하여금 웬만한 실행(失行)은 사소한 실수이자 인간적인 결함으로 눙치며 눈감아주고 싶게 만드는데, 서한중은 좀 다르다. 역한 소주 냄새가 풍기는 입에서 새어나오는 금 간 주발이듯 탁하게 갈라진 목소리, 엉너리 치는 텁텁한 허풍쟁이의 선웃음을 날리며 소설의 한복판에 턱 하니 가부좌를 틀고 앉는다. 그 위인의 내력이라는 것도 당최 톱톱하지 않다. 워낙에 선병질적인 체질에다 아버지가 참수당하는 현장을 직접 본 트라우마로 겁보에 헐렁이가 되어 청소년기를 보냈고, 성인이 되어서도 일가의 공조에 기생하다시피 얹혀살며 허랑방탕하게 주색잡기를 일삼는 팔난봉에 다름 아니다. 참으로 매력이라고는 멀쩡한 허우대와 타고난 목청밖에 없는 실없쟁이다.

그럼에도 서한중은 이 유장한 사랑의 비극에 남주인공이 되고, 그러하기에 서한중은 하나뿐인 목숨을 걸고 지고지순한 사랑에 빠지는 정열가로 다시 태어난다. 그렇다. 비록 사리댁이 왔다는 소리를 듣는 순간 십자고상을 재 속에 던져버리지만, 서한중은 그 배교의 몸짓을 통해 고상에 조각된 십자가 형틀에 매달린 그리스도처럼 죽었다가 다시 살아난다. 서한중에게 종교란 허울이자 체면이면서 전통에 불과했기에, 그는 부활의 환희로 신성모독의 언사를 한껏 부르짖는다.

> 그리스도는 음행의 죄를 범하면 그 죄는 마음속에 성냄과 미움과 괴로움을 잉태하고, 죽어 지옥에서 불과 유황으로 몸이 타는 고통을 받는다고 했다. 이승에서의 그 말씀이 맞다면 지금의 마음은 마귀의 농간이라 말할 수밖에 없다. 마귀라도, 사탄의 농간이라도 좋다. 나는 지금 마음이 터질 만큼 행복으로 가득 차 있으니깐.(19쪽)

그렇다면 쉰 나이를 목전에 두고 손자까지 본 서한중이 일가권속을 일거에 내치고 선택한 정인인 사리댁은 어떤 여인인가? 서한중이 읍내리에 있는 천주교 공소에서 만난 김참봉의 후실 사리댁은 평범하다면 평범하고 특별하다면 특별한 여인이다. 아비보다 늙은 남편과 저보다도 나이가 많은 전실 자식들에 유폐되듯 둘러싸인 채 젊음을 사위어가지만 모든 것을 숙명으로 받아들이는 체념적인 모습은 그 시대의 평범한 여성상에서 크게 벗어나지 않는다. 그녀가 기세등등한 남편과 전실 자식들에게 맞서 자기를 주장한 적은 단 한 번뿐인데 그것이 바로 천주교 신자가 되어 공소에 다니기 시작한 일이다.

하지만 종교는, 적어도 그녀에게는, 자유의 성소가 아니다. 삶의 도피처이자 그녀의 전부인 듯하지만 기실 또 하나의 숙명, 빛깔이 조금 다른 체념에 다름 아니다. 심지어는 온 집안과 마을과 교당을 발칵 뒤집고 서한중을 따라 도피 행각을 벌이는 와중에도 사리댁은 끝내 신앙을 버리지 못하고 끊임없이 괴로워하며 번뇌한다. 그들을 검질기게 따라붙는 사고와 질병과 궁핍의 고난이 배교에 따른 그리스도의 징벌이란 생각을 떨쳐내지 못한다. 서베드로와 한마리아는 믿음의 자식으로서 그 믿음을 배반하였고 그것을 회개하지 않았기에 천주의 징벌을 받아 그토록 쫓기고 아프고 배고픈 것이다……

그럼에도 체면과 지위와 처자식과 재산을 버리고 오로지 '사랑'을 택한 남자와, 인간의 '사랑'과 '사랑'의 종교 사이에서 자기를 찾지 못하는 여자는 오직 하나밖에 다른 삶의 길을 알지 못한다. 넘쳐흐르고 물린대도 어쩔 수 없다. 그 불가역하고 불가해한 것이 『사랑의 길』의 사랑이다.

사리댁은 지겟등태에 어깨를 기대어 수건으로 입을 막고 눈물이 골짝 나게 울었다. 눈물이 하염없이 뺨을 타고 흘렀다. 다리를 저는데다 간병으로 누렇게 뜬 얼굴에 뼈만 앙상히 남은 남정네가 자신을 지게에 지고 나서는 그 마음이야말로 극진한 사랑이란 말 이외 달리 표현할 말이 없었다. 여인의 울음은 그 감복이요 복받치는 행복감이었다. 내 이제 손톱만큼도 어른님을 원망하지 않으리라. 이런 아낌을 받으니 당장 죽어도 여한이 없으리라. 여인은 그런 말을 곱씹으며 오랫동안 흐느꼈다.(316~317쪽)

길섶에 소담하게 피어난 들국화가 꽃대를 바람결에 맡겼다

성서의 아브라함이 터전을 떠나 여호와가 명한 대로 가는 것이 곧 '죽음'을 의미하던 그 시절부터 어쩌면 지금까지도, 집을 떠나 한길로 나선다는 것은 위험과 가해에 노출된다는 뜻이다. 어제까지 제자리에서 멀쩡했던 사람이 단번에 나약하고 무력해진다. 역할과 의무에서 벗어나는 것이 마냥 들이좋은 자유가 아니라 근거지와 권리를 포기하고 맨몸으로 나선다는 뜻까지 포함하고 있기 때문이다.

가출이나 출가나 집을 떠난다는 말뜻은 같지만 하나는 탈선이요 하나는 출세간을 의미하는 것과 같이, 서한중과 사리댁처럼 이른바 인륜을 저버리고 도리에 어긋난 무단가출을 한 경우는 그 궤도를 벗어난 위태로운 형세가 가히 치명적이다. 이고 지고 가도 제 복 없으면 못 산다지만 어쩌면 운이 없어도 그렇게 없는지 알다가도 모르겠다. 자춤발이와 다곱장님이 되고, 도적 떼에 끌려갔다 반송장으로 돌아오고, 빈털터리로 광산촌에서 호구난에 시달리다가 병자와 만삭의 임부로 환고향하는 일들이 고작 사계절이 다 지나기 전에 시작되고 끝난다. 정말 그 모두가 사리댁이 그토록 두려워한 천주의 징벌이자 죄의 심판일까?

『사랑의 길』에서 '길'이 갖는 의미는 '사랑'만큼이나 만만찮다. 경상도 땅 순흥에서 출발해 소백산 국망봉 근처 화전에서 봄꿈을 꾸고, 한양으로 가기 위해 단양과 봉양을 거쳐 천둥산 박달재를 넘고 배론 성당에 잠시 머물렀다가, 영월에서 남한강 강줄기를 끼고 다시 영주까지…… 스스로 터전을 버린 어린 양들은 어느 곳에도 뿌리내리지 못하고 부평초처럼 각처를 떠돈다. 고통스러운 유랑이었기에 지나는 길에 대한 묘사도 보드라울 수가 없다. 가시밭 덤불, 깜깜한 그믐밤 쐐기풀밭을 헤쳐가기, 마귀의 안내를 받아 나선 길 등등의 표현이 미우나 고우나 어쩔 수 없이 주인공들의 편이 된 독자의 눈을 아프게 쏜다. 남녀 주인공이 함께 걷는 마지막 길 또한 서한중이 사리댁을 지게에 지고 팥죽 같은 땀을 흘리며 혀를 빼물고 오르는 험준한 산에 너설이 심하고 가파른 잿길이다.

하지만 축복받지 못하는 사랑, 어쩌면 저주마저 받은 그들의 사랑이 펼쳐지는 곳이 비록 꽃길은 아닐지언정 때로 산들산들 불어와 땀을 씻어주는 재넘이처럼 청량한 풍경도 있다. 서한중과 사리댁이 언젠가 꿈꾸었던 바다를 떠올리며 영월을 떠나 다시 길에 섰을 때의 장면이다.

> 둘은 광산 쪽이 아닌 동녘 산자락을 타고 걸었다. 길섶에 소담하게 피어난 들국화가 꽃대를 바람결에 맡겼다. 벌과 나비들이 마지막 추수에 바빴다. 키만큼 자란 억새가 부드럽게 너울거렸다. 산비둘기와 멧새가 바람을 타고 창공으로 날았다.(292쪽)

짐짓 평이한 묘사인 듯한 이 장면이 글 속에서 가슴 뻐근하게 인상적인 이유는 이때 남녀 주인공의 꼬락서니란 것이 참으로 목불인견이기 때문이다. 헌 조선옷을 꿰어 입은 채 지겟짐을 지고 선 까치머리에 절름발이 사내와 눈뜬장님의 신세로 남산만한 배를 껴안은 너울 쓴 여인의 모습은 걸식 나선 유리민이나 진배없다. 그럼에도, 그러하기에 아름답다. 사랑이라는 신비로운 요사는 그래서 그러하기에 마땅히 하는 것이라기보다 그럼에도 불구하고 어쨌든 할 수밖에 없는 무엇이기에.

『사랑아, 길을 묻는다』는 사랑과 윤리의 배리 관계를 묘파한 기독교문학의 전형이라는 평을 받으며 제2회 기독교문화대상을 수상했다. 그래서 혹자는 종교문학 비평의 관점에서 원형의 동선을 따르는 주인공들의 여정이 그리스도를 떠나고자 했으나 결국 그리스도 안일 수밖에 없다는 의미라고 주장하기도 했다. 하지만 『사랑의 길』은 곧 '사람의 길'이기도 하기에 서한중은 길고 고단한 여정을 통해 절대에 대한 순응과는 또 다른 삶의 깨달음을 얻는다. 사랑의 광증에 사로잡힌 주인공들이 벌이는 절체절명의 연애담이 펼쳐지는 시간적 배경은 나라의 운명이 풍전등화와 같던 한말(韓末)이다. 망국의 비보 앞에 비분강개한 우국지사의 순국이 줄을 잇고 곳곳에서 거병의 기운이 드높은 시국에 여자를 꿰차고 도망질이나 다닌다는 힐난에 맞서, 서한중은 길 위에서 체득한 소박한 각성을 조심스레 피력한다. 그가 마지막 기착지였던 영월을 떠난 이유는 물론 생계의 막바지에 다다른 탓이지만 이 항변도 광망한 허튼소리만은 아닐 테다.

> "(……) 나야말로 이 검은 땅에 넌더리가 난다오. 내 신세도 처량하지만 돈이 뭐기에, 호구가 아무리 어렵기로서니, 왜놈 아래 종질하며 노역하는 이 민초들을 보아내기에 내 가슴이 미어져요. 왜놈이야말로 불구대천 원수요. 내 그걸 여기 들어와 크게 깨우쳤소."(269쪽)

이토록 슬프고도 아프고 뜨거우면서도 쓸쓸한 아가(雅歌)가 하늘에서 뚝 떨어졌을 리는 없으리라고 확신하며 술자리가 무르익을 무렵 김원일 선생께 '들이대고' 여쭈었다.

"선생님, 지천명 즈음에 신상에 무슨 변화라도 있으셨나요?"

서한중의 그것만큼 엄청난 연애담 혹은 기담을 바란 것은 아니었지만 까마득한 후필의 맹랑한 질문을 받은 선생의 얼굴이 태연하다 못해 밍밍했다.

"없어!"

『사랑의 길』은 사랑이 길에게, 길이 사랑에게 운명이 무엇이고 사람살이가 어떤 것이냐며 주고받은 유장한 문답의 기록이다. 그러니 사람의 길을 올올히 톺아온 이에게 굳이 사랑의 길을 걸어봤냐고 물을 필요 따윈 없을 테다. 나는 그만 선생에게 맹렬한 질투를 느끼며 내 앞의 술잔을 홀짝 비워버렸다.

작가의 말

전집에 묶으려 새 판본으로 출간하게 되었다. 나로서 이런 아가(雅歌)는 처음 써본 소설이었고 이 소설이 그런 유의 소설로 유일하게 남을 게 분명한데, 『사랑아 길을 묻는다』가 나온 지도 어언 십삼 년이 흘렀다. 그 당시 나는 청소년기를 보냈던 대구 부근 힐티재 아래 집필실을 마련하여, 서울과 대구를 오가며 소설의 시간대처럼 이른 봄부터 한겨울까지 이 소설에 매달렸다. 정대리란 그곳은 산중이라 쏟아붓는 물소리와 솔수평에 일던 바람소리를 하루 내 곁귀로 들을 수 있었고, 글이 막히면 남녀 주인공의 그림자를 홀로 따라나서서 한없이 산중을 헤매었기에 소설의 분위기를 만드는 데 도움이 되었다. 작품을 끝내자 곧 단행본으로 묶었으니, 나로서는 유일한 전작 장편소설인 셈이다.

이번에 새 판본을 내며 소설 제목을 『사랑의 길』로 바꾸었다. 초판본에 실었던 작가의 말을 아래에 옮긴다.

소설을 구상하며 오늘의 세계화 시대가 아닌, 우리의 옛 정조(情調)를 돌아보았다. 국운이 쇠했던 조선조 말기, 한 남녀가 벌인 사랑의 여로를 그렸다. 장옷 쓴 여인은 노새 등에 타고,

경마잡이 사내는 옷고름 날리며 사랑과 신앙의 틈새에서 역마살로 떠도는, 조선조 풍속화의 한 정경을 줄곧 떠올렸다. 지난 열 달 동안 '구름 아래 도망친 옛 남녀를 내 따르며' 컴퓨터로 처음 쓴 소설, 옛 남녀의 사랑 이야기를 마쳤다.

2011년 5월

김원일

김원일 소설전집 7

사랑의 길

1판 1쇄 발행 | 2011년 5월 31일

지은이 | 김원일
펴낸이 | 정홍수
편집 | 김현숙 김정현
펴낸곳 | (주)도서출판 강
출판등록 | 2000년 8월 9일(제2000-185호)

주소 | 서울시 마포구 서교동 460-45(우 121-842)
전화 | 325-9566~7, 070-7566-8496
팩시밀리 | 325-8486
전자우편 | gangpub@hanmail.net

값 12,000원
ISBN 978-89-8218-162-7 04810
978-89-8218-133-7(세트)

이 도서의 국립중앙도서관 출판시도서목록(CIP)은 e-CIP 홈페이지(http://www.nl.go.kr/ecip)와 국가자료공동목록시스템(http://www.nl.go.kr/kolisnet)에서 이용하실 수 있습니다.(CIP 제어번호:CIP2011002031)